PULP
À BRASILIANA

YVIS TOMAZINI

GERENTE EDITORIAL
Roger Conovalov

PROJETO GRÁFICO
Lura Editorial

REVISÃO
Mitiyo S. Murayama
Alessandro de Paula

CAPA
Lura Editorial

Todos os direitos desta edição são reservados a Yvis Tomazini.

Lura Editoração Eletrônica LTDA
LURA EDITORIAL - 2022
Rua Manoel Coelho, 500. Sala 710
Centro. São Caetano do Sul, SP – CEP 09510-111
Tel: (11) 4318-4605

Todos os direitos reservados. Impresso no Brasil.
Nenhuma parte deste livro pode ser utilizada, reproduzida ou armazenada em qualquer forma ou meio, seja mecânico ou eletrônico, fotocópia, gravação etc., sem a permissão por escrito do autor.

Dados Internacionais de Catalogação na Publicação (CIP)
(CÂMARA BRASILEIRA DO LIVRO, SP, BRASIL)

Tomazini, Yvis
    Pulp à brasiliana / Yvis Tomazini. 1ª Edição, Lura Editorial - São Paulo - 2022.

ISBN 978-65-84547-45-2

1. Ficção   I. Título.

CDD-B869

Índice para catálogo sistemático:
1. Ficção

www.luraeditorial.com.br

PULP
À BRASILIANA

YVIS TOMAZINI

Lura

Dedico este livro à memória de Edegar, que, além de me mostrar o valor da disciplina, me arrastava para aventuras de fim de semana, à Alice, que, lutando desperta, me ensinou a sonhar acordado, nunca me olhando como um maluco, mesmo quando cresci, amadureci, e continuei ouvindo minha imaginação, e também a Israel Levi, que, amigo fiel, durante sua infância me enxergou como um herói, mesmo quando me sentia um B*&#@.

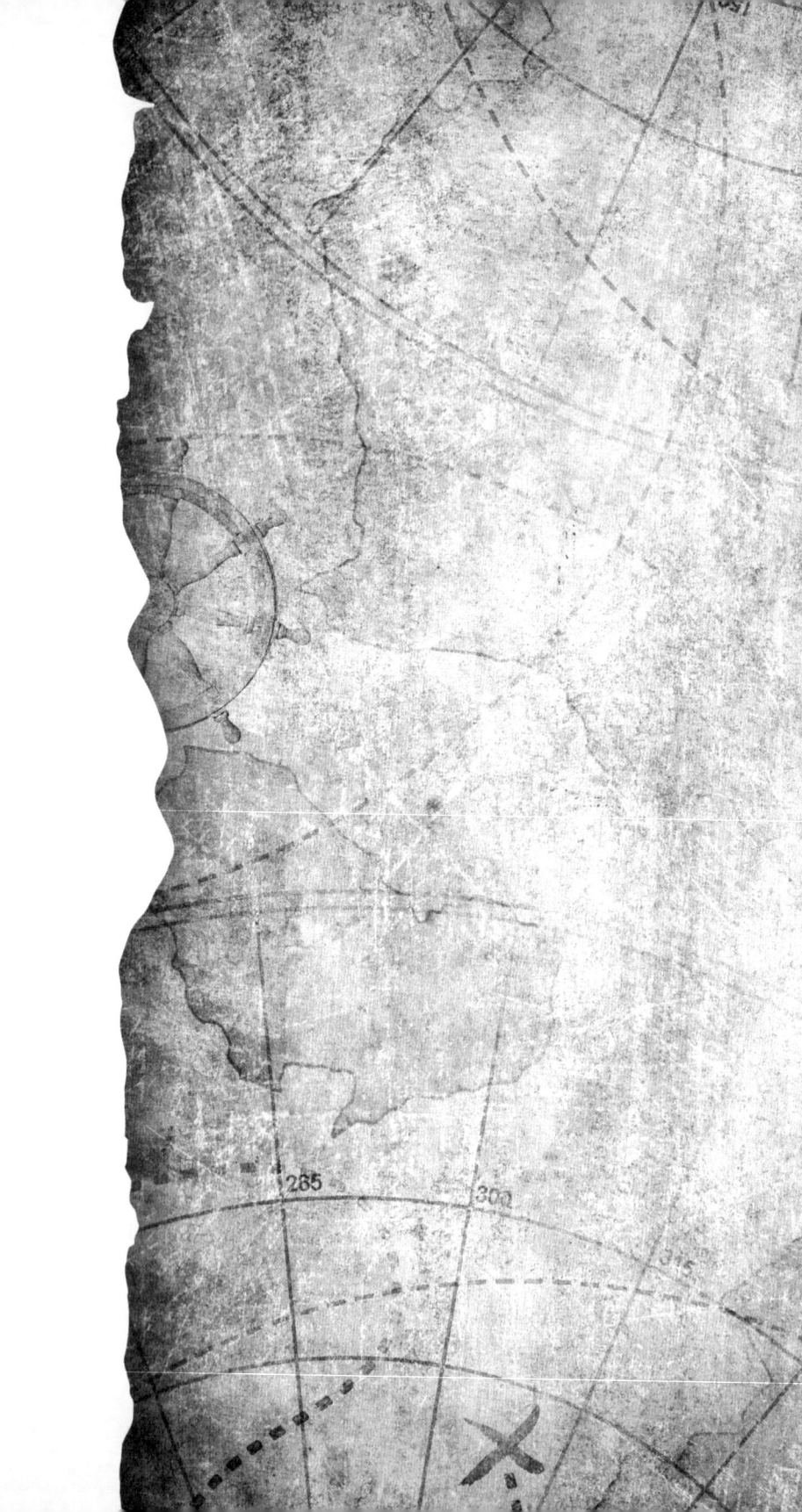

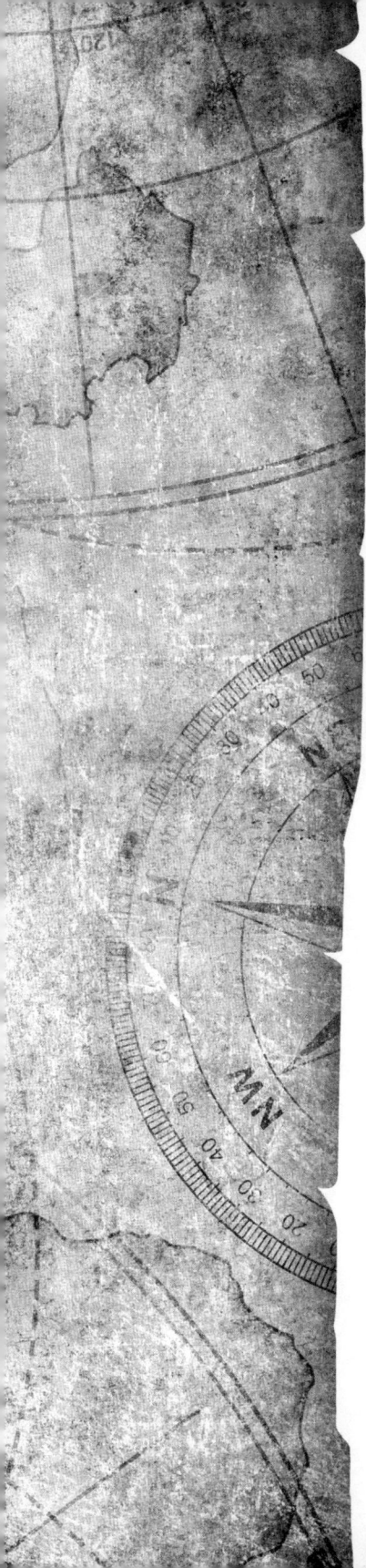

"Vou-me embora pra Pasárgada
Aqui eu não sou feliz
Lá a existência é uma aventura
De tal modo inconsequente"
(Manuel Bandeira)

"Eu detesto aventuras"
(Amyr Klink)

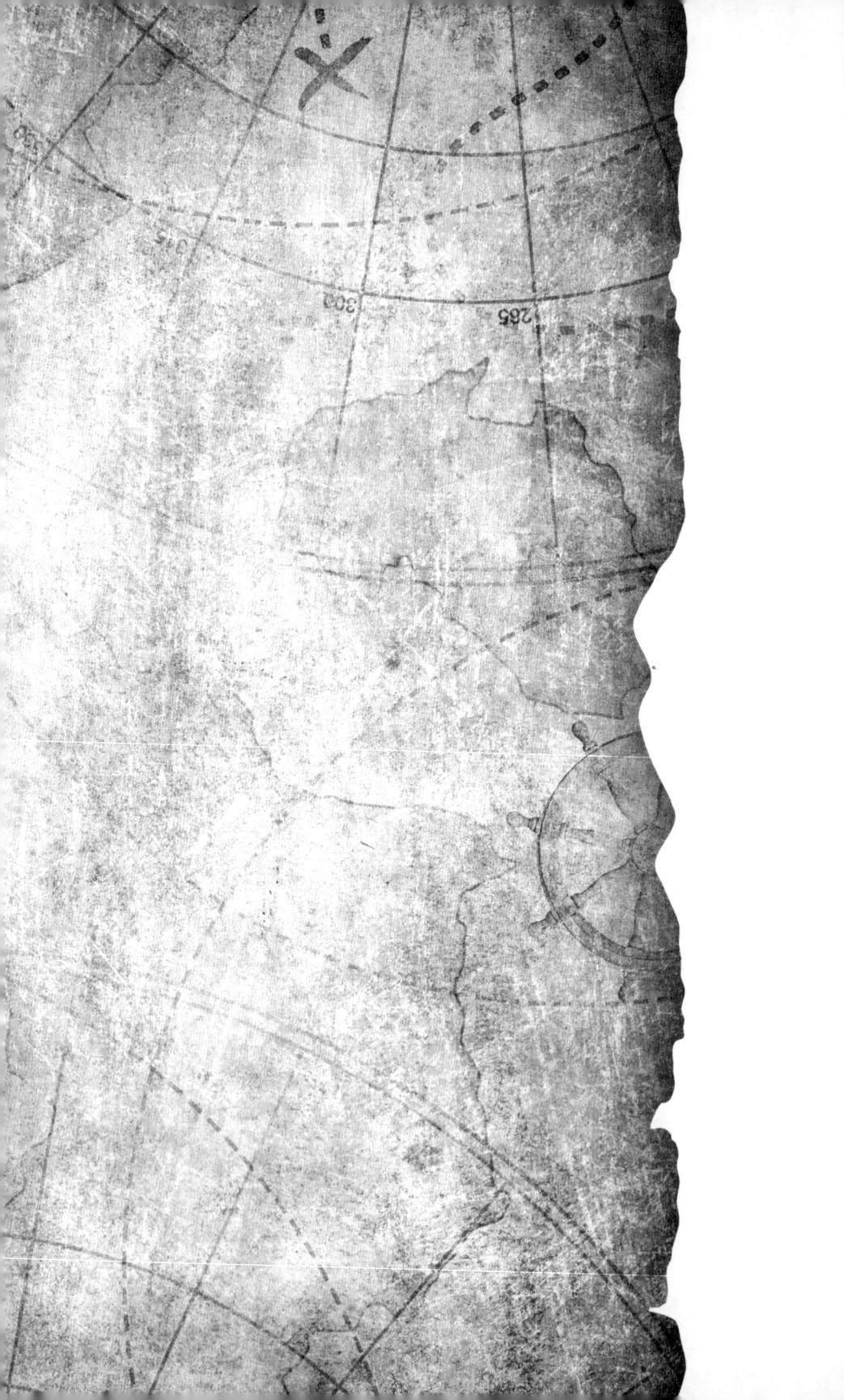

SUMÁRIO

1. HOMO HOMINI LUPUS ... 11
2. VALE TUDO ... 19
3. FICÇÃO DE POLPA ... 27
4. VAI POR MIM ... 37
5. PAPEL BARATO ... 45
6. O CEMITÉRIO NAZISTA ... 53
7. O VENDEDOR DE BANANAS ... 65
8. FALADOR PASSA MAL ... 77
9. THESAURUS ... 83
10. QUINTO DOS INFERNOS ... 97
11. NARCOLOGÍSTICA ... 111
12. MASTIGADORES DE CORPOS ... 125
13. SEM VERGONHA ... 139
14. JURISPRUDÊNCIA SELVÁTICA ... 149
15. URWALDHÖLLE ... 157
16. ROMÂNTICO, MAS FACTÍVEL ... 165
17. O CAPÍTULO PERDIDO ... 179
18. CRONOGRAMA DE ÍNDIO ... 189
19. ALNITAK ... 197
20. CARA DE PAU ... 207
21. A QUEDA DE PASÁRGADA ... 215
22. PERDIDOS ... 223
23. O FANTASMA DO CÁLICE ... 235
24. A TERCEIRA CAVEIRA ... 243
25. DESVENTURA TUPINIQUIM ... 253
26. FORTUNA E SANGUE ... 261
27. DOIS CAMINHOS ... 269
28. NO LIMITE ... 279
29. O DESTINO DOS REBELDES ... 287
30. TEMPERATURA MÁXIMA ... 297
31. O MAL DO MALANDRO ... 307
32. TERRA DO NUNCA ... 317
33. FAÍSCA DA LUA ... 325
34. A TORRE DA PRINCESA ... 331
35. DA PRENSA AOS SEBOS ... 341
36. SEMPRE AVENTURA ... 353

1. HOMO HOMINI LUPUS

1981.
ALGUM LUGAR DA AMAZÔNIA BRASILEIRA.

Qualquer mapa para o inferno levaria direto aos porões da alma humana. O índio preso de ponta-cabeça se rendeu à natureza e o ex-militar soltou um risinho, sequer se atinando que carregava alguns gramas do mesmo material no ventre. O sol nascia indiferente a mais uma travessura dos mortais.
– Caprichou, hein, bicho.
O abandono do decoro militar que autorizava o tabagismo em serviço era o mesmo que mantinha seu cabelo nos moldes do Rei Roberto, ídolo de sua adolescência. No entanto, Ricardo Bonfim quase jogou o cigarro para trás quando o superior ganhou a clareira. Mantinha o tratamento respeitoso em amor ao salário, preceito capital da nova vida mercenária.
– Já juntei todo mundo aqui, capitão. Vamos só ver quem é a Cinderela.
Carlos Aprazível Scandelato não se regozijou ao chegar à cena, fez o que pôde para suprimir a culpa cristã. O oficial reformado tinha chafurdado fundo demais para desistir de sua primeira missão pessoal, desde que virara as costas para seus companheiros, Guerreiros de Selva, em Manaus.
– Não eram nove?
– Os outros dois ainda não voltaram, capitão.
O sujeito espadaúdo, porém, tacanho, guardou o crucifixo sob a camisa xadrez e passou na frente de cada um dos sete caboclos enfileirados. Todos lacrimejavam ressabiados, esquivando-se de piscar. Carlos deu

atenção especial ao último, que engoliu em seco, e então colheu na relva um embrulho melado, assediado por varejeiras.

Lá atrás, o indígena se debatia tanto no pau-de-arara, que o instrumento de tortura parecia prestes a desmontar. A haste de madeira que o sustentava por trás dos joelhos e pelos punhos envergava como o esqueleto de uma pipa assaz retesada. Tentava gritar alguma coisa, ouriçando as veias do pescoço, a mordaça cumpria muito bem sua função.

– Abra a boca. – Carlos pressionou a bochecha do miserável espigado à sua frente.

Tão logo a mandíbula abriu de forma trêmula, Scandelato desembalou o conteúdo e colocou delicadamente o antebraço dilacerado na boca do homem.

– Não... – O ex-oficial balbuciou para si mesmo. – Me parece que não.

Aqueles ribeirinhos, contratados para o serviço de capatazia, não estavam sob a mira do FAL, o fuzil leve em posse de Ricardo Bonfim, mas, como a ameaça era implícita, feita a provação, nem mesmo limpavam os coágulos dos lábios.

– Este outro também não encaixa.

Carlos Aprazível sabia que a região era permeada por mitos e mais folclores, metade deles aterradores demais para os crédulos camponeses distanciados do mundo moderno, mas aquilo já beirava à histeria coletiva. Para amargar a situação, as últimas noites no atual acampamento vinham sendo acompanhadas de insistentes sibilos que, potentes, rasgavam o marasmo da floresta.

O capitão havia lutado há quase dez anos na Guerrilha do Araguaia e recordava muito bem de certos uivos misteriosos que congelavam sua espinha quando não passava de um aspirante a oficial. Quando era um jovem patriota treinado no CIGS, o Centro de Instrução de Guerra e Selva, e tinha orgulho da onça bordada no distintivo. Lembrava-se também do corpo de Osvaldão, o titã da cor noturna pendurado para fora do helicóptero militar com seus 1,98 de altura. Conforme a aeronave exibia o autor dos cantos lupinos para as comunidades locais, a lenda tomava ainda mais caldo. E quando se soube que o algoz do guerrilheiro comunista tinha sofrido um ataque epilético fatal, o mito se consolidou como a raiz de um salgueiro-chorão.

– Humm... abre mais a boca, Seu José. – Esperançoso de ter encontrado o culpado, Scandelato forçou um pouco mais o antebraço gelado e azedo, fazendo o terceiro camponês golfar a picante bile na terra vermelha. – Não, não...

Aquela guerrilha tinha acabado em 1974 e pertencia a outros tempos, quando o pau-de-arara era o preceito e o regime ainda vistoso, quando tudo não estava à beira de acabar. Carlos afastou uma mosca da sobrancelha e, junto dela, a lamúria sobre o passado idealizado. Era sagaz por abandonar o barco antes de seu inevitável naufrágio.

– Muito bem, senhores. – Devolveu o embrulho ao solo e limpou a mão na calça de sarja. – Eu não quero escutar um pio sobre "mapinguaris" ou "matintas", entendido? Muito menos sobre insetos do meu tamanho, perfeito? Estamos no século XX, se comportem a altura.

Confessava para si que os testemunhos neste caso eram mais intrigantes que singelos homens com traços de lobo. Além disso, era um tanto desconfortável perderem a cada noite algum membro da incursão, o qual amanhecia despedaçado ao redor do agrupamento. Seja lá qual fosse a tribo que se via dona do território, não apreciava visitantes.

– Bonfim! – disse ao empregado que chupava o cigarro e coçava a canela. – Estou levando Jacaré, pessoal e equipamento de volta para o barco. Desembarcamos algumas milhas antecipadas, foi sorte ainda não termos descido a bomba. Você vai passar a noite aqui, aguardando o retorno da última patrulha. Se eles não voltarem até as cinco, quero que traga o resto para bordo, entendido?

– E a tradutora, meu capitão?

– Fala para o Moacir meter uma benzetacil na bunda dela por via das dúvidas, e vamos torcer para estar viva até amanhã cedo. – Limpou o suor da testa. – Se estiver, leva junto.

Carlos Scandelato andou até a clareira vizinha, que junto da anterior quase formava uma espécie de 8, e desamarrou um jovem barbado e maltrapilho, que jazia deitado de costas a um cedro. Olhar abatido e lábios rachados.

– De volta ao rio, "Jacaré". – O ex-oficial gesticulou para que outro mercenário largasse um baú e o ajudasse a levantar o rapaz. – Você sabe que a culpa deste transtorno é toda sua.

– Quer que eu dê uma olhada nele, Carlão?!

A voz do paramédico veio da enfermaria improvisada no centro deste segundo espaço, que, ao contrário do outro, estava entulhado de apetrechos a serem armazenados. A estação hospitalar se resumia a uma caixa de medicamentos e uma lona encardida que cobria a maca ocupada por uma mulher febril.

– Não precisa, Moacir. Esse aqui está de castigo, só está com sede.

***

A folhagem das copas trouxe a noite mais cedo.

– Calminha, calminha.

A seringa saiu da pele de Bete, e Moacir, mais que depressa, aterrissou um algodão no ponto vermelho. Quando demorou para tirar a mão da região, sentiu um empurrão no braço e se deparou com o filho da tradutora. O garoto deveria ter uns sete anos, embora, pela miudeza, apresentasse a compleição de cinco. Assim como a mãe, tinha a pele acastanhada.

– Ih, moleque... por que você não vai procurar um daqueles sapinhos brilhantes para mim, hein? Preciso deles para fazer um remédio.

– Ô garoto, não escuta ele não. Aqueles bichos são mais venenosos que a manicure da Dona Maria. É por causa de gente que nem você, Moacir, que eu continuo me sentindo um querubim.

Ricardo Bonfim cravou uma segunda tocha no chão. Desde a partida do capitão, e de toda a fiação que puxava energia elétrica do barco, era o fogo que auxiliava as lanternas restantes. Sequer enxergavam os três colegas que faziam a vigilância ao redor.

– Puxa uma cadeira e senta na mesa. – Brincou o mercenário socorrista.

Bonfim acendeu dois filtros vermelhos, passando um ao colega, e colheu uma revista Veja amarfanhada sobre a caixa de remédios.

– Olha isso aqui, que merda! – Lia a capa com uma cortina de fumaça sobre o rosto: "A guerra civil no Rio: dois mil mortos na Baixada Fluminense, nananã..., prédio inteiro assaltado em Ipanema, lalalá, comércio clandestino de armas bate recorde, mimimi..., Milionário diz que governo perdeu o controle, tatatá".

– E não perdeu? – Moacir puxou a fumaça como se sua vida dependesse disso. – A gente está no poder faz quase vinte anos. Esse tipo de coisa aí já tinha que ter sido resolvida, pô.

O paramédico se incluía na conta por força do hábito. Assim como o resto do time, tinha se retirado do serviço.

– Perdeu nada, bicho. A sanidade da civilização expirou no mundo inteiro. Não só aqui, não. – Ricardo aproximou o papel até a luz do fogo. – Essa revista aqui é de janeiro. De lá para cá, só nesse ano, o presidente dos Estados Unidos levou um tiro e só o Papa sozinho já tomou mais três.

– Era um maluco e um terrorista que fizeram isso daí. Aqui é o próprio governo.

– Está falando do Riocentro de novo, né?

– E quem não está? Por que acha que caí fora?

No final de abril, durante uma comemoração ao Dia do Trabalhador, no Centro de Convenções da Cidade Maravilhosa, havia acontecido a tentativa constrangedora de um atentado executado por dois militares. A intenção do capitão e de seu sargento, que explodiram acidentalmente a bomba ainda dentro do carro, era culpar grupos de oposição e fomentar uma nova onda de repressão, atrapalhando a planejada abertura do regime.

A linha mais dura dentro do governo discordava veemente de que civis pudessem escolher seu presidente, como tudo indicava que estava prestes a acontecer. A própria SNI, o Serviço Nacional de Informações, órgão então de inteligência, corroborou a hipótese de o atentado ter partido por mãos terroristas extragovernamentais. Contudo, era trabalho difícil ocultar a barulhenta morte do sargento dentro daquele puma, no estacionamento do evento.

– Uma hora dessas, era para eu estar lá em casa vendo meu time – Ricardo cuspiu alguma coisa que estava grudada na ponta da língua –, só que olha só eu aqui, no meio do mato, escutando esse papinho de comunista. A patroa deve estar lá, toda feliz da vida, assistindo a novelinha dela.

O garoto se afastava para trás quando sentiu uma mão gelada envolver seu braço. Mesmo deitada, sua mãe usou de um olhar autoritário. Previa muito bem o intento do filho. Tinha preparado uma caneca d'água para levar até o aruaque. O nativo ainda padecia pendurado no escuro da outra clareira. Bete sabia muito bem que o coração não cabia no menino, mas não suportaria vê-lo sendo flagrado, como havia sido o índio na tarde do dia anterior.

O chefe da expedição não tinha revelado suas intenções na região erma, porém a tradutora percebeu que o jovem de barba desgrenhada se negava a passar alguma informação, e por isso foi destituído do direito de saciar a sede até que colaborasse. Scandelato não ficou nada contente em descobrir que certo nativo, contratado como mateiro, andava levando água ao rapaz às escondidas.

– Do jeito que anda o Timão – disse o paramédico –, deve estar valendo mais a pena assistir "Jogo da Vida" mesmo.

– Comunista e noveleiro ainda por cima.

Após se encararem como em um faroeste, gargalharam como em um pastelão. A mulher suada tinha calculado tudo isso. Então um guincho gutural veio da floresta, e ambos sacaram as armas com felina precisão. O desespero foi tão áspero que era impossível discernir o timbre de seu dono.

– Fica aqui. Eu vou dar uma olhada.

Ricardo engatilhou o FAL, algo se moveu por entre as moitas à direita, porém antes que o esvaziasse naquela direção, um dos colegas surgiu carregando outro por cima do ombro.

– Deita ele aqui! – Moacir montava um segundo leito às pressas. – Situação?

– Eu não sei – disse Robson, um dos três responsáveis pela guarda. – Ouvi aquele berro e quando cheguei lá o Davi estava apagado! Só sei que está sangrando e segurando alguma coisa na mão! Eu tentei abrir, ele não larga...

– Volta para lá e procura o Ávila. – Interveio Ricardo Bonfim. – Com esse barulho todo, ele já tinha que ter dado sinal de vida. Se você fizer o perímetro e não achar nada, volta para todo mundo pegar a trilha até o barco.

– Mas a ordem não era...

– Foda-se a ordem – esbravejou o encarregado.

– E aquele índio? – perguntou o paramédico.

– Foda-se o índio.

O menino andava no breu absoluto. Partiu sorrateiro assim que recebeu o sinal da mãe. Pelo fedor, estava no caminho certo. Além disso, sentia uma presença logo à frente.

Moacir apagou o cigarro na bacia cheia de compressas de gaze sujas de sangue, um segundo grito quase o fez derrubar tudo no chão. Depois só os grilos pulsavam.
– A gente está sendo observado – disse Ricardo. – Ao mesmo tempo que nos faz alvos fáceis, essa iluminação acaba cegando a gente. O jeito é apagar tudo, assim jogamos de igual para igual.

A mão do menino apalpou a barra do instrumento de tortura e o índio não estava mais ali. Não havia o que ser feito. Como aquele segundo berro estridente tinha minado sua coragem, estava decidido em voltar. Contudo, todas as luzes do acampamento se extinguiram.
– Mãe!

Bete forçava seu pescoço na enfermaria tomada pela escuridão, quando ouviu uma voz esganiçada na maca ao lado:
– Olhos de gelo! Tinha olhos azuis!
– Cala a boca dele! – Bonfim gritou para Moacir, mas ninguém retrucou. – Moacir?!
– Pele de fantasma! – Continuava o fuzileiro recém-desperto. – Unha de diabo!
Ricardo ouviu a maca de metal tombar. Alguém tentava ficar de pé. A tradutora então falou com a voz alquebrada:
– Meu... filho...
– Espera aqui! – ordenou Bonfim.
– Olhos de gelo! – bradou o enfermo no escuro.
Outro grito perpetrou pela mata. Era impossível saber se aquilo vinha do medo ou da ameaça. A estranheza da dúvida multiplicava o desamparo.
O menino se encolhia ao lado de um tronco, quando sentiu um puxão no colarinho. De olhos fechados, não viu a lanterna se aproximar.
– Vem cá, moleque! Vamos lá pegar a sua mãe e ir para o barco – sussurrou o homem com hálito de cigarro. – Até lá, você fica de boca calada, ouviu bem?!

Assim que o menino sacudiu a cabeça em afirmação, Bonfim gorgolejou, arrotou e expeliu um líquido preto pela boca. O garoto limpou o rosto e disparou o mais veloz que suas pernas de bambu conseguiram até sua mãe. Ajoelhado a seu lado, ficou em dúvida se o vulto esguio que se debruçava ao lado deles era de fato a armação para a lona.

– Acorda!

Enroscou os dedos nos cabelos de Bete e levantou sua cabeça. Ainda estava viva. A voz angustiada de Moacir então subiu de algum ponto daquela noite viscosa.

– Socorro! – O paramédico rasgava a goela. – So-Socorro, tira isso de... mim!

Mais uma vez aquela mão ensopada conteve o filho.

– É uma arapuca. – Acariciava o minúsculo rosto de seu menino. – Você tem que tratar de correr, viu... que nem quando... do seu pai... para o barco. A mãe espera a ajuda... tá bom?

– Eu levo a senhora no colo!

– Corre! A mãe... te... viu... corre!

Aquela sombra alta e magra descia sobre os dois. Não era suporte nenhum. Antes que pudesse desobedecer a superior imediata, o menino foi golpeado no peito por algo muito áspero que o desequilibrou. Ao cair sua mão encontrou um dos bisturis de Moacir. Preparava o bote contra a sombra, mas foi empurrado por trás e tombou agora com a bochecha na terra. A clareira estava tomada de silhuetas vultuosas. Aproximavam-se caladas, ao som do clamor do paramédico e dos relatos do moribundo.

– Socorro!

– Pele de fantasma! Unha de diabo!

O pequeno foi agarrado com tamanha força que escutou os próprios ossos estalarem.

2. VALE TUDO

2017.
Praça dos Exageros. Itu. 19h53.

O para-choque arrastou de forma estridente no meio-fio, a lataria surrada parou ao lado de uma garrafa gigante. O monumento era vermelho e tinha cerca de 8 metros de altura. Após duas pancadas surdas, a porta cedeu ao esforço do motorista, que desceu penosamente.

– É isso que envelhece a gente.

Rafael Perso levantou os braços, espichando-se como um felino ao despertar. Cada fibra crepitava sussurrando a má ideia. Pelo menos certas escoriações no abdome explicavam metade de sua camiseta branca estar empapada de sangue. Ronronando em autopiedade, encarou o retrovisor trincado.

– Eu devia ter insistido na ideia da cafeteria...

Seus olhos tinham a moldura cansada, mas a tela pulsante. De resto, Perso era resultado de um liquidificador étnico secular. Se o sobrenome era carcamano, o sangue e a pele eram a resposta da batalha festiva e genética deflagrada em 1500. Agradecia a tudo isso com um sorriso bastante aberto. Ainda mais sempre que contava todos os dentes ainda ali.

Revisitava o enorme galo sob as madeixas escuras, quando foi empurrado.

– Sai da frente, Rafa! – O sujeito corpulento saía pela mesma porta. – Primeiro, você capota um avião, depois faz um carro voar!

– Calma aí, Jota! Vai valer a pena. – Perso fez uma careta, arrumando o colarinho do amigo. O próprio grandalhão carregava um olho roxo e a boca cortada no mínimo em dois pontos diferentes. – Vai por mim!

Uma terceira voz surgiu da mesma saída, a única das duas não emperrada.

– Eu escutei isso durante quinze horas de viagem. – O ruivo magricela tinha o nariz avermelhado e a camisa polo encardida de graxa. Assim que se viu ereto, apoiou as costas no veículo quase tão judiado quanto os três. – A minha bunda já estava quadrada.

O trio era tão estranho ao cenário quanto o cenário para o trio. A ludicidade de um não rimava com a gravidade do outro. No entanto a vida, por vezes, entortava seus caminhos em rumos inesperados e lá estavam eles. A Praça dos Exageros era a representação apoteótica de toda a mítica em torno da grandeza de tudo o que fosse relacionado à cidade. Enquanto o comércio lucrava com chaveiros agigantados, o turismo tirava sua parte com representações absurdas de objetos e insetos de proporções bovinas. E tudo isso se devia a um comediante que arriscou improvisar durante um programa de TV, onde enalteceu o tamanho das mandiocas de Itu. Não à toa, ganhou uma bem-humorada estátua que, sentada em um banco descomunal, observava os três palhaços involuntários.

As articulações de JP e de Diego ainda saboreavam as novas possibilidades, quando Perso abriu o porta-malas e jogou um terno para cada um. Esticando a manga do próprio, disse:

– Dá para fazer de Cascavel até aqui em dez horas, se tu não parar para comer toda hora e se castigar o acelerador de verdade. – Ao ser ignorado pelos dois amigos, tentou amenizar. – E, Diego, tu é piloto, tua bunda já tinha que estar calejada.

– Já que tocou no assunto – disse Jota –, se você não tivesse feito a gente capotar com o avião lá em *Ciudad del Este*, todo mundo estaria inteiro e com o dinheiro no bolso. Agora, além de tudo, ainda estamos devendo um trem de pouso para aquele cara.

– O que é uma peça velha, perto da grana que a gente está fazendo?

– Por falar nisso... – Diego arriscou confiar no tornozelo lesionado. – Já ligou para esse vereador aí, avisando que a gente está chegando? A uma hora dessas, ele já deve ter ligado para Deus e o mundo falando que você passou a perna nele.

— *Putz!* — Rafael apalpava os bolsos da calça jeans. — Esqueci o chipe brasileiro lá no avião.

— Estou sem bateria — disse Diego, o ruivo.

— Sem créditos — disse JP, o grandão.

— E aquele seu tijolão lá, Foguinho? — Perso se achou muito esperto por isso.

— Meu telefone via satélite? Pode crer, passa o número aí.

— O número estava salvo no chipe... — Rafael levantou as duas palmas. — Mas eu sei onde esse bosta vai estar agora. Vão por mim.

— E você confia nesse cara? — A boca de Jota doía ao falar.

— Mais ou menos. — Rafael bateu a tampa do bagageiro. — Vou deixar vocês dois lá na porta, ele não conhece os rostos dos meus parceiros. E aí, eu estaciono com a mercadoria em algum lugar mais discreto, só por garantia. Para que pagar, se ele pode nos apagar, né? Bom, vocês aproveitam e já vão chamando uma gelada para mim.

Rafael Perso entrou na casa noturna ao som de uma agitada música ao vivo. Agradecia a luz estroboscópica e indireta por maquiar seu estado deplorável. Porém, nem mesmo o escurinho o protegeu do julgamento da garçonete de cabelo chanel que fez um esgar de nojo ao ver aquele turista descabelado lhe saudando com o olho roxo. Não tinha fetiches por sorrisos ensanguentados.

Recompondo-se, Rafael percebeu duas coisas intrigantes. Havia um amontoado de homens iguais sobre o pequeno palco. Todos de pele negra, cabelos volumosos, bigode fino e cintura larga. Tratava-se da final de um campeonato de sósias que homenageava o cantor favorito de seu empregador. O traficante, nas horas vagas vereador da cidade, era obcecado pelo *Soul*. O estilo musical, originário dos Estados Unidos, casava-se muito bem com a ginga nacional, mas não chegava aos pés do samba sessentista que tirava Rafael da cama todos os dias. De qualquer forma, seria animado o suficiente para coroar seu grande momento.

Um dos cantores levantou um microfone do tamanho de um cetro e começou a dedicar efusivos cumprimentos a algumas pessoas notórias e outras notáveis que estavam na casa. Após dedicar um "alô" para certa funcionária de cabelo curto, esgoelou:

– Alô, Doutor Machado! Solta a franga!

Então um dos pequenos holofotes iluminou uma mesa próxima à parede. Perso deu risada, mas não de alegria. Cruzou a pista de dança e se aproximou da segunda coisa que tinha estranhado. Jota e Diego estavam sentados juntos de Frederico Machado, o político que o tinha contratado.

Seus amigos gargalhavam à vontade enquanto se serviam em garrafas *long neck* dispostas em um balde de gelo. Não usavam mais terno algum.

– Opa! – Perso puxou uma cadeira para si. – Boa noite, "Doutor" Machado! Todo mundo já se conheceu, é?

A mesa terminou de rir, seja lá de qual piada fosse, e então o homem de voz grave, olhos verdes e cavanhaque branco, soltou:

– Bênção, "Pastor"! – Com seus sessenta e poucos anos de pura opulência, o vereador arriscava vestir uma camiseta pouco mais justa que lhe caberia. – Foi moleza saber quem estava trabalhando contigo.

– Mandando algum *hermano* xeretar o meu trabalho lá no Paraguai? – Perso fez sinal para um garçom, já que todas as garrafas, ou estavam na mão de seus amigos, ou de ponta-cabeça no gelo.

– Que nada! Foi só ver dois caras disfarçados de mafiosos italianos. Aí, quando vi que estavam rajados de porrada, bingo, tive certeza! – A mesa inteira deu risada novamente. Até mesmo os dois seguranças do político, que eram pagos para deixarem o bom humor em casa, tinham de rendido. Usavam uma camiseta polo colada ao corpo na cor preta. – Enfim, "Rafa", assim que vi os únicos caras de terno nesse calor marroquino, lembrei da sua maior habilidade.

– Qual, "Fred"?

– Convencer pessoas de respeito a embarcarem em suas loucuras.

– Se o senhor se refere a Amanda, a sua filha sabia o que...

– Sobre isso falamos depois. – Limpou a boca com um guardanapo. – Você trouxe a minha encomenda?

– Está lá no aeroclube. – Rafael Perso virou a cerveja sem tirar os olhos de Frederico Machado. – Recebeu o e-mail com a conta para depositar o valor?

– Só uma. Não tinha que ser três?

– Eu repasso para eles.

– Perso, Perso... o Diego aqui acabou de falar que vocês vieram de carro, que você esqueceu de tirar o calço lá do monomotor e melou o lance todo na pista de decolagem. A propósito, cuidado com esse ruivinho aí, hein, senão não vai sobrar nada dele para quando trabalhar diretamente para mim... sem intermediários.

– Chegou tarde, Machadão. Sei que pilotos abusados estão sempre em alta, mas esse daí eu vi primeiro. Fala para ele, Foguinho. Isso sem falar que a gente se conhece faz mais de dez anos e amizade não tem preço.

– Se valorizasse seus amigos, teria oferecido ternos um pouco melhores. O que você fez com todo o dízimo que já ganhou?

– Torrei com gasolina. Ou melhor... investi em gasolina. A igreja ainda é pequena, mas, do jeito que está indo, logo abro a primeira franquia. Deixei um camarada de confiança tocando os cultos, eu não sou o Pastor. E já que falou nisso, Machado...

– Lá vem. – Disse o político, e a mesa riu de novo.

– Esse é o último trabalho que faço com você. – Rafael se arrumou na cadeira. – Eu pensei bastante e decidi não mexer com narcotráfico. Me senti valorizado com a proposta, só que não vai rolar. Eu passei lá na igrejinha para dar uma olhada no fluxo de caixa, e uma senhora veio chorar para mim, falando que o filho dela estava nas drogas. Cocaína. Trazer eletrônicos é uma coisa, drogas é outra.

O vereador gargalhou sozinho, chegando a se envergar para trás. Voltou-se para Diego e JP com os olhos lacrimosos cintilando:

– Nesse caso, sejam bem-vindos ao lado do crime que compensa. Jota, com os contatos que você tem na fronteira lá no Sul, vamos expandir...

– Nada disso, Fred. – Perso terminou a cerveja e bateu a garrafa na mesa. – Já tenho planos para eles. Amizade antiga, sabe como é. Um dos seus seguranças vem conosco, tu e o outro segue a gente até o estacionamento do shopping.

– Porra, e aí mostramos a bunda para a câmera de segurança?! – Disse o vereador, trazendo mais uma vez a alegria para aquele canto do restaurante. – Melhor você se dedicar à sua igrejinha que você ganha mais, viu, Rafa. Estou falando que esse cara é uma piada.

– Uma o quê? – questionou Perso, garrafa vazia em mãos.

Machado fez o sinal da conta para a garçonete, agora sorridente, e voltou-se para um de seus guarda-costas:

– Não disse que ele ficava bravo quando alguém fala isso? Bom, vamos logo pegar as coisas, porque o alvará com a Dona Encrenca está quase acabando.

Perso andava até a ruazinha afastada, onde deixara o carro recheado de *smartphones* sob o estofado. Era o único que ainda vestia o terno, carregando nas mãos os outros dois esquecidos nas cadeiras. Machado estava certo. Estava calor demais para esse tipo de pompa, mas não daria o gosto ao falastrão. Não se renderia ao calor tropical. Preferia suar em bicas a tirá-lo. No íntimo, sentia-se como um idiota. Pior que isso, uma piada. Ele não era uma piada. Olhou para trás e todos o seguiam conversando naturalmente, mais um dia de trabalho.

O respeito não viria da janta para o café. Por mais que sentisse o ímpeto de erguer a voz e descarregar uma carroceria de ofensas, continha o temperamento. Era um jogo de frieza. Malandro não vacilava, como dizia uma de suas letras favoritas.

Frederico Machado alcançou o patamar que ocupava justamente por saber manipular as pessoas. Era óbvio que seu maior interesse ali era Jota e não Diego, devido à vasta lista de contatos que o grandalhão tinha na fronteira. João Paulo era um ex-policial rodoviário federal, especializado em contrabando e descaminho de cargas na Tríplice Fronteira entre a Argentina, Paraguai e Brasil. Ele conhecia nomes, trâmites, caminhos e horários propícios para escoar o que quer que fosse por aquela região. Se não fosse a pequena ajuda dele, jamais teriam vencido a fronteira por terra depois do incidente com o monomotor alugado.

Machado era tão sujo que desprezava o ex-policial para escamotear suas intenções. Para comprá-lo mais barato. Por isso bajulava tanto o piloto de cabelo enferrujado. Sim, Machado o irritava para fazê-lo perder sua clareza. Olhou mais uma vez para trás. Jota e Diego cambaleavam cabisbaixos, passando ao largo de um telefone do tamanho de um poste. A visão o deixou revigorado. Os dois velhos amigos estavam mal-humorados com ele, era verdade, mas logo estariam em algum boteco da vida rindo de tudo aquilo. Seria apenas mais uma história para um tirar sarro do outro, como só verdadeiros amigos fariam. Perso conhecia JP desde sua infância no litoral de São Paulo, e Diego desde seus vinte anos quando se mudou para a capital. Sem dúvidas, apresentar um ao outro havia sido a melhor das ideias. No submundo, contava-se nos dedos quem tinha uma pessoa para confiar, Rafael dispunha de duas. Uma sensação aconchegante tornou seu peito mais leve e morno. Esse tipo de confronto era o preço de quem assumia o cabresto da vida. Era um sinal de que as coisas começavam a dar certo. Tirou a chave do bolso, a rodou no dedo e a vaga estava vazia.

– Agora ele perdeu o carro. – Riu um dos seguranças.

– Calma, rapaz. – Machado olhava o relógio. – Deve estar na rua de trás. Pensa com calma.

– Já era. – O outro segurança apontava para o meio-fio, onde jazia um adesivo com um número de telefone.

– Puta que pariu! O carro foi guinchado! – gritou Jota. – Que bosta, Rafa, não presta atenção em nada?!

– Eu... – Perso afundou os dedos no cabelo, enquanto via a placa que proibia estacionarem o carro naquela guia. – Isso já aconteceu comigo lá em Buenos Aires! Alguém me empresta o telefone? Resolvo em cinco minutos!

Todos escutaram o clique de uma arma engatilhada.

Perso se virou, esperando ver o rosto sorridente do político irritante, mas era Diego quem apontava a *Beretta M9* para sua têmpora.

– E agora, seu merda?! Agora nós três vamos morrer por sua culpa, é isso?!

– Guardou isso desde o meu aniversário, é?

– Não vai sair cachaça dessa aqui, Rafa!

O piloto em um momento de estresse tinha pegado agilmente a arma de um dos seguranças e apontado para o próprio amigo. A atitude tão intempestiva confundia o outro guarda-costas, que não sabia se voltava o próprio revólver para o ruivo, ou também para o sujeito rendido. Mesmo sob a mira da arma já preparada, Perso estava preocupado com a possibilidade de o amigo ser mal-interpretado por Machado e morto ali mesmo.

– Abaixa isso, Foguinho. Roupa suja se lava em casa... Fala para ele, Jotalhão! Eu vou recuperar a carga e limpar essa merda toda. O Machado não é tão idiota, não vai querer perder essa grana toda de bobeira.

– Vai todo mundo morrer aqui e a culpa é sua! – repetiu Diego. – Cadê... a porra... do... carro?!

– Calma, rapaz – disse a voz grave do político. – Ninguém vai morrer aqui. Esse dinheiro aí vocês dois pagam para mim em um serviço ou dois no máximo. Vamos embora. Vou pedir para eles levarem vocês no pronto-socorro aqui perto e depois para um hotel que eu conheço o dono.

Tanto Jota quanto Diego se mostraram incrédulos, mas o piloto devolveu a arma para um dos seguranças. O homem de preto recebeu a pistola de volta.

– E o outro? A gente dá só uma surra nele?

– Que nada. Olha o estado dele – disse Machado. – Deixe esse merda aí, que ele é atraso de vida. Eu estou cansado de falar que esse cara é uma piada.

A raiva subiu como uma bola de lava incandescente. Era como muita bugiganga para pouco bagageiro.

– Tua filha não me acha uma piada.

O mais doloroso não foram as pontas dos sapatos de couro contra suas costelas, ou os ossos das mãos dos seguranças contra as maçãs de seu rosto. A maior dor que Rafael Perso sentiu foi a indiferença de seus dois velhos amigos.

Os cinco homens quase alcançavam a esquina, Frederico Machado parou com o indicador para cima:

– Esperem aí! Alguma coisa ainda está errada. – De longe, Perso se mexia muito pouco ainda de bruços na calçada escura. – Voltem lá e, por favor, deitem ele na sarjeta. Carinhosamente, senão o cara morre, né.

***

Talvez tivessem passado minutos, talvez horas.

Ainda era noite quando Rafael se ergueu da canaleta suja de lama, sentou-se no meio-fio e escutou uma voz distante e chiada vindo de um dos ternos jogados no chão.

– "Alô, na escuta?! Qual é, Saraná, responde aí! Já te dei dois dias para tomar sua decisão! Não tem mais tempo não, copiou?!". "Eu sou a oportunidade batendo na sua porta e você ignora! Está na escuta?!".

Rafael Perso esticou o braço e atendeu o telefone via satélite.

3. FICÇÃO DE POLPA

Dia seguinte.
Curitiba. 21h21.

A jarra de alumínio era um vulcão pré-histórico. O leite borbulhava como magma incandescente. Sabrina Barlavento quase passou direto pela porta da cozinha, mas esquiou sobre as meias coloridas e apagou o fogo, um dedo antes da catástrofe. Esse era o preço por abandonar a rotina. Cappuccinos lhe banhavam o dia, e vinhos lhe regavam a noite. Como trabalhava em um texto muito importante, ainda não era hora de ser acalentada por Baco, o único deus grego capaz de levá-la para a cama.

Seu escritório, montado no antigo quarto de visitas, era todo acarpetado com uma pelagem branca que a fazia se sentir nas costas de um cachorro gigante. O ambiente era iluminado por três abajures, sendo um deles dedicado ao objeto que mudou sua vida. O troféu em formato de sapo jazia sobre uma prateleira central, e dele emanava um sussurro intermitente que a garantia não ser uma fraude. Era como uma relíquia, um daqueles artefatos que se retirados do lugar tudo ao redor começaria a ruir. E, de fato, os planos de Sabrina Barlavento estavam em ruínas, quando o renomado prêmio literário a resgatou.

Pousou a caneca fumacenta ao lado do *notebook*, e, antes que retornasse ao editor de textos, seu celular começou a vibrar. A escritora já havia desinstalado o aplicativo de paquera, mas ainda tinha uma horda de pedintes de fotos digitais para bloquear. Tinha conhecido aquilo graças a uma sobrinha, que insistiu demais para que a tia solteirona se aventurasse pelo mundo virtual. No começo realmente viu alguma graça em conversar com tantos estranhos, porém na segurança de sua casa. Na pior das hipóteses, era um bom laboratório para a criação de personagens. Tinha também de admitir que havia dado bastante risada com tudo aquilo. Lembrava-se de um sujeito que insistia em lhe apelidar de Laura Pausini, falando que era a versão brasileira, e mais corada, da cantora italiana. Isso devido ao cabelo negro e ao seu tipo de nariz, suavemente romano. Sabrina esperava ser a versão mais jovem da artista. Tinha passado dos trinta, mas fazia pouco tempo. Talvez pelo bom humor, este havia sido seu único encontro físico providenciado pela internet. No entanto, como mandava o bom clichê, tinha dado tudo errado no final. Então ela resolveu que a sobrinha deveria agradecer tipos assim, pois, graças a eles, continuaria mimando os filhos da irmã, ao invés de confeccionar seu próprio ser humano particular. No momento em que desligaria o irritante aparelho, ele tocou.

– "Alô, boa noite!". – Pelo entusiasmo, a voz feminina também tinha optado pela cafeína. – "É a Natália! Desculpe ligar essa hora! É que você me contratou como revisora e ficou de me mandar o arquivo, lembra?!".

– Ué, mas eu mandei.

– "Sim, então!". – A moça deu uma risadinha. – "Mas acho que você anexou o arquivo errado!".

– O documento por acaso se chama, "Ficção de Polpa – Parte I"?

– "Isso, mas parece que é sua resposta para uma crítica...".

– Ah, e é bem isso. Será que está ok até amanhã cedo? Daqui uns vinte minutos te mando a segunda parte.

– "A senhora... me contratou para revisar um... e-mail seu?".

– Sim, sim. É que ela chamou meu livro de "Ficção de Polpa", no jornal, então estou explicando algumas coisas a respeito. Te contratei porque não quero dar o prazer de ela encontrar nenhum erro de digitação sequer nem de concordância e nem de nada. Quando escrevemos com muita emoção, costumamos tropeçar nos próprios dedos. Enfim, amanhã até o meio-dia será que está ok? Queria viajar de cabeça leve.

– "Ah, tudo bem, então...". – A revisora respondeu como se houvesse telefonado para a ala mais profunda de um hospício. – "Achei estranho, porque tem a foto de um... joelho dentro do texto".

– Ah, é que essa crítica aí disse que minha literatura é rasa por eu não ter nenhuma cicatriz. E, bom, como pode ver nessa foto, eu tenho. – Sabrina percebeu que a cafeína a fazia parecer neurótica, ninguém tinha obrigado a revisora a telefonar durante uma brecha criativa tão catártica. Nessas ocasiões, matutava como seria estar casada em um momento de criação. Durante toda a reflexão, percebeu que sua boca ainda falava. – Que pareço não ter vivido as dores necessárias para criar algo genuíno. Claro que ela disse em outro sentido, mas vale pelo sarcasmo. Enfim, Natália, dúvidas sanadas? Alô? Alô?!

O celular estava mudo.

Arremessou o aparelho para a poltrona do outro lado do cômodo. Este era um de seus truques para não ser distraída. Olhou mais uma vez para o jornal anexado à mesma prateleira que ostentava o troféu e releu o título de uma pequena coluna de canto:

***"Curitibana desmoraliza prêmio
nacional com ficção de polpa"***

Aquilo era ultrajante. Ficção de Polpa, ou *Pulp Fiction* em inglês, foi um termo criado em torno do começo do século XX para as narrativas que focavam, acima de tudo, o entretenimento do leitor. Eram publicadas no papel mais barato possível, feito da polpa da madeira como sendo algo descartável. A crítica a incomodava de duas formas. Tanto ao menosprezá-la profissionalmente, quanto ao depreciar o gênero que Sabrina mais amava no mundo, a aventura. Claro que a literatura *Pulp* não se limitava às aventuras de caça ao tesouro e às perigosas escapadas de templos perdidos. Estas ficções, publicadas de forma episódica, geralmente em revistas de 128 páginas, abrangiam diversos matizes narrativos. Podiam tratar de espionagem, terror, fantasia, investigação, ficção científica, velho oeste e até de prosas picantes. E mesmo este contexto tão fértil tendo sido responsável por clássicos como Tarzan ou toda a mitologia de Cthulhu, "Ficção de Polpa" sempre teria sua alcunha atrelada ao menosprezo.

Seu e-mail, um tanto boca dura, perguntava o porquê de obras enfocadas no gênero drama serem mais valorizadas. Dizia que esse tipo de história também costumava ser recheado de clichês. A superação de uma pessoa que desfrutou das agruras do mundo das drogas para depois sair amadurecida já foi contada mil vezes. Mas Sabrina tinha certeza de que, se este fosse o mote de seu trabalho premiado, a crítica o aplaudiria de pé. O que os intelectuais tinham contra o escapismo? Talvez ele fosse o modo mais profundo de se chegar a um bom questionamento. O escapismo era capaz de aproximar as pessoas ao estado alfa, e, zarpando de lá, poderiam ir para onde quisessem, sem a âncora da consciência os atrelando aos velhos paradigmas. Criar um personagem homossexual, cativante o suficiente para despertar o afeto de um leitor preconceituoso, seria mais efetivo que dar a esse leitor um sermão a respeito. Sem falar que talvez estas tão valorizadas narrativas dramáticas fossem mais interessantes, caso transformadas em alegorias. Talvez um crocodilo gigante, que emitisse o som de um relógio, representasse a ansiedade, ou decerto um vigilante mascarado, apelidado de Raposa, ou Zorro no espanhol, significasse a astúcia perante a tirânica política vigente. Nesta linha de raciocínio, um platô secreto, habitado por criaturas pré-histórias, seria um ótimo modo de expressar a esperança. Neste caso, os dinossauros de Arthur Conan Doyle, o mesmo autor de Sherlock Holmes, representariam a luz no fim do túnel. Sinalizariam que o mundo não era tão entediante quanto uma enorme plantação de chaminés industriais. Havia mais para se conhecer.

Massageou a língua e o céu da boca com um gole ainda quente. Ponderava se deveria retirar o trecho sobre a obra de J. M. Barrie. A despeito de ser contemporâneo dos outros exemplos, o trabalho ambientado na Terra do Nunca não era considerado *pulp*. Foi escrito para crianças, afinal. Deletou esta parte. Era uma prova a favor de sua adversária.

O ato a fez se questionar se estava indo longe demais. O telefone voltou a acender e a vibrar, iluminando alguns pôsteres no outro extremo do recinto. Então a imagem reluzente de uma clássica gravura de Drew Struzan, que mostrava garotos pendurados uns nos outros, e em uma estalactite, recobrou sua ingenuidade. Os traços e as cores do artista, autor dos melhores cartazes de filmes da década de 80, sempre lhe causavam este efeito. Sentiu-se tão pedante quanto a sua arqui-inimiga. Sentiu-se envergonhada.

Para terminar o desabafo, deixou claro que nem sempre um escritor usaria todas suas armas. Que ao fazer isso demonstraria falta de confiança e talvez de estilo. Que a obra execrada pela intelectual foi talhada de forma que o leitor não precisasse voltar à realidade a cada mesóclise ou termo filaucioso.

Estalou o pescoço e fez uma espécie de cafuné no próprio cabelo preso em coque. Lutava para não se irritar com a insistência do celular. Espremeu os olhos relendo o último parágrafo, onde finalmente revelaria o verdadeiro coração de uma boa aventura. Onde residia a essência deste tipo de jornada. Para fazer isso da forma mais clara, usaria sua própria vida como exemplo. Não gostava de se abrir, mas essa entrega final era necessária. Sem doar um pouco de sangue, jamais sairia um bom livro. A foto do joelho agora faria todo sentido.

Então, a imagem de uma mulher de braços abertos na praia, com sua canga verde e amarela ao vento, tomou o monitor por completo. Sua agente literária fazia uma chamada de vídeo.

– "Boa noite, Laura!". – Brincou a mulher dona de uma graciosa pele negra e de cabelos pintados pelo Sol. Ela acenava com a palma muito perto da câmera. Sendo a melhor amiga de Sabrina, sabia irritá-la como poucos. Seus óculos refletiam a tela do próprio tablet. – "E aí, tudo pronto para a viagem?!".

– Opa, se não é a Marlene Serra Elétrica.

– "Qual foi? Espera aí, eu te interrompi? Você voltou a escrever?! Vou até abrir uma cerveja aqui, ou "béra" na sua língua! Não me manda nada há meses!".

Antes de ter uma relação profissional, Marlene Serra era sua conselheira aguda, psicóloga afiada e companheira cega de bebida.

– Que nada... – disse Barlavento. – E aí, como que anda essa nova vida de casada? Já zerou o Kama Sutra?

– "Entre o picante e o entediante... mas, e aí, não vai me dizer que ainda está sacrificando tempo de existência com uma resposta para aquela crítica mal-amada, como você se refere a ela mesmo?".

– Filha de uma...

– "Escuta, isso já faz quase um ano! O seu silêncio foi mais elegante que qualquer textão! Você tinha que estar arquitetando sua próxima série televisiva, ou prêmio nacional, sei lá".

– Eu te mandei três textos em cinco meses. Não pode dizer que não sou prolífica.

– "Dois deles tinham dinossauros, e o outro, uma múmia asteca atormentando bandeirantes! Eu entendo que você goste dessas coisas, mas é melhor guardar este seu lado mais infantil para os seus pseudônimos. Imagine como os leitores de "A Bica do Horto" iriam reagir sabendo que Sabrina Barlavento, a autora capaz de desobstruir os canais lacrimais, sei lá, do Chuck Norris, anda escrevendo sobre dinossauros! Fraude seria seu apelido mais bonitinho".

– Fraude? – Sabrina enrugou a moldura dos olhos. A caneca vazia em mãos. – Primeiro, não era um dinossauro naquela gruta, era a *Ipupiara*, um monstro marinho. E a minha novela é baseada em relatos do século XVI no litoral de São Paulo...

– "Primeiro! Eu não te chamei de fraude, calma. E, segundo, você consegue perceber como parece bobo uma mulher de mais de trinta anos falando sobre essas coisas? Eu tinha que filmar e te mostrar. Se você não está nem aí com a academia, pensa nos seus leitores. Acha que os mesmos que gostaram do seu livro de abertura, vão gostar desse tipo de coisa? Eles não querem um monte de personagens morrendo de uma vez, querem um só morrendo bem devagarzinho ao longo do livro, é assim que o Chuck chora".

– Então, talvez, eu não queira mais estes leitores. Eu quero escrever aventura. Foi por isso que comecei. E sabe o porquê? Porque elas me colocam em contato com...

– "Se não se importa com a academia e com os leitores que conquistou, pense no dinheiro. Se não fosse a graninha que você ganhou, vendendo o roteiro para aqueles gringos, e com aquela adaptação aqui para a televisão, como acha que teria dinheiro e tempo para escrever sobre Pupuáras?". – Marlene, então, apelou para o único apelido capaz de amolecer sua rebeldia. – "Bina, as pessoas preferem narrativas com as quais possam se identificar. Quantas pessoas perderam alguém para o câncer e quantas se viram entre tiros e flechadas? Usa esse seu dom para tocar as pessoas e não para afastá-las da realidade, de si próprias, ou de você...".

O argumento mais tocante foi aquele sobre a liberdade financeira que o prêmio lhe providenciou. Não pelo dinheiro, sim pelo modo de vida que a possibilitava escrever o que desejasse, mesmo o que jamais seria publicado. Lembrava-se de como foi pressionada pela família a seguir carreira na medicina, como sua avó, seu pai e toda a mesa do *réveillon*. Quando se assumiu escritora, todos a apoiaram, quando abandonou os estudos para se dedicar ao ofício, todos a olharam como imatura. Quando viu que não conseguiria tirar sustento daquele esforço, tarde demais, era a ovelha mendiga da família.

E então ganhou o prêmio.

E então sua obra foi adaptada como um aclamado seriado na maior emissora do país. E então um grande estúdio norte-americano pagou um relevante valor pelo direito sobre a obra. Quando Sabrina apareceu na televisão pela primeira vez, dando uma entrevista etilicamente engraçada, o Comitê Familiar do Amigo Secreto Anual voltou a respeitá-la.

– Foi mal, é que eu bebi café o dia inteiro. Se meu coração acelerar mais um pouco, volta no tempo.

– "Isso, Bina, relaxa na bolacha. Lembra que você me falou que sempre costuma trocar o lado da mesa em que escreve? Que isso faz você olhar as coisas de modo diferente? Vai ver está na hora de mudar de mesa".

– É que enquanto não responder essa jornalista, eu... bom, foi mal ter descontado em você... a gente tem contrato e tudo, e eu estou aqui agindo como se fosse o último *Beatle*, ou o quinto Trapalhão, já que você prefere tanto que eu faça referências nacionais.

– "Foi mal é o caramba, tinha que estar me agradecendo, viu, que consegui essa entrevista para você amanhã naquele *talk show*. Dá licença! Dá para contar nos dedos escritores brasileiros que são entrevistados em canais abertos sem serem famosos na internet, sem terem um cargo público ou não tendo cometido algum crime interessante".

– Crime interessante? Que tal esquartejar uma agente boca dura e escrever um *hot* com o sangue dela?

As duas riram pelo nariz.

– "Pelo menos, usa este pico de *cappuccino* aí para inventar qualquer coisa para anunciar amanhã, senão aquele cara lá vai ficar fazendo piadinha e te cantando por vinte minutos".

– Não, não, o que faz isso é o do programa de Sampa.

– "E desculpa se peguei pesado, viu? Chora não".

– Tem volta. Vou publicar "O Vale dos Dinossauros Mumificados" e usar o pseudônimo de Marlene Serra, com a fonte maior que a do Stephen King! Ou, nacionalizando, Paulo Coelho!

Se tinha um tema triste que pudesse escrever para alegrar a agente literária, era como se sentia solitária. Adorava estar sozinha, mas isso era muito diferente de se sentir só. Cruzou seu cachorro gigante, que Marlene, às vezes, fazia parecer só um carpete, e leu as mensagens recebidas no celular. Apenas um dos pretendentes havia mandado nove. O adicionou meramente para que seu avatar se tornasse visível e reconheceu o homem sorridente, que brindava o vazio em direção a câmera com uma garrafa de cerveja. A foto tinha péssima qualidade, como se fosse o recorte de uma maior, no entanto a felicidade era legítima. Quase todas suas mensagens eram uma variação de cumprimentos, *emoticons* e pontos de interrogação.

A 421 quilômetros dali, Rafael Perso estava sentado no chão de seu *living room* com as costas apoiadas no sofá. Assistia em seu *notebook* uma sequência de *slides* que mostrava as fotos de sua última festa de aniversário. O dia em que apresentou Jota para Diego. A foto mais engraçada exibia um garçom sendo beijado em cada lado do rosto pelos dois amigos, enquanto ele próprio, ao fundo, brindava do alto de uma cadeira em direção à câmera. Para incrementar a tristeza, ouvia "Me dê um motivo", do mesmo cantor homenageado na noite anterior, na cidade dos exageros. Quando o refrão chegou, Perso enfiou o cano preto, fosco e gelado da *Beretta 9mm* na própria boca. No momento do disparo, seu celular emitiu um brilho azulado.

Enquanto o jorro de aguardente lubrificava garganta, alma e coragem, esticava os nervos dos olhos para ler a mensagem:

– "Que é?". – Respondia a imagem da mulher que tinha tanto o cabelo preto, quanto o vestido azul, salpicados de lantejoulas.

– "Oi, tudo bem?!" – digitou Rafael. Coração batucando. Falava com a única pessoa capaz de fazê-lo usar vírgulas.

– "Eu tinha te bloqueado".

No computador de Perso, em seu colo, a foto seguinte mostra o garçom risonho usando a arma de JP para atirar bebida em seu rosto. Ao mesmo tempo Perso fingia ser rendido por Diego, que apontava para sua cabeça.

– "Comprei outro chipe só pra falar contigo. Pode ficar metida, se quiser. Mais ainda".

– "Contagem regressiva para novo bloqueio em: 3...".

– "Esperaa".

– "2...".
– "Espera***".
– "Fala logo".
– "O q vc tá fazendo?".
– "Respondendo a um idiota". – Sabrina odiava abreviações preguiçosas, mesmo na internet.
– "Também estou ótimo. E estou prestes a fazer uma proposta irrecusável para a escritora mais sexy que eu já saí".
– "1... e ARRIVEDERCI".
– "No primeiro dia que nós saímos vc disse que amava aventuras".
– "Não era esse tipo, seu babaca. Até nunca mais".
– "E se eu te dissesse que tenho uma verdadeira história pra vc escrever? Uma história real que começa em um cemitério nazista no meio da floresta?".
– "Anh. E onde ela vai terminar?".
– "Só vamos descobrir se topar ir comigo até lá".
– "A sua única chance de me explicar esse tal de cemitério nazista será amanhã, às 19h, no aeroporto, durante a minha conexão aí em São Paulo".
– "Qual dos aetiportpd?"
– "Em português, Doutor".
– "Qual dos aeroportos?***".
– "No único que tem a cafeteria daquela marca que você falou estar prestes a comprar uma franquia".

Sabrina Barlavento desligou o celular, cruzou o cachorro gigante, fitou seu troféu no formato de batráquio e não conseguiu digitar uma palavra sequer.

Em sua cabeça, um cemitério nazista tomado pela selva.

4. VAI POR MIM

Rafael Perso colidiu com um grupo de executivos atulhados de malas. Cruzava afoito o corredor de piso axadrezado rumo à escada rolante que o levaria de volta ao térreo. Tinha menos de vinte minutos para encontrar e convencer aquela escritora geniosa a trocar seu destino. E, caso ordenhasse pedra, teria menos de um dia para encontrar seu contato no norte do país. Desta forma, não tinha tempo para coletar as bagagens esparramadas pelo chão. Ao notar que os homens engravatados tinham os olhos rasgados, gritou:

– *Sumimasen, shinshi!*

Sabia falar, oi, tchau, pedir desculpas e mandar ao inferno, em pelo menos sete idiomas. Era o mínimo que deveria ter aprendido com o tipo de vida que levava. Contudo, Rafael se esqueceu de que o Aeroporto de Congonhas tinha como foco principal os voos domésticos. Descia pela escada rolante, quando escutou algumas ofensas no bom e velho português. Levantou ambas as palmas.

Perscrutava atenciosamente o saguão logo abaixo, tentando encontrar indícios da cafeteria em questão. Caso Sabrina não fosse tão dada a joguinhos, teria sido literal e lhe poupado muito tempo.

– Calma, Rafa. – Lia todas as placas coloridas e brilhantes naquele ambiente tumultuado, mas sua pressa impedia que qualquer uma fizesse sentido. – Relaxa, malandro não vacila e é como se fosse só mais um encontro. Só mais um encontro.

Em uma mesa logo à frente, a mulher fazia anotações em seu bloquinho. Parecia muito compenetrada e usava a própria mala como apoio para os pés descalços. Sabrina tinha o cabelo na cor do piche, preso por uma espécie de lencinho azul, e vestia uma jaqueta jeans desabotoada, que amarrava sobre a blusa branca com listras azul-bebê. Perso tinha esquecido o estilo *pin-up* da autora. Havia também esquecido do tamanho daqueles cílios. O relógio digital, em meio ao painel que apontava as próximas partidas, o acertou no estômago com um golpe gélido de ansiedade. Eram 20h41.

Rafael enxugou o suor da testa com seu lenço de bolso, coçou a garganta, abriu a boca e escutou Sabrina dizer:

– Duas condições para te escutar. – Ela sequer levantara o rosto do papel. – Não me chamar por nenhum apelido e não dar em cima de mim. Foca no cemitério.

– Boa noite para você também, Sabrina.

Rafael não pôde conter um gemido ao sentar-se, o que a fez desviar os olhos de suas anotações pela primeira vez. Perso usava um terno completo cinza grafite sobre uma camisa social branca. De praxe, não o abotoava e dispensava gravatas. Nos pés, um par de botas para trilhas, que, com os canos escondidos, tentavam passar por sapatos. Nas costas, uma mochila verde-musgo.

– A embalagem melhorou um pouco, o conteúdo está ainda pior – referia-se aos diversos hematomas e ao pequeno curativo no supercílio esquerdo.

– Admito que doeu para me pentear.

– Alguém menos complacente que eu, "Rafa"?

– Você não é a única que gosta de dar tapas quando está em São Paulo.

– Olha, eu espero do fundo do meu quase ébrio coração que você seja um agente secreto da ABIN. Porque acho que nada mais faria sentido para eu te dar ouvidos de novo.

– Um agente do quê? – Perso arredondou os olhos como um menino, o que fez a sobrancelha estalar e arder.

– Agência Brasileira de Inteligência... ou você é um ótimo espião, ou realmente é burro demais.

– Você está bêbada?

– Um pouquinho. Que outro jeito de lidar contigo? Prossiga.

– Eu não sou nada disso. Escute...

– Um jornalista?

– Não! – Caso o relógio fosse de ponteiro, giraria mais rápido que um liquidificador. – Deixa eu falar...

– É impressão minha, ou você está mais nervoso hoje que naquele dia, que só queria me levar para cama? Quer mesmo meu dinheiro, hein?! Quase me comovi quando te vi passar direto pelo térreo e subir a escada correndo.

Uma das coisas que fez com que Barlavento baixasse a guarda para Perso naquele domingo, onze meses atrás, foi ele não ter a mínima ideia de quem ela era na época, ou de quanto ela tinha no banco. Depois da súbita fama, era mais comum encontrar atores, produtores e empresários em busca de seu renome do que de olho em suas pernas. Rafael, sem dúvidas, não via problema algum em suas pernas, além de expressar um resiliente apreço por seu traseiro.

– Seu dinheiro? Sim, quero. Calma aí! Tu está bebendo vinho em uma cafeteria?

– Gosto do *croissant* daqui e o hábito me torna excêntrica. O que quer fazer com o meu dinheiro, hein?

– Estou indo para o norte do país buscar uma coisa e não tenho dinheiro nem para o voo. Semana difícil.

Esta era outra característica de Rafael que o diferenciava dos executivos com tanquinho à mostra que somavam mil. Enquanto a maioria dos homens diria que dinheiro não era problema, ao sacarem suas carteiras com as mãos trêmulas, Perso era realista. Às vezes tinha, às vezes, não. E, se tinha vergonha disso, a escondia muito bem no bolso. Na pizzaria curitibana em que se conheceram pessoalmente, tinha dito que estava poupando, que em breve abriria uma cafeteria.

– Rafael Perso. – Ela se debruçou um pouco para a frente. – Você é uma piada inacreditável. Todos aqueles seus planos deram errado, né?

– Eu não sou uma... – Perso renovou o ar dos pulmões. – A última vez que cheguei, ainda tinham três lugares no próximo avião. O que acha de guardarmos a troca de ofensas para o voo de mil horas e meia?

– Eu já tenho uma passagem comprada para o Rio de Janeiro, lindinho. Essa caça ao tesouro aí, fica para a próxima, ok? – Para a próxima "otária".

Perso derreteu na cadeira. O corpo alternava entre a resignação e a tensão ardente. Seu couro cabeludo doía sob o gel que havia passado para impressioná-la. Então, sem a mínima razão de ser, além de pura teimosia, um golpe de ânimo o atingiu no peito como o primeiro gole matinal de café. Empertigou-se no assento, como uma criança ao ter a melhor das ideias:

– Um tesouro? – A despeito do entusiasmo, falou muito baixo. – Exatamente! Achei que se usasse esse termo, você me acharia ridículo. O que proponho é embarcarmos em 15 minutos para Macapá e de lá irmos, de algum jeito, até o cemitério nazista que eu te falei ontem.

– E lá, "Indiana Jones", vamos finalmente escavar a Arca da Aliança?

– Escuta, Sabrina. – Lubrificou os lábios com a língua. – E lá vamos encontrar um caçador de tesouros de verdade.

– Neste momento estou torcendo para que você seja um daqueles mentirosos compulsivos, um "mitomaníaco", e não um traficante de órgãos. – Revirou os olhos pretos. – "Caçador de tesouros...".

Sabrina levantou-se, calçou o tênis branco, alongou as costas, terminou o vinho e teve sua mão tocada de forma muito gentil.

– Quando a gente saía, tu sempre me falava que queria viver ao menos uma vez o tipo de aventura que escrevia. Você não vai encontrar isso lá no Rio.

– Não vou?! – Ela puxou a mão. – Você não assiste ao jornal, né? Está tendo uma guerra na Rocinha.

– Bina... – Ela não o repreendeu por apelidá-la. – Não é desse tipo de viagem que precisa. Tu está precisando é de um bom cemitério nazista na sua vida.

Ela se sentou. Ele riu. Ela disse:

– Filho da puta. Fala o que é que tem nesse lugar.

O relógio apontava 20h49.

– Para mim não passa de um matagal cheio de cruz. Olha aqui uma foto que tem na internet. – A tela rachada de seu celular mostrava uma imagem em preto e branco, com três índios ao lado de uma enorme cruz. No topo do objeto, uma suástica nazista.

– Isso fica na Amazônia?! Calma, Rafael, não vou tirar o celular da sua mão! Vai saber que fotos mais tem por aí.

– Fala isso agora, mas xeretou toda minha vida na hora em que levantei para ir no banheiro, naquele dia do bar.

– Ainda bem. – Os dois ainda mantinham as mãos no celular. – Assim descobri que eu não era seu primeiro encontro virtual.

– Sabrina, você voa comigo até lá, eu te coloco em contato com aquele outro maluco, você tem sua história, me paga o resto que vou precisar e eu vou atrás do que eu quero. Mas a gente tem que ir logo! – Perso olhava mais para o mostrador das horas que para aqueles malditos cílios hipnotizantes.

– Por que tanta pressa? O que você está aprontando de verdade? E por que está sussurrando, acha que alguém vai querer roubar seu "tesouro"? As pessoas têm mais o que fazer... – A escritora se aproximou e confidenciou um segredo. – Elas trabalham de verdade, sabia?

– Todo mundo está atrás de um tesouro – Perso falava sério. – Mas cada um pega o seu parcelado. Eu quero o meu à vista.

– Não faz sentido. Como você entrou nisso tudo? Como conheceu esse cara? Eu sou a patrocinadora, esse cara é o especialista... mas, e você? O que você é nessa história toda? Por que tanta pressa?

– Eu faço o meio de campo.

O telefone de Sabrina tocou. Rafael simulou um infarto.

– Oi, Ma. Sim, já estou no aeroporto.

Rafael fingia não prestar atenção.

– Espero que não me mate, eu não estou indo para o Rio. Acho que encontrei o tipo de história que nós duas queremos que eu escreva. Não, não, desta vez é uma história real. – Sabrina enfiava o indicador na orelha desocupada. O coração de Perso era um tamborim. – Não... eu não posso ir na entrevista, porque tenho um prazo para encontrar a pessoa que vai me relatar tudo.

Barlavento tapou o aparelho e cochichou.

– Por que temos que ir hoje?!

– Porque esse caçador de tesouros decola de lá amanhã, e eu perdi o número dele. Se quisermos entrar nessa empreitada...

– Tá, tá, tá... – Sabrina o silenciou. – Então, Marlene, porque meu contato tem um prazo. Tenho que encontrá-lo antes de ele... ir embora... do lugar onde vou encontrá-lo.

Sabrina sussurrou.

– Onde que é mesmo? – Notou que Perso não mostrava nenhuma satisfação em dividir a informação. – Minha agente vai precisar mais do que o nome de uma cidade para encontrar esse tesouro, Rafael. Fala logo!

– Laranjal do Jari, lá no estado do Amapá.

– Quê?! – Sabrina voltou ao telefone. – Ele está dizendo que fica no Amapá. Ele? Ele é um... outro... contato que tenho. Marlene Serra Elétrica, confie em mim! Segure as pontas com a produção desse programa. Garanta a eles que logo, logo vou aparecer por lá com uma história e tanto! Sei lá quanto tempo vou ficar lá!

Perso levantou as duas palmas.

– É! Eu sei que muitas pessoas gostariam de estar no meu lugar. E isso seria mais um motivo para eu dar o lugar a elas, como quando abri mão da cadeira como estudante de medicina. Essa frase não me assusta, Marlene. Eu não cheguei onde cheguei por ter medo de desapontar as pessoas.

Perso puxou o bloco de notas e a caneta da escritora, deixando-a ainda mais furiosa. Nele escreveu:

Aventura, agora. Drama, depois!

– Eu sei que isso poderia ser quebra de contrato, mas eu preciso que confie em mim. Tenho que ir. Telefono assim que pousar lá em "Bananal das Laranjas"! Ok... tá! Tomo sim! Trouxe! Ok! Confie em mim!

Quando Sabrina olhou para frente, Perso já segurava o *tablet* da escritora. Na tela, o mapa das poltronas do avião mostrava que apenas três estavam na cor verde, ainda disponíveis. Duas juntas na parte frontal e uma isolada no fundo. Resgatou o eletrônico e, sorridente, escolheu dois lugares. Um, pouco à frente das asas, e o outro, o mais próximo possível da cauda.

***

Corriam pelo tubo de embarque. Sem dúvidas, eram os últimos passageiros.

– Espero que não fique ofendido pela segregação, Rafa. Fiz isso, no caso de o avião rachar no ar. Assim você fica com um grupo de sobreviventes e eu com o outro!

– Quê?!

– Medo de voar?! – disse Barlavento.

– Medo de você.

– Já que estamos em uma caça ao tesouro, é importante que conheça alguns clichês dentro do gênero. Nesse tipo de história, se você entra em um trem, saiba que vai ter que lidar com capangas, se você sobe em um barco, uma perseguição é inevitável, se embarcar em um navio, ele vai afundar... Bom, talvez seja abordado por piratas, ou... enfim, mas se estiver num avião, humm... ele tem que cair. – Encarou o rosto ferido, ofegante e atencioso de Rafael. – Mas, pelo seu aspecto, isso tudo te parece uma terça-feira, né?

Perso sorriu meio triste, meio tímido.

– Humm... algo mais, "Sabrina Barlavento"?

– Ah, sim! – Chegavam ao acesso que ficava no meio do *Airbus 320-200*. – Se qualquer meio de transporte moderno capotar, ele tem que explodir.

– Me perdi. Será que poderia me emprestar aquele bloquinho de notas?

A recepção da escritora foi um pouco mais animada por parte do comandante e das aeromoças que, assim que viram seu bilhete, lhe direcionaram à classe executiva. Puro agrado. Quando Sabrina virou à esquerda, foi imediatamente reconhecida por alguns passageiros e aplaudida por isso. Rafael ainda ria da situação quando a classe econômica também o ovacionou. Claro que no seu caso era puro escárnio devido à culpa que levava pelo avião ainda não ter decolado. Ao contrário do ocorrido em *Ciudad del Este,* desta vez era acusado injustamente.

5. PAPEL BARATO

A Lua crescia, as estrelas brilhavam e o avião passava por baixo. O ônibus aéreo sobrevoou o norte de São Paulo, cruzou a quina do Triângulo Mineiro, furou o território de Goiás e aterrissou em Brasília às 22h50. Na capital, tiveram uma hora e cinco minutos para fazerem a conexão em outro modelo. Cintos apertados, o *Airbus 319* roncou as turbinas, riscou de baixo a cima o Tocantins, recortou todo o mapa do Pará e rasgou a fronteira sul do Amapá, o majestoso Rio Amazonas. A aeronave tocou o solo do Aeroporto Internacional de Macapá às 2h35 da manhã.

Como o primeiro ônibus partiria para Laranjal do Jari apenas ao amanhecer, Sabrina aproveitou para cochilar nas cadeiras do saguão. Não fosse Rafael Perso a cutucando no ombro, seu descanso teria durado mais do que duas horas. Com uma mão pedia dinheiro, com a outra oferecia um crachá. Meia hora depois, a escritora embarcava em um pequeno bimotor, em um aeródromo particular, com a identificação de uma engenheira ambiental presa à lapela de sua jaqueta jeans.

– Isso é crime! – cochichou ela, acomodando-se no espaço limitado do táxi aéreo. – Crime de falsa identidade!

– Desculpa, "Carla Pinheiro de Oliveira", ó nobre engenheira. – Perso abraçava um capacete branco com um logotipo estampado.

– E se eles descobrirem?!

– Talvez, te incentive ao delito, saber que a viagem de ônibus até lá leva quase tanto tempo quanto levamos de avião até aqui.

– Não tem problema!

– Isso quando não está na estação das chuvas e leva o dobro, e, bom, pelo que entendi, aqui sempre está na estação das chuvas, mesmo setembro sendo o período mais seco.

– Chega, eu vou descer!

– Vai por mim. Você não quer que aquele doido vá embora antes de chegarmos lá, né?

O copiloto fechou a porta da aeronave com uma batida seca e sorriu educadamente para a engenheira, ao passar entre as poltronas bege. O teto era baixo e o corredor muito estreito. Barlavento esticou as pernas o máximo que pôde, as duas hélices começaram a girar. Rafael abriu a boca, mas o instinto de sobrevivência trancou sua garganta. O pequeno avião arrancou pela pista desgastada, subiu pela madrugada úmida e congelou as entranhas dos passageiros. Uma montanha-russa.

Rafael teve a ideia, enquanto trocava de roupa no banheiro do aeroporto da capital amapaense. Lá, escutou a conversa de dois funcionários de uma empresa que pelo visto prestava serviços a uma hidroelétrica da região. Abordou um dos homens que reclamava do salário e do supervisor e descobriu que haviam chegado em um bimotor que voltaria vazio para Monte Dourado, cidade vizinha de Laranjal do Jari. O fato de o funcionário insatisfeito trabalhar na secretaria e ter com ele alguns itens bastante inspiradores não foi mérito de Perso, apenas sorte das puras.

O *EMB-821 Carajá* levaria menos de uma hora até certo aeródromo particular em Laranjal do Jari. Sabrina estava entre a vida e o sono, jamais saberia o argumento usado para que o comandante aceitasse mudar o curso originalmente traçado para Monte Dourado. Naufragou em sonhos malucos.

Antes de mais nada, o primeiro raio de sol tingiu o topo das árvores mais altas. Depois atingiu a fuselagem de 12 metros de envergadura por trás, reluzindo na tinta branca. A escritora espichou o pescoço e uma revoada de araras convencidas explodiu de algum lugar. Como na magia de qualquer amanhecer, a luz ganhava o mundo nos momentos de distração. Toda a escuridão abaixo, sem mais nem menos, era agora um tapete verde, rugoso e infinito. Rafael chamou sua atenção para outra escotilha.

– Não estrague o momento, Perso! – Forçava a voz sobre a labuta do maquinário dos dois rotores.

Rafael apontava para uma estrada de terra engolfada pela floresta. Nela, um ônibus chafurdava no terreno movediço. Os próprios passageiros tinham descido e tentavam fazer algo a respeito.

– Não disse?! Eu tinha lido que essa estrada era uma merda!
– Você tinha dito que não tinha ônibus essa hora!
– De nada! – Perso pegou seus óculos de sol na mochila.

Achando graça dos dois passageiros, o comandante virou o rosto para trás.

– Estamos sobre a Reserva Extrativista do Rio Cajari! Esse pessoal aí trabalha na extração de açaí e de castanha-do-Brasil! Castanha-do-Pará! Coloquem os cintos! Estamos descendo em cinco minutos!

O bimotor tocou as rodas na copa de um cupuaçuzeiro, sacolejou e solavancou na pista de terra vermelha.

Sabrina desembarcou carregando uma mala e leu na parede de um hangar sujo de barro escarlate, "Aeródromo do Matuto". Só agora, depois da injeção de adrenalina, e sob o sol matutino, percebeu que Rafael tinha trocado de roupa. Ficou claro que a vestimenta anterior fazia parte da *misancene* para convencê-la da empreitada. Manteria a guarda bem levantada. Sim, assinara sob a loucura do paulista, mas estaria segura enquanto não fizesse a transferência do valor acordado. Rafael vestia agora algo idêntico ao primeiro encontro, jeans puído e camiseta cinza.

Não demorou muito para aquela umidade fazer Sabrina abandonar sua jaqueta, ficando só com a blusinha listrada que já colava nas costas. Também não tardou para que um enxame de insetos inaugurasse um festim sobre seus braços, seios e pescoço.

Perso largou a outra mala de Barlavento e correu para tratar com um funcionário do aeródromo. Em seguida discou em um orelhão todo enferrujado ao lado da porta do banheiro. Sabrina escutou a terra triscar por detrás, virou-se e deu de cara com a barriga de um sujeito quase o dobro de sua altura. Sua pele era morena como a de um índio e o nariz bastante achatado. Vestia uma regata suja de graxa e calçava chinelo de dedo.

– Bom dia, madame. A senhora aceitaria um repelente?

Mais que depressa, o espalhou sobre a pele já ardente.

O grandalhão disse:

— São 80 reais, certo, moça? — Ela olhou espantada, e ele completou.
— Desculpe, é a crise.

Na ausência de um taxista, tiveram que aceitar a proposta de Maçaranduba, que os levaria até a cidade em uma caminhonete desprovida de capô, cacarejando com o motor à mostra. Ele explicou que foi muita sorte um dos carros do chefe estar ali sendo consertado, e que, além de mecânico, era também tratador de cachorros, faxineiro, vigia noturno, motorista particular e que tinha tempo livre por estar desempregado.

— É a crise. — Explicou.

Haviam acabado de deixar o campo de aviação para trás quando o veículo atolou em uma poça de lama. Maçaranduba pediu educadamente para que Rafael assumisse o volante e pisasse no acelerador ao seu sinal.

Vendo que o paulista iria descer do carro, disse:

— Não, não, Doutor. Vai por dentro mesmo, senão vai sujar o pé todo.

Assim foi feito e os dois viajantes tiveram a nítida impressão de que o amapaense havia erguido as duas rodas de trás apenas com a força dos braços. Depois disso, o gigante limpou as mãos em uma flanela, mostrou os dentes para o casal e reassumiu o volante. Enquanto Maçaranduba e Perso debatiam sobre a crise econômica, sobre impostos e trocavam receitas de como sonegá-los, Sabrina pesquisava em seu *tablet* sobre o local. A curitibana odiava visitar algum lugar sem antes ter feito uma boa pesquisa. Desta vez não seria diferente.

Laranjal do Jari era um município situado às margens do Rio Jari, que demarcava a divisa entre o estado do Pará e do Amapá. Ficou surpresa ao constatar que Laranjal também fazia fronteira com o Suriname e com a Guiana Francesa. Por curiosidade verificou no GPS a distância de seu apartamento até ali e ficou ainda mais espantada pelo choque de realidade. A distância em linha reta entre o bairro Água Verde em Curitiba, até a prefeitura deste município somava 2.762 quilômetros.

A região inicialmente era ocupada por dois grupos indígenas e depois disso por seringueiros e latifundiários que se aventuraram pela região florestal. No entanto, a força da civilização moderna tinha chegado só em 1967. Pelo que tinha entendido, quando um bilionário norte-americano havia comprado 15 mil quilômetros quadrados de floresta diretamente do governo militar de Médici. Então o território, equivalente ao tamanho do Timor-Leste, foi devastado para que nele fosse plantado apenas um tipo de árvore: a gamelina, no caso, serviria providencialmente a seu intento, produzir a pasta de papel mais barata do mundo.

O Projeto Jari, como ficou conhecido o grande plano de Daniel Ludwig, tinha proporções faraônicas e não demorou para que um êxodo de nordestinos viajasse para a região em busca de trabalho. Enquanto isso, Ludwig mandou duas fábricas serem construídas em um estaleiro no Japão. Uma produziria celulose, a outra, energia. Ambas eram feitas sobre plataformas flutuantes. Ao mesmo tempo em que as gamelinas, oriundas do sudeste asiático, se desenvolviam já na floresta brasileira, as duas estruturas com altura próxima a prédios de 17 andares seriam rebocadas em mar aberto. E assim foi feito. As duas usinas zarparam do porto de Kobe, contornaram o sul do continente africano, subiram pelo Atlântico e, após 87 dias de navegação, despontaram nas águas doces do Rio Jari em abril de 1978.

Tudo parecia dar certo. Contudo, a natureza tinha outros planos. Assim, as mudas, que cresciam 30 centímetros por mês em seu habitat natural, não sobreviviam ao contato com certo tipo de fungo proveniente da Amazônia.

Em 1982, o norte-americano, após ter perdido quase um bilhão de dólares, vendeu o que sobrou de sua ideia para administradores brasileiros e foi embora das terras tupiniquins. Não sem deixar certo rastro para trás. O monumental grupo de desempregados, desprovidos de seguro por parte das empreiteiras, não conseguia voltar para casa e formou em Laranjal do Jari, às margens do rio, o que seria a maior favela fluvial do planeta por um tempo.

As palafitas não eram o destino atual. A camionete tinha acabado de passar sobre um trecho asfaltado e agora retornava à terra vermelha. Naquele calor, o barro começava a secar e o chão já levantava poeira. A cidade em si era muito agradável, e entrou para a lista de locais que um dia seriam visitados por Sabrina com mais calma. O amapaense puxou o freio de mão.

– Vocês têm certeza que não querem ficar em uma dessas pousadas mais "chique", mais em contato com a natureza?

– Valeu, Maça! – disse Perso descendo a bagagem. – Aqui está perfeito.

– Olha aqui, Doutor, o meu telefone. – Maçaranduba entregou um cartão de visitas feito à mão. – Depois de vocês darem uma descansada, posso levar o casal para conhecer alguns lugares bem bonitos, para comerem um tucunarezinho na brasa lá no restaurante do meu primo, para ver as...

– O senhor poderia nos levar umas duas da tarde, depois do almoço, no cemitério nazista aqui perto? – disse Sabrina.

– Onde, madame?

Rafael Perso forçou uma gargalhada.

– Ela quis dizer que estamos exaustos. Bom, com o seu número, fica fácil de te achar depois. Caso a gente precise de um guia turístico, né?

A camionete saiu pipocando pela rua de terra e lá estavam eles, juntos das malas e da mochila na calçada.

– O que é que foi essa ceninha, Rafael?

A fachada descascada da pousada era muito simples, mas era o suficiente para fazer sombra a um cachorro que roncava na entrada principal.

– A gente tem que tomar cuidado com o que fala aqui, beleza? – Perso tinha a testa pontilhada de gotas. – Ah, e outra coisa, só pode me chamar de Diego ou de Ruivo, na frente do Atalaia, viu? Ah, de Saraná também pode.

– Na frente de quem? Por que isso? "Ruivo"?!

– "Ícaro Atalaia" é o nome do herói da história que você vai escrever. É o cara que está atrás do tesouro que te falei.

– Sonoro, mas por que você vai mentir o seu nome? Aliás, você também não está atrás do mesmo tesouro?!

Perso estacou no último degrau antes de saltar o cachorro.

– Nem todo tesouro é de ouro. – Retirou um papelzinho do bolso. – É o seguinte: Você fica hospedada aqui. Eu vou indo dar uma palavrinha com ele. Enquanto isso, você deposita o valor que te falei nessa conta aqui, olha. Deve ter wi-fi aí dentro. Depois faço as apresentações. Vocês vão ter todo o resto da semana para tagarelarem à vontade. Tomara que o seu celular tenha um bom gravador, o cara fala quase mais que você.

– Você não disse que ele ia embora hoje?

– Era uma mentira para sua chefe deixar você vir.

– A Marlene não é minha chefe! – Sabrina apertou os olhos. – E eu não vou deixar você sumir assim.

– Tem um plano melhor, madame Barlavento?

– Meu plano começa com um lanchinho e termina com uma soneca. – Ela espreguiçou. – Quando você for, eu vou junto. Já que ele não vai embora agora, podemos ir mais à tardezinha. Os nazistas vão esperar.

– É, mas eu tenho que ir embora ainda hoje. Preciso dessa grana agora de tarde, para dar tempo de ela cair e eu poder sacar. Ah, você vai fazer TED, né?

– Sem chance. Só depois de irmos até lá, eu tirar uma *selfie* com aquela cruz de fundo e me apresentar a esse Ícaro Atalaia. "Atalaia". "Ata..."

– Então vamos logo. Você não estava louca para conhecer esse cemitério?

– É, mas eu pretendia conhecê-lo ainda em vida.

– Tá bom, Bina. – Perso quase riu pelo nariz. – "Lanchinho", "soneca", "caçador de tesouros".

Barlavento despertou quase três horas depois, estranhando o quarto azul e as outras duas camas de solteiro vazias. Antes de estralar o próprio espírito, calculou a estupidez.

– Desgraçado!

Vestiu-se o mais rápido possível e correu descalça para a recepção. Lá perguntou quanto tempo Perso havia saído e para qual direção. O jovem recepcionista então apontou para o sofá de um pequeno saguão, onde Rafael dormia deitado de lado e descalço. Respirava de boca aberta ao improvisar um travesseiro com revistas antigas.

6. O CEMITÉRIO NAZISTA

A voadeira deslizava sobre as águas escuras do Rio Jari. Neste trecho, a superfície era tão calma que parecia congelada. Seu Antônio, entretanto, sabia a batalha que o motor de popa de seu esguio barco fazia para encarar a correnteza. O rio que nascia na Serra do Tumucumaque e descia até a margem esquerda do Rio Amazonas era volumoso, largo e potente, a despeito da calmaria apresentada na ocasião. Não à toa, pouco à frente, uma hidrelétrica desfrutava de tamanha profusão. Também não era por acaso que o rio havia sido a hidrovia mais importante na colonização do território, além de servir como principal via de escoamento das castanhas. Era batizado entre os índios como Riacho de Frutos.

— Esse cemitério fica logo aí na frente! — disse o pescador, sentado ao fundo da embarcação de três metros. Conduzia o leme com uma mão e cuidava de um cigarro de palha com a outra. Trabalhava sob a aba vermelha de um boné azul.

Ouvindo certa palavra, Mascote, o cão vira-lata de Antônio, atravessou todo o barco de popa à proa. Lá na frente, apoiou as duas patas dianteiras e levantou as orelhas como se fossem antenas. O cachorro usava um pano de prato vermelho amarrado no pescoço, que lhe conferia certo charme europeu. Quando Sabrina brincou a respeito, o ribeirinho explicou que era um curativo. O animal tinha sido picado por uma sucuri.

Pela distância de uma margem para a outra, a floresta não dava a impressão de ser muito alta, embora pegajosamente cerrada. Era curioso pensar que à esquerda ficava o Pará e à direita o Amapá.

– Vocês têm certeza de que não querem mesmo dar uma olhadinha na cachoeira?! Todo mundo que vem aqui quer ir para lá!

– Não, obrigado! – disse Perso, acomodado de frente para Sabrina. – Vamos direto para o cemitério!

Mascote olhou para trás e pareceu muito ansioso. Sapateava com as duas patas traseiras. Era engraçado como respeitavam aquele cachorro preto de focinho, botas e sobrancelhas amarelas. Graças a ele haviam encontrado o pescador que os levava agora até ali de forma bastante prestativa. Sem contar que, com a delgada voadeira, fariam o trajeto em cerca de 40 minutos, ao invés das duas horas que levavam as embarcações turísticas dedicadas à contemplação da natureza.

Ao perguntarem na recepção da pousada o melhor modo de visitarem o inusitado ponto turístico, receberam alguns panfletos de catraias que, além de custarem diversos repelentes, não seriam nada discretas. Suportavam dez passageiros, fora o grupo responsável pelo churrasco e pela música ao vivo. Perante o desânimo do casal, o recepcionista alegou que Seu Antônio deveria estar por perto, já que Mascote aproveitava a sombra da escada. Minutos depois, lá estava Perso e Sabrina batendo palmas e repetindo, "Seu Antônio" para o vira-lata que abanava o rabo e os guiava até uma padaria na esquina de trás. Tirando o constrangimento de esperarem o cão se aliviar em um poste no caminho, tudo ocorreu bem e Antônio fez um ótimo preço, aceitando partir de imediato.

– Se tiver um jeito de encontrar o senhor novamente – disse a escritora. – Eu gostaria, daí, de voltar com mais calma amanhã ou depois.

Ainda na pousada, quando pegava no sono, Barlavento tinha continuado sua pesquisa. Queria ver a Cachoeira de Santo Antônio do Jari de perto, uma vez que ficava a poucos minutos de seu destino. A empolgação vinha do fato de não se tratar só de uma reles queda d'água, mas de diversas torrentes espalhadas pelo cenário. Ficava em uma altura onde o rio se alargava e se apresentava em uma catarata no formato de ferradura. Em alguns pontos, as quedas passavam a altura de dez metros. Bastava seguirem por mais alguns minutos e curvas e dariam de frente com o excitante espetáculo. Entretanto, por mais que tivesse argumentado, desta vez, tinha perdido a discussão para Rafael. Segundo o paulista, ela teria todo o tempo do mundo para conhecer esta e outras cachoeiras da região depois de passarem no cemitério. E o local ficava pouco antes da catarata em questão.

Seu Antônio parecia ter um enorme carinho pelo rio, ou talvez pelo dinheiro extra que fazia. Depois de ouvir a discussão e o interesse da turista de lenço nos cabelos, listou outros possíveis passeios.

– Tem a Cachoeira Aurora, a Maçaranduba, do Rebojo, a Cachoeira do Desespero...

Rafael estava ausente em seus próprios pensamentos. Esticou as longas pernas, se dobrou para um dos lados e tocou a testa na água que passava rápido. Com o céu recentemente nublado, a luz não batia diretamente no leito negro como petróleo. Isso conferia um tom sombrio ao passeio.

– Poderia parar de fazer isso? – Sabrina desviou os olhos. – Me dá agonia.

Perso a encarou com uma máscara de tédio. Barlavento esclareceu:

– Tenho talassofobia.

O pescador entristeceu o olhar de forma condolente.

– Calma, não sou doente terminal. "*Thálassa*", significa "mar" em grego e é o nome do espírito do mar na mitologia... grega, e "*phobos*" quer dizer medo. "Talassafóbico", eu diria, é o nome dado às pessoas que tem medo de águas profundas em geral. Qual é a profundidade daqui, Seu Antônio?

– Ela tomou muito café, não repara. – Perso molhou o rosto de novo.

– Ah, não sei não, dona. É bem fundo. Bem fundo mesmo! Ainda mais se chove muito!

– Eu sou imaginativa demais para entrar em um rio que eu não possa ver um palmo para dentro. Devo ter assistido muito *Discovery*. Mas é sério, "talassofobia". Podem olhar no *Google* depois.

O pescador continuou perplexo, Perso riu, esfregando o rosto umedecido e Mascote latiu, balançando a cauda. A mata se abria em um ponto à frente na esquerda. Lá estavam as cruzes. O barco ronquejou e diminuiu a velocidade até atolar a proa na margem lamacenta. O cão saltou antes mesmo do motor se silenciar e desapareceu barranco acima.

Depois de encharcarem seus calçados na água e os carimbarem na lama, cruzaram sobre um amontoado de grandes pedras cinzentas. Seu Antônio explicou que existia uma trilha pela lateral, mas seria melhor subirem por ali devido ao tempo chuvoso. As rochas protegiam o cemitério contra a erosão causada pelo rio.

– Estranho... – O ribeirinho se referia a um homem que segurava uma vara em um barco metros à frente no rio. O sujeito olhava de volta. – Ele sabe que hoje não está bom nem para tucunaré.

Sabrina ignorou a ajuda de Perso no topo das pedras.

– Então é isso?

Estavam diante a uma ampla clareira tomada de relva e plantas baixas, salpicada de pequenas cruzes. Pequenas, exceto uma que encarava o rio, de costas para as demais.

Não tinha nenhuma ordem em como os símbolos religiosos foram distribuídos. Algumas eram de madeira e estavam pintadas de azul, outras, ornadas em metal, jaziam cobertas de ferrugem. Muitos nomes eram ilegíveis.

Sabrina olhou para Rafael, que deu de ombros.

O grande destaque ficava para a cruz de madeira de quase três metros de altura. Ela se erguia em meio a uma armação de tábuas que um dia tivera um teto completo de telhas para protegê-la da ação do tempo. A escritora andou através do mato baixo e da plantação cristã.

Barlavento fitou Perso, que levantou as duas palmas.

A autora colocou as mãos na cintura e esquadrinhou os entalhes de cima para baixo. O artefato era todo trabalhado em alto relevo com dizeres no idioma alemão. No patíbulo – nome dado à madeira horizontal – reconheceu o nome do defunto.

"Joseph Greiner"

Na haste de quase três metros de altura, leu de cima para baixo, sendo que cada palavra ficava empilhada sobre a outra.

"Joseph Greiner Starb Hier am 2-1-36
Den fiebertod im dienste deutscher forschungsarbeit deutsche
Amazonas jary expediction
1935-37"

Alguém desinformado teria lido "1933", devido ao entalhe do número 5 estar quebrado, mas Sabrina tinha feito a lição de casa. Deu um passo para trás e apontou o queixo para cima. No topo do artefato cristão, uma suástica nazista. Na mesma noite em que foi abordada pelo paulista, havia dado uma boa lida sobre a tal cruz. Releu tantas vezes que acabou decorando a tradução, o que era bom por não falar patavinas do idioma germânico.

> **"Joseph Greiner faleceu aqui em 2-1-36**
> **De morte de febre em serviço de exploração**
> **Para a alemanha.**
> **Expedição alemanha.**
> **Amazonas. Jari 1935-37"**

O sibilo da selva e o violino dos grilos acentuavam a tensão. Ela mais uma vez virou o rosto para Perso.

– Não me olhe assim. Eu falei que para mim não passava de matagal. E você já tem sobre o que escrever... viu até um cachorro que foi mordido por uma cobra.

Mascote, com a língua para fora e olhar ausente, levantou uma das patas na base da haste cristã do túmulo nazista. Ninguém sabia se deveria repreender ou incentivar o animal. O ribeirinho disse:

– Os "alemão" morreram quase tudo de malária.

– Quem sabe você não possa trocar "malária" por uma "maldição", hein? Ou "fúria divina". A mãe natureza contra as impurezas do mundo moderno. – Perso olhou para o pescador. – Ela é escritora.

– Aqui está cheio de ribeirinhos enterrados também – disse Seu Antônio.

"O Cemitério Ribeirinho" não teria apelo comercial suficiente para a sua agente. Desta vez concordaria com Marlene Serra. Olhou ao redor, tentando não expressar descontentamento, tanto por respeito ao guia, como para não soar mimada perante Rafael. Não tinha nada ali que não poderia ter descoberto na internet.

Mascote chutou a terra para trás com as duas patas traseiras e correu para a borda oeste da clareira. Lá, o animal começou a ladrar com as orelhas de pé e o rabo espichado.

– Perso, Perso... você podia ter, pelo menos, contratado um modelo bem bonitão, tê-lo vestido com roupas na cor cáqui e colocado um chapéu Fedora na cabeça dele. Ter continuado com a farsa, já que é nisso que você é bom. Pelo menos, até que eu depositasse seu dinheirinho. Sabia que nada de bom poderia vir de você ou daquele aplicativo! Não é à toa que o deletei pela terceira vez! Seu Antônio, vamos embora, por favor. Quero descansar bastante, para amanhã pegar uma cachoeira. No rasinho, claro.

O pescador não se abalou com a segunda discussão. Retornou calmamente até as pedras em direção à margem lá embaixo e sumiu de vista. O cachorro, por sua vez, ignorou o assovio do capitão. Mantinha os olhos fixos em um ponto da floresta.

– Eu não te enrolei.

– Um homem realmente interessante e bem-intencionado jamais estaria cadastrado em um troço daqueles de encontros virtuais! Pior que, um dia antes de te conhecer, eu fiz um discurso moralista para a mesa das solteiras no casamento da minha amiga. Falei por uns dez minutos que um cara que valesse a pena só poderia ser encontrado aleatoriamente, em um momento e lugar totalmente inusitado!

– Eu não menti desta vez! Era para aquele merda do Atalaia estar aqui...

– Ah, é? E vai me dizer que ele foi devorado pelo curupira?! Ou será que é tudo culpa da Dona Benta?!

Uma voz grave, que parecia se divertir muito, veio de uma das bordas da clareira. Tinha um marcante sotaque carioca.

– Devorado pelos mosquitos, isso sim.

O sujeito uma cabeça mais alto que Perso surgiu por entre alguns ramos entrelaçados. Vestia uma calça cáqui repleta de bolsos e uma camisa de botão azul, dobrada até o cotovelo. Peça totalmente suada no momento. Trazia uma mochila esportiva sobre um dos ombros e uma pá muito curta na mão esquerda.

– Me escondi assim que escutei o motor de vocês. – Seus olhos eram verde-escuros e sua pele ardida dizia que passava muito tempo ao ar livre. Não era loiro, embora tivesse algumas mechas queimadas pelo sol ao estilo dos surfistas. – Agora o tempo está ótimo, mas um chapéu teria caído muito bem hoje de manhã.

Enfiou a pá na terra e estendeu a mão para a mulher.

– Sabrina – disse a autora, olhando para Perso e depois de volta ao carioca. – Por que se escondeu?

– Não queria que nenhuma excursão me flagrasse cavando por aqui.

– Então você está procurando mesmo um tesouro... – Ela deu a volta na grande cruz, revisitando a suástica entalhada.

– O tesouro não está aqui. Estava procurando uma...

– Pista! – completou Sabrina.

Rafael disfarçava a irritação, relaxando os músculos faciais. Atalaia deveria ter ouvido o nome Perso pelo menos duas vezes. Teria que improvisar para manter seu plano em andamento.

– Fala, Atalaia! Muito prazer, Diego Perso, aqui!

Apertaram as mãos, o que tranquilizou Mascote.

– Finalmente, hein, Ruivo! Nunca vi piloto que fizesse mais cu doce só para aumentar o frete do que esse aí! – disse Atalaia, olhando para Sabrina. – Ou, do jeito que é estrela, eu falo "cachê"? Brother, ainda bem que aceitou a proposta. Quando vi teu aviso que ia chegar hoje cedo, eu...

– Espere aí, "Piloto"! – Sabrina abandonou a segunda investigação que iniciava na cruz. Graças à entrada de Ícaro Atalaia em cena, olhava o panorama, e toda a jornada até ali, sob uma ótica refrescada. – Você não tinha dito que estava sem o contato dele?

– Eu falei isso para convencer a sua chefe.

Sabrina resmungava algo, os dois andavam para o limite do cemitério. Fingiam buscar sombra, queriam tratar dos negócios.

– Por que me fez vir até aqui depois de me acelerar tanto?! Eu achei que você estava com pressa.

– E eu achei que você era ruivo – disse Ícaro para o sujeito de cabelo castanho escuro.

– Eu pintava. E cadê o guia que vai levar a gente até lá?

– Relaxa aí, paulista! Só vim testar o meu equipamento sem chamar muita atenção. Sem falar que sou conhecido demais para ficar andando para cima e para baixo, dando mole.

O rosto do carioca não era estranho. Perso associou os traços ao forte sobrenome e se lembrou de alguns escândalos em que o *playboy* já havia se metido. Tinha cometido tantas besteiras que era assunto repetido nos noticiários de alguns anos atrás. O carioca, por sua vez, dividia a atenção entre aquela conversa e a mulher de blusa listrada, que contava o total de cruzes com a ponta do dedo.

– Já avisei o Bodoque – disse Ícaro. – Vamos apanhar ele lá pelas seis na casa dele perto das palafitas.

Perso se sentou em um tronco caído.

– E cadê o telefone que você roubou do seu pai? Vamos logo avisar o peruano que a gente está chegando lá amanhã.

Rafael sussurrava apressado e vigiava a escritora ao fundo. De frente para a cruz, ela anotava alguma coisa no caderninho. Atalaia sacou um celular via satélite, muito parecido com o que Perso havia encontrado no terno de Diego.

– Tem mais de trezentos números de telefone aqui – disse Ícaro. – Todos registrados pelos apelidos. Olha aí, tem Barata, Galã, Exu, Seu Madruga, Boca Torta... a metade com 51, o prefixo do Peru.

Barlavento ergueu a voz ao longe.

– Esse Joseph Greiner aqui morreu em 1936, né?! Não tinha nem começado a guerra ainda!

Ícaro respondeu também em voz alta:

– Hitler mandou essa expedição em outubro de 1935! Quatro anos antes de começar a Segunda Guerra! Só que deu tudo errado!

– Eu sei, "Malária"! O nosso guia já deu o *spoiler*!

– Não foi só isso! – Continuou Atalaia. – Eles já começaram a se dar mal pelo calor! Chegaram a apelidar a Amazônia de "Inferno Verde"!

– Ótimo título, hein?! – disse Perso para Sabrina e emendou com um sussurro para Atalaia. – Trezentos contatos salvos com apelidos?! Coitado de quem estudou com seu pai.

– Já tem coisa com esse nome! – gritou Sabrina. – "Inferno Verde", nunca achei que fosse concordar com nazistas em alguma coisa!

Ícaro Atalaia deu outra risada honesta, e disse:

– Dá para você escrever uma comédia e tanto com a história deles! "Uma Expedição do Barulho", seria um título mais cabível! Imagine a cara deles, da raça superior, quando bateram o hidroavião em um tronco e tiveram de contar com a ajuda de "selvagens".

Sabrina riu. Rafael cutucou Atalaia.

– E qual apelido que procuramos?

– Aí que está, Saraná. Espero que não fique ofendido, mas não fiz questão de te chamar por você ser algum *Top Gun*. Piloto por aqui é o que mais tem. Eu mesmo tenho mais horas de voo que muito profissional. Te chamei só porque eu vi teu número nos arquivos do meu velho.

– Não quero nem saber como estava salvo.

– "Saraná" mesmo, seguido por um "P" de piloto. De todos que já trabalharam para o meu velho, você é o único que já trouxe carga desse peruano. Você está aqui porque eu preciso ter acesso a uma pista desse cara. O Bodoque, o nosso guia, sabe andar da pista até onde a carga está perdida, mas ele não sabe chegar até lá.

Rafael Perso ardia na própria piscina de raiva que mergulhava as pessoas que usava. Sabrina tirava uma foto do rosto com o cemitério ao fundo.

– Pô, Atalaia! Quer fazer amor no seco? Me dá cachaça antes! Como é que eu vou lembrar das coordenadas de uma pista lá no delgado da joaninha?! Se tu já tinha o contato do peruano, não entendi por que precisa de mim. Bate um fone logo para ele.

– Eu tenho, eu tenho... só não dá para saber qual dos trezentos é o certo. E você não ia ser moleque de me falar lá de São Paulo, sabendo da grana que está em jogo, né? Empresta aí seu telefone para gente comparar as duas listas e já filtrar as possibilidades.

– Não sei não – disse Perso. Era péssimo estar do outro lado da lábia.

– Pelo que vi na cópia do manifesto da carga do meu velho, talvez tenha mais coisa do que você possa carregar. – Os olhos de Ícaro acenderam. – E, outra, paulista, você me confirmou que conhecia esse traficante, não confirmou?! Ou estava de judaria?

Rafael Perso estava na sarjeta. Saboreava o gosto de sangue salpicado de esgoto, quando atendeu o telefone se passando por Diego Flores. A voz chiada se apresentava como Ícaro Atalaia e parecia continuar uma negociação. Insistia saber o modo de chegar a uma grande quantidade de cocaína e de pasta base, que depois de refinada renderia o triplo da droga terminada. Sem falar do dinheiro que também era carregado ali. Alegou que toda esta carga estava abandonada em um lugar remoto, que um avião carregado tinha despencado no meio da selva amazônica. E como não havia sido um abate realizado pela Força Aérea Brasileira – que tinha como procedimento resgatar a carga com helicópteros – toda aquela fortuna estaria largada às intempéries. Mas não se Rafael Perso pudesse evitar. Era a oportunidade de sua vida. Seria fácil passar por Diego, já que Ícaro não o conhecia pessoalmente. O maior percalço seria se colocar como um piloto. Perso decidiu que bastaria terceirizar a função.

Agora, diante das novidades, recalculava a estratégia. Jamais imaginaria que o maior desafio nessa trapaça toda seria descobrir o apelido de um narcotraficante do Peru.

– E esse tal de Bodoque não conhece o peruano? – perguntou Perso. – Por que não perguntou para ele? Ele não fazia parte do esquema?

– Fazia nada, ele falou que nem desceu do avião de tanto cagaço, quando passaram na fazenda do cara a caminho lá da pista – Ícaro sussurrava. De fundo, Sabrina batia com o nó dos dedos na peça meio sacra, meio nazista. – O Seu Francisco... o Bodoque, como é mais conhecido por aqui, não é de patifaria, não. Ele é um comerciante pequeno. Um cara de bem. Não sei direito como que aprendeu a andar por lá. Sei que é verdade, porque ele já levou a expedição de uma pesquisadora faz uns anos. E como tinha um fotógrafo, que era um figurão famoso no meio da expedição, a produção dele fez um acordo secreto com o narcotráfico para chegar até essa pista. Foi o que o Bodoque me contou, pelo menos. Mas, e aí, você conhece o cara lá ou não?

– É lógico que conheço – disse Perso. – O peruano é gente boa. Aquele *hijo de puta* me adora, não pode me ver.

– Qual é o contato dele? – Ícaro ofereceu o telefone.

– Calma aí, Atalaia. Segura a onda. Eu tenho como chegar na pista e tu tem como ir da pista até o local da queda. Somos duas peças importantes, e é melhor que continue desse jeito. Assim ninguém fica sobrando.

– Qual é? Não confia em mim, Saraná?

– Eu já lidei com muitos chefões do crime, muito Marlon Brando da vida por aí. Mas você está de parabéns, roubou do próprio pai.

Ícaro Atalaia fitava o cabo de uma pistola que fazia volume sob a camiseta cinza do paulista falastrão.

– Opa, opa... – disse Sabrina, usando a própria tiara de lacinho como lenço. – Espero que esse tesouro cubra um terço do tanto que vou gastar com antialérgico.

O carioca e o paulista se entreolharam. Rafael perguntou:

– Que parte da conversa você escutou?

– Nada demais. – Ela levantou as palmas o imitando. – Apenas sobre uma pista secreta, e que cada um de vocês tem metade da informação para chegar até o tesouro. Isso é muito clichê, mas admito que escutar tudo isso ao vivo faz cada picada valer a pena.

– Deve... valer. – Rafael levantou-se do assento improvisado. – Vamos nessa?

Sabrina e Mascote alcançavam o barco. Haviam apostado uma espécie de corrida com obstáculos, descendo pela encosta rochosa. Seu Antônio esquentava o motor na companhia de outro cigarrinho de palha. Ninguém viu quando Ícaro puxou Rafael pelo braço, dizendo por entre os dentes:

– Aí, mané... você insinua que sou sujo porque enganei meu próprio pai. Então o que você é, usando essa mulher como se ela fosse uma peça descartável?

Rafael puxou o braço de volta e encarou aquele homem com as cruzes do cemitério ao fundo.

– Como é?

Ícaro recuperou a pá fincada no chão.

– A culpa que eu sinto por ter roubado do meu próprio sangue... o motivo de eu ter sumido do mapa, ter ignorado todas as ligações do meu velho, ter desativado o rastreador, não foi por ganância ou mesquinharia. Quando eu voltar e mostrar que consegui, tudo vai ter valido a pena. O tolo só deixa de ser tolo quando seu intento dá certo. Quando termina aquilo que começou. E, no mundo em que vivemos, dar certo significa dar muito dinheiro.

Rafael o encarou.

– Você deve ter o seu barco. Te seguimos até a casa desse guia. Tenta relaxar até lá, rapaz.

Perso mal se importou com o discurso sentimental. Tinha problemas o suficiente para ainda bancar o psicólogo de um filhinho de papai. O que martelava em sua cabeça era o fato de o tipo de aparelho que carregava na mochila possuir um rastreador.

7. O VENDEDOR DE BANANAS

Antônio empurrou a barra do leme para um lado e o barco rebolou para o outro. Manobrou ao largo das estacas, passou sob os casebres e esticou a mão.
– Corda!
Mal tocaram o píer, Mascote entregou o cabo para o capitão, que desligava o motor. À última resfolegada da hélice subiu um cheiro podre no ar.
– Muito obrigada.
Sabrina pagou uma quantia extra, sob a promessa de o ribeirinho levar seu marinheiro ao veterinário. O imediato canino sibilou, assistindo a mulher se afastar. Perso apertou a mão do pescador e fez um longo cafuné em Mascote. Baixinho, apenas para o cachorro, disse:
– Acredite em mim. Não está perdendo muita coisa.
Como o caçador de tesouros havia chegado na frente, em seu próprio barco, correu para ajudar a escritora a acessar o atracadouro carcomido.
– Bem-vinda à Veneza brasileira.
Algumas crianças se empoleiravam pelas estruturas emboloradas das palafitas, acompanhando curiosas a chegada do trio. Todas indiferentes à camada de lixo e dejetos que cobriam tanto a água quanto a lama da margem. A maioria descendia de índios e negros.
O Beiradão era o resultado do fracasso do Projeto Jari, na segunda metade do século XX. Uma coisa era pesquisar, outra, sentir o cheiro. Ver de perto aquelas pessoas que, depois de cinco décadas, insistiam no plano de sobreviver era inspirador e angustiante. O número de habitantes

era tamanho, que as passarelas de madeira alcançavam quilômetros. Um labirinto infinito de pontes estreitas.

– Como conseguem viver aqui? – murmurou a escritora, cumprimentando com os olhos uma moça que passava com dois baldes de água do rio.

Os três subiram no tablado de peças soltas ou faltantes. O olhar nada discreto dos moradores fazia a autora se sentir uma forasteira chegando em uma cidade do velho oeste, no caso, o "abandonado norte". Chacoalhou a cabeça para afastar o pensamento triste e os mosquitos trazidos pelo anoitecer.

– Não sei se é verdade – disse Ícaro –, mas já ouvi dizer que alguns moradores são acusados de vender os lotes que ganham e depois voltam para cá.

– Mesmo se for – disse Sabrina –, pode apostar todo seu apetrecho de que não fariam isso se não precisassem absurdamente do dinheiro.

Ícaro Atalaia carregava uma mochila preta três vezes maior que a de Perso, fora uma bolsa quadrada, aparentemente acolchoada, a tiracolo, e uma espécie de mala de superfície rígida, que era puxada sobre rodinhas, como o material de um estudante do primário. Barlavento se atinou que era a única desprovida dos pertences.

– Quando não enfrentam enchentes que duram mais de um mês, enfrentam o fogo. – Ícaro puxava a marcha, seguido pela escritora e por Perso, que observava a tudo calado. – Vira e mexe tem algum incêndio por aqui por causa das instalações precárias. Em 2006 teve um gigantesco, que destruiu várias casas e parte do comércio. Muita gente ficou desabrigada. O próprio Bodoque, que vamos conhecer agora, perdeu tudo, até a padaria que tinha acabado de abrir.

Chegaram a um portãozinho baixo, feito de madeiras improvisadas. Era uma das primeiras casas que ainda faziam parte do bairro, mas que tinham sido levantadas sobre a terra. O casebre de paredes rebocadas no barro ficava depois de um quintal, onde uma menininha parecia muito brava. Ela deveria ter no máximo oito anos e estava de pé, chacoalhando o indicador para um garotinho de uns quatro anos, sentado ao lado de alguns plásticos. Ícaro bateu palmas e despertou alguns cachorros que dormiam próximos à casa. Com o turbilhão de latidos, seria impossível outro aplauso ser ouvido.

– O Seu Francisco Bringel mora aqui?! Ele está em casa?

Atalaia chacoalhou a mão para chamar a atenção da menina, mas ela se limitou a erigir o indicador. Clamava o silêncio do carioca. E foi aí que Sabrina se atentou aos gravetos e aos palitos de sorvete, todos espetados nas garrafas plásticas e nas caixas de margarina esparramadas pelo chão. Não se tratava de lixo, mas sim de brinquedos. Melhor ainda, a garotinha estava em meio a uma turma de alunos turbulentos. A escritora se voltou à docente impetuosa.

– Oi, professorinha mais fofa. O pai está em casa?

Sem dizer palavra, a menina bateu os pés até a própria residência, deixando o irmãozinho de cueca no meio dos estudantes sintéticos. No caminho, mandou os cachorros de volta ao castigo pela péssima conduta em sua escola. Pouco depois, surgiu um homem muito baixo e magro. Tinha um bigode um tanto ralo e usava um boné azul de aba vermelha. Por ser idêntico ao apetrecho de Seu Antônio, demonstrava ser presente do mesmo político. Antes que Bodoque os encarasse, a esposa o puxou pelo braço ainda na soleira. No colo da mulher, um bebezinho de no máximo dois anos não entendia bulhufas. Segurava um pedaço de pão e mastigava de boca aberta, enquanto a mãe colocava um cordão no pescoço do marido e dava uma bronca silenciosa. O ribeirinho beijou a esposa, cheirou o bebê, abraçou o garotinho de cueca, sentado no caminho para o portão e fez uma brincadeira para a professora, que o acompanhou por todo o percurso.

– Não dê moleza a eles, hein, Zezé. E vê se ajuda a mãe com a banca, tá bom?

No canto do quintal havia uma pilha de tábuas. Algumas delas com preços escritos à mão. Deviam ser montadas de dia para expor bananas e doces feitos da fruta.

– Boa noite, pessoal. – Francisco, também conhecido por Bodoque, era parcialmente banguela e tinha a pele castanha muito curtida pelo sol. A despeito da idade que aparentava pelo maltrato da vida, possuía o ritmo de um adolescente. – Vamos caçando de ir embora?

Passava a corrente no portão quando sua menina trouxe outro cordão enviado pela esposa. Bodoque colocou-o sobre o primeiro. Assim, a imagem de Santo Antônio, o padroeiro de Laranjal do Jari, cobriria um quarto do grande pingente feito de uma pedra opaca e esverdeada. O que mais comovia Sabrina era a mochila infantil que o guia – e vendedor de bananas – usava. Era a que tinha.

***

Os quatro se acomodavam ao redor de uma mesa de plástico, na parte de fora de um boteco próximo às palafitas. Além de estar muito quente lá dentro, a acirrada competição de sinuca – ao som animado do estilo musical arrocha – tornaria qualquer conversa impraticável.

Ícaro completou o próprio copo de cerveja.

– Então, Saraná... já passou da hora de telefonar para o peruano, né?

– Falou de propósito na frente de Sabrina.

– Faz o teu que eu faço o meu, carioca – disse Rafael, de forma brincalhona, depois virou seu copo em um gole só e se levantou. – Vou chamar o carro para levar a gente até o aeródromo. Tu tem certeza que precisa levar essa merda toda aí?

– O melhor jeito de achar uma agulha no palheiro ainda é com um imã. – O aventureiro deu dois tapas nos pertences ao redor da cadeira.

Rafael pegou o celular via satélite da mochila e a largou ao lado da colorida de Bodoque. Antes de se afastar do barulho, disse:

– Você tem um fogareiro, aí, pelo menos?

– Claro. Estava acampado há dias no mato.

– Eu ia perguntar isso – disse Bodoque, colocando um pouco mais de cerveja no copo de cada um e se servindo de guaraná. – Cadê o resto das coisas?

– Das coisas? – disse Perso de forma ausente, já iniciando a chamada no aparelho. – Fica mais barato se comprarmos tudo lá em... em...

– Não sei se vai ser barato não. – Bodoque desmanchou a alegria. – Era mais garantido vocês terem trazido tudo lá do sul. Lá em Rio Branco as coisas ficam bem caras, penso eu que por causa de tanto frete, não sei.

– Damos um jeito. – Rafael se afastou do burburinho.

– E onde vamos encontrar o resto da expedição? – Bodoque voltou-se aos outros dois, tocando o bigode na espuma do refrigerante.

Enquanto os três se conheciam, Perso caminhou até os tablados e parou com os pés na borda da queda de quase três metros até o rio. Com o aparelho junto à orelha, assistia a margem oposta desaparecer frente ao breu noturno. Monte Dourado, a cidade vizinha, se transformava em uma constelação oleosa de pontos luminosos. O telefone chamava.

Por já ter escurecido, os pilotos cobrariam mais caro pelo trajeto até Macapá, mas para isso contava com Sabrina. Além do mais, não poderia correr o risco de o verdadeiro Saraná entrar em contato com Atalaia e acabar com seu disfarce. Relaxava os ombros em movimentos circulares. A hipótese era remota. Provavelmente, Diego nem tivesse se dado conta de que Rafael havia ficado com o celular. Talvez nem considerasse a ideia de que Perso pudesse cruzar todo o país rumo àquela maluquice. Talvez sequer tivesse verificado sua posição a partir de um aplicativo rastreador conectado ao seu aparelho. De qualquer modo, seu rastro seria apagado assim que decolasse dali com o ribeirinho. Claro, depois de obter o aparelho do carioca e de largar o próprio telefone comprometido para trás.

Desde o cemitério, Rafael planejava um jeito de arrancar a localização do traficante sem que Bodoque percebesse. Arquitetava um modo de fazer isso sem que Ícaro Atalaia se desse conta também. E agora tudo tinha acontecido da forma mais natural possível. Rio Branco era a próxima parada. Bodoque poderia não saber o nome do traficante, mas lembrava muito bem qual a cidade onde o chefe do crime morava. Perso jamais apostaria no Brasil.

Rafael cancelou a chamada e discou novamente. Castigava o lábio com mordidas. Sabrina não poderia desconfiar sobre as drogas, e Ícaro, sobre sua identidade. O carioca também não poderia descobrir que ele não fazia ideia de qual era o telefone do peruano. A situação era tão vertiginosa quanto jogar sinuca com ovos em uma frigideira reclinada.

Sabrina estava de costas para o boteco. Era a única que enxergava Rafael Perso ao telefone. Ele estava na beirada de uma plataforma, onde a luz amarelada dos estabelecimentos mal alcançava suas costas. Algo lhe dizia que o motivo de ter se afastado tanto para chamar o motorista não era a algazarra do torneio ribeirinho. Aquele tratante estava planejando alguma coisa. De qualquer forma, a companhia dos outros dois novos membros da Caravana da Loucura lhe dava muito mais segurança. Principalmente Atalaia. Com certeza, se Perso tentasse alguma gracinha, o carioca conseguiria contê-lo facilmente. Perso tinha um físico aceitável, era verdade, mas Ícaro era mais jovem, mais forte, além de ser mais sensato.

– É isso aí – Atalaia insistia para Bodoque –, nós somos toda a expedição.

– Mas como, só nos quatro, vamos conseguir trazer aquilo tudo?! – disse o ribeirinho.

– Só nós três. Ela não vai.

Caso Barlavento fosse discutir sobre promessas quebradas, faria com outra pessoa. Nenhum de seus colegas de bebida tinham culpa, então ela mudou de assunto:

– O que diabos você estava cavando naquele lugar?

Ícaro deu risada.

– Bom, é que, depois de algumas pesquisas, eu podia jurar que um artefato que eu buscava fazia tempo estava enterrado ali... eu sei que quase todos os 37 túmulos são de pessoas locais, mas, mesmo assim, eu usei o meu detector de metais umas cinco vezes em cada um deles.

Sabrina virou a cerveja do copo.

– Daí, resolveu escavar um por um, no melhor estilo "Feio", enquanto Ennio Morricone tocava o "Êxtase do Ouro" ao fundo?

Bodoque estava longe de entender a referência ao filme clássico do gênero *spaghetti western*, dirigido por Sergio Leone e que levava esta alcunha por ser parte filmado na Itália. Sabrina desviou o olhar para o vazio da noite. Chegava em um momento da vida onde pararia de referenciar filmes lançados em 1966. O caçador de tesouros pousou o copo lentamente sobre a mesa, como quem lembrava de ter esquecido o fogão de casa aceso.

– Eu tenho essa música no celular! "O Bom, o Mau e o Feio" está no meu *Top* Cinco.

Não que estivesse procurando, mas Sabrina talvez tivesse encontrado um novo companheiro para conversas cinematográficas, soterradas de pizza, debates e cevada.

– E como um cara como você foi se envolver com o... Diego Perso, o Saraná?!

– Eu preciso de um piloto que consiga pousar e decolar em espaços muito limitados. Ele tem seus problemas, mas pode fazer isso. – Ícaro torceu o tronco para trás, viu Perso ao telefone, também de costas a eles.

– E você? Como uma escritora premiada, do seu gabarito, foi conhecer um bosta daquele?!

Barlavento virou mais um copo e depois tentou servir os dois, antes de responder. Quando viu que faltaria cerveja, levantou o indicador para um transeunte, que ela julgou ser o garçom. Sequer notava que o copo do guia jazia ainda completo de guaraná. De fundo, Rafael Perso, ainda na beirada das palafitas, encarava a escuridão infinita. Mantinha um aparelho pressionado entre a orelha e o ombro e digitava em um segundo celular com muita pressa.

O celular da escritora tremeu.

– "Sabrina, já vai comprando duas passagens para Rio Branco lá no Acre. Pode tirar o valor do meu pagamento, blz?".

Perso batia o pé no chão de tábua quando foi cegado pelo brilho da tela. Suas pupilas estavam dilatadas graças à escuridão daquele ponto. Depois de piscar algumas vezes, leu:

– "Por que só duas?".

– "Porque só eu e o Bodoque vamos seguir viagem. Se quiser, desconte um pouco mais do meu pagamento pelo próximo favor que vou te pedir".

– "Como assim? Que favor?".

– "Eu preciso que você distraia esse carioca imbecil de alguma forma. Eu preciso pegar o celular dele. Usa seu charme, sei lá! Com ele ficando para trás, você vai ter ele à sua mercê para te contar tudo o que precisa saber sobre a porcaria do cemitério, e então eu sigo só com o Bodoque. Ele é o único que vai ser útil de agora em diante".

O motorista finalmente atendeu o telefone pressionado à orelha de Rafael, garantindo que chegaria para buscá-los o mais rápido possível.

– Tá bom, Maça! – Confirmou Perso, depois de receber um ponto de referência onde o carro pudesse acessar.

Pelo ânimo que o grandalhão se despediu, por fazer mais um trocado, chegaria em poucos minutos. O alívio de Rafael era mais leve do que bolso de falido. Até que enfim a vida começava a dar certo. Virava-se para retornar ao boteco e à luz, quando sentiu algo duro e gelado tocar na altura do pâncreas.

– Perdeu! – disse uma voz masculina logo ao lado, como quem também admirasse o invisível rio noturno.

Um cheiro nauseante vinha do elemento à esquerda.

– Quer o celular, rapaz? Pode ficar com os dois.

Um estava com a tela rachada e o outro tinha um maldito rastreador. O ladrão faria dois favores.

– Eu não quero merda nenhuma. – disse a voz carregada do sotaque local. – Os paulistas tão tudo me pagando uma nota para te segurar aqui até eles chegarem.

– Paulistas?

– Tudo "amigo teu" lá de São Paulo. – O rapaz empurrou o cano de modo ainda mais firme. – É o seguinte, paulista... se tá pensando em ir embora de Jari, esquece. Você vai esperar eles aqui, bonitinho, entendeu? E vai achar um jeito de levar o carioca também lá para o cativeiro. Entendeu, paulista de merda? Porque, se não colaborar, te passo aqui mesmo, e teu corpo vai parar nesse lamaçal de bosta aí embaixo, tá ouvindo, caralho?!

– Escuta aqui, rapaz. Eu posso te conseguir mais dinheiro do que eles. Quanto que você quer? Se esses caras que te passaram o trampo foram traíras comigo, que conheciam há mil anos, imagina só contigo. Quanto que você vai querer?

– Eles falaram que você ia falar bem isso. E o recado é para você "superar" e "saber separar as coisas". Na real, tem muita sorte, viu paulista, que até agora sou um dos poucos daqui que já tá na tua cola. Esses teus amigos aí, podem te foder muito pior se saírem telefonando para geral e botar todo mundo atrás de vocês por aqui.

– Garotão, qual é o teu nome? Você tem jeito de ser bem esperto. Vamos negociar isso direito.

– Bem que eles falaram que você tinha o dom de irritar. Para você ver, até o Seu Antônio, que você conheceu hoje de tarde, e que era um senhor muito calminho, já perdeu a cabeça por causa de você.

O rapaz mostrou o conteúdo de uma sacola que segurava na outra mão. Mesmo sob a fraca iluminação, se via a cabeça decapitada com a língua para fora e os olhos vidrados. O cabelo do humilde pescador estava ensebado com o sangue dos peixes que dividiam o espaço, e sua testa cintilava com escamas prateadas. As tripas do pescoço se confundiam com as vísceras dos pescados.

O celular de visor trincado vibrou e acendeu, cegando os dois sujeitos. Antes que o rapaz armado recuperasse o foco, escutou:

– Vai ser bem difícil de separar as coisas. – E então sentiu um suave empurrão nas costas, que o fez mergulhar no vazio e depois no atoleiro de podridão.

Perso virou as costas e se voltou à luz do bar. Com a vista estabilizada, leu:

– "Quem você acha que eu sou, seu tratante! Seu vigarista! Usar o charme?! Vou comprar 4 passagens. Agradeça por não comprar só 3! Quero a minha história!".

***

Maçaranduba acomodou o equipamento de Ícaro na carroceria da camionete de cabine dupla. Dirigia animado de volta ao Aeródromo do Matuto, mas, por mais que puxasse assunto com Sabrina, que estava sentada ao seu lado, a curitibana não tirava os olhos do celular. Digitava freneticamente.

– "Eu quero pegar as minhas coisas!".

– "Depois você telefona lá na pousada e pede para eles mandarem tudo para Macapá, antes de você embarcar para CU-RI-TI-BA" – Rafael digitava do banco de trás, esmagado pelos outros dois homens.

– "O que está acontecendo?! Por que você empurrou aquele moço? Eu vi tudo!".

– "Bateria acabando".

– Filho de uma puta... – disse Sabrina em voz alta.

Maçaranduba seguiu o resto do caminho quieto. A picape sem capô entrou no perímetro do aeródromo. Apenas uma aeronave não estava guardada sob os galpões. Para decolar, bastava ser taxiada até a cabeceira da pista de terra iluminada por dois holofotes amarelados.

A escritora mordia as bochechas por dentro. Não permitiria que Rafael usasse a presença dos outros dentro do avião para escorregar de suas perguntas. Apertou o braço do paulista com muita força e diminuiu o ritmo, os obrigando a serem os últimos que andavam até o pequeno bimotor.

– Desembucha, seu vigarista! Quem era aquele moleque que você jogou na água?! Quer que eu pergunte aos outros o que eles acham disso?!

– Escuta, Sabrina... – Perso parou de frente a ela. – Eu cumpri tudo o que foi prometido. Daqui em diante não tem mais espaço para contos de fadas. Na sua língua, aquele moleque era um "capanga", um "vilão". Na minha, é um cagueta, um X-9, um dedo-duro. Não estamos na década de 30 e os vilões não usam chapéu branco e bengala envernizada.

Caso revelasse o destino do gentil pescador que os levou até o cemitério nazista, ganharia mais credibilidade em seu argumento. Porém, no último segundo, decidiu não contar. Ela não teria estômago para a notícia.

– Eu vou junto. Ponto final.

– Olha, tem uns amigos meus lá de São Paulo que estão vindo atrás de mim. Eu acho que eles querem a mesma coisa que eu. Com certeza já estão chegando por aqui, se é que não vamos dar de cara com eles lá no aeroporto. Aquele moleque, que eu empurrei no rio, estava com uma arma nas minhas costas. Esses meus amigos devem ter ligado para cá e oferecido dinheiro para me segurarem aqui até eles chegarem. Inclusive, devem ter ligado para mais gente. Entendeu por que é perigoso?! Você vai para casa!

– Esses seus "amigos"... eles também estão atrás do...

– Não existe tesouro! Eu só falei isso para você patrocinar o meu esquema! Você tem que pegar um avião para casa o quanto antes. Nem precisa me pagar o resto. Só as próximas passagens.

Ao longe, próximo ao escritório do simplório campo da aviação, tocou o telefone preso à parede descamada. Maçaranduba saiu do banheiro ao lado, fechou sua braguilha e o atendeu. Sorriu, acenando para o casal que discutia a alguns metros do avião.

– Como assim, não existe tesouro?! O Ícaro está atrás de um tesouro, não está?

Sabrina Barlavento estava tão desarmada que todo seu ímpeto começava a ser minado. Era a segunda vez que era passada para trás pela mesma pessoa, mas o pior era a vertigem que sentia ao ser dragada de volta à realidade. A decaída era tão gelada e insossa que mal se irritava com

Perso. Ele representava o mundo óbvio e real das mentiras e do interesse. Tudo por dinheiro, tudo por sexo. Rafael amoleceu e disse:

– O Ícaro acredita no tesouro. – A escritora ergueu os imensos cílios. – Eu e ele queremos ir para o mesmo lugar. Só que a parceria termina aí. Ele quer encontrar uma lenda, um troço que não existe, e eu, meia tonelada de cocaína em um avião que caiu por lá.

Sabrina virou as costas e caminhou ao bimotor.

Antes que Perso se sentisse um crápula por completo, viu o motorista recolocar o fone no orelhão da parede e iniciar uma jornada decidida em sua direção. No caminho, Maçaranduba colheu uma das correntes do chão que usava para prender os cachorros. Estralou o largo pescoço com um olhar muito obstinado.

8. FALADOR PASSA MAL

Sabrina passou por baixo da asa empoeirada de terra vermelha e embarcou no bimotor pela escadinha lateral. Largou o peso no assento ao lado direito de Ícaro e na frente de Bodoque. O setor de passageiros tinha capacidade para quatro pessoas, tendo sido adaptado para que cada poltrona dupla ficasse de frente para a outra. Assim, ela e o carioca davam as costas à cabine dos pilotos, que, compenetrados, tentavam solucionar algum problema no painel de controle. Sabrina pelejava para reclinar o encosto de couro branco, quando percebeu o olhar matreiro dos outros dois.

– Que foi?

O ribeirinho encostou a cabeça para trás e baixou o boné até a altura dos olhos. Ícaro era mais abusado, manteve o sorriso ao perguntar:

– Estavam discutindo a relação?

Barlavento não fez uma expressão muito bonita e resolveu sua diferença com a poltrona. De onde estava, conseguia ver Perso gesticulando como um boneco de posto ao lidar com o motorista tamanho família. Através da janela, pareciam iniciar uma discussão muito feia. O motor começou a ser aquecido de forma escandalosa, então era impossível ouvir sobre o que tratavam. Ícaro estava logo ao lado desta mesma escotilha, mas como voltava seu rosto para Sabrina, não enxergava a situação.

– Ainda não me contou como foi que conheceu o Diego.

– Escute, Ícaro... – A autora baixou o lenço de bolinhas até a altura do pescoço, fazendo-o parecer um estreito echarpe. – Me diga uma coisa.

– O que você quiser.

Sabrina não tinha alcançado o ponto aonde chegou, escutando conselhos de familiares, sermões de namorados ou ordens de patrões. Muito menos sugestões de cafajestes. A raiva de Perso era tamanha que mesmo a tentativa de supostamente protegê-la soava como uma afronta ao seu livre arbítrio.

– Está mesmo atrás de um tesouro?

Por ser uma autora experiente, achava ser capaz de enxergar todas as consequências um passo à frente de elas desenrolarem. Era assim que evitava becos sem saída durante a escrita. Seu ofício era justamente lidar com uma bifurcação atrás da outra. Contudo, por mais que já tivesse se arriscado na literatura investigativa, não encontrava sentido em Perso tentar afastá-la antes de ter seu pagamento. Sem dúvidas, não seria preocupação com sua segurança.

– E por que mais eu arrastaria um detector de metais para cima e para baixo? Isso sem falar em todo o apetrecho para operar o meu mini ROV de estimação.

Lá fora, Maçaranduba agarrava o colarinho de Rafael, deixando-o na ponta dos pés. A discrepância era tamanha que Sabrina via o valentão da escola içando o campeão de xadrez do último semestre.

– O que procurava com os nazistas? – Sabrina perguntou, com um tom de voz muito frágil, vagamente rouco. – Você parece um cara esclarecido, não um maluco... você não estaria mentindo, né?

Enquanto Ícaro Atalaia dava uma de suas risadinhas honestas, Rafael Perso recebia uma cabeçada no meio do rosto e caía sentado no chão. Ícaro pegou fôlego para uma longa resposta, mas Sabrina perguntou:

– Até onde você iria pelo seu tesouro?

Atalaia pareceu acordar do transe causado pelos olhos da escritora.

– Além do meu limite. Além da minha fé. Além do meu próprio código de conduta... mas por que quer saber? Vai mesmo fazer um personagem inspirado em mim?

Ainda no chão, Perso chutou a lateral da perna do gigante, o que não gerou nenhum desequilíbrio no alvo. Placidamente, o grandalhão abaixou o próprio tronco para pinçar mais uma vez a camiseta do vigarista.

– Não necessariamente – respondeu ela. Sabrina estava com os olhos arregalados, como quando fazia ao olhar para dentro de si mesma. – Sempre acabo misturando elementos de diversas pessoas para compor um personagem mais interessante.

Quando Maçaranduba recebeu uma espécie de coice frontal nas partes íntimas, começou a levar para o lado pessoal. Rafael aproveitou o momento de sofrimento do motorista para rolar para o lado, se levantar e sacar uma pistola da parte de trás da calça.

– Ué... – Ícaro bocejou – Eu achei que fosse transcrever fidedignamente essa nossa viagem. Que o motivo de patrocinar a expedição era ter uma história exclusiva e real.

Por mais que o brutamontes crescesse ao se aproximar, Rafael se limitava a repetir alguma frase e a apontar a arma. Como não fez uso do gatilho, Maçaranduba deu um tapa na pistola fazendo-a deslizar pela pista de terra. Perso olhou desanimado para o objeto reluzente que se afastava e depois de volta ao seu adversário que investiu o corpo todo em um ataque com a corrente. Mais por sorte que por reflexo, Rafael abaixou-se a tempo de evitar o potente golpe que passou no vazio.

– De "real" já basta a vida – respondeu Sabrina. Seu olhar não poderia estar mais vidrado. – Prefiro a verdade artística. A mentira em meio aos fatos.

Concluiu que Rafael tentava se desfazer dela só por uma razão. A queria longe, pois o tesouro era verdadeiro. Era óbvio, assim como nas melhores resoluções de um bom romance policial, onde o autor deixava o culpado quase em primeiro plano, sem jamais deixar o leitor perceber. Não poderia esperar algo diferente de um sujeito que ganhava seu pão fazendo uso da lábia.

– Sinto te desapontar – disse Ícaro, olhos avermelhados e as olheiras escuras –, mas o motivo de eu ter saído de casa é bem real, pode apostar nisso.

Rafael foi arremessado, cruzando o pequeno pedaço da arena que Sabrina podia desfrutar. Ícaro Atalaia olhou para a direção da janela no exato momento em que o gladiador mais afortunado também sumia de vista para abaixar e coletar o mais azarado.

– Acredite – disse Sabrina –, nem o livro mais fantasioso pode ser escrito sem uma boa dose de verdade do autor. Sem sacrifício, o texto não tem essência. Em geral as histórias sobre como um bom livro foi escrito são mais intensas do que aquelas escritas nele.

– Achei que faria algo mais jornalístico. – Ícaro abriu a boca em um rugido silencioso. – Acho engraçado que, de todas as perguntas que me fez, nenhuma foi sobre o tesouro que eu busco.

– Aí é que está – disse ela com o ânimo de menina que lhe vinha ao tocar no assunto. – O segredo de uma boa história desse tipo, o coração de uma boa aventura e a razão pela qual eu gosto tanto, é que elas me colocam em contato com o meu...

Antes que terminasse a frase, ouviu a respiração profunda de Ícaro Atalaia adormecido. Sentiu-se boba, mas não se ofendeu. O aventureiro estava acampado fazia algum tempo naquela mata fechada. A poltrona do avião deveria soar como o Copacabana Palace para suas nádegas. Era melhor assim. Se o que Perso dizia era mesmo verdade, bastaria Maçaranduba gritar para o piloto não decolar. E assim que o disfarce do salafrário fosse revelado para Atalaia e Bodoque, toda a jornada seria cancelada. Ela teria apostado em uma história sem fim.

Maçaranduba ressurgiu em seu campo de visão dando alguns passos para trás, graças aos dois socos que recebia de Rafael. Contudo, antes que o paulista preparasse um terceiro, recebeu a sola do chinelo, número 44, no estômago. Perso, então, sumiu mais uma vez da vista da reflexiva escritora, e o motorista desapareceu logo atrás. Tinha seguido em direção ao local da queda daquele espantalho de carne.

Sabrina se sentia culpada. Era cúmplice de um criminoso. Pelo visto, por sua história, também iria além de seu código de conduta. Se tudo desse certo, ninguém mais a chamaria de escritora de "ficção de polpa". Não se sentiria mais uma fraude. O troféu não teria sido um erro da comissão julgadora, ou, ainda pior, sorte. Além do mais, até então, não havia descoberto nada que não pudesse ser encontrado na internet. Precisava de mais tempo com Atalaia. Talvez Ícaro fosse mesmo o coração de sua narrativa.

Alguma coisa se chocou contra a fuselagem fazendo-a tremer. Pelo vidro imundo, Sabrina apenas via a terra da pista iluminada pelos holofotes. Rafael provavelmente tinha sido jogado contra a lateral do avião. Deduziu isso por reconhecer o timbre do grunhido que escutara quando Perso se sentou na cafeteria do aeroporto em São Paulo. A lamentação tinha sido muito abafada, mas o suficiente para Bodoque erguer o boné.

– Já chegamos?

Moldurado pela escotilha, Rafael agora era arrastado como um bêbado em fim de festa. Maçaranduba o puxava pela parte de trás do colarinho em direção à construção do escritório e do banheiro.

O gigante estava na metade do caminho, quando escutou:

– Acredite em mim. – Sabrina Barlavento apontava a arma de Perso para a cabeça do brutamontes. – Não está perdendo muita coisa.

O grandalhão viu naqueles olhos escuros, espremidos, uma mulher que, sem dúvidas, atiraria caso necessário. Ainda sob a mira da escritora, Maçaranduba foi levado até o banheiro, onde foi amarrado por Perso, com as correntes dos cachorros primeiramente destinadas a ele.

Antes de ser amordaçado, o motorista disse:

– Sabe que não é nada pessoal, né, Doutor?

– Eu sei, campeão. É a crise. E foi mal aquele chute aí embaixo, viu?

Fecharam a porta do sanitário.

– Viu o porquê de voltar logo para Curitiba?!

– Não há de quê, "Rex".

Perso estacou entre ela e o avião pela segunda vez na mesma noite.

– Isso é sério, Sabrina! Minha próxima parada é a mansão de um narcotraficante. Esses caras são maus de verdade. São capazes de matar bebês de colo para coagir alguém ou por vingança.

– E por que tanta preocupação comigo de repente, a ponto de não querer mais a transferência?

– Tá, eu preciso da transferência. Fui precipitado. Sem grana, o meu disfarce não vai funcionar lá em Rio Branco. Vê se faz o depósito assim que chegarmos em Macapá e depois vai para casa escrever alguma coisa. Não está com saudade do teclado? Sem praticar, vai acabar perdendo a mão. – Rafael pousou as duas palmas nos ombros de Sabrina. – Bina, eu dou a minha palavra que convenço o Ícaro a te dar toda atenção do mundo quando voltarmos, e eu mesmo te conto tudo o que puder... se não me bloquear de novo.

– Tá, e quanto vale a palavra do "João Grilo Salathiel"? – Ela afastou suas mãos. – Eu vou junto e acabou. E fique tranquilo que não vou querer nenhuma parcela do ouro. Já decidi há um tempo que dinheiro não é a bússola da minha vida.

Próximo ao barulhento Carajá, o copiloto xingava até a sétima geração da família de Maçaranduba. Aparentemente, mais uma das funções do grandalhão era recolher as sapatas da frente das rodas do trem de pouso. O sujeito disfarçou o mau humor e recepcionou o casal.

Sabrina tinha avisado que estava descendo para apressar Rafael, que demorava demais para subir a bordo. Então, quando Perso embarcou com metade do cabelo para cima, e metade tomado de terra vermelha – além de sangrar por uma das narinas – Bodoque encolheu as pernas para a escritora se acomodar e Ícaro tratou de arrumar o encosto da mulher. Nada de perguntas ou olhares matreiros desta vez.

9. THESAURUS

Tão logo os pneus encardidos do bimotor quicaram no solo de Macapá, os quatro saltaram para um táxi que derrapou até o aeroporto internacional. Lá, aceleraram para o céu enluarado a bordo de um ônibus aéreo.

Na ausência de um itinerário direto, rumavam para Belém, de onde partiriam para Brasília, de onde decolariam para Rio Branco. No próximo livro, Sabrina cortaria tudo que voasse. No entanto, este era o meio de seguirem até o extremo oeste do país. Uma coisa era escutar que o Brasil tinha dimensões continentais, outra, ter ciência de que caberiam 206 Suíças dentro dele. A própria Ilha de Marajó – a qual se apresentou há pouco como uma deleitosa paisagem noturna – era, sozinha, maior que a Bélgica e praticamente do tamanho da Holanda. Já havia escrito um conto de terror passado na região e em suas pesquisas tinha lido que Marajó, por ser banhada pelas águas doces do Amazonas e pelas salgadas do Atlântico, era a maior ilha fluviomarítima do mundo. Queria dividir a informação, mas era a única em horário de pico.

Durante a troca de aparelhos em Belém, seus colegas não pareceram muito mais conscientes. Encenou um bocejo para entrar no clima e, para não parecer maluca, guardou o bloco de notas. Na espera de quase seis horas em Brasília, teria sua chance com Ícaro. Rodava a caneta como um guerreiro giraria a espada. Partiram para a capital 25 minutos depois da meia-noite.

Batucava os dedos e acompanhava o traço formado no mapa do GPS. A cidade sonhada por Dom Bosco ficava meridionalmente na mesma direção que Belém. Uma estrela cadente cortou pela escotilha e sua saliva tinha gosto de café. Atrasou o relógio em duas horas, já que Rio Branco estava no passado e uma estranha constelação pulsou em relação a isso. Girou a caneta e colheu um panfleto turístico sobre o próximo destino.

"Quando se vierem a escavar
as minas escondidas no meio destes montes,
aparecerá aqui a terra prometida,
de onde jorrará leite e mel.
Será uma riqueza inconcebível."

Conhecia a história do sacerdote italiano que sonhou com as coordenadas de uma terra repleta de prosperidade. O devaneio foi tão respeitado que levou à construção de Brasília exatamente naquela posição 77 anos depois. Claro que a tal visão contava com um lago próximo a este ponto tão afortunado, mas para lapidar a aresta existia o Lago Paranoá – e ele ser artificial não passava de um mero detalhe. Aquela era a prova de que, quem procura acha, e, quem não acha, inventa. Ensaiava o primeiro ronco quando o avião iniciou a aterrissagem.

Sua caneta murchou quando Ataláia desapareceu para usar os serviços do aeroporto, lavar as roupas e cuidar da higiene. Porém, mesmo com a entrevista frustrada, ainda teria a atitude suspeita de Rafael para apimentar a longa espera.

Barlavento alimentava o celular com um carregador emprestado enquanto esticava o corpo sobre algumas cadeiras desconectadas. Bodoque roncava paralelo nos lugares ao lado e Rafael assistia a pista de decolagem, através da grande vidraça. Então, como se fosse atiçado por uma péssima ideia, o vigarista sumiu em uma direção diferente da latrina. Jamais percebeu que era vigiado através de um lenço quase translúcido que roçava em certos cílios avantajados.

Como *Hollywood* tinha ensinado, Sabrina o espionava por de trás de cada pilastra que aparecesse. Chegou ao ponto de abaixar atrás de uma lixeira, mexendo nos cadarços, quando Perso coçou o ombro com o queixo. Ele segurava um celular entre a orelha e o ombro, digitando com agilidade em outro. Ela não entendeu uma só palavra, mas Rafael usava um tom intimidador. Uma entonação jamais usada na sua frente. Tentou se aproximar, mas o tratante desligou o aparelho e vasculhou ao redor. Parecia sentir certas pestanas recaírem sobre si.

A autora se retraía atrás de uma coluna gelada como quem se protegia de um tiroteio, mas espichou-se a tempo de ver um dos telefones ser jogado no lixo.

***

O último avião brindava a altura das nuvens com o aviso de que o passeio seria emocionante. A despeito da turbulência, todos poderiam continuar calmos.

Como uma boa enxadrista, a escritora estava sentada ao lado do aventureiro. Xeque. Contudo, o tempo de colher o bloco de notas foi o mesmo de Atalaia pegar no sono. Vencida, também dormiu desta vez, e, mesmo sob o sol matinal, sonhou com a Lua.

Acordou algumas páginas depois com Ícaro solicitando café à aeromoça em gestos silenciosos. Com o cessar do bamboleio do avião, as comissárias se apressavam para cumprir os serviços. Sabrina olhou para o carioca, que assim como ela estava com o rosto todo amassado, e se espreguiçou com os cotovelos no ar.

– Eu achei que era dorminhoca, mas, puxa... você está de parabéns.

– Eu chamo isso de "sono pré-selvático". – Ícaro se esticou para fitar o guia do outro lado do corredor, atrás da moça que os servia. Aproveitava o assento vizinho livre para se deitar como uma criança no banco traseiro de um carro. – O Seu Francisco aí é experiente no assunto e está fazendo a mesma coisa.

– Ele deve ter dado uma acordadinha agora há pouco. Não sou detetive, mas ainda dá para ver a marca do nariz dele no vidro.

Antes de adormecer a caminho de Belém, o ribeirinho tinha pedido timidamente para que Sabrina tirasse duas fotos dele, já que a câmera de seu celular era péssima. Em uma, posou bebendo chá gelado na poltrona, e na outra, sorria com a asa do avião dourada pelo luar ao fundo.

– Pelo visto, a coisa foi séria entre vocês. – Ícaro se referia à poltrona ocupada pelas pernas de Bodoque. – De qualquer forma, tomara que o Diego esteja melhor da barriga.

Em Macapá, Rafael Perso tinha passado o curto período de espera trancado no banheiro. Aos olhos de Bodoque e de Ícaro, o paulista sofria algum tipo de indigestão, o que também explicava seu atraso no Aeródromo do Matuto. Sabrina, por sua vez, era amaldiçoada por saber muito bem que o mal-estar era medo de encontrar certos conhecidos que, segundo sua paranoia, viriam do sul.

– O Ra... o Saraná é uma companhia mais bem desfrutada em doses homeopáticas. – Divertia-se ao lembrar da expressão do pilantra relegado à cauda mais uma vez.

A escritora não era de todo ingênua. Com Bodoque adormecido, Ícaro descansado e Perso distante, avançaria sua pesquisa. Sacou caneta, colheu caderno e pediu café. Enquanto a aeromoça terminava de servir tanto curitibana quanto carioca, ambos trocavam uma feição serena e zombeteira. Só então Sabrina reconheceu aquele homem de queixo tão bem desenhado. Era o filho de um famoso empresário carioca que, mais novo, havia se metido em duas ou três confusões amplamente cobertas pela mídia.

Na época, Ícaro era acusado de ter deixado o segurança de uma casa noturna em coma, de ter se envolvido em um polêmico acidente automobilístico e de ter uma vida amorosa mais agitada que o voo atual. No entanto, aquilo tudo tinha ocorrido a um jovem Atalaia. Havia passado uma década sem nenhuma manchete ou menção desonrosa sobre o bilionário. Aquele era um homem diferente das antigas e turbulentas colunas de fofoca. A despeito dos antigos escândalos, via ao lado um sujeito maduro, gentil e obstinado. Aparentemente falido também.

Verdade seja dita, sabia pouco sobre o aventureiro que recendia a sabonete de hotel. Entretanto, o primeiro gole de cafeína disse que era o suficiente para enxergá-lo como o humano mais romântico que já havia conhecido. As pessoas costumavam confundir romantismo com entrega de flores e chocolates, mas o termo, originalmente, era relacionado ao modo como esse tipo de pessoa entendia e levava a vida. Pessoas românticas encaravam a própria existência como uma bela, ou trágica, narrativa a ser construída. Um romance, um livro. O mundo tremia com a ameaça de uma guerra nuclear iniciada na internet, o país chafurdava em cínica corrupção, a criminalidade se fazia solta e Ícaro Atalaia caçava um tesouro pela floresta.

— Enfim, diga que não estou sonhando. Estou mesmo em um avião, procurando a pista perdida de um...

— Bem-vinda ao meu mundo. — Ícaro bebericou o café. — Depois da milésima pista, confesso que é difícil manter a empolgação. Mas se tudo der certo lá no Acre, essa vai ser a última parada antes do meu prêmio.

— E eu confesso que me intriga ter de pagar a passagem de um *playboy* bilionário famoso.

Ícaro se engasgou com a bebida, talvez estivesse quente demais.

— Com licença. — Outra aeromoça surgiu da parte de trás com um papel na mão.

Barlavento rodopiou a caneta para o autógrafo, mas, depois da gafe, leu o bilhetinho enviado de um assento mais ao fundo. Nele estava escrito, "Ele tem mesmo que cair?". Abaixo, leu: "Assinado: Sobreviventes do Fundão". Foi sorte a comissária não ter lido a mensagem. Perso havia corrido o risco de ser confundido com um terrorista, e ter colocado tudo a perder apenas por uma piada idiota. Esmagou a cartinha.

— Então...

Sabrina e Ícaro começaram a frase ao mesmo tempo, riram, e depois, sincronizados novamente, como mandava o bom clichê, pediram para que o outro falasse primeiro, o que gerou ainda mais risadas. Ela tapou a própria boca e gesticulou para ele ir em frente. Ainda gargalhando, Atalaia disse:

— Primeiro quem pagou as passagens.

— Certo, "Senhor Quartermain". O que leva um homem, de talvez uns trinta anos, a dormir no meio do mato na companhia de fantasmas antissemitas e mosquitos do Cretáceo?

— Tenho vinte e nove. — Ícaro repousou a orelha no encosto e os olhos naquela mulher com espírito adolescente e ímpeto infantil.

— Qual a relação dos nazistas com o tesouro? No boteco, você disse que procurava alguma coisa no cemitério.

— Na real, a minha história começa bem antes desta expedição nazista. Começa lá atrás, há quase cinco séculos, com um aventureiro espanhol de tapa-olhos.

– Humm... adoro piratas.

– Não, não. – Ícaro tomou fôlego como se fosse saltar de um trampolim. – Posso entrar no modo "Palestrante Maluco"?

– Manda bronca.

– Francisco de Orellana – fazia uma voz empostada –, era um explorador que servia à coroa espanhola. Ele veio para cá só com uns dezesseis anos e fazia parte de um grupo liderado por Francisco Pizarro.

– Sei quem é.

– Foram eles que derrotaram Atahualpa, o imperador inca, e submeteram o Peru ao Rei Carlos I. – Ícaro retomou o tom casual. – Inclusive, foi nessa briga aí em que Orellana acabou perdendo o olho esquerdo.

– Perdeu o olho, mas ganhou um fã.

– Como não admirar um cara com uma história dessas? Bom, por essas e outras, Orellana acabou se juntando, com vinte e um anos, a Gonzalo Pizarro, o irmão mais novo do Pizarro mais famoso, o conquistador do Peru. Favor não confundir os Pizarros, hein.

– Irmãos mais velhos...

– Enfim, Gonçalo tinha recebido Quito para governar, só que depois de um tempinho o cara enjoou da vida burocrática e partiu em uma expedição procurando...

– Espera aí. Não vai me dizer que estamos atrás do...

– Eldorado. – Ícaro desembrulhou a palavra como se fosse sacra. – Uau, pelo visto, você não viajava nas aulas de História.

– Eu rabiscava bigodes em todo mundo, mas juro que prestava atenção. – Sabrina aproveitou outra passagem da aeromoça para recarregar o copo de plástico. – Pelo menos quando a professora falava de guerras, explorações, gente morrendo ou coisas do tipo. Mas, prossiga.

O desânimo era tamanho que esvaziava o peito e apertava a mandíbula. De todos os tesouros, reais ou imaginários, o Eldorado, sem dúvida, era o mais desgastado na literatura e no cinema. Era verdade que, para conseguir sua história, não dependia de Ícaro Atalaia ter êxito em seu intento. O que mais importava era o caminho todo até lá. Mesmo assim, a notícia avassalou sua excitação quase por completo. Era como um clímax mal elaborado depois de uma introdução bastante promissora. Imaginava a expressão tediosa de Marlene Serra ao descobrir que tinha aberto mão da entrevista em busca de mais um clichê.

Sabrina gostava de clichês. Os via como divertidos blocos de montar que, dependendo da criatividade e da audácia do escritor, poderiam gerar estruturas muito interessantes no final. Jamais enjoaria de mapas rasgados em dois, diários enigmáticos, traidores inesperados, casais entre tapas e beijos e nem mesmo de triângulos amorosos. Esse tipo de triângulo não necessariamente naufragaria toda história caso bem utilizado. O problema daquela crítica avinagrada, de sua agente literária e da torcida do Corinthians, era que não esperavam pelo final. E mesmo que este final mostrasse, mais uma vez, os protagonistas rumando ao pôr do sol, ainda assim, poderia ser significativo.

– O que foi? – perguntou Ícaro.

A escritora listava na cabeça as mil narrativas norte-americanas que tinham abordado o tema. Desde modernos jogos de *videogames* como *Uncharted*, até antigos quadrinhos do *Duck Tales* e taciturnas poesias de *Edgar Allan Poe*. Isso tudo, além de uma infinidade de livros e filmes, fossem divertidos ou perturbadores.

Ícaro procurou alguma coisa fora da escotilha e Sabrina era a culpada. Ela o entendia agudamente. Era assim que costumava se sentir perante as pessoas quando mencionava seu tipo de escrita. Pelo menos antes de ter o prêmio no currículo e a série na televisão. Talvez, na cabeça de Atalaia, este tesouro traria a mesma credibilidade que o sapo folheado a ouro em sua prateleira.

– Certo. – Bicou o segundo café. – E qual é o curinga na sua manga? Que carta você tem aí que Gonzalo Pizarro, Francisco de Orellana e o Tio Patinhas não tinham?

– Está me olhando exatamente como meu velho agora. – Ícaro portava um sorriso enigmático. Algo entre a tristeza e a pura fé. – Sabia que é desse tipo de olhar descrente que se valem os caçadores de tesouros?

– Discorra.

– Pense comigo. O mundo é velho e grande, ele existe há muito tempo. Tem muita coisa perdida por aí, e as pessoas continuam perdendo mais o tempo todo.

– Nem me fale.

– Algumas dessas coisas são bem valiosas. – Ícaro gesticulava fascinado com a ideia. – As que não são, passam a ser depois de uns séculos. Agora, imagine se a maioria das pessoas se desse conta de que existem milhares de coisas preciosas sem um dono, esquecidas por todo o mundo. Imagine se todos os milionários resolvessem dedicar, por exemplo, um braço de suas companhias na prospecção de artefatos valiosos perdidos.

– Todos iríamos bater cartão com um chicote na mão, um chapéu na cabeça e uma pá no ombro?

– Estima-se que haja, pelo mundo todo, mais de 3 milhões de naufrágios registrados. Imagine os frutos possíveis desta quantidade de cargas abandonadas. Eu ainda não tenho grana o suficiente para investir no tipo de equipamento necessário para explorações submarinas em mar aberto, só que uma companhia chamada *Odyssey Marine Exploration*, lá dos Estados Unidos, tinha, e, com muito custo, encontrou 110 toneladas em barras de prata e ouro, o que dava muito mais que 400 milhões de reais.

– Dá para brincar.

– E isso foi em 2011. Vejo esse tipo de investimento como apostar em um jogo de cartas. Quanto menos jogadores, maior a chance.

– Não acho que um empresário sensato apostaria seus bens desse jeito.

– Não é bem uma aposta infundada. Sim, tesouros, coisas estranhas e artefatos são encontrados casualmente o tempo todo. Agora mesmo em Santos, lá no litoral sul de São Paulo, com a baixa da maré, encontraram os destroços de um navio enterrado na areia e, ainda não saiu na mídia, mas conseguiram detectar um grande objeto metálico dentro dele que pode não ser a caldeira. – Ícaro discursava como se lesse um *teleprompter* invisível. – Às vezes esbarramos neles por acaso, ainda mais conforme a tecnologia vai avançando. Quando poderíamos imaginar que um dia arqueólogos usariam satélites para encontrar alguma coisa? Mas foi assim que, agora há pouco, encontraram umas 400 estruturas de pedra na Arábia Saudita. Algumas do tamanho de um campo de futebol. E olha que, pelo que li, estão ali entre 2.000 e 9.000 anos. Sim, isso tudo acontece, mas existe uma ciência na verdadeira busca de um tesouro.

– Sou toda ouvidos. – A caneta em riste.

– Quando comparo a uma partida de cartas, não quero dizer que a caça a tesouros é uma atividade aleatória. – Atalaia puxou os lábios para dentro enquanto garimpava as palavras corretas. – Com a expertise necessária, se calcula as probabilidades, o que aumenta a chance de puxar as fichas para si. Humm... pense no gráfico de um plano cartesiano.

– Eu desenhava coisas piores que bigodes nas aulas de matemática, Ícaro. Mas vamos lá.

– Para definir um ponto, precisamos de duas informações, certo? No caso das coordenadas de Descartes, um vindo do eixo X e outro do Y. No nosso caso, "onde" e "quando". E, bom... o "local" e a "data" conseguimos com pesquisas. Mas é aí que está o desafio. Minha área requer muita paixão, quase nos limites do bom senso. Estes pontos que encontramos, muitas vezes, são apenas dicas que nos levam a encontrar outros, e outros pontos, para só então cruzarmos nossas retas e literalmente chegarmos ao ponto marcado com um Xis. Eu concordo com você que, para um leigo, realmente deve parecer loucura, mas, se fosse, não colocariam equipamentos cada vez mais sofisticados no mercado.

– Ah, na corrida do ouro na Califórnia – soltou Barlavento –, o cara que vendia calça jeans e picareta ganhava muito mais do que quem trabalhava nas minas. Além do mais, não sei se isso valida alguma coisa. Se todos os loucos do mundo fossem milionários, com certeza, estaríamos do lado errado do muro do hospício.

Os dentes de Ícaro espelharam a cor do dia.

– Na verdade, esse é bem o tipo de argumento que sempre usei com a galera, sabia? – disse ele. – Eu só usei dinheiro para validar meu ponto de vista, porque a maioria das pessoas entenderia assim. Sucesso financeiro costuma ser o lastro para calibrar o sucesso pessoal.

– Olha Ícaro, me xingue de "diferentona", se quiser, mas com toda certeza não faço parte desse grupo. E fica tranquilo, eu só queria ouvir da boca de alguém que também vive pela paixão as variações das respostas que eu mesma distribuí a vida inteira. Alguém que decide escrever acaba criando uma espécie de "instinto-anti-instinto", que desativa a autopreservação como prioridade do cérebro.

– Ufa, já estava estranhando uma pessoa que conseguiu viver do sonho ser tão cética assim.

– Eu não sou cética em relação à sua profissão. Só queria te ver nervoso. – Sabrina enrugou o nariz. – Mas sou, e muito, incrédula em relação ao que você busca especificamente. Com todo o respeito, mas acho que está tentando pescar o *Moby Dick* com uma vara de bambu.

– Eu tinha mais equipamentos quando comecei. – Ícaro riu. – Tinha uma equipe também, fora os locais contratados como guias, tradutores ou mão de obra.

– Por favor, me diga que foram todos devorados, um por um, por alguma criatura muito interessante. – Sabrina o fez rir ainda mais.

– Na real, minha grana foi bloqueada, e eu não pude conter as despesas da Sempre Avventura usando entusiasmo como moeda. – As nuvens empalideceram sua feição. – Mas, cada um que desistia me dava mais vontade de continuar. Eu ficava imaginando a cara deles quando eu entrasse para a História. Sei lá, mostrasse que eu estava certo.

Barlavento se perguntava como Atalaia se apresentaria em um aplicativo de relacionamentos. Se como um empresário, ou como um caçador de tesouros.

– Como você registrou a atividade principal da empresa?

– Não é bem o certo, mas tinha feito todos os trâmites como se fosse uma companhia de prospecção mineral, que nem a do meu velho.

– Ok, e quem trancou seus pilas?

– Quando meu velho percebeu que eu não ia desistir, bloqueou minha conta e declarou que eu era inepto. Não foi difícil botarem fé que eu tinha voltado a ser dependente químico. Aí, para cumprir com a folha de pagamento e o resto das obrigações, vendi quase todo equipamento. E, na boa, manter profissionais desse tipo de empresa não é lá muito barato. É preciso que muitas especialidades trabalhem em conjunto... Geólogos, pesquisadores, operadores de ROV...

– ROV?

– É tipo um dronezinho submarino que uso para filmar debaixo d'água...

– Capaz, mas enfim... quem puxou as fichas, então, foi seu pai.

– Puxou o tapete. O dinheiro não é dele, é da família. E a escolha era minha. Enfim... é aqui que você entra nessa história. O que seria de uma expedição, sem alguém para patrocinar?

– Por que me sinto alguém prestes a dar uma adega nas mãos de um alcóolatra?

– Pense assim, patrocinar explorações marítimas ou por terra sempre foi um bom negócio no passado. Antes era preciso ir mais longe, hoje, ir mais fundo. A mecânica de agora não é assim tão diferente. Alguém com grana banca alguém com delírios de grandeza. Assim foi a relação da coroa espanhola com Pizarro; assim é a sua relação comigo.

– Delírios de grandeza?

– Para você ver como a coisa é séria, teve um cara chamado Nikolaus Federmann que meio que se desentendeu com a família que financiava a viagem dele. Resultado: quando o alemão voltou para a Europa com as mãos abanando, acabou sendo processado e terminou seus dias na prisão.

– Tenha medo. Por falar em processo, antes que o "Sindicato dos Aventureiros Tupiniquins" faça isso comigo, reitero, o meu ceticismo é sobre encontrar o Eldorado, e não sobre alguém decidir procurá-lo. Sei lá, uma cidade inteira feita de ouro é algo muito pretensioso. E, quem garante que já não foi depenada?

– Alguém que tivesse encontrado A Cidade Áurea gritaria aos quatro cantos do mundo. Com toda certeza, a vaidade é mais pujante que a ganância.

– Prometo não pegar uma lasca de ouro, mas posso levar essa frase?

– É sua. – Ícaro continuou enquanto ela passava a caneta no papel. – Pense bem, todo o continente era rico neste tipo de metal. Quantas cidades você conhece com referência a este tesouro? Várias! E não vai ser difícil você encontrar documentários que mostrem vilas isoladas, onde ribeirinhos amazonenses andam com colares de ouro hoje em dia.

– Mas aí você está falando de garimpo, de mineração...

– Estou falando que não faltaria ouro para cobrir uma cidade.

– Nem europeus para faxinarem.

Ícaro arrumou a bunda na poltrona.

– Já li um milhão de versões sobre isso. Eu acredito na que Atahualpa, depois de ser capturado pelos espanhóis, ordenou a todos os súditos de seu império que levassem o ouro pedido pelos invasores para que ele fosse poupado. Só que quando um dos comboios, ainda a caminho, recebeu a notícia de que o imperador tinha sido assassinado no Templo do Sol, eles desapareceram com tudo que estavam carregando.

– O que acha do título... – Mordiscava a ponta da caneta. – "O Êxodo Dourado"?

– Não é tão fantasioso assim. O próprio *Machu Picchu*, o lugar mais visitado do Peru, ficou escondido por uns quatrocentos anos. Faz só cento e seis anos que um professor de *Yale*, que buscava o Eldorado, encontrou a cidade. E, pelo jeito que ela foi achada, todos os habitantes tinham desaparecido, deixando tudo para trás. Quase tudo. Na verdade, eles tinham levado todos os tesouros.

– Que malandrinhos. – Barlavento não parava de anotar.

– Algumas pessoas dizem que esse sumiço foi intervenção dos alienígenas. Eu continuo acreditando que o pessoal do *Machu Picchu* se encontrou com os outros incas que deixaram Cusco também fugindo dos espanhóis.

– Sempre opto pelas teorias sensacionalistas.

– Então esta caravana que contava com milhares de pessoas, mais 10 ou 20 mil lhamas carregadas de ouro, cruzou os Andes, se embrenhou na Amazônia... – Atalaia faiscou os olhos – e fundou a cidade escondida.

– Como você disse, essa é só uma das teorias. Por que acredita bem nessa? – questionou Sabrina. – Nem sempre Eldorado é mencionada como uma cidade. E quanto àquele ritual maluco onde um cacique todo coberto de ouro jogava peças trabalhadas em... ouro... no fundo de um lago? Daí o nome *El Dorado* significar "O Dourado". Isso sem falar na hipótese de tudo estar no fundo do Titicaca, também.

– Desenhar bigodes realmente te ajudava a se concentrar. – Ícaro assobiou. – Assim que eu reerguer minha empresa, vou te contratar como pesquisadora.

– Eu confesso que só lembro alguma coisa do assunto porque vira e mexe escrevo alguma caça ao tesouro sem vergonha, mas as datas e os nomes só estão frescos porque dei uma boa xeretada lá no aeroporto. Comecei vendo sobre o seu cemitério nazista, daí aproveitei para dar mais uma olhadinha nas lendas e tesouros associados à região. Nessa, acabei esbarrando nas mesmas coisas que usei quando escrevi uma noveleta chamada, "As Entranhas de Valverde".

Atalaia conhecia o aflitivo desfecho do primeiro Bispo de Cusco, que, antes do título, ajudou Pizarro a ludibriar Atahualpa em sua captura. E que, de tanto desejar ouro, anos mais tarde, quando foi pego por uma tribo indígena em 31 de outubro de 1541, foi obrigado a beber o metal derretido. Enquanto Vicente de Valverde queimava por dentro, os nativos perguntavam se era ouro o suficiente. Se estava contente assim.

— Acho que, neste caso — disse Ícaro —, eu preferiria voltar de mãos vazias e ser processado por você.

— Admita, a despeito da óbvia lição de moral, é um jeito poético de se morrer. Ser preenchido pelo que mais queria em vida. No caso de um caçador de tesouros, ser inflado de riqueza.

Na história de Barlavento, seus heróis não eram tão pedantes a ponto de procurarem uma cidade dourada. Estavam atrás da peça maciça e valiosa no formato das tripas do pobre espanhol. No final deste texto o objeto que encontraram era falso, embora o ouro fosse verdadeiro. Desta forma, brincava sobre onde residiria o real valor de um artefato, além de fazer uma provocadora alusão ao debate sobre forma *versus* conteúdo. No final, era apenas mais uma das noveletas jamais publicadas da autora. Marlene disse na ocasião que não teria apelo o suficiente, que sairia da prensa direto para os sebos.

— Olha o preconceito com a classe. — Brincou Ícaro. — Ir atrás de um tesouro não significa que está atrás de riqueza. A própria origem da palavra, que veio do latim como *"Thesaurus"*, não era apenas relacionada a itens valiosos, mas também ao lugar onde eram acumulados. Significava algo como depósito de todos tipos de bens, ou de conhecimentos. Poucos séculos atrás, você podia chamar "dicionário" ou "enciclopédia" de Thesaurus sem parecer excêntrica.

— Você é mesmo um pervertido. — Sabrina escrevia às pressas. — Nunca me passou pela cabeça "googlar" a etimologia disso. Será que Federmann usou essa historinha antes de apodrecer na prisão?

— Impressão minha ou você sempre me contraria só para me instigar a te inspirar?

— Culpada. Mas, se não busca riqueza, o que quer com tudo isso?

— Quero provar um ponto para o meu velho. Quero só ver a cara dele quando eu aparecer com o que ele preferiu abandonar. — Assim que Sabrina ouviu isso, a caneta parou. Ícaro olhou em direção ao silêncio. — Meu velho caçou essa merda por décadas e exatamente há 29 anos largou tudo.

– Está dizendo que ele parou porque...

– Ele nunca disse com palavras. – Os olhos de Ícaro umedeceram, e ele os arremessou para as nuvens lá fora. – Mas eu me sinto mal até hoje. Sempre escutei sobre como ele mudou de um cara feliz e expansivo para um alcoólatra obcecado pelos negócios da família. Nada no mundo vai me parar até achar aquele lixo.

– Ícaro, você não...

– Ainda mais agora que encontrei isso aqui nos arquivos dele.

– Puta que pariu.

Sabrina não gastou o latim em voz alta, mas pensou, "*Habiamus Librum*". Sentenciou-se tão oportunista quanto Perso. A vantagem de escrever histórias fictícias era não se sentir culpada pelos conflitos na trajetória dos personagens. O sofrimento de Ícaro era sólido.

Degustava um misto de remorso e inspiração quando a aeromoça de antes entregou outro papelzinho dobrado.

Barlavento aproveitou que o carioca estava voltado para a janela e viu no bilhete a representação de uma tela de celular desenhada à caneta. Em cima estava escrito, "bateria fraca", no meio, "Como se não bastasse o grupo de sobreviventes da frente ter o guia, ainda precisavam do escoteiro?!". Antes que Sabrina amassasse o recado, leu em letras miúdas abaixo de tudo, "Não confie em Atalaia. Vamos despistá-lo assim que aterrissarmos". Sua mão engoliu o papel, Ícaro voltou a falar.

– Segundo as anotações, meu velho estava indo para o cemitério na floresta, só que o telefonema da minha mãe chegou antes que ele viajasse para lá. Eu fico só imaginando a cara do "intrépido Domingos Atalaia" quando mudou o destino da viagem e voltou para casa. Quando abandonou a "aventura" pela "vida real". Ele tinha se dado o prazo máximo de mais nove meses naquele projeto que minha mãe chamava de "besteira". Só que eu nasci um mês antes do previsto.

Ícaro sacou um papel amarelado do bolso. O documento estava plastificado, mas maculado com gotas enegrecidas.

– Quanto à sua pergunta. Essa aqui é a minha carta. O curinga que faltava para todos os outros.

10. QUINTO DOS INFERNOS

Rio Branco. Acre. 12h37

Ícaro Atalaia pagou à vendedora ambulante e colocou o cordão de motivos indígenas no pescoço de Sabrina. A tarde começava ensolarada, então Rafael Perso entortou a fuça assistindo a cena. O caçador de tesouros olhou para o vigarista, entregou seu telefone e apontou o dedo.

– Eu vou sacar as últimas moedas que tenho. Por que você não vai ligando para o peruano, hein? Olhem as minhas coisas! – Ícaro atravessou a rua em direção à sua agência bancária.

Estavam ao lado do gramado que margeava a OCA, o moderno prédio da Central de Serviços Públicos do Rio Branco. O edifício homenageava a arquitetura nativa através de uma ampla cúpula no formato de um abrigo indígena. Como Seu Francisco usava o celular da escritora para registrar seu rosto com a construção ao fundo, Perso aproveitou para sussurrar de forma energética:

– Como assim, "nada de despistar o Atalaia"?! É a primeira vez que aquele babaca larga o telefone dele dando sopa, e você vem com essa?!

– E o que você diria para o Bodoque?!

– Sei lá, qualquer coisa. Se eu consigo engambelar político, um caipira que nem ele não vai ser problema, né?

– Sabe qual é o mal do malandro, Rafa?

Um jovem, então, os abordou fingindo tirar um objeto da orelha de Sabrina e entregando a ela uma espécie de rosa artesanal feita de capim trançado. Dizendo que era apenas um presente para o casal, se afastou alegremente. A escritora tomou ar para se gabar pela segunda oferenda recebida, mas Perso já tinha se voltado para Bodoque que, agora, lidava com um vendedor de chaveiros.

– Vamos embora, Bodoque! — Rafael acenou para um táxi que passou direto. – Aqui no centro essas bugigangas são muito caras!

Enquanto isso, atrás do vidro do banco, o aventureiro estapeava o caixa eletrônico como se fosse um fliperama. Sabrina olhou de volta para Perso e o coração quase entalou na garganta.

– Cuidado!

O planeta inteiro vibrou com a longa buzina. O ônibus municipal branco e amarelo chegou a cantar os pneus, freando a um palmo do rosto de Rafael. De alguma forma, Seu Francisco já embarcava sob o aviso de que Atalaia os alcançaria em um hotel.

– Perso! Volta aqui! E o Ícaro?!

O paulista terminava de acalmar o motorista e o convencer a embarcarem fora do ponto. Atalaia retornava pela rua, julgando a situação com um olhar fixo.

– Toma que o filho é teu. – Perso subiu. – Obrigado pela transferência e boa sorte com seu livro!

O condutor praguejava uma sequência de adjetivos, mas, por fim, engatou o câmbio e acionou a porta pneumática. Atalaia colheu suas coisas e se direcionou até o ônibus.

– Eu ainda não te passei o dinheiro! – Faltava fôlego para a autora.

Perso conteve a porta pela borda de borracha e o motorista solavancou o transporte com o pé no freio. Sabrina e Ícaro embarcaram.

O carioca esbarrava em tudo o que via pela frente. Arrastava os equipamentos para os únicos assentos vazios próximos à porta traseira. Sabrina se agarrou na barra oleosa presa ao teto e arranhou a garganta, sussurrando para Rafael:

– Você é maluco?!

Por um milagre, desta vez as passagens foram bancadas pelo golpista que parou de pé ao lado da autora.

– Eu deixei você vir, mas não significa que pode estragar tudo.

– "Rafa". – Sabrina amarrotou o nariz. – Fui eu "quem deixou" você vir, caso contrário não teria nem saído de São Paulo. Você mentiu quando disse que eu teria tempo de entrevistar o Ícaro lá em Jari. Daí, agora vê se engole o choro e aproveita a paisagem.

Perso resgatou uma garrafa de água mineral e ofereceu a ela, que, mesmo sedenta, desdenhou. Porém, enxergando um traço de humanidade no sujeito despenteado, Barlavento assumiu um tom mais brando:

– Ok, "Cebolinha", e como funciona seu plano infalível? É o mínimo que preciso saber, antes de te passar o dinheiro.

– Você ainda não passou mesmo? – Perso se engasgou. – Achei que era um blefe! Agora não dá mais tempo. Vai ter que mandar direto para a conta do peruano. O que não aconselho, porque te vincularia a ele... bom, nesse caso, é melhor você sacar o quanto antes. Qual o seu limite?

– Antes de mais nada, que peruano é esse? O traficante? Desembucha tudo.

Lá no fundo, Ícaro terminou de acomodar as coisas e voltou o peito inflado na direção de Rafael. No entanto, antes que avançasse, o coletivo parou em um ponto borbulhando de passageiros e uma torrente caudalosa inundou todo o corredor, entupindo o caminho.

– Certo, certo. – Agora com o corpo esmagado contra o da escritora, Rafael conferiu se alguém prestava atenção. – Eu não faço ideia de quem seja esse peruano. Pelo que o Ícaro falou, é um narcotraficante dos grandes. Inclusive, foi assim que a gente se conheceu. O babaca do Ícaro telefonando para um piloto chamado "Saraná", que já tinha trabalhado para esse traficante.

– Só que o Ícaro teve o azar de você ter atendido e não o tal piloto. Como eu prefiro nem saber como você estava com o aparelho de outra pessoa, vamos para a próxima pergunta. Como o Ícaro sabia sobre esse traficante?

– O pai dele é um cara bem poderoso, só que além daquela empresa dele, é também metido com muita coisa errada. – Mesmo espremido, Perso erigia um dedo para cada item da lista. – É doleiro, lava dinheiro, fabrica cigarro falsificado e, às vezes, se aventura com tráfico internacional de pó, só para não voltar com avião vazio depois de vender pedras preciosas sem pagar os impostos certinho. O cara é foda.

– O pai do Ícaro?!

– Shhh! Fala baixo!

– Perso, Perso. Essa nova mentirinha chegou tarde demais. O Ícaro já me falou sobre o "velho" dele. O cara deixou de ser um caçador de tesouros só para se dedicar à família. Daí, vem alguém como você e me diz que o cara chuta gato na rua e come só o recheio da bolacha?

– Retomando o raciocínio. Sim, eu atendi e assumi a identidade desse piloto. Daí em diante esse maluco do Ícaro começou a me perguntar sobre as coordenadas de uma pista clandestina no meio da floresta amazônica. Bom, eu não fazia ideia do que estava falando, mas como senti que daquele mato poderia sair mais do que coelho, fui dando corda.

– E eu achando que estávamos atrás de uma "pista" no sentido mais romântico da coisa. Um ídolo de pedra, esculpido por Aleijadinho, apontando para o próximo destino, o pedaço de um mapa confeccionado no escalpo do Zumbi dos Palmares... Sei lá, não literalmente uma "pista", ainda mais uma de pouso ilegal.

– O Ícaro precisava descobrir como chegar lá e disse que já tinha um guia que saberia nos levar da pista até onde queríamos.

– Eldorado?

– O setor da loucura fica no fundo do corredor, madame. Eu só entrei nessa porque ele disse que um carajazinho, tipo aquele que pegamos em Macapá, tinha caído ali com quase uma tonelada de carga. Isso até que acontece bastante, só que não vale a pena para esses caras se preocuparem. Perto do que esses traficantes ganham, não passa de mixaria. Só um piloto já leva uns 50 mil dólares. Imagine quantos milhões se lucra em cada operação.

– E agora você vai fingir que é o piloto que, supostamente, transportava a droga do peruano para o pai do Ícaro?

– Não sou uma raposa?

– E você não faz ideia de quem é, ou como falar com esse narcotraficante.

– O Ícaro roubou o celular do pai dele. Só que todos os contatos estão salvos com apelidos. Basta descobrir qual é o número certo. Estou sabendo que o Bodoque já guiou a expedição de um pessoal para lá faz uns anos. Parece que era a produção de um fotógrafo famoso que fez um acordo com esse traficante para usarem a pista. – Perso deu de ombros da melhor maneira que pôde naquele espaço limitado. – E, bom, o telefone dele estava salvo tanto no meu celular quanto no de Atalaia, só preciso descobrir qual é.

— Daí seu próximo passo é perguntar para o Seu Francisco o nome do traficante?

— Ele não ia saber o apelido que está salvo.

— E o Ícaro acha que você sabe. — Sabrina ficou estrábica. — Só por isso te colocou nisso.

— Sim, sim... fale baixo. Eu vou dar um jeito.

Barlavento via a situação como um mapa rasgado em três pedaços. Porém, mesmo que tivesse espaço, não faria uso do bloco de notas, dando a chance de Perso se sentir importante. Juntava as peças que havia obtido do caçador de tesouros e do golpista. A pista era o ponto de referência para o Eldorado e para a queda do avião. Além disso, parecia ser trabalho do ribeirinho levá-los adiante.

— E o Bodoque? O Seu Francisco está atrás do tesouro, ou da sua... "carga"?

— O Bodoque não vai ganhar comissão. — Perso deu espaço para um senhor de idade, com olhar aberto e vidrado, passar por eles. — O Ícaro já deu a primeira parte do "faz-me rir" dele, e a segunda é por minha conta quando voltarmos.

— Se você não der o calote, né? — Sabrina se apertou para que uma senhora que se benzia repetidamente conseguisse seguir. — Tem alguém nessa história toda em quem você não esteja passando a perna?

— Você, ué. — Rafael arriscou um sorriso. — É a minha cúmplice, lembra? Não sei o que você andou conversando com o Atalaia, mas baixou a guarda daquele babaca direitinho.

Era impossível enxergar os outros dois na parte de trás do ônibus lotado. Mesmo assim imaginou Ícaro conversando com Bodoque de forma entusiasmada, provavelmente sobre a História local. Não importava o quanto o aventureiro aparentasse ser culto, forte e decidido, jamais o olharia da mesma maneira depois de ter se aberto a ela. Atrás daquela fachada atlética e obstinada, era uma pessoa dotada de muita sensibilidade. Alguém com uma jornada muito mais profunda que escrever um livro ou lucrar com entorpecentes.

— Sabe, Rafa, você não é tão esperto quanto pensa. Você é como uma boneca russa de mentiras. Uma mentira dentro de outra. Quero ver o que vai fazer quando tiver que decolar um avião. Não acho que ele vá subir à

base de papo furado. Você pensa que o Bodoque é um "caipira", que nasceu ontem, e que Ícaro é um "babaca", mas é você que não passa de uma piada.
— Eu não sou uma... e eu sei pilotar.
— Ah, sabe, é? Então quer dizer que Rafael Perso não é só uma piada mal contada?

Rafael era vivo o suficiente para notar que, por trás do deboche, Sabrina tinha ficado impressionada. Ele gostou da sensação, no entanto, antes de desfrutar da felicidade, Barlavento disse:
— Isso só comprova que você tinha outra escolha ao invés de lucrar em cima da miséria dos outros. Cocaína é uma coisa suja demais, até mesmo para alguém como você. Com licença, prefiro o setor da loucura.

Um ônibus recheado de trabalhadores entediados não era a experiência exótica que procurava. Era como estar em uma monótona visita a São Paulo. Por essas e outras, preferia narrativas de época. Ainda não havia chegado o dia em que coletivos lotados pudessem ser representados de forma romântica, como eram os bondinhos do século XIX. Só um olhar romanesco para imaginar aquelas pessoas de boina, tão sorridentes e desprovidas de suor. Contudo, a paciência era uma virtude, e o modo mais eficaz de ambientar uma história no passado era simplesmente esperando o texto envelhecer. Talvez acontecesse o mesmo com sua memória.
— Perdão... com licença...

Desbravava a floresta de sovacos e bolsas. Definitivamente, não era o tipo de aventura que esperava do Acre. O estado era um dos territórios mais interessantes do país. No âmbito histórico, foi palco das lutas de Chico Mendes em prol da Amazônia, no campo do misticismo o assunto era interminável.
— Passando... olha a mão...

A região era embebida de mistérios e mais segredos, chegando a ser alvo de piadas pela distância das maiores capitais. E toda sua reputação foi ainda mais tonificada com o curioso caso do jovem acreano que havia sumido no final de março. O desaparecido tinha deixado a estátua de um filósofo italiano no centro de seu quarto, além de ter coberto todas as paredes com símbolos enigmáticos. Claro que, agora, quase 5 meses depois, tinha retornado, e tudo, pelo visto, não tinha passado de uma criativa estratégia de marketing para promover 14 livros escritos a mão. Todos eles codificados. Enfim, tudo naquela região seria mais interessante que um transporte metropolitano.

– Licencinha... o debaixo é meu...

Transpôs a última barreira de pessoas encaixadas e esbarrou em Atalaia. O carioca estava de pé ao lado do assento ocupado com parte de seus equipamentos, que soterravam Bodoque espremido contra a janela. O heroico aventureiro disse:

– Descemos no próximo?

Vendo aquela cena, Sabrina odiou ainda mais Rafael. Ele era capaz de estragar todo o clima da viagem, mesmo uma com um objetivo tão surreal.

– Não. – Barlavento agarrou de volta na barra amanteigada. – O Saraná ainda não disse nada.

– Acha que ele está nos enrolando? – Ícaro tentou olhar por cima das pessoas.

– Sem a gente ele não vai conseguir o que quer.

– Eu não sei. – Ícaro suava em bica. – Eu não confio nele.

A escritora queria saber sobre o documento misterioso surrupiado do pai, a relação dele com o cemitério nazista e qual era o vínculo com o mítico ouro peruano. Contudo, sua boca tomou outra direção.

– No avião, você me disse que seu pai bloqueou sua grana injustamente, que aqueles pilas na verdade eram da sua família. Me lembro do seu pai, nos anos 90, todo meninão, fosse em programas de entrevistas, fosse em camarotes vips no carnaval, daí.

– Ele ria porque estava bêbado o tempo todo.

– Enfim, lembro dele sempre ser mencionado como um empresário bem-sucedido e blábláblá. Se a grana não veio dele, qual é a origem da fortuna Atalaia?

Algumas gotas escorriam pela testa de Ícaro. O calor era quase insuportável.

– Você é bem direta. Posso permanecer no direito de não responder nenhuma pergunta na ausência de um advogado?

– Eu duvido que não tenha um advogado neste ônibus.

– Bom, minha família é de origem portuguesa...

– "Atalaia" não teria origem árabe?

– Sim, claro. Meus antepassados eram ciganos árabes, só que ao invés de irem para a Espanha, como a maioria fazia, se arriscaram em Portugal e depois de algum tempo vieram para a colônia.

– Espera aí. – Barlavento buscava a caneta no bolso.

– Por que não usa o gravador?

– Por que não continua a história?

– Enfim, uma vez em "terras ultramarinas" – Ícaro fez uma voz impostada –, a situação da família melhorou bastante. Ainda mais com tanto ouro que era achado lá no Sudeste. Minas Gerais não tem esse nome por acaso. Acontece que Portugal cobrava 20% do que era retirado das minas auríferas. Isto é, um quinto do ouro.

– Estou sabendo. O imposto era tão odiado que daí surgiu a expressão, "quinto dos infernos". – Sabrina arrumou a armação de um óculos imaginário. – Embora outra versão conte que o navio que levava esse imposto para Europa, sempre trazia na volta pessoas para trabalhar na colônia. Daí, lá em Portugal, mandar alguém para a "nau dos quintos dos infernos", era o mesmo que mandar para o Brasil. Me empolguei, prossiga.

– Exatamente – disse um absorto Ícaro. – E se eu te dissesse que certo antepassado meu conseguiu frustrar o roubo de um desses navios e como recompensa recebeu parte do ouro?

– Eu duvidaria?

– Claro que ele teria tido a ajuda de um pessoal meio infame, mas, mesmo dividindo com eles, era ouro o suficiente. Ouro que foi investido na mineração de mais ouro. A nossa tradição na prospecção de minerais remonta aos tempos do império.

– Vamos lá, você acreditou mesmo que a coroa portuguesa daria uma recompensa deste tamanho? É óbvio que seu antepassado roubou este navio. Humm... adoro piratas.

– Largamos o banditismo cigano lá na Europa, pode acreditar. – Não fosse Sabrina a acusadora, Ícaro teria ficado bastante ofendido.

– Capaz, mas, Ícaro... não pude deixar de me ofender. Eu fiz uma pergunta séria desta vez.

– Não era você quem preferia sempre a mentira em meios aos fatos, a versão mais sensacionalista? Eu sei que parece lorota, mas, pelo menos, é o que se conta no Natal da minha família até hoje.

— Humm... e imagino que aquela carta esteja manchada com o sangue do Tiradentes.

— Aquilo ali é sangue de um guerrilheiro capturado na Amazônia em 1979, que foi decapitado depois. — Ícaro vibrou em um tom mais sombrio. — Como você deve saber, a Guerrilha do Araguaia só veio a público vinte anos depois de ter ocorrido, certo?

A escritora já tinha trabalhado em uma novela que passava em uma dimensão alternativa, na região do Rio Araguaia. A contenda entre os membros do Partido Comunista do Brasil e o Exército Brasileiro tinha sido um dos eventos mais dantescos da História recente do país. Enquanto as páginas oficiais contavam em torno de 120 mortos, a verdade era um túmulo colossal e desconhecido. Contudo, no papel era Barlavento quem mandava e a guerrilha foi interrompida pela invasão de um exército de viajantes temporais que forçou uma aliança entre guerrilheiros, militares e camponeses. Graças a este terceiro ato, Marlene havia sentenciado mais uma vez que, se publicado, iria direto da prensa aos sebos.

— O exército meio que acobertou tudo na época — disse Sabrina. — Se não me engano, queriam evitar uma narrativa que vitimizasse os comunistas, os desenhando como estudantes para a opinião pública, não era? Mas, até onde sei, essa guerrilha acabou em 74.

— Então você também deve saber que os militares chegaram a mostrar para os camponeses da região uma tabela com o preço da cabeça de cada guerrilheiro.

— Um clichê bastante vilanesco.

— E se eu te dissesse que aconteceram mais guerrilhas como a do Araguaia em outros pontos da floresta e que jamais chegaram a público, nem mesmo depois da Comissão Nacional da Verdade? E se eu te dissesse que alguns rebeldes se embrenharam tanto na floresta que encontraram alguma coisa muito valiosa? Tão valiosa a ponto de dar esperança a eles de comprarem armas, suprimentos e tudo o que fosse necessário para marcharem ao sul, derrubarem a ditadura militar e assumirem o poder?

— Honestamente? — Sabrina envergou um sorriso assimétrico. — Eu te diria para mudar de ramo e empregar sua imaginação na escrita.

— O mundo é mais interessante que o papel. — Ícaro assumiu aquele tom professoral. — Se depois de 1972 o exército parou de contabilizar a morte dos guerrilheiros no Araguaia e por isso existem restos mortais perdidos até hoje, por que você acha que eles registrariam a morte de rebeldes que acontecessem ainda mais longe de qualquer testemunha? Se aquela floresta falasse, vomitaria sangue.

– Ok, e como seu pai conseguiu a carta?

– Foi escrita por um rebelde pego em uma dessas outras guerrilhas. Para se salvar da execução, o cara falou que sabia o caminho para umas ruínas perdidas que escondiam muito ouro.

– A morte iminente é uma boa inspiração – disse ela.

– É lógico que vale de tudo para ganhar mais alguns segundinhos de vida, só que, mesmo sob várias sessões de tortura, esse comunista mantinha a história de forma coerente. Ele sabia o caminho para as ruínas.

– Primeiro, isto está mais forçado que risada de claquete. Segundo, seu pai participou das torturas?

– Meu velho nunca foi militar.

– E como Domingos Atalaia teve acesso a um relatório provavelmente secreto da inteligência? Ele era um adido?

Sabrina adorava trabalhar com personagens adidos, civis que, graças a alguma especialidade profissional, trabalhavam junto aos militares. Costumavam trazer muita personalidade ao ambiente geralmente pragmático.

– Nem militar nem adido. – Ícaro secou a testa com a própria manga azul. – Enfim, esse oficial em questão, ainda na floresta, resolveu fingir que estava irritado com essa historinha toda e arrastou o guerrilheiro até um helicóptero, onde ia enforcar o cara como de praxe. Mas, ao invés de executar esse comunista, ele resolveu escutar mais um pouco sobre aquele papinho sobre peças trabalhadas em ouro maciço.

– Já sei! Daí, esse militar levou o guerrilheiro e hospedou ele nos porões do DOI-CODI, onde o cara sentiu uma inspiração excruciante e inventou todo o resto.

– Que nada. A ação deste capitão não era oficial. Ele queria o tesouro só para ele, não para o Geisel ou qualquer superior. – Atalaia então imitou um tom teatral, engrossando a voz. – "E foi por isso que entrou em contato com o jovem e intrépido Domingos Atalaia", o meu velho. Já que minha família tinha fama no ramo da procura de pedras preciosas, e meu pai, reputação de ovelha negra.

– Você sabe que está parecendo um daqueles "conspirólogos" malucos da televisão, né? Está me dizendo que meia dúzia de comunistas se embrenharam tão fundo na floresta amazônica a ponto de encontrarem, aleatoriamente, o tesouro de Atahualpa trazido por aquelas lhamas?

– Não sei para você, mas explicaria para mim o porquê de o Brasil ter comprado o território do Acre por 2 milhões de libras esterlinas em 1903.

– Oi?!

Ícaro abriu a boca, mas foi interrompido.

– Calma lá, garotão... a pessoa tem que estar muito preparada para você, eu hein. Uma coisa de cada vez. Ainda estou tentando relacionar nazistas mortos na Amazônia com exploradores espanhóis e com guerrilhas comunistas secretas.

– O fato é: o território do Acre foi comprado por esse valor em 1903 da Bolívia.

– Espera aí, não faz sentido. Se sabiam desde essa época, por que ainda estaria lá te esperando?

– Pelo que li, essa descoberta foi feita por um grupo de seringueiros, um troço assim. Lembrando que antes do Tratado de Petrópolis esse lugar aqui era disputado pela Bolívia e a gente. A coisa era feia. Acontece que os pobres coitados contaram para o governo, achando que seriam reconhecidos. Chegaram a levar uma estatueta ou outra de ouro como prova. Só que quando voltaram ao local para fazer a cartografia, todo mundo sumiu antes de qualquer mapa ser feito.

– Mesmo assim! Como então os governos seguintes a essa compra não teriam ciência disso?

– Saber que está lá é diferente de saber onde está. – Ícaro pousou a mão sobre uma de suas malas amontoadas. – E eu tenho provas documentadas de que muitas buscas foram executadas na primeira metade do século passado e que, por alguma razão, jamais tiraram o ouro de lá. Além disso, daquela época para cá, o órgão responsável pelos arquivos secretos, espionagem, e tudo o que não se fala, já trocou de administração várias vezes.

– Mas os arquivos de um seriam passados para a administração seguinte.

– Negativo. Vai que o SFICI fazia o acompanhamento em 1946, mas os arquivos foram extraviados quando o órgão foi dissolvido pelos militares em 1964, e o SNI assumiu essa função?

– Devagar, Ícaro!

– SFICI. O Serviço Federal de Informações e Contrainformações, que deu lugar ao Serviço Nacional de Informações que é chamado hoje de Agência Brasileira de Inteligência.

– Eu sabia os outros... – resmungou a escritora, chacoalhando a cabeça como quem cruzava o limite de bebedeira durante uma festa. – Bom, deduzo... já que você precisa das coordenadas do traficante, que não é isso que o comunista relatou nesse documento. Me conta, o que é que tem neste papel de tão importante?

O motorista então gritou do volante. Estavam no ponto final. A imersão ao falar com Atalaia tinha sido tão grande que, no estado alfa, sequer percebeu que os outros passageiros tinham descido. Perso era a única nuca visível nos longínquos bancos à frente.

Assim que a última bagagem de Ícaro foi retirada do transporte, o carioca avançou para cima do paulista, acuando-o em um muro encardido do Terminal Urbano. Não lhe restava dúvidas, o piloto de São Paulo estava tramando alguma coisa. Era a segunda vez que o coletivo passava na estação de ônibus que ficava na quadra de trás da OCA, onde tinham embarcado.

– Na boa, Saraná! Agora você telefona para o peruano!

– Eu... ele...

Sabrina estava faminta. Fazia parte de um levante que não se dobrava ao preço dos pães de queijo de aeroportos.

– Saco vazio não caça tesouro – resmungou ela. – Vamos primeiro almoçar, que o ceviche é por minha conta. E, antes de mais nada, precisamos comprar as coisas para a viagem... barracas, repelentes, macarrão instantâneo... vai saber o que se leva para a selva... papel higiênico!

Antes que Rafael pudesse agradecê-la com um olhar silencioso, a mulher já começava a atravessar a rua, seguida pelos outros dois. Sozinho e por último, Perso sorriu para si mesmo. Sabrina era única no mundo. Então a escritora parou de andar e apalpou a calça jeans.

– Cadê minha carteira?!

Ícaro abandonou o transe causado pela curitibana, ou pelo ceviche, e retornou em direção a Perso, encurralando-o novamente na parede coberta por cartazes imundos.

– Anda logo, Saraná! Telefona agora para o cara!

Rafael apertou alguns botões do celular de Ícaro com uma mão, gesticulando para que Bodoque lhe desse um cigarro com a outra. Mesmo não fumante, cada segundo era tempo ganho. Encarou o objeto fumegante segurado em pinça e apoiou as costas na parede. Ícaro deu um passo para a frente e falou de modo firme, quase mordendo os lábios tamanha a raiva:

– Saraná?!

Constrangido por não gostar nada de brigas, Seu Francisco levantou o boné para coçar o topo da testa, exalou um golpe de fumaça e disse:

– Quem olha assim, não imagina que é o capeta.

Sabrina por um segundo entendeu que o ribeirinho lia a alma do golpista. Porém, Rafael Perso olhou lentamente para trás. Estava encostado em uma parede toda coberta de panfletos, com o mesmo rosto adornado com uma auréola angelical. Sobre aquela face tão alegre, a frase garrafal "Aqui lhe garantimos um atalho para o Céu!".

Tudo levaria a crer que o sujeito estampado se apresentava como um pastor, mas bastava ler o resto da propaganda e se via que era um comerciante de aeronaves usadas.

Rafael fez a ligação, e, pouco tempo depois, todos foram encapuzados por homens armados e levados em uma van de vidro insufilmado. Todos famintos e sem ceviche.

11. NARCOLOGÍSTICA

O saco de estopa raspou a ponta do nariz.
– Muito obrigada.
Depois de um percurso mais galopante que a trajetória para Brasília, Sabrina foi cautelosamente retirada do veículo. Sua vista ainda queimava quando deu de cara com um idílico jardim que quase roçava o horizonte.
– Tira isso da minha cara!
Atalaia rosnava como um mastim tibetano, enquanto era puxado para o dia ensolarado. Logo atrás dele, a cabeça ensacada de Perso era dominada para que não chocasse na saída do carro.
– Tu não queria que eu ligasse? Eu liguei.
Eram escoltados por quatro homens armados através de um caminho de pedras brancas encaixadas. O percurso, de talvez 5 metros de largura, era margeado por angulosos arbustos que formavam dois muros verdes e floridos. Por trás deles, outros seguranças montados a cavalo acompanhavam pela grama.
– E aí, Bodoque? Firme? – A escritora e o golpista averiguaram ao mesmo tempo.
Essa reta infinita cortava o gramado até a frontaria de uma mansão de três andares que reinava sobre o paraíso.
– "Admita: Se o crime não compensasse, haveria muito poucos criminosos". – A escritora percebeu ter falado em voz alta e creditou a citação. – Como já dizia *Laughton Lewis Burdock*, o filósofo desconhecido. Na verdade, só conheço essa frase porque foi a epígrafe de um livro de Steve

Perry, que... por e-mail me confessou que também não lembra quem é o autor. Vida que segue.

Mesmo com armas na cintura, os dois tipos que andavam atrás desviaram o olhar da romancista. Haviam sido flagrados por Ícaro, seu olhar reprovador e seu bíceps vascularizado.

– Cuidado com as minhas coisas.

Apenas Bodoque entendia de plantas, mas era fácil de constatar que a equipe de jardinagem beirava a neurose. Fosse no caminho, fosse no gramado, cada raiz harmonizava com o ramo vizinho, cada folha festejava o caule seguinte. O ribeirinho afagou a pétala de uma orquídea, mas foi afastado pelo pigarrear de um segurança. Pela amálgama de cores, Sabrina desconfiou que o jardineiro era um fã inveterado de *Pink Floyd*, ou, como preferiria Marlene Serra, fã roxo de Raul Seixas.

De tempos em tempos passavam por bancos de madeira clara, sustentados por arabescos prateados. Em um desses assentos ainda distante, uma mulher se levantou de sobressalto e levou duas crianças consigo. Os três sumiram através de uma fresta secreta no muro de folhas e cruzaram um trecho de grama até um coreto no formato de carrossel. O contato visual agora era pelas frestas disformes entre a folhagem. A mulher aproximou sua boca de um rádio enquanto voltava as olheiras compactas aos visitantes. As crianças correram até duas bicicletas coloridas apoiadas na estrutura pálida.

Faltando pouco para a rotatória frente ao palacete campestre, uma eufórica cantoria de pássaros irrompeu de algum ponto à frente. Os animais invisíveis tinham antecipado os esguichos ensaiados que subiram por toda área do gramado. Para aveludar aquele momento, dezenas de outros jatos irromperam em sincronia de ambas as bordas do caminho e passaram sobre suas cabeças, formando uma espécie de túnel erigido com água. Cada jorro desaparecia em um orifício do outro lado com precisão quase milimétrica. Quase não umedecia as pedras alabastrinas.

Perso molhou a mão no chafariz, arrumou o cabelo para trás e pegou o terno na mochila carregada por um sujeito mal-humorado.

– Se prepara, pessoal – disse Sabrina. – Acho que é agora que começamos a coreografia.

Terminaram o tubo cintilante, desceram para o asfalto e só então testemunharam a origem do torvelinho tão afinado. Todas as moitas ao redor da rotatória tinham seus ramos cobertos por diversos tipos de pássaros e seus matizes. Por mais que a cantoria soasse desesperada, hipnotizava aos ouvidos como uma arrítmica orquestra onírica.

Logo ao lado da escadaria principal havia um pequenino lago artificial que tocava uma das paredes frontais da mansão. Era como um negligenciado lago de carpas que não se conseguia ver o fundo. Sobre sua borda musguenta, um homem franzino se apoiava em uma pequena grade. Alheio ao mundo, quase derrubou o próprio chapéu quando pescava as pétalas enferrujadas na superfície oliva. Para isso, usava uma rede de limpar piscinas dotada de uma longa haste de alumínio.

Sabrina alcançou Rafael.

– Só espero que já tenha seu discurso pronto.

A escritora prestava mais atenção àquelas águas turvas e esverdeadas que na charmosa escadaria minuciosamente rústica, cada falha envernizada em seu lugar. Podia jurar ter visto a silhueta subaquática de alguma coisa robusta. Um arrepio lambeu a espinha.

– Era mais fácil quando você tinha uma carteira – disse Perso com o queixo levantado para a mansão de tijolos e madeira à vista, no melhor estilo arquitetônico bucólico possível. – Mas você não é a única boa em inventar histórias.

– Acho que tem alguma coisa na água.

– É só a sua imaginação.

De costas para eles, o dedicado trabalhador tentava alcançar alguma coisa, quando seu instrumento quase foi arrancado da mão. Recuperou o equilíbrio e seguiu no esforço de coletar o que buscava.

– Viu?!

– Viu o quê?

Tanto Perso quanto Atalaia salivavam sobre a colorida fila de brinquedos importados. Todos estacionados do outro lado da escada. Bodoque, por sua vez, não se importava nem um pouco com o *Maserati*, com o *Bugatti* ou com o *Subaru*. Tudo carro.

– Que judiação... por isso ficam tudo paradinho que nem enfeite de Natal. Olha só. Tão tudo com a patinha presa com linha nos galhos.

O chefe da equipe de segurança então fez um sinal para que aguardassem no pé da escada e depois acenou para uma das janelas no alto do casarão.

Perso coçou a garganta.

– Só não me façam passar vergonha, hein? Nada de "tesouros", nem de "nazistas", nem nada do tipo.

– Acha que ele vai matar a gente e roubar todo o ouro? – Zombou Sabrina.

– Pior – disse Perso com os olhos bem arregalados. – Vai achar que somos uma piada.

– E, por falar em "piada", qual é o seu nome no momento, "Saraná"?

– Como assim? – murmurou Ícaro. – Você não era *brother* do cara?!

Antes que Rafael respondesse, o delgado homem que limpava a água virou-se para eles, segurando um sapato despedaçado.

– Rodrigo Mantovani! – O sotaque do sujeito de pele enrugada, bigode cinzento e chapéu alvo era mais ameno que o esperado. – *Al fin* nos conhecemos *en vivo*!

Rafael Perso acendeu os olhos e separou os braços.

– Grande Seu Madruga!

Um segurança se engasgou. Era a primeira vez que um narcotraficante internacional era tratado pelo apelido mais odiado de sua vida.

***

A garçonete de cabelo chanel desfilou descalça sobre a areia dourada, desviou de alguns guarda-sóis e soltou uma travessa de *ceviche* sobre a mesa de tábuas espaçadas. Antes de voltar ao quiosque onde funcionava a cozinha, piscou sugestivamente para o sujeito de terno aberto com o rosto todo machucado. Para mudar a agenda do patrão, deveria ser uma visita muito importante. Rafael Perso retribuiu o gesto da moça com alegria muito larga e retornou a atenção para o bigode sentado à frente.

Por trás dos óculos-escuros, o tipo franzino computava a proposta que havia escutado uma bandeja atrás.

– *No* sei, *no*...

Fernando Padilha, como preferia ser chamado, não tinha poupado despesas e transformou um dos açudes em uma espécie de praia de água doce. Assim sendo, a faixa de areia que circundava a água estava repleta de boias, cadeiras de alumínio e espreguiçadeiras. Na margem oposta, ondulavam alguns pedalinhos no formato de animais fantásticos. O traficante disse há pouco que não passava de uma tentativa de imitar *Puntal Sal*, a cidade litorânea da qual foi expulso com a chegada de concorrentes. E que inclusive esta era a razão de ter trocado de nome e sobrenome. Mal recebeu a informação, Rafael a transmutou em oportunidade.

– *Tienes que admitir* – Perso bicou a taça de *pisco sour* com tanta vontade que quase esbarrou o limão nos olhos. – *que esta es una buena oportunidad para volver a operar el valle.*

– E por que *yo*? – Padilha tomou a liberdade de espremer meio limão sobre o prato de Sabrina, que havia sido apresentada como tesoureira. – Tem *muchas* outras famílias que *son mucho* mais estruturadas lá pelo VRAEM do que *la mia*. Há quem diga que fugimos para cá com o rabo entre *las piernas*.

Dias atrás, Rafael jamais havia escutado sobre o Vale dos Rios Apurimac, Ene e Mantaro e, se conseguia fingir que sabia de alguma coisa agora, era por ter dado uma breve estudada para o número enquanto bolava seu plano. Assim descobriu que o Peru ultrapassava eventualmente a própria Colômbia na produção de cocaína e que muito disso era graças às áreas de difícil acesso que atrapalhavam a fiscalização do governo. E este era o caso do vale banhado pelos três rios, que era usado para cultivo e produção da droga por ser camuflado pela floresta.

– *Queremos una ruta...*

– Fala português, "irmao". A regra é sempre falar a língua da mulher mais *hermosa* da mesa.

– Queremos uma rota bem alternativa. – Perso espetou um pedaço de linguado. – E, Nando, você tem algumas pistas que podem se encaixar perfeitamente na nossa logística se forem revitalizadas. São as notas que faltam para completar a minha melodia.

Ícaro e Sabrina se entreolharam, ambos se contendo para não taparem o próprio rosto, ou estapcarem o do vigarista. A frase deveria soar melhor em espanhol.

Se Barlavento era a responsável pelas contas e quantias, Atalaia foi anunciado como ele mesmo. Porém, a versão de si que representava os tentáculos ilegais da empresa do pai. Quanto a Bodoque, o amapaense preferiu comer o lanche que tinha consigo, esperando-os por perto da mansão. Desta forma não os acompanhou pelo trajeto de cinco minutos de jipe até o açude.

– Agora começo a escutar *algunas* verdades. – Nando Padilha tocava os dedos de Sabrina ao auxiliá-la a cortar o peixe. – Mas, Mantovani, se deseja tanto *una* parceria, por que *no* me mostra toda *la operación* de verdade? Ou será que deveria te chamar de "Capitán Nemo"?

– Capitão "quem?"

Seria impossível Perso adivinhar todas as peripécias na ficha do dono de sua atual identidade. Enquanto isso, Sabrina conteve o espasmo quase involuntário de esbravejar e puxar a mão. Forçou um sorriso retangular agradecendo tanta gentileza.

Pouco antes de subirem no jipe 4x4, Rafael tinha explicado que Seu Madruga, decerto, era o tipo de homem ainda não vacinado contra o menosprezo feminino. Que, ao contrário da Colômbia, onde os cartéis eram os maiores responsáveis pela produção de coca, no Peru existiam clãs familiares tradicionais. Fernando Padilha seguramente havia nascido no ramo. Segundo Perso, tudo seguiria bem se o traficante não sentisse a necessidade de provar que poderia tê-la caso decidisse.

– Rodrigo Mantovani, *no* me subestime, *chico*.

O narcotraficante retirou os óculos, deu a volta na mesa, mas nunca tirou os olhos da alma de Perso. Então colocou as mãos para trás e ficou de costas a eles, encarando o brilho do sol sobre a água.

– Jamais.

– *Yo* sei o que estão tramando de verdade. Isso aqui vai ser mais simples se você for mais transparente. *No* gosto das mentiras que *no* são *las mias*.

– Não dá para ser mais direto que isso, Nando. – Rafael se inclinou para a frente, os olhos nas costas do peruano. – Se contribuir com as coordenadas da sua antiga rota, leva uma mordida e tanto da nossa operação. Simples assim, um mais um é dois. E aí?

– *Yo* acredito que nosso ramo precisa de ideias arrojadas como *las* suas. – Padilha virou-se de frente, abriu uma cigarreira de prata e, dela, retirou um delicado canudo de ouro. – Sabe o quanto sou seu fã, *chico*. Quem, além de você, teria *la* audácia de peitar aqueles carros *fuerte*? De metralhar *una* delegacia, enquanto faz *un* roubo na mesma cidade? Isso, sem *hablar* em usar drones no assalto daquela fábrica lá nos "cafundós do Judas", como vocês *hablas* aqui.

Sabrina virou o pescoço morosamente para Rafael, como o robô de um seriado cinquentista de ficção científica. Mensurava de cima a baixo aquele homem de terno enxovalhado, sentado com as pernas cruzadas. O tratante chegava a relaxar as costas para trás, enquanto era alvejado pela rajada de elogios. Pela felicidade, parecia de acordo em furtar o mérito alheio, seja lá quem fosse Rodrigo Mantovani.

– Tenho que aproveitar enquanto o regulamento da ANAC sobre drones ainda não está tão chato. Daqui a pouco não se levanta nem pipa. Meu segredo é não ter medo de ser ridicularizado quando uso o que todo mundo já pensou em usar.

Barlavento se perguntava se o golpista sabia de antemão sobre a importância da identidade assumida, ou se era a prova cabal de que, *Fortuna*, a deusa romana da sorte, e, *Tique*, uma versão semelhante grega, tinham mesmo uma quedinha pelo trapaceiro. Se ambas viviam um *ménage à trois* com seu destino. Ícaro balançava o joelho. Participava calado como fora instruído.

– Rodrigo, Rodrigo! – Padilha despejou uma pequena quantidade de pó branco sobre uma das tábuas envernizadas. – *No* faz ideia de como fico tentado em fechar *una* parceria *tan* forte com jovens como vocês dois. Pessoas que *no* têm medo de reprovação... que transformam o absurdo em notícia de jornal. *Puta madre*... *Creo* que *la primera* vez que ouvi falar de você, foi quando *cavarón* aquele túnel embaixo da agência quase aqui *al* lado. *Lo siento* pelos seus *hombres*, a propósito. Mas *creo* que cada derrota nos *deja más* atentos, *no*?

– Foi a primeira vez que as coisas deram errado – disse Perso. – Talvez tenha sido a última. E, outra, sempre terceirizo a mão de obra para nem me apegar. O que ia ser do enxadrista se amasse cada "peãozito", né?

O peruano retirou um cartão de dentro do recipiente prateado e começou a separar aquela poeira alva em algumas fileiras. Estava concentrado no trabalho, quando escutou um de seus homens enxotando alguma coisa.

Por mais que um dos jagunços chutasse areia em sua direção, o indígena de talvez quarenta anos manifestava otimismo e se avizinhava. Vestia apenas um cocar colorido, parecendo muito à vontade com seu pênis à mostra. Aquilo conferiu ao ambiente o clima de uma praia de nudismo.

– E vocês aí achando que eram os únicos armados – disse a tesoureira.
– De que tribo será que ele é, dos "Lanças ao vento"?
– Sei lá que *mierda es* essa. Só sei que *no* me dão paz desde que derrubei *unas* árvores no outro canto da fazenda para fazer *la nueva* pista, porque *mi esposa Soroche* não gosta do barulho.

O índio mostrou a palma da mão para cima na direção de Fernando. A pele dos ombros e das costas carregavam estranhas feridas de queimadura. Na borda delas, a pele se levantava, no centro, se mostrava rosa.

– Some *de aquí*! Anda! Xô!

O exótico visitante esfregou o dedão no indicador da mesma mão e depois apontou para a palma da outra.

– Pedágio! – disse ele. – Tem que pagar.

Nando Padilha mexeu o queixo, e o revólver do subalterno apontou para o indígena.

– Opa, opa! – Perso tirou dez reais do bolso. – Deixa que eu acerto isso.
– Mil – disse o cobrador silvestre.

O peruano pegou a arma do empregado, limpou os dentes com a língua e atirou para cima três vezes. Enquanto o índio balançava suas nádegas para longe, Padilha falou:

– Bando de folgados... *piensan* que mandam aqui *más* do que *yo*? – Passou o guardanapo na testa. – Não fiquem com pena, *no*. Se procurarem, *encontrarás* o *short* de náilon dele atrás de alguma moita. E essas *plumas* na cabeça *deben* ser tudo de pomba pintada com guache. Tudo teatrinho, puro *misanceno*! *Además*, ninguém mandou *no* fazerem *una* escritura no cartório antes do Cabral chegar, *no*?

Perso demorou alguns batuques de coração até entender que era para gargalhar junto, mas o fez a tempo.

– Enfim... – Padilha devolveu a arma para seu segurança e, em seguida, passou uma flanela no cartão que o distraía antes da interrupção. – *Yo* fui picado pelo mosquito da *tentación* quando soube que Ícaro Atalaia tinha *abierto* mão da vida de *playboy*, assumido *la* parte obscura dos negócios do *papi* e se aliado a você, *una* das maiores *revelaciones* dos últimos anos. Por isso *no* vou me ofender por tentar me deixar de *fuera* do verdadeiro esquema. Mas *la mia* resposta *es no*.

– Achei que fosse devoto de minhas loucuras, Nando. – Rafael lambeu os lábios. – Uma vez eu escutei que o segredo é morrer imaturo, o mais velho possível.

– *Alguien* só cresce no ramo se obedecer a algumas *reglas*. – Mesmo com os olhos envidraçados e a boca salivante, Padilha usou o cartão como uma enxada e devolveu toda a poeira à caixa prateada. – E as *reglas más* sagradas *son* aquelas impostas por nós *mismos* para nos domarmos. O segredo é ser *más* forte que *la tentación*.

Perso usou um guardanapo de pano.

– Bom, seria deselegante insistir. Só me resta torcer para mudar de ideia. Quem sabe, depois de ver nossos primeiros resultados.

Padilha estendeu a mão.

– Quando *tu locura* der certo, *yo* vou fazer cara de *tonto* junto do *presentador* do jornal.

Ícaro suava frio, mas não disse nada. Assim como Sabrina, ele não conseguia disfarçar a frustração. Sem as coordenadas da pista, tudo teria acabado.

– Que foi, pessoal? – disse Perso muito tranquilo. – Vamos respeitar a decisão do nosso *hermano* aqui. Ou vão me dizer que estão esperando um convite para andar de pedalinho? Vamos nessa, que temos toneladas para arrastar. Toneladas de euros.

– Euros? – perguntou Nando Padilha.

Ataláia cumprimentou o peruano com um balanço de cabeça. Sequer retribuiu o sorriso do criminoso. Talvez, parte de sua insatisfação viesse do modo como Padilha tocava as costas de Barlavento, quando a ajudou a se levantar.

– É por estes cavalheirismos que *las mujeres* andam preferindo *hombres más* velhos.

A risada de Ícaro foi mais seca que o choque de dois sertões.

– Acredite em mim... – disse Atalaia. – Você é melhor como traficante do que como humorista. Na boa, aceita logo nossa proposta.

O espírito de Perso despencou em um abismo sem luz, o de Sabrina tilintou. O peruano vasculhou fundo nos olhos de Ícaro, que ficavam consideravelmente acima.

— Se *yo* fosse dez anos *más nuevo, chico*... *solo* dez anos... *bueno*, manda *un* abraço para seu *papi, si?* — Fernando Padilha deu as costas para o carioca e falou para a tesoureira. — Quanto a você, *senõrita*, devo lhe dizer que *una* beleza como *la* sua seria muito mais coerente ao mundo, se ficasse por aqui. Você merece *el* Paraíso.

— Já escutei essa antes, "*Lando Calrissian*" — disse Sabrina, fazendo Perso engolir a seco pela terceira vez. Ele tinha invadido a jaula do leão na companhia de dois suicidas perfumados de pimenta.

Padilha não tinha assistido, "O Império Contra-ataca", um clássico do começo dos anos 80, portanto não compreendeu a piada da visitante, mas a rejeição era uma sensação universal. Seu sorriso, protegido pelo caprichoso bigode, oscilou, tremeu, no entanto não esmoreceu. Apertou a mão da mulher de lenço nos cabelos.

— E *por qué* tanta pressa? *No* aceitam ficar para o jantar? *Yo* encararia como *una* desfeita.

— A gente tem mesmo que ir — disse Rafael. — Mas estava pensando aqui. Acho que seria uma desfeita maior se sairmos sem fecharmos, pelo menos, um negócio simbólico. Já que gostou tanto da minha tesoureira, que tal nos fazer um "precito" camarada? Que tal fecharmos um carregamento pequeno só da sua carga mesmo? Só para dar sorte em nossos negócios futuros? Sou um cara supersticioso.

O peruano ainda tocava os pulsos finos de Sabrina, porém seu olhar era todo de Rafael.

— *Va a comprar* da minha mercadoria, arcar com *las* despesas para cruzar *el* país inteiro, só por *superstición, Señor* Mantovani?

Rafael levantou as duas palmas.

— Um sinal de boa fé. E, se me der as coordenadas só de uma das suas pistas fora de uso, aqui pelo Acre mesmo, meu piloto consegue compensar o tempo e o combustível que gastaria fazendo todo o contorno. Isso, se sobrou alguma pista sem uma cratera no meio depois da Operação Ágata da FAB, né? Você viu aquilo?

– "Irmao", todas *esas* pistas estão abandonadas. Se *quieres* fazer negócio comigo, *ahora* meu caminho *es* outro. Yo fazia parte de *un* negócio *muy* grande. Fazia 15 milhões por *operación*, só a cabine ganhava uns 500 mil dólares, para dividir entre piloto e copiloto... mas tudo isso chamava muita *atención*. Hoje *yo* faço tudo menor, porém de forma mais sofisticada. Uso laranjas que negociam aeronaves nos Estados Unidos, pago *una* propininha para *los* operadores de radar falarem que meus vôos são *platillos voladores* ou qualquer *mierda*. Hoje *es* assim.

– Admite – disse Perso. – Você está precisando desses zeros a mais de volta na sua vida, não está?

Ícaro parecia prestes a falar alguma coisa que entalava em sua garganta no último segundo. O resultado disso avermelhava sua tez bronzeada. O narcotraficante largou os braços de Sabrina e colocou o peso do mundo sobre Rafael.

– Mantovani, Mantovani... *no puedo* levar a sério aquele que *no* me leva. *No es* o fato de *yo* gostar de você, que lhe permite mentir *así* na *mi* cara, ainda *más*, dentro *de mi* propriedade. Pelo fato de gostar de você e conhecer o *papi* do "*garotón* marrento" aí, vocês saem daqui sem dar *un* mergulho com o *Alfombra*.

Como uma lata de refrigerante agitada demais, Ícaro transbordou:

– Está virando as costas para a oportunidade da sua vida.

– *Yo* já tive a oportunidade da *mi* vida, e... *ya la perdí*.

– *Muy bien* – disse Rafael Perso. – Isso me comoveu. Você está dentro.

***

Fernando Padilha girou a chave do jipe conversível e saltou para a terra. Lá, ofereceu sua mão à tesoureira. Havia estacionado em frente a um galpão de alumínio que, naquele sol escaldante, parecia apto a servir como um imenso forno industrial. Estavam apenas a algumas centenas de metros do flanco da mansão.

O traficante se agachou para arrancar algumas ervas daninhas que cresciam junto ao portão. Depois disso, assoviando, limpou as mãos na calça e foi até um poço artesiano logo ao lado, onde girou uma manivela. Além da postura casual de Padilha, a ausência de qualquer segurança era a prova de que as coisas começavam a dar certo para Rafael. Foi quando sentiu um puxão no ombro e se viu de frente aos companheiros de viagem.

– Você não faz ideia de que operação é essa – afirmou a escritora.
– Eu não faço ideia de que operação é essa – confirmou o golpista.
– Quem é Rodrigo Mantovani?! – indagou o caçador de tesouros.
– Alguém que deve saber do que se trata a operação – respondeu Perso, que, ao ver que o traficante retornava, disse em voz alta. – Ué, Nando, está com o estoque em baixa?! Só estou vendo esse teco-teco horroroso aí!

Dentro do galpão, havia apenas um pequenino e empoeirado avião dotado de um turboélice no nariz. Pelo péssimo estado, quase se mesclava às pilhas de entulho que o cercavam.

– *No* se iluda, Mantovani. O produto fica embaladinho lá perto do hangar *de los aviones* reformados, lá atrás *de mi* casa, *donde* posso controlar tudo da janela de trás *de lo* escritório.

– Só não vai levar trabalho para casa, hein.

Padilha pegou um controle rústico, que estava conectado à parede interna por um fio elétrico, e pressionou um de seus dois botões.

– O laboratório fica aqui, *primero*, porque a *Soroche* odeia o cheiro, segundo, porque *la* Polícia Federal vira e mexe aparece pela vizinhança. Aqueles índios me *delataron* só porque aumentei *un* pouquinho *mi* terra, pondo a cerca *un* pouco *más* para a frente. A polícia chama isso de "grilagem". *Es un asco*!

Então um retângulo maciço de cimento se destacou por debaixo da camada de poeira e começou a subir do chão. Fazia um grave som de pedras em atrito.

– Ah, e esse *pequeño avión* aí é o Escapada. – A tampa gigantesca emergia. – Ele já me tirou de *muchas* encrencas. Foi *mi primero*! *Siempre* que *puedo,* ligo o motor só para ele *no* esquecer de *mí.*

Barlavento estava em um filme do *James Bond*, Rafael em um telejornal. Essa tática era muito comum para ocultar laboratórios do gênero em ambientes urbanos. Já tinha assistido uma matéria em que a polícia de São Paulo havia encontrado uns dois ou três esconderijos, também ocultos sob tampas de concreto de quase uma tonelada. Elas eram erguidas com o mesmo sistema hidráulico utilizado nas oficinas automotivas para içar veículos.

Padilha se apoiou nos joelhos, esticou o braço para dentro do porão e acionou o interruptor da luz e do ar-condicionado.

– Cuidado com *los* degraus, *si*?

Mesmo arrebatada com a ludicidade de tudo aquilo, enquanto descia, a escritora evitava as paredes e os cantos escuros. Antes que se culpasse por se sentir frágil, esbarrou em Perso, que tinha hesitado um degrau abaixo. O tratante estava ainda mais incomodado com todas aquelas aranhas.

Sabrina ouviu o som de rochas se encontrando e então estava presa em uma tumba egípcia.

12. MASTIGADORES DE CORPOS

Rafael Perso cuspiu uma generosa porção de sangue ao receber o terceiro soco. Dobrou-se para o lado, na tentativa de não manchar o terno. Como tinha as mãos amarradas atrás da cadeira, usou a língua para conferir os dentes.

– Eu já disse... a ideia é voar por dentro da floresta, driblando os radares do SIPAM, até a outra pista de reabastecimento que já tenho preparada...

– *Bla bla bla, hablas más que Soroche, hombre!*

– Depois, lá perto do porto, colocar tudo em extintores... eu já tenho um contato em Recife para mandar direto para a Sicília... por isso vale a pena gastar tanto combustível... vai por mim...

– Todo mundo tem *un* plano, seu *hijo de puta*. – Padilha babava. – *Mi pregunta* foi outra, quem *eres* você?! Pelo que *yo* sei, o Mantovani funciona a base de pó e você *negaste* duas vezes!

Minutos atrás, durante o atencioso tour por aquele misto de bunker, laboratório e casa dos horrores, Sabrina havia contado cinco cômodos, fora o corredor central que os interligava. O peruano explicou que o esconderijo – dono de um fedor acachapante – estava vazio, pois acabava de inaugurar a nova refinaria próxima da outra pista e longe das reclamações de *Soroche*.

O passeio tinha sido iniciado pelo aposento antes usado para armazenar a pasta base recebida da Bolívia. Segundo ele, era mais barato para este povo andino mandar o material neste estágio, e os brasileiros que fizessem o refino lucrariam o triplo. O anfitrião acendia os interruptores conforme esclarecia a função da porta seguinte.

Padilha mostrou onde faziam a mistura com éter e, também, as três prensas, além das cinco balanças que usava para padronizar o produto em lajotas de um quilo. Admitiu todo risonho que a embalagem, de certa marca de tapioca que usava, era tão grossa, para conter o odor, que lhe possibilitava colocar alguns miligramas a menos em cada tijolo.

O roteiro parecia ter acabado e Perso tirava água do joelho no banheiro ao lado do pequeno refeitório. Enquanto isso, Sabrina fingia interesse no que teria sido a tesouraria. Na verdade, buscava detalhes. Não gostava de admitir, mas aquela atmosfera transgressora a inspirava de forma latente. Desvendava o escritório abandonado, dotado de um cofre enferrujado, de livros-caixa amarelados e de mapas em frangalhos. Para sua decepção, ao invés de hieróglifos, as paredes eram tomadas de cálculos matemáticos feitos a giz. Desviou o olhar quando uma sombra rastejou de trás de um mapa mofado.

Pouco depois de Rafael ter apertado a descarga, assoviando seu samba favorito, deu de frente com Ícaro e Sabrina rendidos pela arma recém-colhida de uma escrivaninha.

E agora estavam ali.

– Escuta, Fernando – disse Perso amarrado à cadeira. – Não é fácil ganhar a atenção de um figurão como você. De que importa minha identidade? A sua mesmo é falsa, ué. Que tipo de peruano que se chama Padilha? O que importa aqui é o quanto que podemos lucrar juntos.

Nando Padilha dedicava uma mão para esmurrar o impostor e com a outra apontava a pistola para Sabrina. Embora o escritório fosse um cubículo, Ícaro preferia não arriscar tudo, mergulhando sobre o criminoso raquítico.

– Diego Flores Navarro. *Más* conhecido como "Saraná". Já pilotou para *mi, no* foi? Por *eso* ouviu falar sobre essa pista aqui no Acre, *no*? *No* foi difícil *de mi* pessoal achar *tu* documento verdadeiro *en la* segunda camada *de tu* mochila, *tu cabrón*.

Rafael brindou à sorte com o silêncio. Tudo seria pior caso a terceira camada fosse descoberta e, nela, seus documentos verdadeiros. Pelo menos, Ícaro continuaria sob o véu daquele golpe.

– Você já mostrou que tem o revólver maior – disse Barlavento. – Podemos voltar às negociações?

– Sua tesoureira *es muy* corajosa, *si?* – Nando piscou para Sabrina de um jeito mais sujo que o chão do bunker. – Sabia que aqui *abajo*, longe da *Soroche, yo* me *siento* solteiro de novo?

– Como já te falei – insistiu Rafael –, esta pista vai evitar tanto a concorrência, quanto a força aérea. Se eu tiver que largar gente lá para derrubar árvore e abrir uma nova, perco tempo, dinheiro e discrição. Quanto menos pessoas ficarem sabendo da minha...

– *Qué es tan* importante naquele lugar?! – O traficante chegou a estourar algumas linhas da camisa e do terno de Rafael quando deu uma espécie de safanão. – Ou *todo esto no* passa de *una* piada suicida, *una broma?!*

– Se é assim... – disse Perso. – Quando começar a sair *ceviche* eu te conto.

– Se *no tienes* medo de morrer, *yo* tenho *otros* jeitos de te torturar. – Nando apontou para Barlavento. – Você aí, abre *el botón* da calça, *princesita*.

Sabrina transformou os olhos em gelo preto. Ícaro subia e descia os ombros largos. Rafael fitava a arma segurada de forma tão displicente.

– *Señorita, yo no* quero te forçar fisicamente, *yo* quero te forçar psicologicamente. Para cada *no* que me der, o Saraná vai perder *una* unha. E, *creeme*, quando acabarem as unhas, *yo* vou ter que improvisar. – O traficante rastelou o bigode com as unhas em garra. – Ah, *si,* se o *tramposo* aqui me contar *la* verdade, paramos tanto com *lo strip-tease* quanto com *la sesión* de manicure. Vamos começar *el* show?

Então o rádio do traficante apitou.

– "Chefe?" – disse a voz chiada. – "Eles entraram de novo. Colocamos eles logo para fora ou te esperamos?".

– Faz *que todos corran!* – Os dentes amarelos de Padilha acenaram sob aqueles pelos. – Só estarei *libre en un* par de horas.

O rádio foi desligado e o anfitrião tirou um alicate enferrujado de uma gaveta.

– *Bueno,* vamos aparar *la uña* número 1! *Vamonos*, seja *hombre!*

Fernando deu a volta para trás de Rafael e lutou para fisgar seu anelar, encaixando o metal na parte sobressalente da unha roída.

Barlavento usou um tom gélido.

– A verdade é que estamos atrás de toneladas de ouro inca e precisamos da sua pista abandonada para chegarmos até lá.

***

Padilha enfiou a mão em um orifício escuro do canto oeste da tesouraria, um estalo reverberou por um tempo. Depois, empurrou a estante empoeirada, que rangeu ao girar em seu eixo central. A passagem aberta era treva sólida e fedia à madeira mofada.

– Vocês *en el* frente, *chicos*.

O traficante acendeu uma lanterna, apagou as luzes do laboratório e fechou a passagem. Ignorava qualquer lamento de Rafael ainda amarrado. Seus gritos eram quase inaudíveis devido à estante reposicionada.

– Alguém *quiere* ficar com *él*? – Um clique metálico ecoou pelo corredor abismal. – Foi *lo* que pensei. *Vamo-nos*!

Para evitarem o gosto azedo de teia, Sabrina e Ícaro avançavam com os braços estendidos. As camadas daquele algodão-doce, cada vez mais cremoso, eram parcamente iluminadas pelo irrequieto facho de luz que vinha de trás.

As mãos da escritora encontravam diversas folhas secas que espetavam sua pele, dependendo do ângulo que eram encontradas. Quando uma se debateu desesperada, ficou claro que eram baratas. Centenas dos insetos adornavam cada véu da arquitetura aracnídea, como mariscos presos em uma grinalda de noiva. A maioria já morta. Não queria soltar o grito agudo, clichê e duradouro, que cabia – perfeitamente – ao momento. Piscou placidamente, procurando por paz, recalibrou a pachorra e perguntou:

– O *senõr* já ouviu falar em "vassuera"?

– Soroche reclamava *todos los* dia que *no* parava de sair bicho do chão, mesmo *después* de *yo* ter gastado *una* fortuna com *desdetización*. – Nando passava a luz pelas paredes e teto. – *Entonces* resolvi usar *una* técnica chamada "natureza". Soltei predadores para fazer *lo* controle. *La* própria vida encontrou um meio.

– Ela também não deve ficar feliz em achar uma aranha do tamanho da cara dela embaixo da pia. – Sabrina limpava a mão na manga de Ícaro. – Palpite!

– Essas *arañas no* gostam de luz, nunca aparecem pela casa – ecoou o traficante. – *Además*, todas *las cucarachas* têm morrido antes de subir, e se *un* dia elas resolverem acabar, *las arañas* vão se canibalizar até sumirem *también*.

– E, então, crianças – disse Sabrina –, acabamos de testemunhar os efeitos de uma criação desprovida de contrapontos.

O túnel acabou em uma parede musguenta que comportava uma escada vertical enferrujada. Escalaram pelas barras geladas, ignorando o som crocante da parede oculta um palmo à frente. Contudo, os músculos dos braços começaram a arder e os degraus não acabavam. A escalada era tão longa que pareciam subir muito além da superfície. Quando a escada terminou estavam em um espaço estreito, entre o poço que subiram e outra passagem de madeira ainda fechada. Acotovelavam-se para não relarem nas paredes ou se aproximarem da queda fatal.

– Nem *pienses* nisto, *chico*.

A pistola clicou e a lanterna mostrou que Ícaro mordia os lábios a ponto de amarelá-los. O criminoso passou por ele, acionou uma tranca escondida em um quadrado pegajoso e empurrou a superfície amadeirada, queimando os olhos de Barlavento pela milésima vez naquele dia.

Estavam em um espaçoso escritório, suntuosamente mobiliado. A passagem escondida fez um clangor satisfatório e tornou a ser um armário repleto de prêmios concernentes à filantropia, intercalados com fotografias familiares. Todos os pertences dos visitantes jaziam sobre um sofá aveludado de três lugares.

– *Ahora si*.

Pela ampla janela frontal se via o gramado talhado pelo caminho de pedras encaixadas, pela oposta, uma espécie de campo de aviação a menos de trezentos metros da casa. *Soroche* estava certa. Aquele espaço asfaltado, tomado de persianas penduradas em varais, e de peças largadas sobre manchas de óleo, era uma bagunça visual, e, os tonéis de combustível que abasteciam as aeronaves, uma desordem nasal. Pelo menos, as duas janelas gêmeas, que subiam do chão ao teto, deixavam o ambiente agradavelmente iluminado. Calculou estarem no terceiro andar da mansão.

– Aceitam *una* bebida? – O criminoso ligou o ar-condicionado e se soltou na cadeira almofadada de costas à rotatória do jardim.

Os dois prisioneiros atravessaram sobre um tapete de pele de onça e se acomodaram do lado oposto da escrivaninha. A arma tinha indicado o caminho.

– Aceito um banho de querosene, se não tiver problema. – A pele de Sabrina estava grossa de suor, seca de poeira e viscosa de elementos que preferia ignorar.

– Desembucha! – Ícaro bateu na mesa. – Se estamos vivos é porque alguém já falou do tesouro antes.

– *Chico, Chico, la* única razão de você *tambien no* ter virado ração de *cucaracha*, ou ser jogado para *Alfombre, es lo* apreço que *yo* sinto por Domingos Atalaia, seu pivete de *mierda*.

– Então joga logo, seu lixo! Meu velho nem sonha que estou aqui.

Atalaia olhava para a frente como se quisesse esmigalhar cada átomo do traficante com os molares. Sabrina imaginou que se Perso estivesse presente, teria se contorcido mais que as professoras de Padilha.

– Humm, que *deleite* saber que *puedo* te desmembrar sem provocar *una* guerra com seu *papi*... – Fernando cresceu. – Só *los* recebi pelo *Camino del Visitante*, porque senti uma intuição interessante. Parem para pensar, vocês *podrías* ter desembarcado aqui na *puerta*. Só faço esto quando *siento un* bom sócio se aproximando e tento dar *una buena impresión*.

– Conselho? – disse a escritora. – Deixe a parte do saco na cabeça para a hora do túnel de baratas.

– Neste ramo, respeito *es* tudo. E nada *es más* intimidador para *alguien* ganancioso do que *alguien* que "*tiene muy más*".

– Se nos ajudar com isso – sugeriu Sabrina –, metade do ouro é seu.

– Negativo! – Atalaia filmava a jugular do peruano.

– Ícaro, pelo que entendi, o que você busca não é valor financeiro. Deixa o tesouro com ele e você leva a fama. O cara nem identidade tem direito, não vai querer levar os louros pela descoberta.

– E o que garante que ele vai deixar a gente vivo, se eu contar?

– Garanto que vou deixá-los *muertos*, se *no* contarem. Que *mierda* de *tesoro es* este?!

– Se você não contar tudo agora, quem te mata sou eu! – Barlavento apontou-lhe o dedo, como ele próprio fazia com os outros. – Fala todo aquele papo dos espanhóis! Essa é a hora perfeita de encarnar o "Palestrante Maluco"!

Padilha colheu uma garrafa de água no frigobar e relaxou as costas para escutar.

– A questão não são os espanhóis, ou os nazistas, mas sim a floresta. Ela guarda muito mais do que se sabe. Não é incomum pesquisadores que tentam ganhar a confiança dos índios para ter acesso aos segredos deles. A indústria farmacêutica do mundo todo saliva quando o assunto é Amazônia.

– Vocês estão procurando *alguna* planta, *es eso*? – O peruano espiou o relógio e desrosqueou a garrafa.

– Negativo! – disse Ícaro. – Estou dizendo que ela guarda mais de um tesouro. Se a sua trilha não for clara, você vai se perder. Aquilo é um labirinto que pode consumir uma vida inteira. Ou gerações de uma família...

Atalaia puxou a bebida para si e virou um gole.

– Acho que ele vai ser menos prolixo – Sabrina roubou a garrafa – se você apontar a arma na cabeça ele.

– O Eldorado era imaginado pelos europeus antes mesmo de descobrirem a América. Alquimistas já sonhavam com ouro infinito muito antes de Colombo zarpar. Só que Cristóvão Colombo acabou não encontrando muita coisa por conta própria, e só viu a cor do ouro quando foi presenteado pelos nativos. Aí, não demorou tanto para a vinda de caras como Cortés.

– E *lo* que *eso tiene* a ver com *mi* pista?

Além de uma nova garrafa d'água, Fernando ergueu uma pasta que parecia transbordar fotografias antigas de dentro. Desdenhava o insistente chamado do rádio.

Ícaro falava mais para si que para os presentes.

– E pensar que os astecas presentearam Hernán Cortés, cobrindo o cara de tesouros, só com o simples pedido de que ele fosse embora, sem nem visitar o imperador. – Parecia assistir um filme épico em sua cabeça. – Enfim, depois do imperador Montezuma morrer e o Império Asteca entrar em declínio na América Central, surgiram rumores de que existia outra civilização ao sul, talvez com ainda mais riquezas.

– *Cállate, estoy ocupado!* – Ao mesmo tempo em que o comunicador fazia as veias do peruano pulsarem como estrias verde-escuras, ele gesticulava para que a explicação continuasse. – *Siga, siga*.

– Francisco Pizarro foi um desses primeiros exploradores que quis ver isso mais de perto. E de fato o Império Inca parecia a coisa mais rica que se podia imaginar.

– *Mi* pista *es* no Brasil.

– Shhh. – Sabrina levou o indicador ao nariz. – É proibido falar, comer e fotografar durante a palestra.

– Quando as forças de Pizarro derrotaram o último exército dos ameríndios e tomou Atahualpa como refém, eles cobraram que o Templo do Sol de Cusco fosse recheado de ouro até o teto para sua libertação. Só que o templo foi estufado, e o imperador morto mesmo assim.

– Já chego, mas que *mierda*! *Si, si...* e daí?

– Depois da tomada de Cusco, Francisco Pizarro virou soberano do que um dia seria o Peru, e, mais tarde, seu irmão, Gonzalo Pizarro, o governador de Quito. – Ícaro fez um sorriso bobo, como se lembrasse de alguma coisa. – Só que tem gente que nunca se acomoda atrás de uma mesa, e, em 1541, Gonzalo partiu em uma expedição para o leste, em busca do País da Canela e do Eldorado.

– País *de qué*?!

– Lembrando que a canela era bem cara na época. – Esclareceu Sabrina.

– A expedição desceu os Andes, se meteu na Amazônia e não encontrou nada além de fome, calor e sofrimento. Tem uns relatos de que os caras teriam comido os próprios cadarços, além de terem dado os índios carregadores para que os cachorros comessem. Os nativos eram acusados de fazer os espanhóis se perderem pelo mato.

– "Não existe herói sem plateia", como dizia André Malraux – lamentou Barlavento.

– E foi aí que Francisco de Orellana, um capitão que tinha perdido o olho durante a tomada de Cusco, se destacou para uma missão que podia salvar toda a expedição. Eles então improvisaram um barco, e Orellana desceu por um rio junto de mais dois padres e uns sessenta caras, com o objetivo de encontrarem comida.

– E *mi* pista? Qual *es la relación*?

– O combinado era voltarem no máximo em 15 dias, só que a correnteza era forte demais e carregou o bergantim deles floresta adentro. – Ícaro sorriu de forma tétrica. – Eles nunca voltaram para reencontrar o grupo de Gonzalo.

– *Si, si*, e o desaparecimento deles teria *algo que ver aquí*? – Padilha deslizou a pasta até as curiosas mãos da escritora. – *Es eso* que *yo quiero* saber.

– E quem disse que eles desapareceram? Um dos padres era um Frei Dominicano chamado Gaspar de Carvajal, que depois publicou o *"Descubrimiento del rio de las amazonas"* e ficou famoso como o cronista da descoberta, e da primeira travessia do que seria chamado de Rio Amazonas.

Barlavento investigou a primeira foto. Sua coloração era tão desbotada quanto suas fotografias de aniversário de sua infância. A priori, enxergou apenas um tronco caído.

– De quando são?

– *No puedo* assegurar, mas *supongo* que *es* de 1993.

A escritora forçou a vista.

Sobre o líquen do tronco, um homem deitado de bruços, com a camiseta esgarçada para cima. Sua pele estava coberta de manchas ou feridas. Era impossível ter certeza graças a péssima conservação da foto e do corpo.

– Faz *más* de 20 *años*, *un* pessoal meio *extraño* bateu *en mi puerta* assim como vocês. *Pero* eles foram honestos *al expresar lo* interesse em *una de mis* pistas, que era herança *familiar*. E, *bueno*, mesmo com *la* quantia oferecida sendo considerável, insisti em saber o que pretendiam fazer em *un* ponto *tan* fundo da floresta. Sou *un* profissional discreto, mas *un hombre* curioso.

– E o que eles queriam? – Ícaro parecia consternado com a ideia.

– Eles pagaram *muy bien* para que *yo* parasse de perguntar. Por fim, arrisquei *no ser una trampa*, *una* armadilha, e passei *las* coordenadas. Quem *no* chora, *no* vê *Dios*. *Además*, feito *lo* pagamento em espécie, pediram por discrição, já que o tal fotógrafo que iria *tenía una* vida pública.

– Qual era o nome desse fotógrafo que liderava a expedição? – perguntou Sabrina. – Se bobear até conheço.

– *Quien* liderava era *una* pesquisadora. – Nando parecia lembrar da mulher com uma batida de admiração e raiva. – *El* fotógrafo só emprestou *su* prestígio para sua *producción* bancar as despesas da viagem, *pero* no final ele acabou *no* indo junto dos outros 13.

Barlavento passou a primeira foto para Atalaia. Na segunda, apenas árvores na margem de um rio.

– *Yo* tinha esquecido deste bando de *loco* até que, alguns anos depois, perdi *contacto* com *una* equipe de funcionários que estavam trabalhando por lá. *Mi* ideia era montar *un* posto de abastecimento *en esa* pista velha para evitar alguns desvios.

– Não mandou ninguém ver o que tinha acontecido? – perguntou Ícaro.

– *Todo lo* que encontraram foram estas três fotos. Até *mismo* lo *mi hidroavión, un Murph Rebel*, que era top de linha na época, tinha desaparecido. *Yo* fiquei puto com tanto prejuízo e pedi que entrassem em *contacto* com *el* tal fotógrafo. – Padilha jogou o rádio dentro do pequeno congelador e bateu a porta. – *Yo* queria saber se eles tinham dado com *las* línguas nos dentes sobre *mi* rota para algum concorrente ou para *las* autoridades. Queria saber *quién* estava me causando *daño*. Acontece que *su* empresário negou *en absoluto* que *un* dia tinham feito qualquer acordo comigo.

– Você acha que encontraram alguma coisa e depois desapareceram? – Ícaro afinou a voz.

Padilha o mirou de forma sinistra.

– *Creo* que alguma coisa *los* encontrou, e então foram "desaparecidos". *Despues* soube que 12 jamais voltaram de lá.

Na foto, um corpo humano pálido, vestido em farrapos que não estavam melhores que sua pele. Suas costas jaziam cobertas de profundos machucados no formato de pequenos arcos. Era como se aquela carne tivesse sido atacada por alguma coisa dona de uma mandíbula muito forte, porém curta. Como seu pescoço desfiava eviscerado, possibilitava a cabeça repousar em um ângulo impossível, e, como seu rosto afrontava a câmera, mostrava suas órbitas vazias.

– *Las* últimas mensagens da equipe que desapareceu descreviam *las* coisas *más* absurdas. E *yo* tive que *escuchar* essas idiotices por anos *de mis hombres* que se negavam a trabalhar lá. As mensagens *hablaban* desde teias de *arañas* gigantes *hasta laberintos* cavados por demônios. – Nando se irritou como se escutasse os absurdos novamente. – Segundo *un* legista que *yo* contratei para dar *una* olhada na foto, *lo* estrago foi feito por algo *muy* próximo *de una* arcada dentária humana.

Sabrina e Ícaro se entreolharam. Eles conheciam o décimo terceiro membro, e, talvez, único sobrevivente. Através da janela, Bodoque dedicava a atenção aos pássaros condenados à rotatória.

A arma voltou a ser um perigo.

– *Entonces*, vocês *eras la mi* chance de entender que *mierda* toda *es* esta que prejudicou *mi* negócios. *Pero* me enganei quando achei que *tendrían* alguma *respuesta* útil.

— Se você quer crendice, vai achar alguma coisa no relato dos espanhóis – disse Ícaro. – Até porque o escritor foi um religioso do século 16.

— Se você nos disser onde fica esta bosta de vez – interpelou Sabrina –, ganha de dois jeitos, ou morremos lá e te damos paz ou voltamos para cá e contamos cada detalhe.

— *Yo no* sei... Preciso de alguma prova de que *no* estão me passando para trás. – Padilha reabriu o frigobar e coletou uma garrafa plástica com um líquido viscoso. – Isto aqui *no es bien un soro da verdade, pero...*

— Ninguém vai tomar nada – disse Atalaia.

— Mostra aquele documento do guerrilheiro comunista – disse Barlavento.

Vendo que aquilo era a única passagem para as coordenadas, Ícaro enxugou o suor das mãos e apalpou os próprios bolsos.

— Ué, cadê? – Foi até suas coisas largadas no sofá.

— *No intentes* nenhuma gracinha, *chico*.

— Mostra qualquer outra coisa! – disse Sabrina.

— Não é isso! Eu preciso daquele documento para achar os poços!

— *Pero primero tienes* que salvar *la doncella*. Se *no* me mostrar nenhuma *prueba* em 10 segundos *yo* atiro *en la* orelha dela para *no desperdiciar* tanta beleza. 10...

— Calma, tenho algo ainda melhor! Calma!

— 9... 7... 6...

— Não está completo, mas tenho aqui alguns documentos roubados dos arquivos secretos do SNI!

— 5... 4... Que *pedo es* SNI?!

— Um antigo escritório de espionagem do Brasil.

— 3... Como conseguiu *esto*?

— Um oficial roubou dos arquivos antes de deserdar e entregar para o meu velho! Abaixa a arma!

— 2... Do *qué habla el* documento?

— De uma ação militar chamada de "Operação Nova Pasárgada".

— E com *esto* somado *a las* coordenadas você vai me deixar ainda *más* rico, *es eso*?

— Não sem o papel que sumiu.

— Passa *el* relatório. – Padilha estalava os dedos.

Atalaia abandonou a busca em sua mochila, para tatear novamente todos os bolsos, fossem da camisa azul ou da calça bege escura. No rosto, o desespero de quem não encontrava a chave do carro.

– Estava bem aqui!

O aventureiro então se tornou uma estátua e Sabrina leu sua carranca:

– Perso.

Nando achou graça e desenroscou a tampa do recipiente, aproximando a bebida de Ícaro. Ambos os visitantes contorceram o rosto devido ao forte odor.

– *Vamonos, campeón, no* precisa ter *miedo*. Isso *es un* chá indígena *muy* tradicional. *Yo tomo una* vez a cada semestre para entrar em *contacto* com *la mi* verdade e me purificar.

– Dê um gole primeiro. – Ordenou Sabrina. E logo que o peruano o fez, ela entornou metade do frasco, limpando a boca com as costas da mão e barrando o vômito com a goela. – E eu achando que o *ceviche* estava ruim.

– *Muy bien, muy bien.*

– Eu bebi... – A romancista arrotou. – Já posso jurar de pés juntos que ele está falando a verdade?

– Quando *el efecto* começar.

A tesoureira quase botava tudo sobre a mesa, quando o apito do rádio transpassou o frigobar e foi finalmente atendido.

– *Hablas, muchacho!*

– "Senhor, senhor!".

– *Cállate* e prepara dois *aviones* para *mí. Yo quiero el* Albatroz com seis *hombres* e carregado de armas e o Pelicano com *el aparatos* de selva. Ambos com tanque cheio, *listo*?!

– "Mas, senhor, eles estão fechando a pista com troncos!".

– Seu *basura, yo* já escolhi essas duas aeronaves porque *están en la* pista aqui do lado... acelera porque viajo ainda hoje. E manda descer chumbo *en estos* vagabundos aí que *luego* eles desaparecem, *listo* ou *no*?!

– "Aí, é que está, senhor! Eles vieram para a pista aqui de perto!".

Quando os três espiaram para a janela de trás, viram na distância uma multidão de indígenas, segurando arcos e lanças. Gritavam ouriçados pelo mesmo índio que tinha visitado o açude. Ele não usava *nylon*.

Nando Padilha deus dois tapas estralados nas costas de Atalaia e se dirigiu à porta.

– 1... *Cálmate, chico*. Antes de viajarmos, vamos descer para dar *un adios* para aquele salafrário e já vemos esta *su* história de documento secreto *correctamente, si*?

O peruano mal saiu, um segurança adentrou com o queixo empinado. A silhueta inchada de quem carregava uma *Desert Eagle* prateada de quase 30 centímetros. Pelas mil pesquisas aleatórias da romancista, sabia que a arma era dona de alguns calibres a mais que sua irmã mais famosa, a *Magnum .44*.

O brutamontes de cavanhaque olhou feio para o carioca e abriu um sorriso para a escritora.

– Gostou, né? – Ele se referia à arma.

Desfilava até a cadeira do patrão, quando retornou a atenção para Ícaro e recebeu um soco direto no nariz.

13. SEM VERGONHA

Ícaro deixou o segurança esparramado sobre a pele da jaguatirica e correu para as gavetas da escrivaninha.
– Ele deve guardar os registros dos voos em algum lugar!
– Claro, isso pouparia bastante tempo da Polícia Federal!
– Pode crer! – Atalaia estilhaçou um troféu no formato de querubim que liderava os itens do armário. – Deve ficar escondido em algum cofre ou fundo falso!
– Esquece essa merda toda. A gente tem que sair daqui! – Sabrina agitava os braços na janela frontal, tentando chamar a atenção de Bodoque, mas o mirrado ribeirinho fumava de costas para a mansão. Acariciava um dos pássaros. – Se esse desgraçado quase cometeu um estupro debaixo do nariz da *Soroche*, imagina "o delírio de grandeza" do Seu Madruga no meio da floresta cercado de puxa-sacos armados?!
Atalaia considerou por um segundo, mas seguiu esbarrando em tudo que via pela frente em busca de alguma gaveta ou porta-arquivos de acesso invisível.
– Eu não vou embora sem as coordenadas!
Sua afirmação foi pontuada por alguns disparos lá fora. A janela de trás moldurava a manifestação indígena sobre o asfalto tomado de quinquilharias e aeronaves. Nando Padilha se aproximava a passos famintos atirando para cima. Nenhum índio saiu correndo.
– E depois?! – Barlavento prensou os lábios, a náusea arrepiava a pele da mandíbula. Seja lá que bebida fosse aquela, não se encaixava ao formato do estômago.

– Depois... – disse ele. – Sei lá, pulamos pela janela da frente até a água, rezando para ser fundo o suficiente, pegamos o Bodoque e entramos em um dos carros... rezando para a chave estar no contato.

– Você não tem um plano menos cristão?!

– Vai logo, Sabrina! Me ajuda a procurar!

No campo de aviação, a distante figura do índio revoltado estava cara a cara com o traficante armado. Parecia reivindicar algo muito importante, quando Nando espirrou seus miolos cor-de-rosa pelo asfalto.

Após um piscar inteiro de centenas de olhos, todos os índios partiram para cima do peruano e de seus capangas.

– Vamos precisar de um plano melhor! – A escritora saltou o segurança tombado rumo à passagem secreta. – Além de você precisar do documento que está com Perso, se o Padilha guardou mesmo o paradeiro da pista, vai estar lá embaixo. Isso, sem falar que o jipe dele ainda tem a chave no contato.

***

Alguma coisa rastejava pelas costas de Rafael. Aquilo esperneava por dentro do terno, fazendo cócegas sobre as gotas de suor. Então o mesmo som de tranca que o submergiu no segundo pior pesadelo de sua vida retumbou em eco.

– *Escucha*, Nando! *Mi nombre* na verdade *es* Perso! Rafael Tabajara Perso! *Mi idea* era passar só o idiota do carioca para trás! Ele *es loco*! Quanto aquela *presuntuosa*, se você fizer qualquer coisa com ela, essa fazendinha vai pelos ares! Você *no* faz *idea* de que facção ela faz parte! *Pero* se me *escuchas*, pode acabar ganhando *una* "buelada"!

A luz mal acendeu e Sabrina usava o alicate para cortar as suas amarras. Enquanto isso, Atalaia quase despedaçava cada arquivo folheado e também a própria estante apodrecida. Ofegava como um cachorro.

– Achei o registro antigo de duas pistas aqui no Acre!

Barlavento correu até o caderno de páginas ressecadas e depois estudou a parede. As duas coordenadas estavam no mapa embolorado cheio de alfinetes coloridos.

— Humm... é, esta aqui! — Apontou com o dedo para uma linha escrita à mão no caderno — Vamos embora!

— Como você sabe?! — Ícaro varreu o suor sobre a boca.

Das duas possibilidades no mapa, apenas uma teve a marcação retirada, contando apenas com um ínfimo furo de alfinete. Uma discreta marca da época em que era ativa.

— Vai por mim! — Sabrina arrancou o mapa e o embolou.

Perso recebeu sua mochila de volta pela escritora, mas não teve tempo de agradecer. A curitibana estava mais estranha que o normal, além de muito pálida. Ícaro apertou um botão ao lado da escada de madeira, içando sofridamente a tampa de pedra. Tinha agora só a mochila esportiva e o esguio detector de metais. Desembocaram no galpão com o teco-teco rodeado de entulhos.

— Se tivesse uma pista deste lado, eu levantava essa latinha velha em meio palito! — Atalaia tirou um rastro de pó do vidro do *Cessna 172*. — Todo mundo aprende num desses e combustível para subir deve ter, já que aquele bosta liga de vez em quando!

— Precisamos pegar o Seu Francisco! — disse Sabrina. — Ele ainda está lá na frente da mansão!

Após somar as duas informações, Perso disse:

— Acho que eu tenho uma ideia...

***

O jipe trilheiro usava a tração das quatro rodas para destroçar qualquer planta colorida que lhe fizesse frente, e, logo atrás dele, o monomotor sacolejava taxiando também sobre o jardim. Enquanto Rafael guiava o volante do veículo conversível, e Ícaro fazia o possível para segui-lo, manobrando os pedais da aeronave no solo, restava a Sabrina usar a arma prateada do segurança nocauteado no escritório. Ajoelhada no assento lateral a Perso, a artilheira mirava para trás.

— Temos companhia! — Barlavento nunca achou que aplicaria na vida real esta frase tão usada nos filmes de guerra.

Uma das funções de Perso era dar proteção ao Escapada, então não poderia pisar tão fundo no acelerador, ou deixaria Ícaro para trás. O gramado sacrificava o desempenho do avião, e por isso tinham que alcançar o caminho de pedras brancas pelo qual haviam chegado. Era o único modo de conseguirem a velocidade mínima para a decolagem.

Perso escutou um doloroso estampido e viu, pelo retrovisor, um segurança cair do cavalo e rolar pelo chão com o braço acertado.

– Na lata! Não disse que era melhor eu no volante e você com a arma?!

– Eu tinha mirado na grama! – A romancista estava aterrorizada com o forte recuo da pistola. – Só queria assustar o cavalo!

Outros dois pistoleiros montados surgiam ainda na distância. Caso não fosse o outro conflito atrás da residência, aquela fuga seria impossível. Os jagunços arriscaram alguns tiros no avião de Ícaro.

– Por que fui escutar o paulista?! – repetia ao manche.

Quando o comboio maluco se aproximou da mansão, Perso girou o volante, fazendo Sabrina quase cair para o lado.

– Segura! – gritou ele, antes de acelerar ainda mais, agora, na direção da parede de arbustos podados em torno do caminho paradisíaco.

Os dois cavaleiros arriscaram mais alguns disparos, acertando o para-choque traseiro do jipe no instante em que obliterou a vegetação. Ícaro então passou pelo espaço aberto e encaixou a aeronave sobre as pedras brancas. Contudo, pelo peso e velocidade, o carro acabou cruzando a pista improvisada, rompendo também as moitas paralelas e freando apenas no gramado do outro lado.

– Vem logo! – Ícaro batia na lataria com a mão para fora da escotilha aberta.

O avião estava parado de costas para a rotatória, para o palacete e para a contenda indígena oculta por ele. Jazia impecavelmente alinhado com o trajeto florido e com toda aquela insanidade. As asas do *Cessna 172* eram altas o suficiente para não enroscarem nos arbustos de ambos os lados. Em todo o caso, seria uma decolagem claustrofóbica.

– Bodoque! – Sabrina pulou do jipe.

Assim que o vendedor de bananas libertou o último passarinho, correu com a mochila nas costas e embarcou no Escapada junto da escritora.

Perso descia do carro quando uma rajada zuniu sobre sua cabeça, estilhaçando o para-brisas. Não teve alternativa senão acelerar novamente, tentando ser um alvo mais difícil. Pelo espelho retrovisor, reconheceu o bigode do outro cavaleiro que atirava contra a lataria do próprio avião. Tamanha era a cólera de Nando Padilha, que descarregava metade da munição de sua *Skorpion 7.55* de uma só vez na tentativa de interromper a decolagem. A pistola semiautomática tinha o estojo de munição tão longo que mais parecia uma pequena metralhadora.

Ícaro soltou o freio no painel e deixou o avião iniciar sua corrida puxado pela hélice frontal ativada. Era o único a bordo que sabia cada item da lista de perigos, sendo um dos principais o motor ainda não ter alcançado o número de rotações necessárias para vencer em um espaço tão curto.

– Vai ter que ser assim!

Além do pequeno detalhe, voar sem uma mínima inspeção no aparelho era ridiculamente arriscado. Entretanto, não decolar seria uma declaração de suicídio.

– Aperta o cinto, Seu Francisco! – Gritou para Bodoque, que se sentava ao lado, já que Sabrina permanecia de pé na moldura da porta aberta.

– Que cinto?! – O ribeirinho apalpava a poeira.

Ícaro ignorou mais uma sequência seca daqueles tiros. Desesperado seria pior. Operar um painel de controle com rádios apagados à direita e alguns mostradores inutilizados à esquerda lhe trazia a sensação de operar a casca oca de um ovo.

– Vou ter que acelerar se quisermos levantar! – Olhou para trás, para a escritora. – Fecha a porta!

Por boa vontade do destino, o modelo do Escapada era conhecido por ser capaz de decolagens curtas. Então, diferente da operação convencional, Ícaro mantinha os *flaps* posicionado em 10 graus, mesmo tendo arrancado antes do motor alcançar as duas mil rotações por segundo necessárias para o caso.

– Não! – O lenço de Sabrina voou, os cabelos flamularam ao vento. – Perso está com o documento, lembra?!

Ataláia praguejou alguma coisa, tentando conter o puxão que este modelo fazia naturalmente para a esquerda devido ao torque da hélice. Então o jipe de Rafael, que corria logo ao lado, foi atingido por uma dedicada sucessão de impactos.

— A gente tem que subir! — O carioca se entortava para trás furioso. — Daqui a pouco não vai ter espaço para tomar velocidade!

— Banco! — Bodoque alertou, e o caçador de tesouros manobrou com os pés no último segundo, fazendo o avião rebolar.

Sabrina quase despencou, e, quando se recompôs, viu o carro cravado de balas derrapar sobre o jardim e bater em um dos coretos. O jipe arrebentou a mureta e ficou para trás, preso ao estrago feito. Um dos dois perseguidores, então, puxou o cabresto de sua montaria e se avizinhou do veículo fumegante. Enquanto isso, o outro, que lhes era conhecido, continuou focado no avião. Nando recarregou a arma, voltando a atirar contra seu próprio xodó. Se o Escapada não seria seu, não seria de mais ninguém.

— Então se segurem! — gritou Ícaro do manche. — Vou subir com a porta aberta mesmo!

— Espera! — Disse ela.

Rafael surgia do outro lado do coreto pedalando uma bicicleta colorida sobre a grama bem cortada. O segurança montado não tinha visto o paulista saltar antes do impacto e correr por de trás do carrossel de pedra.

— Não vou ter espaço de pista o suficiente! — disse Ícaro. — Vou ter que reiniciar o procedimento na outra cabeceira e depois voltar na direção da casa!

Como o avião perdia velocidade para reiniciar o processo, o cavalo de Padilha chegava mais perto. Seus tiros cada vez mais perigosos.

— Acerta ele! — Ícaro se torcia para trás, sobre o próprio ombro. — Ou será que essa arma aí é de brinquedo?!

Barlavento então sentiu o lampejo de um desespero primitivo. Um medo irracional que sentia de tudo e que vinha do nada. Uma sensação de vulnerabilidade quase insuportável, jamais sentida na vida. Aquilo não vinha do risco atual, sim da garrafa esvaziada há pouco. Se aquela era a verdade encontrada dentro de si, queria se ver purificada o quanto antes. Controlou a repentina tremedeira.

— Eu não sou uma assassina!

— Já ouviu falar em "fogo de supressão"?!

Colocou meio corpo para fora e mirou alguns metros à frente do percurso do cavalo. Deveria ser o suficiente para desencorajá-lo um pouco. Agora que conhecia a violência da arma a segurou com mais tenacidade. No entanto, assim que firmou a pontaria e disparou, Bodoque gritou mais uma vez:

– Banco!

E, graças ao gingado do Escapada para não se chocar ao assento, o projétil acertou o ombro do traficante que foi ao chão com um impacto barulhento.

– Toma! – Comemorou Atalaia.

Aproveitando o fim das margens de arbustos, o avião jogou sua cauda para o lado, em um ágil movimento de 180 graus, parando de costas à placa da entrada da propriedade.

"BEM-VINDO À FAZENDA PEPITA BRANCA"

– Bom... o pessoal dele vai picotar esse teco-teco quando a gente passar lá perto de novo! – gritou Ícaro, aumentando a potência do barulhento rotor. Desta vez o esperaria ultrapassar as duas mil voltas por segundo – Mas é o único jeito!

Rafael largou a bicicleta e correu sob os disparos do segurança ludibriado no coreto. Em seguida, levantou Padilha, passando o braço do traficante sobre o pescoço, como fazia com Diego ou Jota quando bebiam demais.

Vendo que o patrão era usado como escudo humano, o distante guarda-costas se limitou a xingar com a arma em silêncio. Barlavento então ajudou Perso a subir junto do refém e bateu a porta do Escapada.

– Sabrina, você está bem?! – E para Atalaia, Rafael bateu palmas. – Essa decolagem sai ou não sai?!

Atalaia descontou todo seu *stress* na soltura do freio daquela porcaria empoeirada. E toda a geringonça iniciou a forte corrida sob o olhar confuso do jagunço que falava no rádio. Talvez alertasse os homens na rotatória, próximos da outra cabeceira, para não esfacelarem o avião que carregava o chefe.

Ícaro alcançou os 56 nós que tanto buscava no mesmo instante em que espatifou a orquídea premiada com umas das asas. Então puxou cuidadosamente o manche para trás, decolando sobre a comemoração do chafariz e sobrevoando, por fim, o telhado vermelho da maldita mansão campestre.

Os poucos índios que restavam na batalha de trás do casarão terminavam de ser executados. Não havia trilha sonora, nem explosões cinematográficas, apenas poças e mais poças escuras de sangue.

– Sabrina! – repetia Rafael, a vendo deslizar na parede até o chão. – Sabrina, olha para mim!

Como antigamente a parte de trás do avião era reservada para entorpecentes, não possuía assentos para passageiros. Os dois desabaram sentados no piso.

– Acorda! Fala alguma daquelas suas coisas! "O avião tem mesmo que cair?!".

A escritora retomou a consciência assim que escutou a frase, mas quando abriu os olhos assistia a uma gravação caseira muito desfocada. A câmera tremia, mostrando um homem de cabelos grisalhos agachado ao lado de uma torneira aberta. Estava cercado de pequenos galões coloridos.

– Depois vamos dar uma caminhada?

Sabrina esmagou os olhos e quando os aliviou, Perso e Ícaro discutiam sobre o combustível e como roubar mais, pousando em uma propriedade que sobrevoavam. Sentiu alguma coisa se debater logo ao lado, e deu de cara com Padilha tentando gritar alguma, mas sendo abafado por uma mordaça de pano.

Como se controlasse aquela câmera, dona de uma gravação granulada como se feita em uma fita cassete, Barlavento seguia aquele homem de camisa listrada por uma trilha fechada e escura.

– Respira fundo esse ar fresco! Olha só que pureza! Nada como dar uma caminhada.

Pela discrepância da altura dos dois, ela não passava de uma criança.

Esbofeteou o próprio rosto e voltou ao teco-teco que sacolejava forte. Sentiu-se envolvida pelos braços de alguém, mas não conseguia entender uma só palavra dita por Rafael. Era como se falasse árabe.

Cruzava um tronco molhado e escorregadio sobre uma pequena queda d'água, quando o sujeito de cabelos cinzentos disse:

– Aquela bicicleta foi quase sua, hein, gostei de ver. – O homem lhe oferecia a mão no final da travessia. – Pelo que vi, você não ganhou por um triz.

– É que a professora só gostou da minha última redação. – Respondia com uma voz um tanto aguda, já deixando o trecho da cachoeira para trás. – E o desempate foi feito pelo "conjunto da obra", a professora que disse.

– Ué – disse o adulto, guia da expedição. – O que essa redação tinha de tão diferente das outras?

– Ela disse que é porque eu desenvolvi bem os personagens, mas é que, bom... na verdade, eu... tinha ficado com vergonha de colocar a parte do monstro antes, e quando fui colocar já não tinha mais folha.

– Você tem que ser mais cara de pau! – O homem deu risada.

– Se segura, Bina! – gritou Rafael, tentando firmar os pés na parede para não deslizarem. O piso do avião tinha se inclinado no ângulo de um escorregador. – Aguenta firme!

A jovem escritora se desviou da trilha, subiu um barranco e afagou a pétala de uma flor. Não fez isso por tê-la achado bonita – não era bem esse tipo de garota – mas sim por tê-la achado curiosa, fora do padrão. Um trovão metálico a retirou do momento por um curto tempo.

– Se protege aí!

Aquele homem gargalhava, agachado sob a imensa folha da planta vizinha. Assim como ela, chafurdava o tênis na lama, se protegendo da chuva grossa.

– Agora arriou o molho!

Porém, a flor que guardava para uma investigação posterior começou a assumir um tom acobreado, ressecando aceleradamente. E assim que a largou na lama, o estranho efeito gerou o mesmo estrago na mata ao redor. Então o sujeito viu sua imensa folha protetora desaparecer, recebendo as gotas da chuva diretamente na cabeça.

– Agora é sebo nas canelas!

E os dois correram como se só houvesse eles no planeta inteiro. Era cada vez mais difícil continuar fingindo que a chuva era um problema de verdade em meio a tanta gargalhada.

14. JURISPRUDÊNCIA SELVÁTICA

Os cacos de vidro beliscaram sua bochecha dando fim aos sonhos estranhos. Pelo ângulo que eram esmagados, não tinham sucesso em invadir sua pele. Mais abaixo, um líquido viscoso gelava a barriga. Vendo-se de bruços, forçou os braços, fazendo a flexão mais árdua de sua vida.

No auge do trêmulo esforço entendeu que o sangue acumulado não era seu. Independente disso, melava a roupa, as palmas da mão e empapava um lado inteiro do cabelo. Apoiou-se então à parede, aderindo uma camada de poeira sobre o grude escarlate, mas pelo menos estava de pé. Nesta posição, o mundo pareceu mais inclinado que o habitual. Abraçou um balde metálico, onde vomitou jatos escuros no fundo encardido. Depois leu na lateral amassada, "WC".

Era como a manhã seguinte ao casamento de Marlene.

– Cadê... lenço...

Agradeceu ao universo pela garrafa d'água deixada no chão esperando seu despertar e fez um longo gargarejo sabor ferrugem, antes de aceitar os primeiros goles quadrados. Olhou para fora, mas viu apenas o rosto machucado no reflexo da escotilha. O vidro estava fendido e sarapintado por um tipo de fungo esverdeado. Lavava os olhos quando escutou uma gritaria do lado de fora.

– Entrega logo essa porra!

Passou sobre os estilhaços e a poça de sangue que lhe serviram de leito e, desta, vez reparou em um terno dobrado, próximo de onde repousava a cabeça. Se não se mexesse tanto, aquilo teria funcionado como um travesseiro aceitável. Desembarcou pela porta escancarada, enfiou o tênis no solo arenoso e por pouco não se desequilibrou, já que se orientava pelo ângulo da aeronave tombada.

Ícaro empurrou Rafael com tanta animosidade, que o fez dar alguns passos para trás, quase caindo de bunda na areia. Perso impeliu seu agressor de volta.

– Eu não peguei merda nenhuma!

Barlavento vomitou mais uma vez, agora com as mãos no joelho, e quase banhou a pilha de bolsas retiradas do avião. Queria esbravejar, mas não controlava a maxila. Desorientada, apoiou-se na própria aeronave destruída e procurou em volta por ar, calma e alguma sobriedade.

O Escapada jazia com o nariz sobre a areia grossa de uma pequena praia cercada de árvores. A faixa de areia era apenas duas vezes sua envergadura. Quanto à cauda, ela estava atolada na lama, sob as águas turvas de um rio bastante largo. A hélice torcida fazia questão de reportar a brutalidade do impacto.

Enquanto os dois marmanjos se empurravam como adolescentes domados pela testosterona, a romancista alquebrada se sobressaltou com os resmungos de Nando Padilha. Lavado de sangue, ele fuçava nas mochilas e nas quinquilharias amontoadas.

– *Donde... donde...*

O traficante quase foi pisoteado quando Ícaro e Rafael esbarraram naquele monte, derrubando o detector de metais e algumas mochilas sobre o próprio moribundo e os pés da escritora.

– Parem... – A voz de Sabrina quase não saiu. Apelou para os pulmões. – Parem... com essa patifaria!

Um ainda segurava a roupa esgarçada do outro, mas, pelo menos, agora olhavam para ela. Barlavento tirou um papel amassado do bolso da calça.

– Aqui está... seu documento... secreto.

– Como é?! – Atalaia o conferiu. – Você tinha escondido de mim?!

– Quem nunca, né?

Sabrina chutou a mochila do aventureiro, que se achava aberta, revelando uma foto preto e branca. A despeito da bitonalidade, era fácil identificar um membro dilacerado.

Padilha disse do chão com sua entonação ardida:

– *No es* à toa que Judas era *el tesorero* dos *apóstoles* de Cristo.

Os três estavam mais uma vez sob a mira de uma arma empunhada pelo narcotraficante. Apoiando as costas nos objetos, e manteando as pernas estiradas, Padilha os ameaçava com olhos modorrentos.

– Se você atirar, *"genio"* – disse Perso –, *quién te ayudara* aqui no meio *del* mato?

– Ninguém *puede* fazer *más* nada. – Os dentes do peruano estavam vermelhos. – Quando *la piraña* atirou em *mi* e o incompetente me colocou *en mi* Escapada, pontuaram *la mi vida* de modo final. E quando *el* filhinho de *papi* mandou me amordaçar, antes de *yo* avisar que *no* existia pista nenhuma, *bueno*... ele pontuou *la vida* de todos vocês *tambien*!

– Como assim, não existe pista?! – Perso deu um passo para a frente, mas estacou diante da atenção exclusiva da *Desert Eagle* prateada.

– Operávamos com *hidroaviones*, seu *basura*. – Padilha deu uma risada molhada. – *Aterrizamos en el agua*. Pousávamos na água! Na água!

– Se estancarmos o seu sangramento – disse Sabrina –, e sairmos daqui o quanto antes... ou se chamarmos ajuda...

– *Ayuda*?! Ninguém sai daqui vivo, *tu piraña*. – O traficante apontou a pistola para ela de forma mais suja que a roupa lambuzada de vermelho. – Se aparecer alguém aqui, boa pessoa *no* vai ser... por que acha que tentei fazer *mi negocio* bem aqui?! Aqui *es la Tierra del Núnca*! *Se* aparecer alguém, ou vai ser *un pirata del río*, ou algum desses selvagens *sucios* e *no* se espante se encontrar algum *cocodrilo* com *un* relógio na barriga!

– Nós temos que voltar! – Sabrina arqueou para ajudar o diafragma. – É só usar um daqueles telefones que funcionam a satélite que vocês têm!

– Você tem *mucha* coisa para fazer, *tu piraña*. Assim que *yo perforar* esses três *maricones* de bala, vou aproveitar o que me resta de vida *solo* contigo. *Solo* contigo... *Soroche, perdoname*...

– Eu cacei de enterrar tudo os telefones – disse a voz de Bodoque que saía da floresta. – E cacei de enterrar também tudo as balas dessa arma daí. Vamos fazer o que a gente veio fazer aqui e depois eu devolvo os apetrechos tudo.

Apenas o silêncio comentou na voz do vento, e o amapaense, então, continuou:

– Agora, façam o favor de pegar tudo que é garrafa e recipiente que for possível, lavem tudo no rio, encham de água limpa e coloquem nas bolsas que tiver pelo avião. Eu vou caçando de fazer o que posso nele com o kit de primeiros socorros. Só que, não sei não, às vezes, vamos ter que arrancar o braço fora.

A ponta do cano prateado encarou a areia.

***

Quem não estava baleado trabalhava. Primeiro haviam esquadrinhado a aeronave em busca do que fosse útil e em seguida receberam cada um uma função específica. No entanto, era custoso, tanto para Perso quanto para Ícaro, não descontarem a adrenalina no narcotraficante libidinoso. Padilha não calava sua boca, repetindo que aguardava a visita da morte, vez ou outra, implorando para Sabrina tirar alguma peça de roupa.

A escritora ignorava, mas tinha feito questão de ajudar Francisco Bringel a limpar o repulsivo emaranhado de músculos desfiados que desciam do ombro esquelético. Ademais, levava água sempre que o moribundo ordenava, por pior que fossem os nomes dados à romancista nestes momentos. Barlavento não queria um assassinato na minibiografia da orelha de trás de seu livro ou na sua lista de mil e três razões para ser insone.

O guia tinha dito que os estofados dos assentos poderiam servir como cobertores, então Sabrina usava toda a força para rasgar o último pedaço ainda preso ao banco do piloto. Lá fora, Atalaia trabalhava com as garrafas e os cantis à beira do rio. Usava tanto seu filtro portátil de carbono ativado quanto o fornecido por Bodoque, já que o item era básico para quem não quisesse correr o risco de uma indigestão. Sua maior dificuldade era lidar com tantos bocais diferentes perante as peças do diâmetro de uma rolha.

Rafael, por sua vez, havia sido incumbido de encher uma vasilha com Avgas, o combustível da aeronave. Entretanto, por mais que Francisco Bringel tivesse explicado o quão útil aquilo seria, o paulista tinha coisas mais interessantes a fazer além de ordenhar um avião. Quebrou o silêncio dentro da cabine destruída:

– Como você está?

– Como se estivesse em um clássico do Pedro Bandeira, só que para adultos – disse ela.

– Machucou alguma coisa?

A floresta gritou como mil araras sobre o eterno escorrer do rio. Rafael perseverou, a ajudando puxar o tecido, e disse:

– Não sei se aquilo que você fez com o documento foi por causa de mim, mas de qualquer jeito, valeu. Salvou a minha pele. – Perso olhou para aquele rosto raramente sério, flagrando seus cílios pelo flanco. – Te devo uma.

– Me deve?! – O súbito lampejo de raiva da mulher terminou de rasgar o tecido enroscado. – Não sei se você reparou, mas a gente só conseguiu sair daquele inferno porque tinha uns cinquenta índios tomando tiro na cabeça lá no quintal! E tudo isso para quê? Para, no final, você ter grana para um chafariz cafona daquele também?!

– Eu... – As palavras deslizavam pelos dentes de Rafael. Falava com a única pessoa capaz de deixá-lo sem respostas engatilhadas. – Eu não sou que nem esse cara. Eu nunca me meti com drogas. Olha só, pensa assim, se ladrão que rouba ladrão, tem mil anos de perdão, imagina só eu, que passo traficantes para trás. Se você reparar tem até um "Q" de nobreza no que faço.

– Você está longe de ser herói, Perso. A droga que você está buscando, no final das contas, vai cair na mão de outro traficante, isso se, na verdade, não é você mesmo que vai acabar vendendo para quem quiser usar. – Sabrina esbarrou em seu ombro rumo à saída. – Pode ser o cara mais esperto que eu já conheci, mas nobre, ah, você não é não.

– Eu...

Sabrina parou de novo, agora na porta aberta.

– Me deve? E o que eu iria querer de alguém como você?! Antes você fosse mesmo só uma piada, era engraçado, mas você é bem pior... Você é um deles, e, agora... se aquele cara lá fora morrer, eu vou ser tão suja quanto todos vocês!

Barlavento saltou para a areia, Rafael foi atrás.

– Sabe por que eu perdi essa parte dos índios? Isso mesmo, porque eu estava soterrado de aranhas! Acho que tem uma na minha cueca até agora! – Não conseguiu evitar um estranho calafrio. – E eu avisei para você não vir!

– Você não me deve nada! Eu nem lembrei que você existia, só esqueci que o papel do Ícaro estava comigo, porque estava dopada!

Barlavento olhou para baixo. Tinha encharcado o tênis em uma poça do combustível que vazava do Escapada.

– Pode ficar tranquila, – disse Rafael – aqui não é um dos seus livros e o avião não "tem que explodir".

Então escutaram uma potente sequência de batidas graves. Bodoque acertava, com um pedaço de pau, o tronco claro de uma árvore muito alta e dona de um diâmetro majestoso.

– Essa aqui é uma sumaúma. – O ribeirinho já estava com sua mochila colorida, da qual tinha retirado há pouco um respeitável facão. – Todo mundo que conhece, usa a danada para se comunicar na floresta, desde os índios até o curupira. Pelo que me lembro, tem bastante delas aqui por perto, então se alguém se perder, o que é bem fácil na hora de caçar privacidade, é um bom jeito de ser encontrado.

Aquele som conversava com o interior da escritora, como se só fizesse sentido graças à bebida alucinógena. Soava como um tambor xamânico que rimava com suas convicções ainda restritas. Sacolejou a cabeça para afugentar certezas tão abstratas.

– Como vamos carregar ele? – Sabrina apontou para Nando com o queixo.

– Ele vai ter que acompanhar, não é boa ideia ficar aqui quando escurecer. – Respondeu o guia, flertando com as águas pesadas do rio sem nome.

– *Ya* que essa *piraña* lembrou de *mi*. *Yo* estou morrendo de *hambre*.

Atalaia terminou de acomodar as garrafas que conseguiu em uma mochila embolorada e passou ao largo do traficante.

– O Bodoque contou que tem uma arara daqui que come argila. Se quiser, meto sua cara no chão.

Francisco Bringel sacou um tablete negro, cortou alguns pedaços com seu canivete e jogou uma lasca para cada um.

– O lugar que vocês estão caçando fica nessa direção. – Virou-se para castigar algumas folhas com o facão e iniciar a marcha. – No ritmo do peruano, a gente chega lá amanhã, lá para o final da tarde, por aí.

– *Plátano?* – O criminoso mordiscava o doce.

Por mais surreal que fosse o contexto. Por mais que estivessem embrenhados na selva à caça de um tesouro lendário, Sabrina só desejava voltar para casa. As jornadas, pelas quais cresceu apaixonada, pulavam a parte dos mosquitos, das pedras dentro do calçado e da gritante necessidade de um banho.

Marlene Serra estava coberta de razão. Era ridículo uma mulher de mais de trinta anos que falasse de ficção de entretenimento com a mesma gravidade de alguém que debatia um texto dramático. Pior que isso, era tragicômico ser alguém que romantizava eventos nefastos, como o ocorrido na fazenda de Rio Branco, como se tudo não passasse de uma obra de *bang-bang* à italiana. Sabrina era pior que um influenciador sensacionalista, que lucrava com a desgraça alheia. Suas histórias banalizavam as mazelas do mundo real. Sua imaturidade a tinha deixado à mercê de foras da lei. De verdadeiros bandidos, do tipo que figuravam cabisbaixos no telejornal quando pegos. E lá estava ela.

Não se esquecia do sorriso do índio de pele queimada, não exorcizava da cabeça a chacina no campo de aviação. Isso sem falar nos dois homens que havia baleado. Torcia com toda gana para que o outro cavaleiro estivesse bem.

Rafael também estava certo. Aquele era o mundo derradeiro, onde inocentes eram executados sem direito a salvamentos heroicos de última hora. Onde aviões caídos não eram engolidos por belíssimas bolas de fogo.

Além das outras sacolas que carregavam, Perso e Ícaro dividiam o peso do traficante sobre os ombros.

– Vamos nessa – disse Atalaia. – O Bodoque falou que não era legal ficar aqui depois de anoitecer. Deve ter bichos, vai saber.

Ícaro não era do tipo que tinha medo do escuro. Aquilo era ânsia ou entusiasmo. Tamanha empolgação poderia quase ser confundida com pressa. O que não faria sentido para alguém que buscava uma coisa largada por centenas de anos.

– Opa.

A escritora amarrou a jaqueta jeans na cintura e passou a alça de uma mochila esfarrapada sobre a blusa ensanguentada. Com a mão livre, pescou seu bloco de notas do bolso e sentiu vergonha da primeira anotação que encontrou. Aquilo fazia mais sentido antes de ver tantos interesses conflitantes trabalhando lado a lado, motivados pela chance de um passar o outro para trás.

O mundo é mais interessante que o papel.

Largou o caderno na areia revirada daquela praia tão cinzenta.

15. URWALDHÖLLE

Francisco Bringel golpeou três vezes o emaranhado de cipós que escorria sobre uma pedra musguenta. Como as opções de caminho ficavam cada vez mais restritas, só uma pessoa podia servir de muleta a Padilha por vez. Rafael subiu a rocha atrás de Bodoque e, esbaforido, puxou Ícaro e o peruano. Sabrina, no entanto, sequer olhou para sua mão, preferiu ralar o joelho. Um passeio no bosque.

Os primórdios do que resultariam na Floresta Amazônica remontam mais de 50 milhões de anos. Dentro de estonteantes mudanças climáticas, incluindo mórbidas eras glaciais, ela definhou, cresceu, diminuiu e vingou, sempre lutando em uma dança trágica e dramática ao longo das eras. Cada golpe catastrófico gerava vertiginosas possibilidades. Placas tectônicas se chocavam, subindo cordilheiras até os céus, paredões colossais barravam acúmulos d'água, fazendo-os desistir do Oeste. Os novos cursos cristalinos varavam o horizonte, buscando derramar no que um dia seria o Atlântico. Quando as águas do mundo insistiam em voltar ao gelo, atrofiavam zonas inundadas e separavam espécies. Estas que, quando se reencontravam, milhares de anos depois, eram estranhas entre si. A Amazônia era um espetáculo complexo, grandioso e lento demais para ser apreciado por efêmeros olhos humanos.

– Mamíferos... que não duram... um século... – resmungou Barlavento sozinha.

Enquanto todos eram agarrados pela mata, como formigas em fita crepe, o ribeirinho deslizava pelas folhas, como se abrissem alas a ele. O facão era um favor ao grupo. Sabrina tinha desistido de seu livro, porém se fosse morrer gostaria de saber a causa. Chegou a reunir fôlego para averiguar os desaparecimentos da outra excursão, mas o sujeito de boné não parava quieto. Sumia à frente, reaparecendo por trás. Embrenhava-se de um lado, para ressurgir acocorado metros adiante. Para a escritora a floresta transitava entre sinistra e tediosa, para Seu Francisco, um festim de oportunidades. Vira e mexe, era flagrado mastigando alguma coisa não feita da fruta que vendia. Aquilo sim era viver calcado na realidade.

– Onde que tu achou o Rambo Serelepe aí? – Disse Perso, recebendo Nando Padilha de volta aos seus braços.

Ícaro aproveitou as mãos vazias para abrir o cantil.

– O Seu Francisco? Lá em Jari, tomando uma gelada em um boteco. Na real, ele estava olhando um copo cheio por meia hora, e depois que incentivei ele a seguir o coração, não paramos mais de trocar ideia.

– E como é que ele sabia chegar até onde o avião tinha caído? – Perso afastou um ramo do rosto, mas não protegeu a face do traficante que foi chicoteada pela natureza. – Tem um avião, né?

– Na boa, não devo satisfação para um impostor.

O bando começou a subir por um riacho de fundo pedregoso que gelava até a canela. Não precisava ser um perito para calcular que não era o mais apropriado, porém Bodoque parecia infectado pela mesma pressa do aventureiro de sotaque puxado. Dentro do tênis de Sabrina, um lamaçal.

– O impostor ia ficar meio bravo, se não tivesse um avião.

– Isso é uma ameaça, "Rafael"?

– Opa, se é. Ainda mais depois de ter me feito correr que nem um idiota sem saber o porquê. – Perso queria muito largar o peso do traficante à própria sorte. Quem sabe o riacho não o carregava para um destino mais interessante. Contudo, algo lhe dizia que Barlavento não aprovaria a ideia. – Só não entendo alguém ter pressa para encontrar alguma coisa que está jogada há tanto tempo.

Ícaro não daria resposta alguma, então Barlavento reforçou do último lugar na fila.

– Essa eu também quero saber. Parece que vocês precisam tirar o pai da forca, ou... no caso do tipo de vocês, "colocar".

– Digamos que a pressa tem duas razões. Do jeito que a tecnologia está avançando, cedo ou tarde, vão mapear a Amazônia inteira. Ainda não se fala tanto, mas tem uma tecnologia, chamada *LIDAR*, que, usando laser, pode enxergar tudo o que está escondido debaixo da vegetação. Logo, logo sai na mídia sobre elevações piramidais pré-colombianas que até então eram vistas como ondulações do relevo.

– Eles inventam de tudo – disse Perso.

– Eu não quero que alguém roube minha descoberta, tirando os Atalaias dos livros de História só com um botãozinho.

– Tá bom. – Sabrina gesticulou para que Rafael lhe passasse o traficante, pelos seus cálculos era a sua vez. – E qual a segunda razão?

– Da pressa? – Ícaro riu com um timbre diferente. – É porque nasci de 8 meses.

– Entendi... – A romancista experimentada olhou para Perso de um jeito que o convenceu a entregar de vez o fardo peruano. – Mas quanto a essas novas tecnologias, enxergar é uma coisa, poder pegar é outra. A Amazônia é um patrimônio protegido pelo mundo todo.

– Um dia essa frescura acaba.

– Como assim?

Barlavento ignorou quando o espantalho que auxiliava deixou de fitar seu colo e apontou para algo no caminho.

– Sei lá. – Atalaia abaixou para não enfiar o rosto em uma teia que cruzava de uma margem para a outra. – O Brasil só vai para frente quando parar com esta paranoia.

– Estou começando a achar que você não é do *Greenpeace*. – Sabrina olhou para trás. Rafael estava parado. – Que foi?! Está com medo de que essa daí se apaixone pela que está na sua bunda? Anda logo!

– A gente tem aqui a solução para todos nossos problemas econômicos. – Ícaro esquivou de outra rede aracnídea. – Só não usamos por causa de meia dúzia de índios e ecologistas que dão mais valor para as árvores do que para o progresso.

– Progresso de quem, "cara-pálida"? – Barlavento pisou em um buraco e submergiu até a cintura junto do traficante. Seu pé buscou pela borda seguinte, mas descobriu que, na verdade, o rio estava mais profundo. – Se não fossem eles, já teriam derrubado quase tudo.

– De que vale a conta cheia, se não se pode sacar?

– Você é um cara curioso. Já deve ter visto no mapa-múndi que muita gente que está na nossa latitude, vive em um deserto. Só *googlar* lá: Deserto do Namibe, os lá da Austrália também... Até aqui do lado mesmo, no Peru, tem o Atacama, porque os rios aéreos da Amazônia não cruzam os Andes. Derrubar a floresta só daria grana para meia dúzia de latifundiários, políticos e empresários que nem seu pai, que iam carregar tudo para os cofres deles.

– Tá, aí ignoramos a floresta?

– Seria mais esperto investir em pesquisas voltadas à biodiversidade. Você mesmo tinha falado do valor disso antes de virar um...

– Sempre a "biodiversidade". Achei que você só se interessasse pelo que é fictício.

– Já escrevi uma história que se passa em um futuro distópico aqui no Brasil. Foi bem conveniente saber que, derrubando a Amazônia, transformaríamos quase toda porção ao sul em um cenário bastante seco, até mesmo desértico. Só que o que é bom para uma história, geralmente é horrível para a vida real, reflita.

– Ah, agora acredito.

– Para escrever, eu entrevistei vários biólogos e a opinião foi unânime. Essa floresta tem árvores de folhas grandes, *blábláblá*, soltam litros de água na atmosfera, geram chuva, e a chuva gera floresta, *Hakuna Matata*, deu para você entender. Isso sem falar que árvore derrubada é lenha, e já que a Primeira Revolução Industrial acabou faz um tempo, né, o carvão está em baixa.

– Não tem por que preservar tanto mato. – Ícaro transpôs um tronco caído sob a discreta corredeira. – Pena que Nova Andaluzia não deu certo. Seria outro país.

A escritora não estava com alento para mudar a posição de ninguém quanto à própria empreitada atual, muito menos sobre a maior floresta do planeta. O carioca cresceu vendo a família revirar a terra e desencavar dinheiro, julgava que isso valeria para todos.

– O nome não me é estranho. – Sabrina passou Padilha para Atalaia e lavou as mãos no riacho que já alcançava o umbigo. O sangue seguiu pela água. – Nova Anda...

– Quando Orellana voltou para a Espanha, depois de ter cruzado todo o Rio Amazonas sem querer, ele foi acusado de traição por Gonzalo

Pizarro. Lembra que ele tinha ficado esperando? Então, Gonzalo chegou antes na Espanha e relatou para o Rei Carlos I que tinha sido abandonado por Orellana e todos que estavam a bordo do bergantim.

– Que pilantra! – soltou Barlavento.

– Tradicional – resmungou Perso.

– Concordamos em alguma coisa – continuou Atalaia. – Mas acontece que o rei escutou seu informe sobre o Grande Rio Mar e leu também todo o relato escrito por Frei Gaspar de Carvajal e acabou tanto acreditando em Orellana, quanto concedendo a porção de terra por onde ele passou, para que governasse assim que voltasse para cá. Esse território seria batizado de Nova Andaluzia.

– Defina "pretensão". – Sabrina pisou em alguma coisa mole que deslizou para longe de sua sola. – "Dar a alguém um pedaço gigante de floresta que você nunca viu, e que está do outro lado do mapa cheio de nativos que não te querem lá".

– A pretensão anda do lado da inocência – disse Ícaro, fazendo Barlavento buscar pelo bolso vazio. – Enfim, Orellana voltou para cá, morreu na mesma floresta que por milagre tinha saído vivo e Nova Andaluzia nunca foi fundada.

– Deixa eu adivinhar... "malária"?

– Eu apostaria meu último detector aqui que foi morto por alguma tribo.

– Faz sentido os índios terem ficado chateados quando viram que um "cacique espanhol" metido a besta deu a casa deles para um cara de fraldão e boininha na cabeça. – Barlavento riu com desprezo. – E tendo em vista que deram índios para os cachorros comerem, fizeram foi pouco.

– Índios... – Ícaro afastou um cipó com repulsa. – Do jeito que as pessoas falam, até parecem espíritos imaculados da natureza. Os elfos tupiniquins. Todo mundo esquece que são todos descendentes de povos asiáticos que vieram para cá, assim como os espanhóis e os portugueses, atrás de prosperidade. E encontraram... não era à toa que os três maiores impérios ameríndios tinham tanto ouro acumulado no século XVI.

– E ainda estariam aqui, ricos e saltitantes.

– Acha que a Europa não deveria ter colonizado o Novo Mundo?

– Se tivessem feito de forma harmônica, teríamos aulas de História mais "bocejantes", só que mais otimistas quanto à natureza humana. Eu

não sei o que foi pior aqui na América do Sul, os espanhóis terem conseguido tudo à base do tapa, ou os portugueses que tomaram o Brasil na pura malandragem.
— Eles não foram "imorais", foram "amorais", homens de seu tempo.
— Sei, sei... cidadãos de bem na Europa e estupradores sádicos na América.
— Você tem que considerar que existiam milhões de nativos aqui na América do Sul em 1500. Eles tiveram sua chance. De que adiantou os impérios mais avançados daqui estudarem astronomia, agronomia e hidráulica? Como podemos ver, vasos comunicantes não ajudaram em nada na defesa deles. Sem contar que, pode apostar que seus descendentes preferem ter as molezas que têm hoje.
— Ah, eles devem adorar ter a terra roubada por um grileiro, a pele queimada por agrotóxicos, pouco antes do crânio estourado por um trabuco.

Seguiam pelo caminho aberto por Bodoque entre as folhas que boiavam acumuladas como um tapete de cobre. Qualquer lamento ou aviso de Padilha era ouvido, absorvido e desprezado com sucesso.

— Não precisa sofrer com isso — disse Atalaia. — Antes da colonização, o pessoal daqui já se banhava em sangue fazia tempo. Os astecas jogavam súditos das escadarias em rituais dedicados ao Sol, e os próprios incas queimavam pessoas em sacrifício em todo *Inti-Raymi*, a festa que faziam em homenagem a *Inti*, que era a divindade deles... do Sol.

— Sol, sol, sol... o que você está tentando tapar com a peneira, daí?

— Já que você pesquisa tanto para os seus livros, já deve saber das três crianças mumificadas encontradas no vulcão *Llullaillaco* em 1999, né?

De fato, a autora conhecia. Havia ficado em polvorosa pela descoberta ter sido feita por uma arqueóloga. A argentina acabou servindo de inspiração para a protagonista de uma trilogia que partia daquela descoberta, enveredando para uma trama mais macabra.

— As três estão expostas lá em Salta, na Argentina. Eu já fui lá ver. É tão tenebroso quando fascinante. Onde você quer chegar?

— Adivinha só, elas foram mortas em sacrifício. Foram lacradas e congeladas lá no alto, a 7 mil metros de altura, para que os deuses protegessem o seu povo de alguma catástrofe, ou, talvez, para que abençoassem a ascensão de um novo líder.

Barlavento lembrava das plaquinhas do museu tomado pela escuridão e dos aquários secos guardando cada criança. Suas luzes acendiam apenas por um instante para não causar estragos ao achado. Sim, por causa do frio e da altitude, estavam tão conservadas que possuíam até os dias atuais tanto os órgãos, quanto a última refeição dentro do estômago. E, pela qualidade da comida, se sabia que eram da nobreza e que morreram como oferenda.

– Não entendi sua relação – disse ela. – O que justifica um povo que realiza sacrifícios religiosos sofrer ainda mais nas mãos de forasteiros?

– Tem certeza de que estamos falando da mesma coisa? – questionou ele. – Para mim isso deixa óbvio que os europeus eram santinhos perto desses ameríndios.

– "Dim-dom". – Zombou Sabrina. – O senhor teria um minutinho para escutar sobre as fogueiras da Inquisição Espanhola? E, claro que estamos falando da mesma coisa. Duas das crianças têm o crânio alongado, um sinal de que tinham relação com a realeza, e uma delas tem a marca da queimadura de um raio, que atingiu seu corpo em algum momento destes 500 anos. Você está relativizando para amenizar o currículo do Orellana, é isso?

– Deixa eu adivinhar; na sua historinha, ela ganhou vida e saiu atacando todo mundo depois do raio?

– A questão é... – Barlavento rangeu os nervos do pescoço, – Antes, aqui, a briga aqui era justa. Os europeus usaram pólvora para aniquilar toda cultura diferente que encontraram pela frente.

– Nada mais justo. Quem tem a melhor arma, tem o poder.

– Humm... – ponderou a romancista. – Este verme que você está carregando aí era o único armado lá no esconderijo dele. Está me dizendo que se ele quisesse passear pelo seu corpinho nu, ele poderia?

O caçador de tesouros sentia o vento na língua, sem resposta lapidada, quando escutou a risada saborosa de Rafael Perso. Atalaia então passou o traficante para o golpista e a escritora disse:

– Foi mal se te magoei. Eu esqueci que a gente estava falando dos seus heróis.

– "Herói" é uma coisa, "explorador" é outra. Eu nunca falei que Orellana era virtuoso. E não dá para analisar a História com julgamentos contemporâneos. Não faziam o que faziam com os ameríndios por maldade, estavam só focados no prêmio.

Barlavento começava a odiar o modo *gourmet* de Atalaia se referir aos povos indígenas. Perso, por sua vez, descobria que se incomodava muito mais quando Sabrina discutia com alguém, do que quando se entendia com a pessoa.

– Olha... – A romancista se assustou com um longo sibilo, mas se sentiu tola. Deveria ser apenas uma ave assustada com os argumentos do carioca. – Acho que eles se divertiam um bocado na hora de competir para ver quem decapitava o "ameríndio" com menos golpes, ou cometiam abusos sexuais em público. Ah, Ícaro, eles colocaram sentimento, pode apostar.

– Eles não sofreriam tanto hoje em dia, se aceitassem fazer parte da sociedade moderna.

– A escolha é só deles. – Os olhos de Barlavento se encontraram com os de Ícaro. – Pode apostar que, se lá no passado eles tivessem se deparado com a pólvora dos chineses antes dos europeus, dependendo do caráter deles, as colônias estariam do lado errado do Atlântico.

A Amazônia assoviou em um tom alienígena. Rafael perguntou para o guia que usava um cajado improvisado de bambu.

– E aí, Bodocão! Qual a sua opinião nessa briga toda?

– Eu? – A água quase alcançava seu peito. – Eu acho que, desse jeito aí, logo eles caçam de acordar a Matinta Pereira.

– Matinta "quem"? – Rafael abaixou graças a mais uma teia.

– Quando a gente parar eu conto.

16. ROMÂNTICO, MAS FACTÍVEL

A noite era uma parede preta.
Qualquer barulho, extraterrestre.
Bodoque levantou a aba do boné, acendeu um cigarro de palha na fogueira e continuou suas histórias. Mal tinham escolhido o local de repouso, pendurado as meias molhadas, e já se lambuzava em suas lendas favoritas. Tinha contado sobre a *boiuna*, uma cobra gigantesca que se transformava em mulheres e também em embarcações, e havia falado sobre um monstro gigante, chamado *mapinguari*. A criatura bípede, peluda e dona de garras tão afiadas, não seria tão impressionante fora de um cenário tão sugestivo. Ainda mais pelo detalhe da fera ter medo de bichos-preguiça. Contudo, naquele breu, até o Sítio do Pica-Pau Amarelo soava assombroso.

Com exceção de Perso, que pegou no sono havia um bom tempo, os demais escutavam a tudo como crianças atentas. Jaziam em um pequeno círculo de terra, que Sabrina e Rafael tinham feito questão de limpar e confirmar minuciosamente a ausência de qualquer coisa que fosse desprovida de pernas – ou que tivesse mais de duas. A curitibana se arrependia horrores por ter recusado o saco de dormir retirado da mochila do guia. Mochila que desconfiava ser um artefato arcano obtido no Castelo Rá-Tim-Bum.

Os olhos de Bodoque refletiam o baile do fogo.

– A Matinta Pereira, vocês tinham perguntado? – Francisco envergou o tronco para a frente, Perso esboçou um pequeno ronco, trocando de lado, enrolado sob parte do estofado do avião. – Bom, se fala aqui no Norte que existe uma velha com o rosto todo malfeito... Um tipo de bruxa que sabe virar uma laia de pássaro agourento, já escutei que vira uma coruja rasga-mortalha. Daí, ela na feição desse bicho pousa perto da casa de alguém e atormenta o cristão, piando... piando... assoviando dia afora. Quando a vítima fica irritada e promete alguma oferenda para que fique quieto, o pássaro sai voando. Só que no dia seguinte uma senhora vestida de preto bate na porta da pessoa, cobrando a pinga... o café... seja lá o que tenha sido prometido.

– E se *la persona no* cumprir com *la palabra?* – Nando Padilha reclinava as costas em uma sacola puída desde a última excruciante troca de curativos.

Bodoque lançou-lhe as pupilas alaranjadas.

– Daí, sucede alguma desgraça "malfeitosa" na vida da pessoa.

– Se fosse comigo, *yo* abriria *un culo* no meio da testa dela com *la mi Skorpion*.

Padilha se acomodou sobre o ombro bom já de pálpebras arriadas, o olhar de Bodoque recaiu sobre as labaredas serpenteantes. Aquilo tudo parecia visceral a ele.

– Se diz por aí que tem um jeito de pegar ela – contava agora apenas para os dois últimos ouvintes. – Escutei uma vez que se você caçar de enterrar uma chave e deixar uma tesoura fincada em cima, com um rosário em cima dela... bom, isso seria o suficiente para caçar de prender a Matinta nesse lugar aí... daí, depois da danada ser liberada da condenação, esse lugar tem que ser varrido com uma vassoura virgem para que a maldição não passe para alguém.

– Condenação? – perguntou Sabrina, arrependida de ter dado corda logo em seguida.

– Pois então, a crença conta que quando uma Matinta está morrendo, ela começa a repetir a mesma pergunta: "Quem quer? Quem quer?". E se alguém, por alguma amargura momentânea da vida responder... recebe a maldição e assume o lugar dela. – Francisco Bringel se espreguiçou. – Dá licença, pessoal, agora também me bateu um soninho. Boa noite para quem fica.

Barlavento achou que era a única desperta, como de costume, e sussurrou:

– Valeu "Bodocão", agora eu durmo que é uma beleza.

Então escutou a risada contida de Ícaro.

– Não sei se ele fez de propósito, mas o chefe dos escoteiros contava histórias de terror nos acampamentos para a gente se mexer menos e todo mundo pegar mais rápido no sono. Isso ajudava a esquecer do desconforto.

As opiniões do caçador de tesouros andavam açoitando-a até os nervos do espírito, mas ainda era melhor que encarar aquele muro negro que se avizinhava conforme a fogueira perdia a força. E caso convencesse Atalaia a começar um de seus monólogos, no modo palestrante maluco, com certeza isso a ajudaria a dormir.

– Por falar em acampamento, você ainda não me falou o que estava procurando lá no cemitério nazista.

– Tudo a seu tempo... – Ícaro se levantou com o detector em mãos e a mochila nas costas. – A noite é uma criança, a madrugada, adolescente, e a floresta é velha.

– O que? – A escritora gritou silenciosamente para dentro. – Nada disso! Meu tempo é agora!

– Então vem comigo.

***

Bastaram poucos passos para qualquer luz desaparecer atrás deles. A fogueira jamais havia existido, cada metro equivalia a um quilometro, as botas molhadas de Ícaro estalavam à frente. Quem era o mais louco dos dois? Sabrina esticou o braço para tocar a única referência que se destacava no cenário, um pontinho luminoso flutuando próximo ao rosto. No entanto foi contida pela mão de Atalaia que fez um clique com a outra. A lanterna então revelou um sapo grudado em um tronco. O batráquio azulado tinha apenas o tamanho de uma unha, e sua pele repleta de círculos negros pulsava a magia lunar que escorria em um feixe.

– Um "ponta-de-flecha" – murmurou o aventureiro. – Tem mais veneno que a Ducati 7 Galo que vendi para estar aqui.

– Você... tem certeza de que vai saber voltar? O que estamos procurando mesmo?!

Deram a volta na árvore e no anfíbio.

– Você chegou a ver na internet que aquela expedição alemã tinha o aval do governo brasileiro?
– Vi, eu vi sim. Me fala; sua bússola está mesmo em dia?
– Em 35, Vargas tinha bastante afinidade com a Alemanha. – Ícaro apressou os passos. – Na real, os dois países eram muito bem alinhados durante toda aquela década.
– Estou sabendo. O Lutero, filho dele, chegou a estudar uns tempos... Medicina por lá, se casou com uma alemã e *blábláblá*, mas e o cemitério? Você ouviu esse barulho?!
– Que "barulho"? Qual é, vai me dizer que não vai com a cara do Getúlio também, só porque ele era simpatizante do partido alemão naquela época?

Soldados nazistas eram, de longe, os capangas preferidos de Sabrina Barlavento, e certa culpa disso recaia sobre Steven Allan Spielberg. Ela, assim como o diretor de origem judaica, encontrava naqueles sujeitos de feições duras e ideologia torpe, tanto a sensação de ameaça, quanto a de fascínio e puro nojo. Tão altivos quanto desprezíveis, jamais perceberam a caricatura que se tornariam. Claro que o imponente corte do uniforme de alguns postos ter sido feito por Hugo Boss, um afiliado do partido, enfeitava ainda mais toda a mítica ao redor.

– Vou. – Mesmo se estivessem deitados ao redor da fogueira, qualquer chance de pegar no sono teria acabado de dar tchau. – Em 45, Vargas soltou um decreto muito do racista para o meu gosto, se quer saber. Eu lembro de cor o número, como era mesmo...

Uma das benesses da escrita era o conhecimento geral aleatório que acabava acumulando por ser uma pesquisadora aguerrida. Era tradicional e trágico estudar por meses a fio temas que sequer resistiriam até a versão final da obra. Agora, era a primeira vez em sua vida que algumas informações seriam usadas fora de um barzinho.

– O cara criou a carteira de trabalho... – disse Ícaro. – Agora eu escutei! Deve ser só algum bicho curioso que nem você.

– Os tijolos no Céu que ele ganhou por isso, perdeu quando criou o decreto... – Sabrina estalou os dedos tentando se recordar. – *Putz*, começa com 7... Quando eu lembrar, eu falo, mas enfim, Vargas incentivava, na maior cara-de-pau, a imigração só de quem tinha etnia europeia. Se você procurar na internet, daí, vai ver que esse negócio só foi derrubado em 80.

Já tinha ambientado duas ou três narrativas na charmosa década de quarenta brasileira, onde todo terno caía bem e chapéu algum era ridículo. Onde a estátua de 38 metros de Jesus de braços estirados era erguida no alto da então capital do país. Quando cafeterias ainda portavam certo tom de boemia. Todas elas enevoadas por cigarros que, naquele tempo, garantiam sedução ao invés de câncer.

Acontece que nem tudo eram ruas de paralelepípedos, postes de arandelas e vagões apinhados de trabalhadores. Como se fosse um capítulo esquecido, pouco se falava sobre o Brasil ter tido a maior célula nazista fora da Alemanha. Naquela época, tal regime, junto também do fascismo italiano, era visto como um protótipo moderno e inspirador para Getúlio. Inclusive sua nova constituição de 1937, quando após o golpe instituiu o Estado Novo, foi deveras baseada no modelo de Mussolini. O próprio movimento de extrema-direita, pouco anterior a isto, chamado de integralismo, teve seu alento do fascismo.

Muito disso lutava para esvanecer, devorado pelas traças da conveniência, mas não seria tão fácil se dependesse de Barlavento. A escritora tinha em seu computador uma pasta intitulada, "Chucrute à Brasiliana", abarrotada de arquivos e fotos os quais retratavam a presença nazista em solo brasileiro. Era surreal assumir que dirigíveis de mais de 200 metros, muitas vezes ostentadores da suástica, sobrevoaram diversos estados brasileiros. Inclusive providenciando em 1930 um feriado à população de Recife para que pudessem assistir o aeróstato. O povo ficou tão excitado com o insólito evento que correu para ajudar a amarrar as cordas durante a aterrissagem – o que explicava a aeronave ter arrancado uma palmeira quando foi embora.

Entretanto, zepelins colossais não eram mais assustadores para Sabrina do que saber que docentes enviados da Alemanha doutrinavam crianças em escolas, vestindo a suástica e até mesmo as saudando com o cumprimento hitleriano. Isto, além de chegarem ao cúmulo de ostentarem quadros com Adolf Hitler em um verso e Dom Pedro I no outro. A própria Escola Alemã na Vila Mariana, próxima ao metrô Paraíso, era uma amostra em São Paulo.

— É... — Ponderou Ícaro, freando tão abruptamente que obrigou o nariz da escritora a se amassar em suas costas. — Mas, para ser justo com Vargas, isso foi antes dos campos de concentração. O nazismo não tinha a reputação que tem hoje.

Estavam de frente a uma larga vala. Como seu fundo era enegrecido pela noite, mesmo com a dedicação da lanterna, a profundidade não era tão clara. Parecia ter água, mas se ela corresse faria de modo tão vagaroso que não levantava barulho.

— Ah, mas aquele decreto dele era de 45, o ano que acabou a guerra. — Barlavento massageava o nariz. — Lembrei! Decreto 7.967, procura lá depois, 7.967.

— Como vamos atravessar isso aqui? — Ícaro estudou os arredores. — Se tivesse alguma coisa para se segurar...

Caso Sabrina enveredasse para uma nova discussão, seu coração aceleraria, ela continuaria acordada por horas, mesmo depois de voltar do safári noturno, e passaria o dia seguinte estragada de sono. Era melhor focar o papo através de um prisma mais romanesco.

— Não olhe para mim, eu deixei o meu chicote lá em Curitiba. — Barlavento olhou em volta, estavam cercados pelo vazio. — Enfim... uma vez vi uma foto, se não me engano de 34, por aí, de uma bandeira deles, acho que no alto do morro da Santa Teresa lá no Rio de Janeiro, na sua terra.

— Pode crer. — Ícaro juntou diversos cipós finos e amarelados em um grupo mais denso e encorpado. — A propósito, até onde você chegou a ver sobre o passeiozinho deles pelo Rio Jari?

— A gente vai se pendurar em um... — A escritora viu a lanterna e o caçador de tesouros balançar até o outro lado. Não quis se mostrar impressionada e continuou. — Eu só tive tempo e bateria para pesquisar o básico. Só deu para ver que nem arranhei o assunto. Tem até um documentário em preto e branco, mostrando os alemães junto dos índios na floresta.

— Acho que já assisti *"Rätsel der Urwaldhölle"* umas cem vezes. — O carioca jogou o emaranhado de cipó de volta como se fosse um pêndulo sobre o infinito.

— Deus te crie... e eu que lute. — Sabrina prensou a mão em volta daquilo até doer o nó dos dedos, pegou impulso e se balançou até a borda do barranco seguinte. — Então...

Pegava fôlego para fingir normalidade quando parte do chão esfarelou rumo ao desconhecido, fazendo-a abrir os braços e jogar o peso para longe da queda. E foi finalmente a salvo, com a bunda na terra, que viu uma espécie de silhueta encolhida dentro do diminuto abismo. Aquilo moveu lentamente o pescoço e a encarou de volta.

– Sabrina, você está legal?!
– Tem alguma coisa lá embaixo!
– Deve ser...
– Não é "só um bicho"! – A escritora tomou a lanterna para si e a mirou contra o vácuo. – Olha lá!

Alguma coisa escapou do foco luminoso. O som de passos se distanciando eram quase surdos, quase sufocados pelo coração de Sabrina, mas a adrenalina os tornava perfeitamente audíveis. Os passos não pararam tão longe quando deveriam.

– Dá aqui!

De novo com o farolete, Atalaia deitou-se de barriga e, com o braço esticado para dentro da vala, clareou o local onde a criatura estava antes. Seu primeiro impulso havia sido descer para checar de perto, mas agora foram as unhas de Barlavento que o impediram.

– São marcas de cascos... – disse Atalaia – no barro.
– Nem fodendo, Aragorn. Eu tenho certeza de que aquilo era bípede. Vamos voltar!
– Parecem mesmo cascos... tipo de uma... mas com... mas parece ter marcas de garras na frente de cada dedo, dá só uma olhada...
– Depois a gente faz um testemunho para o Fantástico. Vamos embora daqui!
– Deve ser esse troço que está seguindo a gente desde o riacho. O Padilha também tinha visto alguma coisa. Eu só estava esperando todo mundo dormir para...
– Qual o sentido em vir sozinho? Você é maluco?!
– Pelo contrário, se isso for o que estou pensando é mais uma pista de que eu tenho razão. E como o Perso só ia me atrapalhar, e alguma coisa me diz que o Bodoque ia querer bancar o protetor da floresta, só me restou a senhorita insane para ajudar na caçada.

– Você deveria ser interditado, sabia? E o que seria "isso"?
– Quem viu foi você. – Atalaia apagou a lanterna. – Vamos esperar um pouco e tentar escutar alguma coisa.
– Isso é realmente uma "ótima" ideia, Ícaro. Como não pensei nisso antes?

Por uma breve eternidade, a escritora mediu o tempo a partir do chirriar de uma coruja vizinha. A respiração do carioca, que também estava de cócoras, deixava claro que não era a única tensa.

– Significa algo do tipo, "O Enigma da Selva Inferno". – Disse ele.
– O que?!
– O filme deles... – Atalaia reacendeu a lanterna, queimando todas as retinas presentes. – É como se você enfiasse a cabeça em um portal temporal por 90 minutos. Uma coisa é saber que o povo Aparaí achava que os brancos forasteiros estavam amaldiçoados por terem matado uma cobra, animal sagrado para eles, outra coisa é assistir os alemães, todos felizes da vida, carregando uma sucuri de 7 metros depois de terem acertado ela com uma espingarda. Vamos andando, só assim para essa coisa fazer barulho.

O caçador de tesouros retomou a marcha na direção oposta ao acampamento. Sabrina nunca tinha ido tão longe. Não havia um retorno seguro. Só restava naufragar na insensatez.

– Ícaro...
– Quando der, dá uma olhada. – O carioca usava o longo detector de metais para afastar a folhagem do caminho. – Vários animais que eles levaram ainda estão empalhados lá no Museu de História Natural de Berlim.
– Ícaro... quem era Joseph Greiner, o nome naquele túmulo?
– Ele foi só o capataz contratado por Otto Schulz-Kamphenkel.
– Piada-chavão, mas "saúde".
– Otto era o líder da expedição. – O aventureiro parou novamente, sorriu de boca fechada e devolveu a fonte de luz para Barlavento. Em seguida agachou para apanhar um galho na terra, sacou o canivete e começou a descascar uma das extremidades a tornando mais afiada.
– Que beleza, uma lança.
– Uma armadilha... – Atalaia corria a lâmina pela madeira. – Greiner era um alemão que já morava aqui no Brasil e que foi convidado lá no

Rio de Janeiro para essa empreitada toda só porque falava português. Era marinheiro, dentre outras coisas, se não me engano. Ilumina direito.

Era possível assistir, naqueles olhos vidrados, as cenas monocromáticas de barcos sendo carregados durante escaladas ao redor de quedas d'água, ou lutando contra pedras e corredeiras, além da cômica imagem de mais de vinte homens carregando nas costas um hidroavião – assinado com uma suástica na cauda.

– Tá, então Joseph Greiner morreu de malária durante a viagem, e esse "Otto Chucrute" aí, mil perdões pelo clichê, enterrou ele lá perto da Cachoeira de Santo Antônio, ok. Mas o que você procurava?

– Quem enterrou ele foi outro cara – o canivete trabalhava repetidamente –, se não me engano o mecânico do hidroavião e também responsável pela gravação do som das filmagens. Schulz tinha chegado aqui no país com mais dois *brothers*, dezenas de toneladas de armas e de equipamentos, fora o hidroavião.

– Com o teu sotaque, eu acrescentei umas pranchas de surf na minha imaginação.

– O Brasil acabou incentivando tudo isso de várias formas, fosse no âmbito burocrático, facilitando o despacho dos apetrechos, fosse no âmbito científico, já que Schulz, além de biólogo, era geógrafo e ia usar as técnicas dele para cartografar a região do Jari, zona que ainda não era mapeada.

– Uma *Brazil trip*.

Ícaro tirou uma corda da mochila.

– Para você ver, os ministérios de Relações Exteriores e de Guerra dos dois países negociaram a isenção de impostos para armas, munições, equipamento de sobrevivência e de filmagem, além de quites luxuosos, como cobertores de pele de camelo, que os "afrescalhados" levaram para lá.

– Quem suportaria as nevascas amazônicas, não é?

– Nessa época os militares ainda não estavam divididos em alas pró--Estados Unidos e pró-Alemanha, então tudo isso era visto como uma aproximação bem positiva, saca?

– Saco.

– Sem falar que o próprio Museu Nacional do Rio de Janeiro foi um apoiador essencial, porque crescia o olho no achado de novas espécies, no estudo de minérios, além do levantamento topográfico da bacia do Rio

Jari. – Atalaia fez um nó apertado em uma das pontas e engendrou um laço, pontuando o arranjo com outra amarra mais frouxa, um nó corrediço.

– Uma coisa é ser entreguista, mas jura que a gente era tão inocente assim?

– Ué, essa expedição cumpriu com a palavra. – Ícaro largou a corda para gesticular como se pintasse um organograma no ar. – Partem de Belém em setembro de 1935 com o avião e alguns barcos, fazem contato com os primeiros indígenas já em novembro, Joseph Greiner morre de febre em janeiro de 1936, a cruz é colocada em abril na ilhota perto da cachoeira e, depois de subirem milhares de quilômetros contra a correnteza, chegam bem perto da fronteira com a Guiana Francesa em maio de 1937. Mapeado o rio foi.

– Sei não, hein... o *Führer* não dava ponto sem nó.

Sabrina nunca se esquecia da primeira vez que tinha escutado sobre um sujeito que, de tão megalomaníaco, tentou dominar o mundo há menos de cem anos atrás. A descoberta a fez, ainda criança, se debruçar sobre enciclopédias ilustradas e filmes barulhentos à procura de mais detalhes daquele momento histórico. Hitler, por sua macromania, era visto por ela como alguém muito próximo a um vilão cinematográfico carnavalesco. Tão ridículo quanto perigoso.

Atalaia arremessou o resto da corda que formava um rolo por cima do galho de um cedro. Puxava as duas pontas para testar a força da árvore.

– Pode crer, existem teorias de que o Terceiro Reich tinha o intuito de, na real, sondar as possibilidades locais, imaginando uma expansão ariana para cá um dia mais tarde, mas eu não boto fé que nessa época aí eles planejavam nos colonizar, não.

– Ah, capaz, Ícaro. Acha mesmo que eles vieram estudar plantinhas? Nazistas?!

– Cinco pontos para seu instinto. – Sentindo-se o mais envolvente professor de cursinho, Atalaia começou a usar a terra úmida para escurecer o laço de sua armadilha. – Eles tinham mesmo outras intenções por trás das pesquisas. É fato que Schulz conseguiu muito renome na comunidade científica depois dessa viagem, mas todo o apoio que recebeu, inclusive aquele hidroavião do Ministério da Aeronáutica da Alemanha, deixa bem claro que os militares tramavam algo. Só que, no caso, a ideia era invadir as Guianas.

– Estou falando. Nazista é foda, não presta.

– Em 1940, Otto enviou para Himmler, o comandante da SS, um relatório com o projeto chamado "Operação Guiana". Otto Schulz chegou a defender o plano dizendo que "parecia romântico, mas era factível".

– A velha história.

– Do ponto de vista estratégico da guerra que, a esta altura já estava rolando há um ano, essa "Guiana Alemã", forneceria terra para cultivo, matérias-primas, além de servir de base para submarinos afundarem os cargueiros argentinos que levavam comida para os Aliados. – Ícaro mal respirava, falava, esparramava terra, transpirava. – A operação ia mandar uns 150 soldados que subiriam o Rio Jari até Caiena, lá na Guiana Francesa, ao mesmo tempo em que dois submarinos atacariam pela costa a Guiana Inglesa. Com os dois países tomados, ia ser moleza entrarem na Guiana Holandesa... que ainda não chamava Suriname.

– Molezinha.

– Schulz era malandro. – Seguiu Atalaia. – O cara se dava bem com todo mundo. Por mais que achasse os índios Aparaí, Wajapi ou os Mayna e os ribeirinhos inferiores, ele mantinha um relacionamento tão bom com a galera que acreditava na chance de governar essa Guiana Alemã.

– Conheço o tipo.

– Só que Schulz caiu do cavalo quando Himmler viu que com a França e a Holanda conquistadas, já ganhariam de brinde todas suas colônias e esta segunda expedição jamais aconteceu. – Ícaro fincou a estaca no solo, pisou em cima para firmá-la e amarrou a ponta mais próxima ao laço em torno dela.

– Faz sentido.

– Faz, mas neste contexto tão bonitinho, o que nunca veio a público foi que, de fato, teve outra expedição. Uma que partiu secretamente de Rio Branco em 1938 e que era composta metade por alemães e metade por brasileiros, todos militares.

– Vai me dizer que o Brasil também queria invadir as Guianas?

– Não, não. Eles estavam buscando um lugar mítico, digamos que o destino de certo êxodo inca. Depois da expedição de Jari, quando voltou para Europa, Otto Schulz foi convocado para dar seu relato para o serviço de inteligência alemã.

– Óbvio que aquele aviãozinho não ia sair de graça.

– De tudo que ele contou, foi a descrição de algumas ruínas de arquitetura exótica, descritas por alguns nativos, o que mais despertou o interesse de Himmler.

– Espera aí – disse Sabrina –, todo mundo que curte o assunto sabe que Heinrich Himmler era aficionado por misticismo, que o cara chegou até a criar uma sociedade que buscava provas das raízes arianas por todo o planeta, mas...

– Os caras procuraram da Atlântida ao Santo Graal. O nome dessa sociedade era *Ahnenerbe*.

– Você tem que consumir mais Vitamina C. – A escritora odiava ser interrompida. – Continuando... mas mesmo com os recursos infinitos que ele tinha, jamais conseguiu uma prova sequer de nada. Ô piá, não vai me dizer que está baseando toda esta viagem nos achismos daquele lunático.

Ícaro Atalaia meneou a cabeça em uma negação muito calma.

– Por que você está me olhando como se eu fosse o próprio Tatunca Nara?

Não fosse acordar toda a floresta, Sabrina teria gargalhado com vigor. Tatunca Nara era uma figura caucasiana que surgiu pela Amazônia em meados dos anos 60 e, trajando-se como um indígena, falava com um sotaque carregado de alemão que teria nascido em uma aldeia, que seria filho de um cacique com uma freira germânica. Para estimular ainda mais a lenda alimentada em torno de si, afirmava que era o único a saber os caminhos para uma cidade subterrânea no meio da floresta que chamava de Akakor. Como se fosse uma regra às cidades perdidas, esta teria o chão feito de ouro e as paredes de esmeraldas. E, como se não bastasse, o sujeito era acusado de diversos assassinatos. Sendo três das vítimas pessoas que estavam sendo levadas até Akakor e que nunca mais foram vistas. Contudo, tanto a família do norte-americano, quanto a da sueca e do suíço, assim como a própria Polícia Federal Alemã jamais se esqueceram do exótico guia. Sua fama o concedeu tamanha credibilidade que em 1983 chegou a guiar uma expedição do explorador francês, Jacques-Yves Cousteau, a qual não resultou em nada tão interessante. Mas, claro, isso foi antes do governo alemão levantar seus documentos, comprovando que desembarcou em 1968 no Brasil, após abandonar esposa e três filhos à sorte.

– Tá bom – a escritora engoliu a risada por Ícaro parecer ofendido de verdade –, a não ser que esta expedição secreta contasse com milhares de soldados dotados de lupas, a tarefa deles parecia pior que achar um parafuso na sua cabeça.

– Não se procura à esmo, lembra? – Ícaro usava o ar como lousa.

– Lembra quando falei sobre cruzar informações até achar o ponto certo, o xis? Foi bem parecido com o que a inteligência alemã fez junto da brasileira. Nesta época quem cuidava da inteligência do Brasil ainda era o CSN, o Conselho de Segurança Nacional, e, eles sabiam que em algum lugar do Acre tinha uma fortuna considerável, que seria bem interessante para os cofres nacionais.

– Motivo da compra do Acre. – Sabrina se esforçou muito para não rir, desafinando apenas na última sílaba.

– Isso... e os nazistas tinham obtido de um povo indígena a confirmação das ruínas de uma "aldeia de pedra" abandonada e que possuía três poços cheios de água. Poços que "respondiam à provocação da Lua e do Sol com um brilho dourado". A sociedade foi firmada quando os alemães disseram que também tinham descoberto um meio de achar esse lugar.

Atalaia achou um apoio e iniciou a escalada no cedro rugoso.

– Já subiu em uma árvore antes?

– Eu não vou subir aí, e a lanterna?

– Deixa aí embaixo de isca.

17. O CAPÍTULO PERDIDO

– Por que o Brasil dividiria isso com eles? A cinco metros de altura, Barlavento tentava acomodar as nádegas em um maldito galho, e as costas em um tronco nada ortopédico. Falavam baixo para não alertarem a caça. Atento ao farolete aceso no sopé da árvore, Ícaro soprou do ramo vizinho, balançando cada bota para um lado.

– Os alemães só queriam a descoberta, o ouro não seria levado. Getúlio talvez intuísse que não tinha poder para proteger fosse a Amazônia ou qualquer fronteira no caso de uma potência decidir invadir. Ele tinha que manter amizades de todos os lados. Os próprios Estados Unidos sempre salivaram em cima da floresta.

– Tá, Vargas queria manter as relações em banho-maria, mas e aí?

– Eu creio – disse Atalaia –, que nessa tensão pré-conflito, ele acabou fazendo tratos secretos com os dois lados. Essa expedição era um deles.

– Está forçando a barra. – Agora quem desenhava no ar era ela, depois de apagar todos os rabiscos dele com um apagador imaginário. – Em 37, quando o Estado Novo foi imposto, todos os partidos foram considerados ilegais aqui no Brasil, inclusive qualquer grupo relacionado àquele tal de extrema-direita, o "Partido Nacional Socialista dos Trabalhadores Alemães".

– Ah, é? Que parte de "a expedição era secreta" você não entendeu? O que me diz sobre isso aqui, hein?

Em seu próprio galho, o aventureiro abriu o zíper da mochila que usava como almofada. Riscou um isqueiro e iluminou um fichário repleto de papéis de tamanhos e cores diferentes, alguns presos, outros avulsos. Pela quantidade de etiquetas e clipes coloridos, parecia uma bagunça organizada.

– Posso ver?

– Se não me roubar de novo.

O primeiro documento gritava o alerta de se tratar de conteúdo confidencial, seguido pelo cabeçalho do CSN enroscado em uma miríade de carimbos. Um símbolo engolfava o signo anterior, uma instituição devorava os segredos da outra.

– Cristo...

– Ele está longe.

Os papéis exalavam algo de maligno. Pintados de fogo, recendiam a sangue inocente. No entanto, para um desavisado, aquilo faria tanto sentido quanto uma sopa de letrinhas. A apresentação do CSN, tinha sobre ela o timbre do SFICI, que se via sob uma marca mais assustadora que a Matinta.

– Isso aqui foi cunhado pela inteligência do Estado Novo, reclamado pelo SFICI em 1946 e depois timbrado pelo SNI. – Os dedos da escritora palpitavam.

– Uma herdando o "thesaurus" da outra. – Ícaro raspou a garganta.

– "Operação Nova Pasárgada"? – Sabrina deu voz ao título batido à máquina, depois seguiu em silêncio por um parágrafo de margem mais larga que resumia as páginas a seguir. – Isso aqui... é uma compilação de interrogatórios feitos pelos militares a vários povos indígenas daqui da região. Piá, você me disse que a expedição era de 38, mas isso aqui é do final de 39.

– A operação de 39 queria encontrar a expedição de 38. Não existe nenhum documento oficial sobre a operação teuto-brasileira que buscava o tesouro inca. Toda referência oficial sobre ela está aí. A Operação Nova Pasárgada visava encontrar os 21 soldados desaparecidos a partir desses relatos. A floresta não é tão vazia quanto aparenta.

A lanterna piscou na base da árvore, mas se manteve viva.

– Mas isso só provaria que os 21 buscavam alguma coisa – disse Barlavento –, e não que buscavam algo que fosse real.

– Na próxima página vai ver que um dos nativos falou um troço que bate com o que era procurado.

– "Poços inundados, cujos fundos respondem ao chamado de *Nuno*".
– Leu Sabrina entortando a página para que fosse banhada pelo distante isqueiro de prata.
– "*Nuno*" é "Lua" na língua Aparaí.
– Eu, hein, não quero nem pensar o que fizeram com esse índio para ele colaborar. E como você tem tanta certeza de que os índios não estavam apontando a direção errada como fizeram com os espanhóis antigamente?

Ao invés de responder, Atalaia apenas a assistiu virar a última página do relatório, ficando então de cara com o título do documento seguinte no fichário.

– Truco. – O aventureiro provocou.
– "A Carta Interceptada".

Era uma folha arrancada de um caderno, pronta para se dissolver e grampeada em um papel oficial. Como a correspondência jazia escrita à mão, em um garrancho germânico, Sabrina passou para a página seguinte. Assim como o relatório anterior, o documento contava com o cabeçalho do CSN, coberto pelo signo do SFICI, soterrado pelo símbolo do SNI. Abaixo da briga de chancelas, a tradução datilografada em português.

– Essa carta aqui foi escrita por um dos alemães que compunham a expedição de 38. O remetente se chama "Kurt von Roques". Como seu pai conseguiu isso?

– Com aquele capitão do exército que contratou ele, lembra? O cara tinha roubado essa carta dos arquivos do SNI antes de cair fora. – Os olhos de Ícaro faiscavam mais que a pedra do isqueiro que portava. – Assim que esse capitão escutou aquela historinha do comunista em 79, ele conseguiu acesso aos arquivos secretos na sede da agência central no Rio de Janeiro.

– Vilãozinho memorável, daria um antagonista bem "filhadaputesco". Eu daria uma das mãos para entrevistar ele.

– Esse cara fez uma puta varredura em tudo que fosse relacionado ao Acre – disse Ícaro. – E já que o SNI tinha tomado todo o acervo confidencial do extinto CSN, bum, lá estava a carta.

– Imagina só o tipo de material que devia ter ali.

– Esta carta aí estava lá no meio – continuou Atalaia –, porque tinha sido confiscada antes de ser enviada para a Alemanha, saca? Como esse Kurt usou o nome verdadeiro, deve ter chamado a atenção da censura postal. Lembrando que, de 42 a 45, alemães, japoneses e italianos ficaram momentaneamente vistos com maus olhos por aqui, por serem os povos que compunham o Eixo.

— Este Kurt deve ter ficado clandestinamente aqui no Brasil desde que deserdou em 38 com o ourinho dele... — disse ela. — Deve ter cansado da putaria e sentido saudade da mulher dele, tipo em "A volta do marido pródigo", de Guimarães Rosa.

— Sei lá — Atalaia riscou o isqueiro de novo —, só que ninguém tinha relacionado essa correspondência à Operação Nova Pasárgada, já que fora de um contexto parece só uma maluquice sem pé nem cabeça.

— Minha vida.

Barlavento releu a correspondência. O soldado alemão descrevia um fosso inundado de onde subia um brilho dourado. Mas a alegria de toda sua expedição durou pouco, pois a cada amanhecer mais soldados desapareciam. Como eles não tinham certeza se os colegas tinham deserdado, ou apenas se perdido, continuaram a coletar o que conseguiam. Contudo, dado momento, os braços e as pernas dos sumidos começaram a surgir espalhados ao redor das barracas. Duas noites seguidas foram suficientes para que todos partissem com o pouco de ouro que tinham reunido. O que mais assombrava Kurt era que os pedaços de seus companheiros, fossem brasileiros ou compatriotas, estavam cobertos de marcas de mordidas.

A carta jazia endereçada para a esposa dele com três objetivos. Avisar que fugiria do Brasil em um cargueiro de nacionalidade neutra, destacar que ele não era um desertor, e explicar que se não conseguisse cruzar o Atlântico, ela deveria, assim que acabasse a guerra, visitar o cemitério dos heróis esquecidos na Amazônia. Lugar em que tinha enterrado, por garantia, metade do que havia achado, caso fosse pego. Explicava que o nome do túmulo que servia de cofre estava sendo enviado em uma segunda carta, para que o segredo não pudesse ser descoberto apenas nesta mensagem. Para atestar sua história, mandava a foto de um braço dilacerado.

E lá estava a fotografia monocromática que tinha caído aos pés da escritora durante o empurra-empurra às margens do rio.

— Olha só que piazinho romântico. — Sabrina esticou o braço, passando o fichário de volta. — Mas se esta expedição secreta já achou o...

– Uma coisa é roubar, outra é poder carregar. Pela carta, dá para ver que eles levaram pouca coisa, já que alguém atrapalhou a pilhagem deles.

– Sei não, hein – disse ela. – Eu não acho que aquela operação estava preocupada em achar os amiguinhos soldados perdidos.

– Claro que não estavam. Até o nome "Operação Nova Pasárgada" foi dado porque se desconfiava que os 21 tinham achado o que procuravam e que tinham se rendido à esbórnia ao invés de declararem o ouro e se apresentarem para a guerra que tinha estourado.

– Teria sido esperto da parte deles.

– Por falar nisso – disse Ícaro –, como você sabe, em 1942, o povo estava tão puto com tantos navios brasileiros afundados por submarinos nazistas, que sobrou para o Getúlio declarar guerra contra a Alemanha, certo?

– Confesso que nunca vi muito sentido nestes ataques por parte deles, mas prossiga.

– Há quem jure de pés juntos que nos atacar foi um movimento secreto dos Estados Unidos para que a gente cortasse laços de vez com a Alemanha, que era inimiga deles. Para reforçar esta teoria, quando acabou a segunda guerra, nenhum marinheiro alemão admitiu ter participado destes ataques.

– Ah, vai ver, quem participou morreu quando aquele piloto brasileiro afundou um submarino dos chucrutes perto de Cabo Frio. Mas, espera aí, "Tatunca", agora você está forçando bonito.

– Ah, é? E por quê?

– Porque a expedição mista de 1938 não tinha como saber que os patrões iriam brigar feio lá em 1942. Você está distorcendo o tempo só para sua história fazer sentido.

– É que no começo eu vivia me perguntando se eles não teriam se desentendido e todos se matado aqui no mato. Só que, conforme fui juntando as peças, comecei a botar fé na tese da operação de que os caras tinham achado o que buscavam e que teriam deserdado ao invés de virarem heróis.

Lá embaixo, o facho de luz piscou em sequência de *flashes* fantasmagóricos e, por fim, se rendeu à escuridão.

Bom, vamos voltar, isso aqui não vai dar em nada. – Atalaia jogou a mochila para baixo e usou a própria corda da armadilha para descer.

– Talvez "a ganância fosse mais pujante que a vaidade", nesse caso – pontuou Barlavento, terminando de fazer o mesmo percurso de volta à terra úmida e recebendo o isqueiro em mãos. – Me fala que você trouxe pilhas extras.

– De qualquer jeito... – Ícaro recolheu a corda e depois puxou mais um papel plastificado do fichário. – Aquele comunista de 79 disse, há menos de 50 anos, que ainda tinha ouro ali, o que aumenta a chance de ter sobrado algo para mim.

Por ironia do destino, era o documento que Sabrina havia guardado no bolso por algumas horas. Apesar de ter permanecido algum tempo com aquilo, desde que o surrupiara no túnel das aranhas, jamais teve chance de bisbilhotar. Forçou a vista na iluminação cada vez mais parca. Desta vez, o cabeçalho era do próprio SNI, já durante o regime militar imposto em 1964.

– Tem ou não tem mais pilhas aí?
– As pilhas eu tenho, só que a lanterna sumiu.

***

Mais uma vez, Ícaro usava o detector para abrir a folhagem à sua frente, e mais uma vez Sabrina se via caminhando para a direção contrária à do acampamento. Segurava o isqueiro para a leitura, ao mesmo tempo em que perseguia o foco narrativo.

– É o relatório coletado por esse capitão em 1979. – Disse ela, lendo, tropeçando e avançando. – O que fingiu ter enforcado o comunista no helicóptero... Só para buscar o ouro sozinho, sem que o exército soubesse.

– Isso. Durante a guerrilha aqui no Acre que nunca veio a público.

Fosse pelas gotas enegrecidas, fosse pela borda chamuscada, era fácil deduzir que Domingos Atalaia e suas companhias também tiveram momentos difíceis.

– Aham... daí esse calhorda contratou o seu pai. Me diz uma coisa, se esse militar fez isso por fora, extraoficialmente, por que o documento tem o timbre do SNI?

– Segundo as anotações do meu velho, o capitão fez isso só para enganar o guerrilheiro. – Mesmo de costas, Atalaia deu de ombros. – Dar a esperança de que seria solto se colaborasse, vai saber.

– Que tipinho.

– Se ler tudo, vai ver que o prisioneiro tentou barganhar de todos os jeitos. Só que o oficial era irredutível e descobriu que um dos poços estava embaixo de uma árvore imensa. Olha aí, se você reparar vai ver que alguém riscou tanto o nome do comunista quanto o da espécie da árvore.

– Ué, mas se não diz qual a árvore, qual a importância desse relatório hoje em dia? Tudo que você me mostrou já foi útil no passado, mas não ajuda em nada a encontrar as ruínas no ponto em que estamos. – Sabrina fez uma máscara perversa. – Por que não admite, hein?

– Porque enquanto esse militar cavoucava mais documentos sigilosos, meu velho viajava pela América do Sul. E lá na Colômbia encontrou este pergaminho espanhol aqui, que ele apelidou de "O Capítulo Perdido". – Sem reduzir a cadência, Ícaro tirou da mochila um canudo muito parecido com o estojo do diploma que nunca recebeu.

– O nome é bom. Mas por que será que você não admite, hein?

– Você deve estar se perguntando o porquê de eu dar tanta importância à viagem de Orellana pelo Rio Amazonas, né? Acontece que depois da travessia e de eles terem perdido alguns homens para doenças e ataques de tribos agressivas, assim que chegaram ao Atlântico, navegaram ao norte, até a Ilha de Cubagua, hoje na Venezuela.

– Ícaro...

– Lá, o Frei terminou de escrever o texto que seria um escândalo na Europa. Digno de respeito por uns, mentira deslavada para outros. Claro, só depois do cronista ter perdido um olho por causa de uma flechada durante a jornada.

– Humm... – disse Sabrina, talvez imaginando o religioso espanhol de óculos de sol, camiseta florida, tomando um *daiquiri* na praia com o texto terminado ao lado.

– Meu velho chama esse pergaminho assim porque é o trecho que Francisco de Orellana mandou o Frei arrancar antes de entregar o relatório para o rei. Não queria compartilhar nem mesmo com a coroa espanhola que eles tinham de fato descoberto o paradeiro do Eldorado.

– Por que não admite que jamais decolaria o Escapada e deixaria Perso morrer lá na mansão? Isso destruiria sua fama de *badboy*?

– Qual é, Sabrina? Eu achei que essa fosse a parte que você mais curtisse usar no seu livro.

– Cara, o herói pode estar buscando "As botas ortopédicas do traidor de Cristo", se ele for chato, troco de livro na hora. O que me interessa em uma narrativa é a parte humana. O segredo de uma boa história desse tipo, o coração de uma boa aventura e...

– Nesse caso, sinto te decepcionar. Em uma caça ao tesouro não se carrega peso extra.

Atalaia então descortinou uma moita frondosa, fazendo a fogueira do acampamento reaparecer logo a frente. A estranheza gerada pela surpresa provocou náuseas na escritora, como se tivesse vertiginosamente saltado quilômetros em segundos. Ícaro parou de frente a ela e virou o relato do comunista como quem desvirava uma carta no jogo da memória.

O verso revelava uma espécie de mapa desenhado com linhas trêmulas. O esboço indicava o local de dois poços, além de explicitar que todas as gotas enegrecidas na verdade tinham sido derramadas no verso.

Barlavento nada disse. Apenas pendurou de volta as meias no varal e procurou o mesmo ponto em que antes estava deitada. Teria sorte se achasse a mesma posição. Ícaro prosseguiu com um tom mais baixo. Deitava-se também mais perto para que não acordar os outros.

– Isso, sem falar que Carvajal também descreve um poço do lado de uma grande árvore.

– Boa, talvez estejamos mesmo dentro de uma floresta, hein? – A escritora bocejou.

– Qual é... e antes que você me olhe de novo como Tatunca Nara, basta deduzirmos que para achar o terceiro, é só procurar por uma espécie que viveria tantos séculos e que estivesse próxima aos outros dois. O que você me diz agora, hein?

– Nada. Só estava aqui me perguntando se você conferiu a tradução da carta em alemão. Você pronuncia muito bem, mas sabe falar?

– Eu não... – Atalaia engasgou com um mosquito. – Mas boto fé que meu velho tenha checado. Não adianta me preocupar com isso agora, é meio tarde para conseguir um professor de alemão.

– Na verdade – Sabrina apontou para Perso com o nariz –, o "peso extra" ali arranha alguma coisa. Por que não pede para ele amanhã cedo?

O caçador de tesouros assistiu o resto da fogueira se dissipar. Por fim, tentou reacender o temperamento daquela mulher tão geniosa quanto magnética.

– Ah, "por que você não admite"? – Atalaia imitava a romancista.
– Se Nando e Perso tivessem ficado para trás, teríamos quase o dobro de doce de banana.

Ícaro estranhou a ausência de resposta. Sabrina respirava suavemente, enrolada no estofado do avião.

18. CRONOGRAMA DE ÍNDIO

Bodoque consultava a bússola, o grupo seguia atrás.
    Cruzavam um trecho de Mata de Igapó, um tipo de vegetação que, segundo o guia, era inundada ocasionalmente. A despeito da eterna sombra dos buritis entrelaçados, alguma luz sempre tocava o barro. A manhã estava especialmente quente.

— Bem que a gente podia fazer um churrasco desse estrupício. — Rafael terminou outra fatia de doce. — Para esse daí limpar a alma, só morrendo em sacrifício.

— Ele pode morrer do que bem entender, assim que sarar do tiro que eu dei. — Sabrina seguia na fila. — E eu já falei que por mim levo ele sozinha, já que por vocês ele tinha ficado para trás.

Ícaro escorava o narcotraficante, que não tirava os olhos da autora a sua frente.

— *Al* passo que *yo* tiver *motivación*, *yo* seguirei em frente.

Os mosquitos não davam paz, e onde não pousava um, o suor fazia sua parte. Barlavento pagaria o triplo pelo repelente do Maçaranduba agora. Claro, se não tivesse perdido a carteira no centro de Rio Branco. Que viagem. Chafurdava o tênis naquele ponto incógnito no mapa, revirando os chavões reunidos. A história carregava tantos, que, se fosse transcrita, só teria apelo caso acompanhada das quatro palavras mágicas, "baseado em fatos reais". Redundante, mas funcional.

— Seu pai te disse por que queria tanto fazer esse achado? Falta de dinheiro não era bem o problema dele.

— Minha mãe contou que ele tinha esperança de ficar livre da herança e das obrigações da família. Mal sabia Domingão que essa historinha toda ia fazer ele ter o rabo ainda mais preso.

— Com quem?

— Lembra que eu te falei que ele viajou pela América do Sul? Isso foi lá para o começo dos anos 80, quando ele tinha uns 27 anos.

— *Aham*... ele encontrou o pergaminho na Colômbia antes de eu pegar no sono.

— Quando ele se deu conta que não importava quanto oferecesse para especialistas, e jamais ia conseguir mais informações além das oficiais, ele teve que sujar as mãos.

— É... como teu pai procurava um troço desconhecido, até que faz sentido precisar de dados fora do alcance da academia.

— Foi aí que ele mergulhou no submundo. Ele começou a usar o prestígio da família para trocar favores com chefões do crime de vários países vizinhos. Tudo para ter acesso ao mercado negro de artefatos arqueológicos.

— *Entonces, papa* era *un* sonhador? — Padilha falava como um bêbado devido à perda de sangue. — *Interesante*...

— Sempre fantasiei sobre personagens dúbios que lidavam com criminosos em prol de algo maior — disse Sabrina. — Para mim é como se Virgílio negociasse com um demônio para conseguir o mapa com a saída do Inferno.

O caçador de tesouros fez um relincho insosso.

— Hoje em dia tudo é comercializado *on-line* na *deep web* e pago com criptomoedas. Naquela época tinha que dar a cara a tapa. E foi desse jeito que meu velho conseguiu comprar este pergaminho sem autor de um cara que tinha roubado a Biblioteca Nacional da Colômbia, em Bogotá.

— O capítulo perdido.

— Esse texto aqui descreve a noite em que Orellana e alguns dos caras que também desciam o rio foram atraídos por uma melodia e decidiram verificar um brilho de tochas. Eles se embrenharam por uma das margens e assistiram escondidos um ritual pagão feito pelos incas remanescentes. Imagina só... e isso rolou logo no começo da jornada pelo rio.

— E o que garante que eram de fato incas e não outra etnia? — Sabrina gesticulou para que Nando Padilha fosse passado para ela.

– Essa é fácil. – O aventureiro entregou o satisfeito peruano. – A música só chamou atenção deles porque era conduzida em flautas andinas. Sem contar que as construções que esses índios tinham erguido traziam a arquitetura idêntica a dos incas. Se você reparar, toda construção deles tem um ângulo que faz a base dos batentes, e das paredes em si, serem mais separadas que o topo, mais ou menos no formato de um trapézio, saca? Isso dava mais estabilidade contra as ventanias que eles enfrentavam na altura dos andes. Pelo visto, esses fugitivos que vieram para cá acabaram copiando sem nem se perguntarem o porquê.

– Capaz, e como conseguiram tantas pedras por aqui?

– Sei lá, cavando? E se ainda duvida, quando dermos uma parada me lembra de te mostrar a descrição do ritual. Você mesma já conhece, já que falou dele ainda lá no avião.

– O ritual do "*El dorado*"?

– Bingo. – Comemorou Ícaro, enquanto Perso, irritado, o imitava lá na frente de forma silenciosa. – Carvajal descreve aqui um sujeito nu, "senhorio de um físico salutar", ser besuntado por uma espécie de resina...

– Que visão.

– ...e depois disso ser coroado e coberto com um pó dourado, enfeitado com várias pulseiras, colares, e tudo o que se podia imaginar, contanto que fosse feito do mesmo metal ou de esmeraldas e outras pedras preciosas.

– O que acha do título: "Ostentando na selva"?

– O ouro para esses povos não tinha valor econômico, mas sim sagrado. Eles costumavam negociar trocando milho, cacau e tecidos de algodão entre si. "O dourado" ofertava aquele ouro aos deuses, jogando tudo no fundo de um lago. E isso foi exatamente o que Carvajal testemunhou. O garotão, lustrado de ouro, seguindo até o centro de um lago em uma balsa de junco toda enfeitada com quatros tochas acesas e se banhando lá no meio.

– Eu sei, eu sei... Segundo a lenda original, tudo era feito para terem boas colheitas, prosperidade e o de sempre, mas... esta lenda não é inca. – Sabrina odiava destruir os devaneios do carioca, na verdade, talvez adorasse.

– "Eu sei, eu sei..." – Ícaro a copiou, por sua vez, sendo mais uma vez imitado em silêncio pela boca do paulista que seguia o guia de perto. – O primeiro relato a respeito, se não me engano, foi descrito em um livro de crônicas e relatos que ficou conhecido como "*El Carnero*". Juan Rodrigues

Freyle reuniu nessa coleção diversos rumores e relatos dos indígenas sobre seus hábitos antes da chegada dos europeus. Nesse texto ele atribui a cerimônia do "Dourado" ao povo Muísca, que ficava no centro do que hoje é a Colômbia.

– *Habemos* furo? – Desafiou a romancista.

– Não necessariamente. Boto fé que os incas fugitivos tenham encontrado muíscas pelo caminho. Quem sabe, até recebido ajuda deles antes de se assentarem aqui mais ao Sul. Se acha a ideia de um povo ajudar outro gratuitamente muito forçada, tenha em mente que os incas tinham muito ouro para oferecer aos muíscas, que usavam esse metal para fazer as peças que jogavam no fundo da Lagoa Guatavita.

– Ei! Não acho altruísmo nada forçado.

– Além do mais, nada impede alguns dos muíscas terem fugido dos espanhóis liderados por Jimenez de Quesada, que conquistou a região deles em 1537. Isso, sem falar que um sincretismo não seria tão difícil, uma vez que os dois povos cultuavam o Sol. O que os muíscas chamavam de *Xue*, os incas chamavam de *Inti*.

– E você concluiu isso a partir das "vozes na sua cabeça"?

– Nas vozes de uns índios daqui que foram interrogados pelo capitão e pelo meu velho, lá para os anos 80.

– Seu pai tinha achado uma prova sobre essa aliança?

– Prova, não, acharam rumores. – Atalaia deu dois tapinhas na própria mochila. – Esta prova quem achou fui eu.

– Opa. – Sabrina subiu uma sobrancelha. – Mas, então seu pai participou das sessões de tortura?

– Jamais. Meu velho tem os problemas dele, mas não chega a tanto. Está certo que ele ficou cego nessa busca, e com o tempo não era mais questão de ouro, glamour ou independência, virou orgulho. Só que ele nunca foi capaz de fazer mal para ninguém.

– Só não entendo como ele não vê a poesia que é o filho dele tentar completar a busca.

– Quando ele descobriu que eu tinha decidido ir atrás da mesma coisa, quase trinta anos depois de ele ter desistido... ainda mais usando as pistas que ele próprio tinha colecionado... ele tentou me proibir. Falou que ainda dava tempo para eu esquecer isso e que depois de um tempo seria tarde demais.

– Aposto que se ele obrigasse você a fazer isso, isso seria a coisa que você mais odiaria fazer no planeta, acertei?

Barlavento entregou o narcotraficante para Perso e depois esperou que Atalaia a alcançasse.

– Sei lá, ele falou que, depois de um tempo nisso, seria como no caso dos antigos mergulhadores gregos que buscavam pérolas, se arriscando cada vez em cavernas de corais mais longas... e que às vezes iam tão longe, cegados pela esperança, que sabiam que não teriam fôlego para a volta. Sendo a única esperança seguir em frente, torcendo para a outra saída estar mais próxima.

– Um cara dramático. – Pontuou Sabrina. – E quando você foi até o cemitério nazista, estava pensando em pegar o ouro de Kurt von Roques e "largar os *bets*"... desistir?

– Eu... não acho que eu ia desistir... mas teria sido bem motivador ver uma prova de que nada disso é mentira. Tá, e estando falido ia ser bem legal usar parte do que ele escondeu lá para recuperar a Sempre Avventura. Dar a volta por cima.

O Sol se acendeu moldurado por duas seringueiras, fazendo com que Sabrina improvisasse uma viseira com a mão.

– De todas as lacunas, o modo como você se entendeu com Bodoque é uma das maiores. Como você ficou sabendo que ele sabia o caminho para as ruínas?

– "Caminho para as ruínas" – disse Rafael lá da frente. – Tá aí um título que faz sentido, ou senão, "A ruína de Rafael".

Até Ícaro deu risada e depois respondeu à escritora:

– Admitir fraquezas não é o forte de um Atalaia. Só que quando meu detector não deu nenhum sinal, além de um falso alarme, por mais que eu insistisse umas dez vezes em cada túmulo, admito que dei uma boa fraquejada. Daí, peguei o barco e fui lá para Jari beber uma gelada em um daqueles botecos perto das palafitas, só para recolocar a cabeça no lugar.

– Ouvindo esses mosquitos agora, aquela música não era tão ruim.

– Estava lá na segunda garrafa – disse Ícaro –, quando vi o Seu Francisco quietinho na dele, sem beber nada.

A silhueta de Bringel embainhou o facão e colocou as mãos na cintura. Tinha alcançado uma clareira. Se escutava a conversa, se fazia de surdo.

– Ainda não respondeu à minha pergunta – disse a escritora. – Como você e Bodoque chegaram a este assunto?

– Ele tinha uma...

– Primeira parada! – Alertou o guia.

Não era uma clareira. Estavam na margem de um novo rio, ou caso fosse o anterior, era um trecho ainda mais largo e agitado. A correnteza batia em algumas pedras que irrompiam à superfície próxima à terra e lambia também um enorme objeto ovalado e escuro que roubava toda a atenção. Rafael ultrapassou Bodoque e enfiou as botas de trilha na água gelada.

– É melhor do que eu pensava! Isso aqui é um daqueles submarinos que vira e mexe sai no noticiário! Esse troço carrega muito mais que meia tonelada!

***

Enquanto todos se recompunham na margem arenosa, Perso já tinha nadado e com muito custo subido na estrutura praticamente lisa. No momento, acertava a manivela da escotilha superior com a sola do pé.

– Olha só – a curitibana estava sentada ao lado do carioca –, então você não enganou o "Saraná"?

– Eu sou bom de planejamento.

– E está nos seus planos responder a minha pergunta sobre o Bodoque?

Ícaro assistiu Rafael saltar de volta à água e nadar para a margem, onde Nando Padilha tinha seu curativo trocado por Francisco. O caçador de tesouros abriu sua mochila.

– Se você ler com atenção o relatório do comunista preso em 1979, vai encontrar a descrição de um pequeno artefato que foi achado com ele. E, agora, se olhar com um carinho extra para o cartãozinho romântico de Kurt para a esposa, – Atalaia mostrou a foto preto e branco do famoso braço dilacerado – vai notar este exótico adereço enrolado no pulso da vítima da expedição de 1938.

– Uau...

– Quando esse objeto foi mostrado para alguns nativos daqui em 1980 pelo meu velho e o oficial, os índios relataram que a função disso era algo entre um mapa, uma bússola e um relógio.

Era uma espécie de medalhão feito em um tipo de pedra e amarrado a um cordão de palha. Apesar de estar inclinado e a fotografia ser antiga, era possível enxergar alguns adornos complexos preenchendo toda face do objeto circular.

– Ok, e o que é isso?

Ícaro abriu o fichário em um dos relatórios da Operação Nova Pasárgada.

– Segundo esse índio *caxinauá* interrogado em 39, é um meio sofisticado que certas tribos usavam para se encontrarem no lugar e no tempo certo para realizarem alguns rituais no início de cada ciclo. Só isso já seria uma descoberta arqueológica e tanto.

– Tá, e o Bodoque?

– Você nunca reparou naquele amuleto do tamanho de um biscoito atrás do cordão religioso dele?

***

Rafael jazia encharcado na areia, deitado com os pés dentro da água, Bodoque tinha sumido mata adentro para cuidar da vida e Padilha, largado logo ao lado, atormentava como sempre.

– *Sabes* por que *encendemos* um charuto com *una* nota de *cien* dólares? Porque ao fazermos *esto* na frente da *persona* certa, ganhamos um *respeto* que vale *más* que *millones*.

– Se você não tem ideia de como abrir aquela *mierda* – disse Perso com as costas no chão –, faz o favor de calar *la boquita*, tá?

– *Sabes* por que, quando *salimos* com uma *mujer hermosa*, devemos *siempre* dar uma farta gorjeta ao garçom, *al camareiro*, no começo do *servicio*?

– *Sabes* por que eu vou te jogar *al río*? – disse Rafael, julgando as nuvens lá no céu.

– Porque quando *la mujer hermosa* ver *nuestro* poder, vai nos economizar *tiempo* até a levarmos para *la* cama. *El* mundo *es* podre, *chico*. *Es* fácil perceber que *usted no* tem nenhuma chance com aquela *morena*. *Pero* olha *el* "filhito" de *papi*... *ella es* toda ouvidos para *el*.

– Talvez eu deva começar a investir na *Soroche* – respondeu Perso. – Acha que tenho chance?

— *Escucha. La* vida *es* simples, *nosotros* que complicamos tudo. *Es só tu* fingir que *vas* seguir com *ellos* atrás desta fantasia infantil, matar *el* "*garoton*" disfarçadamente e, *entonces*, dar uma apertada no guia até *el* contar *donde* escondeu *los teléfonos* e *la munición*.

— Deve ter sangue no seu ouvido – disse Perso. – Ele enterrou tudo antes de passarmos pela "Riviera *de las* Aranhas".

— *Yo apuesto la mi* fazenda que está tudo dentro daquela *mochilita* patética dele. *Créame, chico,* com um ou *dos* tiros bem dados, *tu rompes la* dobradiça do verdadeiro baú do *tesoro*. — Nando Padilha mostrou os dentes avermelhados e olhou para o submarino.

— Me diz uma coisa... — disse Rafael — Você não estava morrendo?

— *La* vida *es corta, chico*. Em um momento somos um *niño* imberbe e no outro ainda somos um *niño, pero* de cabelos *blancos*. Até quando *tu quieres* ser tratado como se fosse *uma*... piada?

***

Bodoque atacava o mato baixo da margem, seguido por Ícaro e por Padilha. Com os pés plantados ainda na areia, Sabrina passou a mochila retalhada por sobre o ombro castigado pelo peso e açoitado pelo sol.

— Eu sei que você é maluco, mas tem certeza de que vai ficar aqui sozinho?

— Vai dar tudo certo. Eu vou dar um jeito de abrir esse negócio antes de acabar a bananada. E, se o Bodoque quiser receber a minha parte do pagamento, é bom ele passar por aqui na volta antes de chamar o *uber*.

— O único jeito dessa história não acabar em ruínas para você, Perso, é se você entender que o caminho mais fácil pode até ser abrir essa escotilha aí, mas, mesmo assim vir com a gente. Esse tipo de narrativa é recheado de redenções e retornos heroicos, essa é bem a sua chance de fazer isso.

— Vamos, Sabrina! — gritou Ícaro de costas para a luz.

— A aventura te chama — Perso procurava alguma pedra que lhe fosse útil.

— Você é mesmo uma piada, cara.

— Tomara que a sua chefe goste do seu livro.

19. ALNITAK

O rio anônimo curvava para o leste. De tão suave, o desvio levava uma eternidade. Pela posição do Sol, passava do meio-dia.
– Agora lascou.
O ribeirinho freou sua marcha, dobrou o boné e afagou a cabeça, o que emergiu a escritora do transe abismal.
– Tem outro furo nessa história, Ícaro.
– Agora era a vez daquele salafrário carregar esse merda, né? – O carioca era o amparo da vez novamente. – De que jeito vamos atravessar esse lixo aí por cima?
Lá na frente Francisco ponderava em frente a um tronco lodoso. A árvore morta havia tombado sobre um riacho de barrancos altos que desembocava no caudaloso rio à esquerda. Quem despencasse no menor, seria arrastado para o maior.
– Só pisem onde eu caçar de colocar o pé!
Bodoque iniciou a travessia com os braços abertos, imitado pelos demais. Barlavento se orgulhava por alcançar a metade do percurso de quatro metros, até Padilha gritar logo atrás:
– *Mira* o *tamaño* dessa *serpiente*!
Instintivamente, a romancista enxergou uma longa e robusta silhueta submersa logo abaixo. Era possível sentir o peso do animal apenas por sua corpulência. Suas estrias amarelas eram distribuídas de forma pragmática, da estagnada cabeça até a misteriosa cauda que desaparecia ao longe sob as ondulações aquáticas. Barlavento só percebeu que tombava para a frente quando a vertigem congelou seu intestino.

– Cuidado! – Bodoque a agarrou pelo bíceps com suas pequenas garras de águia. – Tudo bem, moça?!

A selva ecoou o som de uma palma carioca contra uma nuca peruana.

***

Passavam por um apertado trecho entre a massuda vegetação e a pressa do rio, quando ouviram passos crepitando na floresta. Por mais que forçassem a vista, viam apenas a folhagem cristalizada como um painel em alta definição. Nada se movia, nada destoava.

– Por que você está tão feliz? – Ícaro ladrou para o traficante que sorria para a mata.

– Deve ser só um macaquinho curioso – disse Bodoque. – Quem sabe, se tivermos sorte, um *parauacu*. Vamos indo.

– "Para-no-de-quem"? – Perguntou Barlavento, levando o peruano outra vez.

– Um tipo de macaco, também chamado de "macaco voador" – explicou o guia. – Faz poucos meses que uma expedição aqui no Acre caçou de achar a espécie de novo. Parece que esses bichos não eram vistos fazia uns 90 anos.

– Se for um – provocou Atalaia –, uma pena ninguém estar com a câmera do celular na mão, não é mesmo?

O ribeirinho não mordeu a isca.

– Tem coisa que, para o bem dela própria, é melhor que continue escondida.

– *Mira!* – disse Nando, fazendo com que a escritora quase saltasse do chão. – Foi aqui *donde mi* gerente encontrou *mi* flor.

Uma orquídea da mesma espécie despedaçada na fuga do Escapada repousava agarrada a uma grande árvore.

– Foi *después* desse *mi* melhor gerente desaparecer aqui que *yo decidí* cancelar *mi gasolineira de aeronaves*.

Aos olhos do guia, a beleza era tamanha que valeria alguns segundos de atraso. Deslizou por algumas moitas até aquelas pétalas, contudo, antes que alcançasse o tronco da copaíba onde estava, alguns galhos estalaram logo ao seu lado.

– Mais macacos? – indagou Atalaia, rosto suado.

Antes que Sabrina fizesse alguma piada sobre o *King Kong*, uma dezena de vultos castanhos se revelou ao redor. Todos usavam braceletes de miçangas, uma tira sobre a testa e uma faixa pintada horizontalmente no rosto.

– *Kaxinawá*. – Bodoque levantou as mãos perante tantas cordas de fibra de palmeira tucum retesadas.

O sorriso do peruano morreu por baixo do bigode desfiado.

– Bodoque? – perguntou Ícaro ao ter o detector de metais apanhado.

– Pode entregar – disse o ribeirinho.

Pela quantidade de índios, todos atentos a cada movimento, o mais sensato era ceder qualquer pertence puxado.

– Cuidado com isso – advertiu o aventureiro, antes de ser espetado nas costas e depois acalmado pelo olhar de Francisco Bringel.

Duas canoas roçavam a proa na margem e outras duas contavam com mais dois arqueiros de prontidão.

Tão logo rendidos, foram embarcados, sob o incentivo das flechas de ponta de pedra, em dois transportes diferentes. Bodoque e Padilha em um, Atalaia e Sabrina no outro.

***

As esguias embarcações perfuravam a correnteza rio acima. Poucas vezes na vida Sabrina esteve tão assustada. Tentava imitar o comportamento humilde de Francisco no barco que singrava mais à frente. O ribeirinho encarava o fundo da canoa de pau. Até mesmo Atalaia, sentado logo à sua frente, fingia certa submissão.

– Não quer mesmo saber o rombo nessa história toda? – disse ela.

– Não sendo neste barco...

– Orellana não tinha encontrado os incas fugitivos às margens do Amazonas, ou pelo menos lá perto? – Barlavento se inclinou para a frente, como se fosse dividir uma confidência. – Não sei se você reparou, mas o Rio Amazonas não passa pelo Acre. Na verdade, fica bem longe daqui.

Os indígenas puxavam a água em silêncio.

– Saca a foto daquele amuleto preso no braço arrancado? Chegou a prestar atenção nos símbolos entalhados?

– Aquilo ali estava mais esburacado que o Aeródromo do Matuto.

– Não eram buracos – disse Ícaro. – Cada orifício representava uma estrela. Aquilo é um mapa celeste. Todo mundo sabe que os incas eram conhecidos por seus estudos do céu. Inclusive foi no *Machu Picchu* que foi encontrada a *Intihuatana*...

– "Onde o sol é amarrado" – traduziu a escritora afiada. – Mas a *Intihuatana* só funciona para identificar estações e ciclos exatamente por sua posição e por ter um relevo bem específico, não funcionaria sendo achatada como aquela bolacha.

– Na verdade, o que meu velho identificou naquele "biscoito" foi um outro símbolo inca. Decerto você também já escutou sobre a *Chakana*, um símbolo também conhecido como "Cruz Andina". Se não falo merda, significa "ponte", algo assim, porque representa a conexão entre o céu, a terra e...

– O mundo dos mortos.

– Exatamente. Bom, isso daí, na fotografia do alemão, é uma prova a mais de que pelo menos parte do ouro achado pela expedição secreta de 38 era de incas que se embrenharam na Amazônia.

– Por que, "em parte"? – A escritora mataria por uma lousa bem engendrada e uma xícara de café. – De quem seria o resto?

– Pena que esses merdas colocaram minha mochila no outro barco... se a *Chakana* prova o envolvimento inca, um único hieróglifo comprova a participação dos muíscas.

– Eu jurava que o termo hieróglifo só era usado para antigas inscrições egípcias.

– O símbolo que aparece bem no topo do que seria a *Chakana* se chama *Mica* no idioma muísca e representa o numeral "3". E outra coisa que chama a atenção é que a Cruz Andina tradicional tem só um círculo no centro e, neste objeto, encontramos dois discos lado a lado, um deles dividido ao meio por uma linha vertical.

– Beleza – disse a escritora –, e qual seria o terceiro povo? Você falou que cada um daqueles furinhos espalhados era uma estrela, será que isso não teria relação com a terceira etnia? Te ocorre outro povoado pré-colombiano que também fosse avançado no campo da astronomia, que habitasse mais aqui para o sul?

– Tinham vários. Este é o problema. – Atalaia olhou para o Sol que desaparecia atrás das árvores da margem oeste. – Pouco se sabe, mas os indígenas daqui do Brasil eram muito avançados quando o assunto era astronomia.

– Outra novidade. – Admitiu Sabrina, vendo que as canoas embicavam para o lado direito do rio, o mesmo que caminhavam anteriormente.

– Em 1600 e alguma coisa teve um missionário francês que registrou umas 30 constelações, enquanto acompanhava os Tupinambás do Maranhão. – Atalaia revezava sua atenção entre o assunto tratado e a sombria mata que se avizinhava. – Os índios brasileiros baseavam muitas de suas atividades no comportamento das estrelas. Aliás, assim como os antigos gregos, eles tinham diversas constelações. Será que o Bodoque sabe mesmo para onde eles nos trouxeram?

– Ele não ia ficar tão pleno se a gente estivesse prestes a ser jogado em um caldeirão gigante. – Sabrina estava tão intrigada pelo ponto onde alcançavam fisicamente, quanto pelo atingido intelectualmente. – E, no amuleto, você encontrou alguma coisa que lembrasse uma dessas constelações indígenas?

– Bom... – respondeu Ícaro, o corpo cada vez mais retesado. – As duas constelações mais famosas são "A Ema" e o "Homem Velho". Era a partir da Ema que os índios do sul sabiam da chegada do Inverno, e os do norte marcavam o início das estações das secas. E era pelo Homem Velho que sabiam da chegada do Verão e das cheias.

– E não dá para identificar nenhuma das duas ali?

– Meu velho achou a do Homem... Velho, o que fez ele criar uma teoria.

Ícaro encarou um dos remadores, abriu a boca, e depois se lembrou que não falava lhufas de *Pano*, o idioma *Kaxinawá*. Fez a mesma expressão que um turista faria antes de cutucar o ombro de um taxista chinês. Piscou algumas vezes e retornou o olhar para a escritora.

– Que teoria? – Sabrina espichava o pescoço para enxergar alguma coisa sob as sombras das árvores para as quais se destinavam.

– Segundo o mito, os deuses ficaram comovidos com um índio de idade que foi ferido pela jovem esposa, que queria se casar com o cunhado mais novo.

– Que bafo. E como eu acho essa constelação?

– O Homem Velho é composto por duas formações gregas bem famosas: Órion e Touro. Enquanto o caçador completa, por exemplo, sua perna e bengala, a sua cabeça é precisamente a cabeça do animal. Irônico, né?

– Com uns deuses desses, para que servem os demônios?

– Como a esposa atacou uma das pernas dele, a estrela gigante vermelha, *Betelgeuse*, é o exato ponto sangrento da amputação.

– Tá, "Palestrante Maluco", e qual seria a teoria do seu pai, e que relação tem com o Rio Amazonas não passar por aqui? Não explicou esse furo.

A canoa bateu na margem.

***

Na floresta sempre anoitecia mais cedo.

A luz agora era de prata.

Após serem conduzidos naquele labirinto estonteante rajado de sombras, alcançaram um espaço aberto no que se referia a troncos e plantas altas. O céu continuava quase todo tapado pela folhagem e o coração da romancista ardia as fibras do peito. Então farejou um odor muito doce que a fez salivar. Ícaro apenas meneou a cabeça, aquilo era cheiro de canela.

– Que *tontería es* esta?! *Fueron* estes *ratones* que mataram *mis hombres*?!

Naquela penumbra Sabrina não identificava o rosto de nenhum dos companheiros. O pouco de iluminação lunar que penetrava, mostrava que todos os *Kaxinawá* haviam sumido.

– Por que eles nos trouxeram aqui? – Ícaro Atalaia murmurou para si mesmo. – A não ser que...

– Eu não estou gostando nada disso – disse ela com os lábios moles.

Sabrina identificou a silhueta de ao menos três vultos de mais de dois metros de altura. Jaziam inertes ao redor como troncos sem folhas ou galhos. Com o peito palpitante, Barlavento recuou um passo, mas envergou os nervos dos olhos rumo ao mais próximo. Uma pequena luz faiscou logo ao lado.

– *Chico, hijo* de *una* puta! – Esbravejou o narcotraficante, enquanto Atalaia se acocorava aos pés da pilastra com um isqueiro na mão.

– Sabrina, vem ver!

Quando a romancista se aproximou, o tênis topou em algo compacto. Eram pedras encaixadas que davam uma volta ao redor da coluna investigada.

– Ícaro, seu piá de prédio, xenófobo, coxinha, alienado, reacionário de merda... você achou...

Aquilo era formado por rochas encaixadas como tijolos, cada uma de um tamanho e formato diferente, porém perfeitamente ajustadas. A base da pilastra de quinas desgastadas era mais larga que seu topo coberto por uma fiação silvestre.

– Olha isso aqui! – Atalaia raspava uma camada de musgo com a mão livre. – O meu velho estava certo! Ele anotou tudo! Ele suspeitava que uma constelação em particular representasse a união dessas tribos contra a invasão dos espanhóis! E olha só, são exatamente os pontos em destaque aqui nessa representação!

Sabrina viu uma profusão de pontos em baixo relevo em uma das pedras da coluna.

– Seguem o mesmo padrão do amuleto da foto?

– Claro! – Ícaro tirou a camisa azul, quase estourando os botões, e ficou apenas com sua regata branca encardida. – Bodoque, mostra o seu amuleto para ela ver as três estrelas!

– Não vai me dizer que a constelação principal é o Cinturão de Órion. – A romancista podia se gabar um pouco pelo conhecimento que tinha sobre a mitologia grega. Lembrava muito bem de Órion, o caçador semideus que foi morto por um escorpião.

– Mais conhecida como As Três Marias! – Ícaro terminou de enrolar a peça de roupa em um pedaço de pau e aproximou o isqueiro do que se tornaria uma tocha improvisada. – Meu velho tinha quase certeza que essas estrelas serviam como ponto de referência para os novos assentamentos!

– Do que você está falando?! – Barlavento estava mais assustada que curiosa.

– *Creo* que escutei alguma coisa, *caballeros*.

Padilha mudava a direção do rosto na velocidade de uma galinha, tentava ficar próximo dos brasileiros. Atalaia dava a volta na pilastra fazendo uso da luz, agora, mais abundante.

– Segundo o Domingão, a Lagoa de Guatavita, onde os muíscas faziam o ritual do Dourado lá na Colômbia, seria *Mintaka*, a estrela mais ao norte dessa constelação. – Ícaro rasgava qualquer cipó que atrapalhasse sua investigação. – Já, *Alnilan*, a estrela do meio, seria o ponto onde Orellana encontrou os incas perto do Rio Amazonas.

– Esses nomes são indígenas?
– Significa "o cinto", em Árabe. – Sorriu Ícaro. – De qualquer jeito... o lugar que ele tanto se dedicou a encontrar, e que estamos pisando exatamente agora, equivaleria a *Alnitak*, a estrela mais ao sul.
– Então você não estava procurando o mesmo lugar em que os espanhóis viram o ritual?
– Não! Depois do encontro, aquele lugar foi abandonado pelos ameríndios e eles desceram para cá, para o terceiro ponto!
– Que lindo. Então você inventou aquele papinho todo da "grande árvore" indicando o poço só para não admitir que não ia deixar o Perso para trás?
– Não força, vai. – O aventureiro assoprou, alimentando a tocha com entusiasmo. – Antes de virem para cá, a expedição secreta de Kurt von Roques descobriu o local exato onde Orellana encontrou os incas e não devem ter achado nada valioso ali. Mas, pelo menos, tendo dois pontos de referência, era possível chegar ao local aproximado do terceiro ponto no mapa.
– Aqui no Acre.
– Sim! Imagina aqueles militares colocando um papel manteiga marcado com três pontinhos em cima do mapa da América do Sul.
– Capaz. – A escritora olhava em volta. – E qual o passo seguinte do seu grande plano?
– Um dos três poços deve estar por aqui! – Ícaro movimentou a tocha, traçando um arco. – Eu não duvido nada meu velho também ter acertado sobre a disposição dos três poços em reverência à aliança dessa tal trindade. Isso sem falar que, poeticamente, faria todo o sentido, já que As Três Marias formam parte da perna saudável do Homem Velho. Seria um ótimo símbolo de resistência. Tanto que o final do relato do Capítulo Perdido conta que os espanhóis foram flagrados enquanto assistiam o ritual e que rolou um confronto bem feio ali, o que explicaria esses ameríndios terem fugido ainda mais para o sul, bem para cá. Isso responde sobre o seu "furo" na história?
– Realmente *no escuchaste* nada *extraño*?
– Vai, Seu Francisco – insistiu Ícaro, perscrutando o solo. – Mostra logo para ela os entalhes no seu talismã.

Só então conceberam que Bodoque não estava ali.

– *Cristo!* – Padilha se benzeu. – *Yo* sabia que *el "magrito" era el Tunchi! El* nos atraiu para *aquí* para pagarmos *nuestros* pecados! *Escondió los* chifres debaixo *del gorro!*

A curitibana e o carioca sentiram o chão vibrar, como se algo enorme se locomovesse a fortes passadas. Para completar o assombro, a vibração era acompanhada por sibilos agudos.

– Bodoque?! – chamou Sabrina. – Você está bem?!

– Sabia que eu não podia confiar naquele ribeirinho... – lamentou Ícaro.

– Como assim?! – A escritora se voltou para ele, desta vez também suando cataratas. – Você não tinha convencido ele a vir junto?!

Ícaro subiu os olhos até os dela, também incendiados pela tocha.

– Foi ele quem me convidou.

Quando os uivos começaram, os três formaram um círculo, um protegendo as costas do outro.

– *Dónde* está *mi* querida *Skorpion cuando* preciso dela?!

O peruano levantou os punhos como o pugilista mais raquítico do mundo, Sabrina colheu uma pedra do chão e Atalaia apertou o cabo da tocha, só então notando que segurava um fêmur.

– Não tenho nenhum problema em morrer, se você me prometer sair viva daqui para escrever meu nome na História.

20. CARA DE PAU

Sabrina arremessou a pedra com toda força, mas o alvo desapareceu. O balanço do fogo distorcia a realidade, nada continuava o mesmo depois de um segundo. Barlavento apanhou outra.
– *Detrás de ti, chico!*
O peruano hesitou em ajudar o carioca. Tinha se enojado com a palidez nos braços que dragavam a vítima para trás.
– Porra!
– *Madre de Dios!*
– Ícaro!
Antes que Sabrina acertasse a esquálida mão no peito de Atalaia, o aventureiro passou a tocha por sobre o próprio ombro, acertando o rosto de seu agressor. Depois, girou sobre o calcanhar, mas não teve tempo de identificar o que saltava para as sombras.
– Volta aqui!
Ao mesmo tempo em que o archote era a chance de enxergarem alguma coisa, os cegava para tudo fora do alcance da luz.
– Aquele troço te machucou! – Barlavento se referia a mancha de sangue que crescia nas costas de Atalaia. – Vamos embora daqui!
– Vem!
Ícaro pegou seu braço e correu rumo às árvores. Quase deixavam as ruínas, quando um impacto surdo vibrou logo à frente e uma coluna semelhante à estudada despencou sobre eles. Por pouco, os dois mergulharam para o lado se safando do esmagamento.

– O que fez isso?! – Barlavento caiu sobre alguma coisa sólida e áspera, mas levantou-se sem o luxo de sofrer. – Você tem que se livrar dessa tocha! Isso está chamando a atenção dessas coisas!

– Eu e o fogo vamos para um lado e você vai para o outro!

– Acho que precisamos de um plano menos idiota!

O carioca era teimoso e já galgava as pedras da coluna tombada.

– Corre! – Lá de cima, Ícaro agitava o fogo, provocando a escuridão ao mesmo tempo em que chutava o rosto de um vulto que envolveu sua bota. – Depois nos encontramos para o lado do rio!

Sabrina sentiu um tranco na barra da calça que quase a levou ao chão. Ergueu a segunda pedra com as duas mãos e a descia do modo mais primitivo, até reconhecer o timbre ardido vindo de baixo:

– *Ayuda! Ayuda!* – suplicou Padilha, com parte do corpo encoberto pelo desmoronamento. – *Estoy preso aqui abajo!*

– Deixa ele aí! – gritou Atalaia de costas para alguns galhos que eram retorcidos por alguma coisa.

– Cuidado, Ícaro!

Então o caçador de tesouros foi atingido nas costas por uma potente força, capaz de lançar seu corpo até o centro das ruínas novamente.

– *El chico* está *muerto! Ayúdame a escapar de aqui... vamonos!*

Barlavento empurrou todas as rochas que conseguia para o lado, mas quando tentou içar o traficante, Nando foi puxado com um forte solavanco na parte inferior do corpo.

– *No me dejes* ir! *Por favor, solo no me dejes ir!*

Alguma coisa grande se locomovia pela escuridão, cada vez mais perto. Aquilo parecia denso o suficiente para estalar todos os troncos em que resvalava.

A romancista olhou de volta para o criminoso apenas a tempo de ver uma figura – dona de um medonho rosto inumano – rebocá-lo ao desconhecido. Por mais que Padilha cravasse os dedos magros nas ervas rasteiras, terminou engolido pelo escuro. A romancista jamais descreveria o som de grama rasgando do mesmo jeito.

Um enorme bloco aterrissou à sua frente e rolou para o desconhecido. Sem tempo para lamúrias, Barlavento se esquivou do segundo, caiu sobre o joelho e juntou toda força que sobrava nas pernas. Correria na direção que

fosse. Mas antes de explodir sua energia, um contorno robusto e ofegante emparedou seu caminho. Driblaria aquela coisa, quando teve o cabelo agarrado por trás com tamanho vigor que, ainda no ar, sentiu o couro cabeludo queimar. Após a vertigem, bateu as costas com tanta violência no solo que qualquer ímpeto ou fôlego foi expulso do coração e dos pulmões.
Vivos ou mortos, todos foram arrastados.

***

Sabrina foi puxada por um inferno de terra, pedras, raízes e folhas, atormentada por todos os sentidos – exceto a visão, já que a agrura era suportada no escuro. Por fim, foi largada na terra molhada de uma clareira acertada pela Lua. Como em um pesadelo lúcido, apertou bem os olhos lutando para despertar, mas isso não aconteceu. Continuou imóvel como os outros dois corpos abandonados ao seu lado.
O luar refletia em toda parte de trás da regata de Ícaro, exceto na mancha negra crescente. Seu tórax inflava e esvaziava timidamente, ainda respirava. Padilha repousava inerte com a boca aberta e as pálpebras tomadas de terra.
– Ícaro... – sussurrou a escritora. – Ícaro, acorda.
Silhuetas humanoides se deixaram banhar pela luz um tanto fraca, se aproximando em total mudez. Um calafrio enregelou sua espinha quando a lua mostrou cabeças desproporcionais ao corpo. Eram enormes. A sensação era de queda livre, como se toda a realidade se rasgasse à sua frente. Os músculos da bochecha comichavam de terror. Os olhos não aceitavam. E tudo cessou quando identificou as grandes máscaras.
– Enquanto a gente mantiver a sanidade, dá para escapar daqui – disse Atalaia, ainda de bruços, movendo o mínimo possível dos lábios.
– As mochilas...
Aquele olhar abatido guiou o de Sabrina até os pertences jogados ao redor de uma árvore.
– Você consegue correr? – perguntou Barlavento. – A gente precisa...
– A gente tem que chegar até aquela mochilinha colorida. – Interrompeu Atalaia. – A arma está na minha calça, a munição deve estar lá dentro. E, na pior das hipóteses... tem aquele facão.

Uma das figuras mascaradas avançou para um ponto entre eles e o plano. Seu adorno de pau e palha trançada tinha uma pintura que simulava asas de mariposa no lugar dos grandes olhos negros. Seu adereço era tão longo que cobria quase até a metade do corpo. Imponente, meneou a cabeça na direção dos forasteiros, e o gesto fez os três serem erguidos pelos lanceiros de rostos também misteriosos.

– *Adios, animal!*

Até mesmo Sabrina e Ícaro se sobressaltaram quando Padilha deu um bote na altura do rosto de um dos mascarados. Enquanto o alvo arrumava o apetrecho de volta a seu lugar, outros dois guerreiros ergueram o peruano pelo sovaco, obrigando-o a ficar de pé.

– *Salvajes* de *mierda!* – Nando cuspiu uma entornada gota de catarro vermelho em uma máscara que imitava a gravidade de uma coruja.

O líder voltou sua mariposa para cada um deles, já colocados lado a lado, recaindo por fim as asas sobre Padilha. O rosto de palha fez outro sinal, e tanto a pulseira quanto o relógio de ouro foram retirados.

– *Quita tus manos sucias de mí!*

O criminoso foi silenciado com o cabo de uma lança nas costelas. Ainda se contorcendo, puxou a mão para trás, protegendo a aliança de casamento.

– *No!*

Ícaro Atalaia ignorava toda a contenda. Não conseguia conter a satisfação desde que tinha vislumbrado o guerreiro quase desmascarado.

– Por que está rindo? – Sabrina era a última lúcida naquela floresta. – Você achou uma dinamite no bolso?

– Eu acho que sei quem pode ser esse pessoal. Estou vendo que nem tudo que o Bodoque ali me contou era mentira.

Seu Francisco estava no escuro, cercado por dois altos lanceiros. A sombra do amapaense olhava para o chão.

– Seu Francisco! – gritou a curitibana, mas foi reprendida silenciosamente pela mariposa de tinta preta. – Os piores sempre são os mais quietinhos... essa eu já tinha que ter aprendido.

– Sempre que eu ia para aquele bar – disse Atalaia –, eu via esse cara sozinho, olhando para um copo de cerveja. Ele sempre ficava na dele. Já tinha escutado de outros ribeirinhos de lá que o Bodoque era bem estranho... às vezes fumava por horas na margem do Jari, só assistindo a Lua descer... às vezes ficava quase a noite toda de frente para a mata. Esse tipo de fofoca é bem normal em um boteco de clientela fixa... por isso eu não estava nem aí.

– E como ele te abordou? – Sabrina voltou a olhar para as mochilas. O escarcéu gerado pelo narcotraficante era uma ótima oportunidade.

– Naquele dia que meu detector deu falso alarme, lá no cemitério, eu cavei que nem um cachorro só para achar um negócio esverdeado... nada de ouro. Naquele dia... eu fui beber uma cerveja. – O rosto de Ícaro se voltou ao ribeirinho. – Naquela noite, aquele cara magrinho que sempre ficava sozinho, veio na minha mesa e perguntou onde eu tinha achado aquele medalhão de pedra parecido com o dele.

– E cadê o seu esse tempo todo?!

– Estava tarde demais para voltar para ilhazinha, daí eu dormi em uma pousada na cidade e quando acordei, tinha desaparecido.

– Era meio óbvio quem tinha roubado, né?

Padilha esperneava como um fedelho hiperativo recheado de café.

– Eu ainda tive sorte... – Atalaia raspava a garganta. – Uma semana depois do meu velho ter voltado da Colômbia com o pergaminho de Carvajal... aquele comunista, que ainda estava com o capitão, amanheceu decapitado. Antes tivessem desaparecido só com a cabeça e não com... o medalhão dele também. Isso foi tão estranho na época, que a parceria do meu velho... com esse militar acabou aí.

– *Hijos de puta!* – esbravejou o peruano e as misteriosas figuras desistiram de coletar o anel.

Sabrina flexionou os braços e mirou os olhos felinos sobre bolsa infantil.

– Quando a gente sair dessa, você volta ao modo palestrante...

– Relaxa. – Ícaro pousou a mão em suas costas, contendo seu intento. – Mudança de planos, na hora certa eu sei o que falar.

Os três foram levados até um ponto da clareira onde pisavam sobre os mesmos tipos de paralelepípedos que circundavam as três pilastras anteriores.

– O poço.

O rosto de Ícaro brilhou mais que a lua na água. O reservatório tinha o formato de um quadrado, e as bordas erigidas das mesmas pedras encaixadas. Tinha no máximo três metros de largura.

– Se a teoria do meu velho está certa, tem mais dois desses em algum lugar por aqui!

Atalaia avançou até a borda. Porém, quando olhou para trás não havia mais espaço para voltar. Três daquelas figuras mascaradas lhe apontavam as lanças.

– Ícaro! – Sabrina foi punida com uma espetada nas costas.

– Viemos reverenciar *Conhori*! – disse o caçador de tesouros. – Bodoque, traduz isso!

Francisco Bringel saiu da escuridão e proferiu algumas palavras em um idioma alienígena. Fazendo isso, chamou toda a atenção para si. A figura com o rosto de mariposa estacou na frente do ribeirinho, antes de dizer alguma coisa em um tom muito baixo.

– O que *estás* tramando, *tu traidor*?!

O narcotraficante ainda resmungava quando sentiu uma queimação no anelar. Então levantou a mão, sendo banhado por um caldo morno que escorria até o cotovelo. Levou um tempo, mas logo entendeu que seu dedo estava com o lanceiro com máscara de coruja. Assim, assistiu sua aliança ser retirada daquele bastonete de carne que foi jogado na água escura em seguida. Todos os pássaros da região explodiram de seus galhos, tamanha a amargura no grito do pequeno humano.

– *Tus carniceiros...*

O rosto de mariposa fez outro sinal, e Nando Padilha foi empurrado ao poço, esparramando água por todo redor. Sabrina tentou se aproximar da borda, mas foi mais uma vez repreendida. O traficante então pareceu sentir alguma coisa o machucar embaixo da água. Contorceu o rosto aflito, mas, por mais que se esforçasse, não conseguia alcançar a borda. Ainda esgoelava quando a superfície substituiu o luar pelo sangue.

– *Conhori*! – repetiu Ícaro.

O líder andou até Bodoque, arrancou seu símbolo cristão e o entregou a outro guerreiro. Em seguida juntou seus olhos de asas negras aos do ribeirinho, de forma que a palha roçava em seus cílios. Francisco ergueu o amuleto verde do peito, sendo levado dali.

Faltava ar para a escritora. Testemunhava impotente a água borbulhar. Então Atalaia foi espetado nas costas já feridas e despencou de joelhos encarando a beirada do poço. Barlavento não teve tempo de suplicar pela vida do aventureiro, mas leu naqueles olhos nunca derrotados o mesmo pedido de antes. Em silêncio, Ícaro Atalaia pedia que a história de como encontrou as ruínas fosse escrita. E então foi perfurado no tronco e arremessado no mesmo destino obscuro do traficante.

Sabrina Barlavento urrou, mas não ouviu a própria voz. O mundo ficou frágil como gesso perante sua vontade. Puxou a lança do guerreiro à sua esquerda e enfiou na máscara de coruja à direita, daquele que ousou se colocar a sua frente. Ainda ouvia o guincho humano de dor e fúria enquanto perfurava as trevas, furando o desconhecido.

Corria. A escritora rasgava a própria pele e enroscava o cabelo pelo caminho, mas corria. Fluía como se lutasse para alcançar o prazo mais apertado de sua carreira.

21. A QUEDA DE PASÁRGADA

Barlavento tropeçou no que um dia foi a base de um muro e capotou. Sentiu pedra, terra, grama e medo, terminando, por fim, com o rosto naufragado no capim alto. Estava na margem de uma lagoa.

A paisagem era inesperadamente aberta, a vegetação mais alta passava pouco do joelho. Tudo era visível por mérito do luar que acendia o lago e era rebatido em algumas construções cinzentas na margem oposta. O espelho enluarado era um círculo perfeito.

Seu corpo clamava por um limite. Desde sua fuga, não tinha descansado por mais de dez segundos e desta vez não seria diferente. Fazia um bom tempo que não escutava nada a perseguindo, mas se sentiria melhor em uma das moradas abandonadas. Queria tijolos entre sua pele e o resto do mundo. Queria a boa e chata realidade.

Os sete sobrados quase tocavam a beirada da lagoa, quase como as pequenas cidades faziam para a praça da igreja. De todas, a edificação do meio era a única dona de dois andares, além de uma fachada mais robusta e detalhada. Após a última casa à direita, alguns pneus acorrentados a uma balsa afundada eram a prova cabal de que o lugar não tinha sido erguido pelos incas. Tudo o que era metal estava enferrujado e o que era borracha, coberto de musgo. Avançou cautelosa rumo à cidade-fantasma.

A internet era um abismo que sugava seu tempo. Sem dúvidas, o pior desafio de um escritor contemporâneo era sobreviver ao oráculo da distração infinita. No entanto, até mesmo Sabrina era dragada para aquelas listas duvidosas, sugeridas em seu navegador. "Dez animais mais peçonhentos do mundo", "Quinze locais remotos assombrados". Acima de tudo, Barlavento era fascinada por locais abandonados. Um dos mais intrigantes que já tinha picotado seu tempo de escrita era o luxuoso hotel Ariaú Amazon Tower. Uma construção tão chamativa que foi locação nas gravações do filme "Anaconda". A escritora bebia cappuccino, passeava e repassava por horas pelas fotos daquele gigante que jazia, silencioso e esquecido na Amazônia. O cenário atual era um tanto menor, mas a magnetizava como a luz faria com um inseto. Forçou a vista e leu a placa oxidada que passava por baixo:

NOVA PASÁRGADA

Aquilo não se encaixava com as teorias levantadas por Ícaro. Segundo ele, a Operação Nova Pasárgada queria encontrar a expedição desaparecida de 1938, composta por brasileiros e alemães. Não falava nada sobre um posto avançado imerso na floresta. A escritora tentava datar o lugar a partir das pistas que tinha. Pasárgada era uma referência à poesia de Manuel Bandeira, "Vou-me embora pra Pasárgada", que descrevia um lugar utópico. A obra tinha sido publicada no livro "Libertinagem", em 1930, então já tinha um ponto em seu plano cartesiano.

Ao mesmo tempo, a arquitetura reducionista indicava que foi mesmo erigida por militares. Além disso, por seu mau estado isso já fazia algumas décadas.

Tentou passar pelo batente da primeira casa, mas deu de cara com uma densa folhagem. O cansaço daquela madrugada sem fim a fazia captar cada vez menos detalhes. A construção tinha o teto desabado e estava recheada de plantas. Seguiu então por sobre um caminho de lajotas octogonais feitas de cimento. Era como uma estreita calçadinha que corria na frente das casas, entre as fachadas e a lagoa.

A segunda edificação tinha as paredes marcadas por diversos orifícios, que revelavam tijolos vermelhos cravejados de bala. Afastou o cabelo grudado na testa, olhou adiante. Na frente da última casa, cinco endereços de distância dali, havia alguns barcos engolidos pelo mato. O mais exposto deles também exibia sinais de violência.

– Foco...

A segunda casa era barrada por escombros e a terceira por uma planta espinhenta. Era como se a imponente construção central, a única com um andar extra, clamasse para ser seu destino. Além disso, possuía no alto da fachada uma placa metálica que gritava entre trepadeiras:

ALFÂNDEGA

Fitou a água parada uma última vez antes de adentrar o prédio de dois andares. Lá dentro, o espaçoso saguão de tacos estava estranhamente livre da invasão florestal e suas janelas contavam ainda com alguns vidros inteiros. Talvez fosse o vento lá fora, mas quando a floresta se mexeu, Sabrina preferiu subir pela larga escada de madeira junto à parede da direita. Criava empatia por certas vítimas nos filmes de terror, que se encurralavam cada vez mais ao invés de correrem para campo aberto. Não aguentava dar mais um passo.

O andar de cima tinha um piso barulhento de tábuas apodrecidas que choravam a cada sinal de avanço. As paredes descamadas se viam enfeitadas de arabescos frondosos, costurados em trepadeiras. Alguma coisa pequena rastejou no fim do corredor, mas, seja lá que bicho fosse, não tinha mostrado vontade de encontrá-la por enquanto.

Contou duas portas que dariam para cômodos voltados aos fundos, e optou por uma maior que dava para um recinto frontal que tomava metade do edifício. Era um grande escritório iluminado pela ampla janela no centro da fachada. Barlavento vacilou por entre os móveis do ambiente umbroso e espiou através do vidro a tempo de assistir um vulto mascarado entrar pela porta logo abaixo.

O jorro de adrenalina quase emitiu um ganido involuntário. Prendeu o ar avaliando as possibilidades. Estava acostumada com becos sem saída. Este era o seu trabalho. Além da saltar pela janela, usando toda a força que restava nas pernas para cair dentro da água, tinha mais duas janelas laterais, já que este cômodo abarcava o edifício de um lado a outro.

Foi até a janela da esquerda, com o intuito de saltar para o teto vizinho, separado apenas por uns dois metros, mas o vitrô estava emperrado. Escutou os degraus de madeira rangerem cada vez mais alto. Não teria tempo de investigar o outro lado. Os passos então vibraram no mesmo andar, e Barlavento agachou atrás de uma das escrivaninhas. O móvel era aberto embaixo, mas a escuridão taparia o resto.

Controlava a respiração, aquelas pernas longas e finas esmiuçavam a larga janela da frente. Caso Sabrina prendesse o ar por completo seria pior, chamaria atenção ao recuperar o fôlego perdido. Tinha que enganar o próprio corpo. Estava tudo bem, poderia inspirar tranquilamente. Estava em uma trilha, caminhando sob o ar puro de uma manhã de domingo.

Por baixo da escrivaninha, assistiu outros dois pés descalços surgirem na porta. Seus donos se comunicavam por sinais manuais para não afugentarem a presa. Uma figura então andou em sua direção, parou, dirigiu-se a outra janela e, pelo som, pareceu se afastar corredor afora.

A escritora soltava o ar quentinho pelas narinas quando se deparou com uma silhueta careca. Aquilo estava acomodado em frente à escrivaninha do centro da sala, e, seja lá o que fosse, a encarava diretamente. Golpeada pelo desespero, Sabrina arrastou a bunda no chão de tacos podres até bater as costas na parede e derrubar uma lasca solta de tijolo.

Jamais saberia dizer quanto tempo ficaram ali se encarando. Ondas geladas trepavam por seu ventre até o nervo dos olhos. Ondas semelhantes àquelas que a cegavam no clímax de seus sonhos mais macabros, enquanto os músculos dos ombros trepidavam em calamidade. Porém, desta vez não iria despertar em seu amado apartamento em Curitiba. Tinha saudades do seu cachorro voador gigante. Tamanha a vontade da lembrança se tornar verdade, sentia aqueles pelos felpudos sob o corpo alquebrado.

A figura que a assistia então pareceu ter se movido alguns milímetros. Porém, era a lua que mudava de ângulo, conforme a noite avançava. Esta mesma luz fantasmagórica revelou que as órbitas daquele rosto curioso estavam vazias. A caveira sorriu sob a lanterna lunar.

* * *

– Oi, Bina! Levanta! Vamos dar uma caminhada?

Sabrina acordou com os olhos secos e pesados. Tentava compreender a própria língua tão grossa na boca. Desgrudou o supercílio cortado do piso encardido e se sentou apoiada na parede. Tinha dormido com a maior parte do corpo sobre um tapete feito da pele de um grande animal de pelo castanho. Caso não se mexesse tanto, não teria acordado com o rosto no chão.

– Bom dia para você também. – A própria voz estava muito rouca.

O esqueleto sentado à mesa ensolarada não lhe respondeu, mas isso não estragou o que Sabrina tinha decidido ser a manhã favorita de sua vida. Estava viva. E, para continuar assim, deveria conter a desolação do luto e da impotência. Não poderia ter feito nada por Ícaro e por Padilha. Seu estômago reclamou, mas foi esquecido assim que fitou as paredes. Além de balanças de ponteiros enferrujados, armários roídos pelo tempo, três escrivaninhas marcadas de tiros e um cofre entreaberto do tamanho de uma geladeira, o escritório era cercado de molduras com tampo de vidro. Antes de investigar, Barlavento esperou uma explicação da caveira sentada de forma empertigada em um dos três postos de trabalho. Não pôde deixar de notar a máquina de escrever *Underwood* na sua frente.

Aquelas molduras guardavam uma diversidade de artrópodes espetados com alfinetes. Na parede à esquerda viu um enorme painel que demorou para aceitar como verdade. Aquilo era um escorpião de pouco mais de 90 centímetros. Como abaixo de cada espécime, tinha um nome escrito à mão, próximo deste aracnídeo, leu *"pentecopterus?"*.

A interrogação era estimulante. Barlavento não era bióloga, mas como boa curiosa, tinha certeza de que aquilo não deveria existir, ou, se um dia o tivesse feito, já deveria estar extinto. Passou para o quadro seguinte onde eram expostas algumas aranhas e besouros, mas nada tão surpreendente como o monstrengo castanho escuro esticado ao lado. Aquilo guardava muita lagosta no bolso.

Arriscou puxar a gaveta de um armário empoeirado e encontrou alguns papéis plastificados, por isso ainda conservados naquele ambiente tão úmido. Olhou de novo para o esqueleto suportado com a ajuda de arame.

– Que que você tem guardado aqui, hein?

Agora, com a luz do dia, certificou-se de que alguns trechos das paredes e das escrivaninhas realmente contavam com constelações aleatórias de marcas de tiro.

– Olha só...

Juntou uma pilha de folhas amareladas, checou se tinha algum escorpião gigante embaixo da mesa e se sentou na mesma escrivaninha que usou de esconderijo na noite anterior. A lembrança da perseguição a despertou do transe causado pela sequência de descobertas. Caso quisesse sair viva dali, teria que estudar tudo aquilo outra hora. Juntou parte do calhamaço, devolveu a um dos sacos plásticos embolorados por fora, colocou-o embaixo do braço e se dirigiu à porta. Então o sol mostrou alguns riscos no tampo da mesa da caveira, ao lado da máquina.

"EU PROCURO VOCÊ
SEGREDO DE 4 ALGARISMOS
VAI ABRIR! VAI ABRIR!
REVERSO DO ANO MALDITO"

Embaixo do texto, uma seta apontava para um canto até então ignorado da sala. Sabrina largou a papelada sobre o pequeno cubo metálico que lá encontrou, apalpando o diminuto cofre já desprovido da maior parte de sua tinta verde-musgo. Passou a mão pelo disco numérico do segredo e se deu conta que não fazia ideia de que ano maldito seria este. Ouviu vozes femininas subindo pela escada.

Agora seria impossível se esconder embaixo do mesmo móvel, então invadiu o maior cofre da sala que jazia tanto aberto quanto vazio.

Através da estreita fresta, espiou uma índia mais alta que ela jogando a mochila de Ícaro em um dos cantos e indo embora. Barlavento esperou um tempo, saiu da toca e foi até a janela frontal. Duas destas índias andavam do outro lado da lagoa com as máscaras na mão. Os adereços eram longos o suficiente para, quando no rosto, encobrir seus seios agora à mostra. Não sabia se era uma idiota por não ter fugido assim que amanheceu, ou se, caso tivesse feito, teria sido pega.

Para não ser vista pela janela, Sabrina rastejou como um soldado, reabrindo seus cortes e amassando seus hematomas. A primeira coisa que encontrou na mochila de Atalaia foi um pacote de amendoim pela metade. O comia com tamanha ferocidade que uma casca enroscou em sua garganta seca. Aquilo a fez lacrimejar e contorcer o ímpeto de tossir.

Apalpava em busca do cantil de Ícaro, quando um ponto prateado refletiu dentro do armário. Era um isqueiro metálico também embalado em um saco plástico. Ele tinha o símbolo de uma águia segurando nas garras uma suástica. Forçou ainda mais a porta e encontrou um elmo de bronze, também empacotado, sobre outras dezenas de quinquilharias. Em apenas um relance enxergou desde camisetas antigas de times de futebol a uniformes de empresas amarelados. Fuçou um pouco mais a bagunça, o que fez um quadro com o retrato de Adolf Hitler tombar para frente. No seu verso um homem altivo com uma calvície insipiente e sobrancelhas marcantes. Vargas deveria estar entrando na casa dos 50 nesta foto. Agora Barlavento tinha mais um ponto de referência em seu gráfico. Como o Brasil tinha declarado guerra contra a Alemanha em 1942, aquela cidade deveria ter sido erguida entre 1939 e este ano. Aquilo tudo teria sido construído durante a primeira ditadura do Brasil no século XX, que durou de 1937 até 1945, o famigerado Estado Novo.

Em memória de Ícaro, e para ser justa com Getúlio, tinha que levar em consideração que esta parceria teria sido assinada antes do nazismo ser visto como uma das manchas mais sujas na História. Vargas era a representação transparente do que se esperava de um ser-humano que acertava e errava ainda mais, em desequilibrada proporção. Um personagem perfeito.

Era difícil ter certeza, mas parecia ter visto uma Luger. A famosa pistola alemã, que pelos traços característicos, era indispensável em qualquer produção cinematográfica sobre Segunda Guerra Mundial. Tentou fisgá-la pelo cabo, mas estava presa na lâmina de um tipo de alabarda. O barulho que faria, caso sucumbisse à sua curiosidade, chamaria a atenção de todo norte do país.

Antes de ir embora identificou um cordão no pescoço daquele esqueleto. Em frente ao tórax, a conhecida pedra esverdeada. Talvez tivesse sido retirada de Bodoque. Barlavento esticou o braço para pegá-lo, mas teve o punho agarrado. A figura mascarada a derrubou no chão, e, com um grito estridente, partiu em sua direção com a lança. Sabrina rolou para o lado e arremessou o elmo metálico em direção da tarântula ilustrada na palha. Em seguida, correu até a janela da frente, passou os pés pelo parapeito e julgou a lagoa verde escura. Uma garganta sem fundo pintada de musgo. A margem de terra descia vertiginosamente ao desconhecido. Os dedos da tarântula quase enrolaram em seu cabelo, mas a romancista saltou no ar e despencou por uma eternidade até explodir na água.

Cada músculo ardia, cada junta travava, nadava até o outro lado. Para coroar o paraíso vivido, uma cãibra revirou sua panturrilha do avesso. Era como um anzol que quisesse sair de sua carne para desfrutar da luz do dia. Quando começou a submergir, tocou o barro já do lado oposto. Fisgou as ervas e a lama da margem com cada uma das unhas e içou a si mesma para fora daquela provação. Antes de se embrenhar na mata, olhou para trás.

Da janela, a guerreira esguia e alta tirou a máscara de aranha e a estudou agudamente. Seus olhos tinham acabado de se encontrar quando a índia gritou e a floresta respondeu.

Mais uma vez, Barlavento corria sem rumo. Corria sem fôlego. Sua roupa grudava e seu tronco pesava. Por mais que a situação piorasse, ela não acordava no sofá do canto oeste de seu escritório, sob a luz do abajur com um livro suculento no colo. O nó na garganta estava a um passo de escalar para um choro compulsivo. Era impossível manter um ritmo mais rápido que uma trôpega caminhada. Sua perna direita era arrastada como uma âncora.

Escutou uma voz conhecida.

Apoiou-se em uma árvore gigantesca, ouvia apenas o batimento cardíaco. Tentou apelar aos berros, os pulmões estavam vazios. Estava apoiada no mesmo tipo de árvore que Seu Francisco tinha mencionado, no caso de alguém se perder ao ir ao banheiro. Começou a bater com o nó dos dedos no largo tronco da sumaúma, não adiantou. Então usou um graveto, sempre procurando os pontos onde gerava ecos mais altos.

Batia e socava já esgotada, quando absorveu a maior dor física da sua vida. Olhou na direção da ardência pulsante e, ao invés de enxergar sua mão direita, um cotoco escorria como um vulcão. O sangue esparramava sobre os próprios pés, Bodoque segurava o facão oleoso.

Sua visão escurecia. Sequer sentiu o impacto do tombo. Em um lampejo de lucidez, estava de costas na folhagem com o ribeirinho sobre ela. Tentou empurrar o peito de seu agressor, mas a sensação de roçar sua carne aberta no tecido da roupa de Francisco era lancinante.

Por mais que apertasse os olhos, Sabrina não acordava a salvo.

22. PERDIDOS

A romancista acordou com as costas apoiadas em uma parede de ângulo engraçado. Era como estar com as costas na parte interna de um cano gigante. A luz do dia vinha da esquerda. Com muito custo, ficou de pé e quase tropeçou em uma mochila infantil. Caminhou para fora apoiando a mão esquerda naquela espécie de argila seca e porosa. Estava enrolada no estofado que arrancara do avião.

Mal saiu e topou com uma pequenina e rasa lagoa de água cristalina. Estava mais para o desvio de um rio que decidiu descansar das corredeiras antes de prosseguir para além. As margens eram sombreadas pelas árvores, mas onde o sol tocava era multiplicado. Usou a borda do estofado como viseira e estudou ao redor. O buraco pelo qual tinha saído era cavado em um alto barranco de terra vermelha. A encosta era alta o suficiente para comportar outros túneis daqueles em três níveis diferentes, todos redondos como a toca de um tatu. Um tatu dinossáurico no caso. Contou pelo menos mais seis entradas como aquela. Todas de frente àquela água quase invisível que faiscava na crista de cada ondulação.

– Sabrina?!

Rafael Perso largou alguns gravetos e correu em sua direção. Sabrina tentou disparar em nova fuga, mas estava debilitada demais.

– Calma! Ele já foi embora.

Barlavento não desabou, mas algumas lágrimas despencaram.

– Por que ele fez isso?

Levantou o braço, farejando o álcool que emanava do curativo manchado de vermelho.

– Quando eu tentei segurar ele, acabei ficando com a mochila. – Disse o golpista. – Não achei nenhum telefone, mas uma das coisas que tinha lá dentro era o kit de primeiros socorros. Outra... era aquela gasolina de avião. Deve estar doendo para caramba, mas pelo menos dei uma cauterizada.

A escritora meditou atenta para onde deveria haver sua mão direita. Tremia.

– Vamos lá para dentro – disse Perso. – Você é mais inteligente que eu e vai pensar num jeito de a gente cair fora daqui.

***

Dentro do túnel, Rafael cortou uma fatia de queijo e a pressionou em uma de pão que já esquentava na pequena frigideira sobre a fogueira. Mesmo submersa na lembrança de seu último sonho, Barlavento salivou.

O sonho era ridículo. Seu cérebro tinha arranjado um jeito de editar toda a viagem em uma espécie de chamada televisiva que anunciava um filme oitentista. Uma daquelas aventuras inofensivas onde não importava o que acontecia aos heróis, eles sempre sairiam ilesos. Personagens inconsequentes imunes a qualquer consequência. Alguns sequer perdiam o chapéu ou o charme durante as quase duas horas de encrenca. E, quando perdiam algo importante, seja lá o que fosse, aquilo voltaria para suas mãos de alguma forma engraçada ou triunfante.

O reclame tinha todo o pacote. A voz entusiasmada de um locutor de bem com a vida, tiradas engraçadas, explosões exageradas e trocas de murros na cara com a sonoplastia semelhante ao estalo de um chicote. O título era anunciado com letras garrafais douradas, no auge mais climático da trilha sonora escolhida, uma obra de *John Williams*.

O sonho terminaria bem. Com a promessa de que ela encontraria tudo isso domingo, às duas da tarde na televisão. Porém, mais uma vez, era uma menina. Então, de chinelo e camisola, deixou o sofá para tocar a tela no ápice de um estouro incendiário. A garota testemunhou a própria mão ressequir, torrar e esfarelar, diante à tamanha violência.

– Cadê o resto do povo?

Rafael entregou o pão de forma com queijo escorrido e uma garrafa d'água, depois sentou-se de frente com as costas na parede oposta. O encosto era lúdico e confortável.

Enquanto despedaçava aquele lanche inesperado, a escritora contou de boca cheia sobre as indígenas mascaradas, sobre a morte do traficante e também o fim de Ícaro. Quando constatou que Atalaia havia morrido nas ruínas incas que tanto tinha procurado, a voz da autora quase ficou embargada. Contou também que Bodoque havia sido poupado e que, quando ela escapou, tinha ido parar em algumas casas abandonadas.

Perso mastigou a pizza improvisada, digeriu a sopa de notícias e retirou uma pistola da mochila colorida. Em seguida atirou um pouco de aguardente na boca.

– Essa aqui é minha. Acho que quando nosso guia psicopata cheirou o que tinha dentro, preferiu guardar ao invés de enterrar. – Perso então sacou da mesma bolsa uma garrafa de pinga. – Ainda mais com a munição extra que o safado tinha escondida aqui.

Mesmo com os olhos umedecidos, Sabrina fez um gesto debochado e Rafael passou a arma rindo.

– Tem certeza de que isso tudo não foi efeito daquele chazinho batizado? – disse ele. – Sem querer te ofender, mas está parecendo bem o tipo de história que você me contou que gostava de escrever. Vai ver alucinou tudo isso.

Barlavento sorriu triste, negou com a cabeça e provou mais uma vez do disparo etílico.

– Uma Beretta de birita, que beleza. – Jogou a arma de volta para Rafael. – E eu a apontei para um cara de mais de dois metros de altura. Como que você passou com isso no aeroporto?

– De todas as perguntas...

– Enfim... – Sabrina apertou os olhos. – Eu daria minha outra mão, se pudesse trazer todo mundo de volta. Eu devia ter desconfiado do Seu Francisco, ninguém se sujeitaria a tanto por tão pouco. Sem falar que ele foi o único que voltou da outra expedição que veio aqui nos anos 90.

Enquanto Perso usava um isqueiro para reacender os gravetos úmidos e espantar os mosquitos, Sabrina relatou sobre as fotos que Nando Padilha disse que foram encontradas próximas de onde estava o avião.

– E tu só me fala isso agora? – Rafael assoprava as labaredas para fortalecê-las. – Se tivesse falado de "defuntos mastigados", pode ter certeza de que eu não teria ficado para trás sozinho.

– Por falar nisso – Barlavento mastigava um último naco, sempre deixava a maior concentração de óleo e queijo por último –, você conseguiu abrir... o submarino?

– Ah, eu acabei deixando isso para lá.

A escritora ajeitou as costas, desconfiada.

– Humm... e você desistiu porque não conseguiu ou foi porque mudou de ideia?

– Qual a diferença? – Perso devolveu a pistola de mentira.

– Toda. – Sabrina apelava à pinga para suportar a dor em seu punho. – São dois caminhos. Se você desistiu por razões morais, você se enquadra no arquétipo do "herói em redenção", agora, se você queria pegar aquela droga e só não pegou por falta de ferramentas, bom, neste caso, você vai se revelar um "adorável traidor" assim que tiver a chance. Dois caminhos bem diferentes.

– Esse papinho todo está me lembrando o primeiro dia que a gente saiu, lembra? Você contando dos seus livros, da Marlene e dos tipos de personagens que gostava de usar e *blablablá*... e eu lá na mesa só querendo seu corpinho nu, coberto de chantily.

Barlavento cuspiu um esguicho de álcool, gargalhando ao escutar a piada que ela mesma tinha feito meses atrás.

– Você estava de olho nos meus cílios, isso sim! – Ria Sabrina – Quase passei a tesoura nessa merda de tanto que você só falava disso. Cílio, cílio, café, cílio, cafeteria, cílio.

Ela preferiu não vocalizar, mas se questionava onde tinha ido parar aquele cara. Aquele que lhe contou todo entusiasmado a versão romântica da chegada das primeiras mudas de café no país, em 1700 e pouco. Jamais se esqueceria de Perso devorando a pizza napolitana e explicando que a França tinha uma lei que proibia a saída das frutinhas de sua colônia, a Guiana Francesa. Entre um gole e outro de cerveja, falava sobre um sargento-mor, muito cara de pau, chamado Francisco de Melo Palheta. Este sargento teria recebido em segredo algumas mudas e sementes da planta, detalhe, das mãos da senhora d'Ovilliers, a esposa do governador de Caiena.

Nesta versão, Palheta teria contrabandeado aquilo, que tinha recebido camuflado em um buquê, pela fronteira até o Pará, estado onde nasceram os primeiros pés de café do Brasil.

Foi uma noite bem engraçada, onde enquanto um tentava dar ideias de nomes de livro para o outro, o outro não parava de sugerir nomes de cafeterias, além de insistir que abrir um café com o próprio estilo seria uma aventura muito mais instigante que adquirir uma franquia pronta. Lá pelas tantas, quando eram a única mesa ocupada naquela pizzaria suburbana em Curitiba, e quando ambos tinham bebido um gole além do adequado, Rafael quase se rendeu à ideia. Pouco antes de receberem o toque de recolher do gerente, o paulista tinha dito que queria seu café com um nome que traduzisse toda a garra que tinha que ter para alcançar seu intento. Papo de bêbado.

De volta à estranha caverna, Rafael Perso ainda dava risada quando tirou um bloco de notas todo amassado do bolso.

– Eu gostei dessa aqui. – Coçou a garganta. – "Alguns se aventuram em busca de fortuna, outros à procura de si mesmos, mas existem idiotas que enfrentam o inferno todo só para provar um ponto".

– Como você pegou essa bosta? Passa para cá!

– Eu não! Achado não é roubado. – Perso virou uma das páginas – "Sabrina Barlavento e a Maldição do Buquê", imagino o tipo de história com um nome desses.

A escritora memorizava muito bem o contexto no qual tinha rabiscado isso no caderninho. Recordava em detalhes o dia em que Rafael Perso, o único capaz de concorrer com Baco, se revelou mais um babaca e desapareceu depois de alguns meses de confidência.

– Passa para cá... – Barlavento não estava mais rindo.

– Você escreveu que o "herói" tem o físico em dia, daqueles galãs de novelas ruins, e que o "vigarista" tem o olhar atento de um continuista, e que...

– Não precisa ficar se achando. Enquanto minhas amigas brincavam de *Frankenstein*, juntando dotes, partes e personalidades para formar o marido perfeito, eu sempre preferi fazer isso para montar meus personagens. E, no caso, pessoas quebradas como você são um prato cheio. Agora devolve logo esta merda.

– Só se você me prometer que não vai jogar no fogo.

– Boa ideia! E, outra, desde quando você liga? Nunca parou para ler nada que eu tenha escrito.

– Claro que li... Só depois que a gente parou de se falar, mas eu li sim. – Perso jogou o bloco de notas para ela. – "A Bica do Horto". Final forte... Não era bem o tipo de livro que eu estava esperando. Final bem... bem... forte.

A escritora abriu o bloco em uma página aleatória.

– "Os simples sempre terão acesso ao segredo dos poderosos, pois estes precisam de mão de obra para construir seus cofres". – Arrancou a página e alimentou a fogueira. – Eu tinha escrito essa pensando no Bodoque.

Sabrina emborcava em pensamentos ruins.

– Sabe o que é o pior nessa situação toda? – disse Perso. – Agora que o Nando Padilha morreu, a gente nunca vai saber que bicho que era o *Alfombre*.

Barlavento sorriu de boca fechada.

– Você não precisa ser legal comigo, só porque perdi a mão. A culpa não é sua... você pode voltar a ser um babaca.

– Quando eu fui babaca? – Rafael completou a tempo. – Contigo.

– Quando você marcou de irmos naquela pizzaria de novo e sumiu?

– Depois, eu tentei te chamar de novo... você me bloqueou!

– Não coleciono números de babacas. Daí, depois de meses você volta: "Que tal visitarmos um cemitério nazista?", como se não tivesse acontecido nada.

Perso sacolejou a cabeça negativamente.

– Quando eu mostrei uma foto sua para os meus camaradas... o Diego... o Saraná que eu peguei o telefone. Enfim, quando eu te mostrei, ele ligou o celular e mostrou o vídeo de uma entrevista sua na televisão. Eu tive que concordar com ele, quando ele começou a dar risada, falando para eu desencanar. Você não era para o meu bico. Sei lá, eu comecei a me sentir um bosta, lembrando do tipo de lugar que eu estava levando uma celebridade para jantar.

– Mas que draminha. – Ela sorveu mais um tiro.

– O meu plano era voltar só quando as coisas dessem certo.

– A cafeteria ou o carregamento de cocaína?

– Eu nunca trabalhei com drogas. Eu juntei meu pé de meia trabalhando como barista em navios de cruzeiro. Daí, quando desembarquei não sabia exatamente o que fazer, só sabia que não queria mais ninguém mandando em mim. Eu ia comprar a franquia que te falei, mas estava faltando mais da metade da grana.

– Aí você decidiu virar traficante. Quem nunca, né?

– Aí, eu recebi a proposta de um amigo meu que é pastor de uma igrejinha. Eu investi a minha grana lá, e ele me prometeu devolver o dobro em uns meses, mas adivinha... uma quadrilha foi direto no cofre dele e levou todo meu dinheiro. Na mesma semana, esse meu amigo pastor fez uma piscina no quintal e bateu a laje da casa dele.

– Ué, por que não colocou ele na parede?

– Não é assim que funciona. – Perso bagunçou o próprio cabelo. – Se eu fingisse que não tinha sacado o golpe, eu podia tentar recuperar a minha grana. Poderia continuar por perto. Daí, ele disse que conhecia um político da cidade que ele nasceu, que podia me dar uma mãozinha... eu aceitei e só confiei porque me fiz de "idiota agradecido" e jurei que ia pagar uma bolada para ele, agradecendo a indicação. Para ser justo, até fiz uns dois trabalhos, trazendo de fora o estoque de eletrônicos que esse político repassava para uns camelôs, sem declarar na fronteira. Uma coisa leva a outra e cá estamos nós nesse buraco.

– Conta outra! Se não queria vender a droga, por que, mesmo assim, veio para cá?

– Tinha 50% de chance de a carga na verdade ser dinheiro não declarado do narcotráfico. – Perso fez a expressão que um atacante faria ao errar o último pênalti do mundial. – Se bem que eu estou começando a entender esse papo do "idiota que quer provar um ponto".

– *Touché!* – Sabrina abraçou a arma para recarregá-la com a mão esquerda.

– A história daquele seu livro... – Rafael a ajudou. – Aquele cara do livro era o seu pai?

– Em parte.

– Sim, sim, *"Frankenstein"*.

– A razão de eu escrever aventuras e coisas do tipo é justamente para entrar em contato com ele.

– Ele era tipo o Ícaro?

– Não, não. – Os olhos sorriram e arderam, talvez fosse efeito da fumaça. – Ele era médico, vivia trabalhando a semana toda. Só que todo final de semana, em vez de, sei lá, irmos para o *shopping*, ou algum lugar assim, ele perguntava se eu queria caminhar. Daí, a gente ia até o horto municipal lá da cidadezinha que eu cresci buscar água para a semana. Depois da gente levar os galões cheios no carro, a gente ficava horas e horas andando por lugares que nem tinham trilha ainda. Lembro um dia que caiu um toró e ficamos nos escondendo, cada um embaixo de uma folha gigante do lado de um rio. Hoje em dia, adulta, eu o entendo rindo debaixo daquela chuva toda. Eu entendo que teria sido muito mais fácil ele simplesmente comprar quantos galões quisesse no mercado da esquina. Mas ele fazia questão de me convidar para mais uma aventura. Quando eu voltava para casa faminta, não conseguia diferenciar o que tínhamos vivido de manhã, daquilo que eu assistia na televisão de tarde. Era bem legal.

– Você colocou esta cena da chuva no seu livro...

– Eu acredito que a Aventura é um gênero muito digno, caso exista uma motivação verdadeira pela qual o personagem botou tudo a perder. O segredo está na motivação. Sei lá, a Mulan, vamos dizer, ela queria proteger o pai dela e honrar a família, além de provar que era capaz; Colombo, na cabeça dele, queria ouro para ajudar a recuperar Jerusalém dos muçulmanos e o meu pai queria passar um tempo comigo.

Rafael preferiu esperar o que fosse necessário para Sabrina se recompor, enquanto usava o estofado retalhado como lenço. Os gravetos estalaram por um tempo.

– Acho que se depender da sua motivação, vai sair um livro e tanto disso aqui.

– Pessoas morreram de verdade, Perso. A última coisa que importa agora é o que eu vou escrever.

– Ainda assim vai ser uma boa história, estou falando.

– Mesmo que eu fosse uma filha da puta e resolvesse fazer uma obra baseada nisso tudo... de que adianta a história ser real, se ela é um clichê atrás do outro. "Eldorado", "nazistas", "cidades perdidas"... só está me faltando aparecer uma expedição inimiga cheia de mercenários. Daí eles competiriam com a gente pela mesma coisa, como se tudo não passasse de uma gincaninha entre escoteiros. Eu passaria menos vergonha se tivesse seguido a carreira do meu pai. Isso sem falar que a estrutura narrativa dessa nossa desventura tupiniquim está desastrosa.

Um bom escritor jamais mataria dois personagens fortes do mesmo jeito e no mesmo momento.
– Como assim? – Perso não estava interessado na resposta, estava determinado em mantê-la animada.
– A morte de cada personagem é o ponto final de seu arco. É a chance de o autor provar os riscos, transformar quem ficou vivo e por aí vai. Se isso aqui fosse um livro, iria direto da prensa aos sebos.
– Você é mais otimista quando bebe café.
– Se eu tivesse pelo menos fotografado as coisas que eu vi lá atrás... quando eu me escondi naquelas construções que te falei, eu encontrei um tipo de escritório misturado com museu. Bizarro. E tinha uma caveira lá... alguém colocou uma caveira presa em arames de um jeito que ela fica sentada de frente a uma escrivaninha, que tem uma máquina de escrever. – Barlavento usou uma afinação mais solene. – Na frente dela tinha uma mensagem.
– "Sabriiiiina, você está viajando". – Perso imitou uma voz cavernosa.
– Estava escrito que a senha para abrir um cofre de lá era o contrário... algo assim. "O contrário do ano maldito". Ah, e teria quatro algarismos.
– Cofre?
– Não vai ter nada que te seja útil, Perso. Relaxa.
– Você conseguiu abrir?
– Eu não sei que ano maldito é este.
– Se você não abriu, como sabe que não tem nada útil para mim?
– Esquece isso... o que estou querendo dizer é que eu tinha juntado uma porção de documentos e fotos e, quando fui quase pega, acabei deixando lá a chance de provar que tudo isso é uma história real.

***

– Viu?! – Rafael apontava para o centro da lagoa. – Piscou de novo!
Graças à anestesia destilada, a autora estava a quilômetros de seu estado normal. Ela inflou o peito, encarou a superfície agora escura pela noite e falou:
– "É só a sua imaginação".
Mesmo bêbados sabiam que era perigoso deixarem o abrigo durante a noite, mas não tinham uma alternativa já que o túnel escolhido

não contava com um banheiro. Como também não encontraram nenhuma torneira, só lhes restava lavar as mãos naquela piscina natural. Perso havia bebido menos e, com a água na altura das coxas, a ajudava dando a mão.

– Vem, cuidado com a pedra.

– Um crocodilo! – disse a escritora, mas quando percebeu a reação que causou em Rafael, explicou. – O *Alfombre*, calma... ele devia ser um daqueles crocodilos gigantes africanos. E relaxa viu, seu burro, aqui no caso seria um jacaré.

A parva luz da lua mostrava o barranco tomado de cavernas circulares, a brasa da fogueira indicava qual era a certa.

– Pronto, vamos voltando.

– Se bem... – tagarelava a escritora. – Que até onde eu sei, você nunca mentiu para mim.

– Eu menti o meu signo – disse ele, servindo de apoio.

– Eu minto o meu nome. Sabia que eu também sou uma impostora? "Barlavento" é um nome artístico.

Rafael a acomodou ao lado da lenha fumegante e a cobria com o velho tecido quando foi segurado pelo colarinho. Algumas linhas estouraram.

– Tudo bem, seu nome artístico é lindo. Vamos dormir um pouco e amanhã...

– Eu sei o que significa "Perso". – Ela quase tocava seu nariz no dele. – Significa "perdido" em italiano. Você parece mesmo um cara perdido, sabia?

O tratante não sabia se dava risada ou se ficava ofendido. Sabrina era uma ótima bêbada.

– Pergunta para mim o que significa "barlavento". – Ela disse em um volume autoritário.

– Sabri...

– Pergunta!

Ele perguntou, ela explicou:

– É o lado do barco que recebe o vento... Eu lutei muito para chegar aqui sabia?

Quando Rafael viu que não teria chance, se rendeu e se sentou ao lado da curitibana.

– Eu sei que você lutou. E depois de pegarmos aquela sua pasta e fugirmos em um daqueles barcos que você disse, toda nossa luta vai ter feito sentido.

– Você vai me ajudar a pegar aqueles documentos?

– Te devo uma depois de ter te metido nesse programa de índio.

Sabrina puxou o queixo de Perso para perto de si, o encarou por trás de todos seus escudos, o fazendo congelar com o coração muito quente. Então, inclinou o rosto para o lado e dormiu com a cabeça em seu ombro.

Antes de também fechar os olhos, Rafael beijou aquela têmpora macia, descabelada e quentinha.

Sabrina era única no mundo.

23. O FANTASMA DO CÁLICE

—Como assim, "escorpião gigante"?!
– Ele já está morto. Vamos logo.

Sabrina e Perso não tinham visto movimento ao redor das construções, então correram pela margem da lagoa esverdeada e passaram pelas três casas da esquerda até a entrada da alfândega. Rafael estava boquiaberto mediante tantas informações. Era como se revivesse o primeiro encontro com a escritora, mas ao invés de beber cerveja, brindava cada livro não publicado com um alucinógeno indígena.

– Por que só aqui está limpo, sem mato?

Passavam pelo batente do prédio principal.

– De todas as perguntas... – Ela grunhiu.

Lá em cima, o escritório se encontrava como havia sido deixado. A caveira sentada, a mobília carcomida, as paredes cravejadas, as coisas de Ícaro no canto. Seja lá quem fossem aquelas mascaradas, não pareciam ter voltado. Apesar disso, não era inteligente baixar a guarda. Barlavento se apressou até o pequeno cofre, apontando para a mesa ocupada pelo esqueleto. Perso leu, depois de encarar aqueles restos mortais com certa desconfiança.

"EU PROCURO VOCÊ
SEGREDO DE 4 ALGARISMOS
VAI ABRIR! VAI ABRIR!
REVERSO DO ANO MALDITO"

– Se eu puder palpitar, 2017 não tem sido dos melhores.

– Aqui! – O invólucro plástico ainda estava sobre o cubo metálico. – Pronto, já peguei tudo que precisava. Vamos ver se a sua ideia do barco faz sentido.

– Bina, Bina! – disse Rafael Perso com um olhar matreiro. – Está querendo enganar a quem? Você quer tanto quanto eu.

– Como assim, seu maluco?

Ele espiou para o cofre.

***

Perso fuçava no armário entreaberto cheio de cacarecos e antiguidades. Barlavento arranhou a garganta, tentando se concentrar, ele explicou:

– Eu estou vendo se acho alguma coisa para abrir esse troço. Olha, tem até um revólver aqui!

– Ano maldito... – rezava Sabrina, com a postura de quem estudava para um concurso federal. – Ano maldito...

Rafael enxugou a testa e se aquietou um pouco para alinhar a coluna. A pistola alemã em mãos.

– De repente me bateu uma vontade enorme de nunca conhecer o decorador.

– Vai, se concentra – disse ela folheando os papéis. – "Reverso do ano maldito". Pelo que estou vendo aqui, todos estes documentos foram cunhados na época de Vargas, especificamente durante a ditadura do Estado Novo.

Grande parte das folhas eram manifestos de carga, listas de longarinas metálicas, detalhando seus pesos e medidas, além de catálogos técnicos de betoneiras e prensas para olaria.

– Tenta colocar o ano, ué.

– Acontece que não durou só um ano. – Sabrina prendeu o cabelo em coque, usando apenas uma mão. – O Brasil ficou nesta condição de 1937 a 1945.

– Sei lá – Rafael investigava o cofre maior, aberto e vazio. – Tenta "7391". Aposto que não vai descer uma lâmina do teto na sua cabeça se estiver errado.

Barlavento deu uma risada lenta e forçada, ao mesmo tempo em que girava o disco numérico.

– Viu? Nada! Ano maldito... – repetia como um credo. – Ano maldito...

– Bom... – Perso abria algumas gavetas, com o rosto bem afastado delas durante o processo. – Isso depende do ponto de vista de quem escreveu, né. A mestra Emilinha Borba cantava que "alegria de pobre é fazer neném", mas para uma galera que eu conheço, incluindo você, isso seria o pior pesadelo.

– Faz sentido. – Sabrina amestrou a ansiedade e corrigiu a postura na cadeira, a exemplo do esqueleto que dividia a mesa. – Se a gente descobrir quem, que tipo de pessoa, riscou isso na madeira, já eliminamos metade das possibilidades.

– Não diria metade, mas curti a positividade.

– Claro que é metade, a questão é bem bipolar. Quem era a favor do Estado Novo e quem não era.

– Ah... – disse Rafael decepcionado por não encontrar um fundo falso com nada dourado no cofre aberto. – Se o enigma fosse feito pelos militares, ia estar em uma dessas placas, e não riscado em uma mesa, né?

– Não necessariamente, – disse ela, sem desviar os olhos de seu trabalho – você viu as marcas de tiro espalhadas por aí? Vai saber "como" e "porque" Nova Pasárgada tombou. Só sei que quando caiu, caiu feio.

– Ah, é? Então por que o lado vencedor não esvaziou este último cofre?

Sabrina olhou para a frente como se encarasse uma ótima pista:

– Porque o lado vencedor morreu antes de conseguir sair daqui. – A escritora estalou o dedo. – Vai, continua perguntando.

– Perguntando o quê? – Rafael apoiou as costas no batente da janela frontal e, com as botas no tapete de pelos, cruzou os braços. – Só estou levantando a questão, porque se rolou uma confusão aqui a ponto de quase todo mundo se matar, não acho que o decorador teria tempo de empinar a caveirinha, riscar enigmazinhos, essas coisas...

– Exato. Seja lá quem deixou esta mensagem, foi alguém que veio depois da cidade já ter caído. Talvez alguém que só chegou aqui quando tudo já era ruínas.

– Nunca achei que fosse sentir falta do carioca – disse Perso. – Com certeza ele...

Sabrina se levantou, colheu a mochila do aventureiro, abriu o fichário e espalhou tudo sobre o tampo da mesa. Assim, o vigarista e a caveira se debruçaram atenciosamente ao seu lado, sobre o pergaminho de Carvajal, a cópia do relatório militar de 1939, o depoimento do guerrilheiro comunista e a carta interceptada do soldado alemão.

– É o seguinte... – A romancista passou a língua nos lábios inferiores. – Vê se consegue usar sua cabeça para algo que não seja ilícito ou pervertido. Esse pergaminho espanhol aqui descreve um ritual onde os incas jogavam ouro no fundo de uma lagoa, interessante, mas não nos ajuda em nada sobre o cofre.

– Talvez eles...

– Bom... – A escritora seguiu o raciocínio apontando com a mão restante para documento intitulado de "Operação Nova Pasárgada". – Essa papelada aqui é de certamente perto da época da construção dessa cidade, alguma coisa perto de 1939. O Ícaro tinha me contado que era uma força-tarefa que buscava uma expedição composta por brasileiros e alemães que tinha sumido por aqui em 38. Ele acreditava que os militares desaparecidos procuravam ouro inca, trazido do Peru no século 16, por amerí..., por índios fugitivos.

– Trouxeram de tão longe para tacar na água?

– A maioria das coisas estranhas que os povos antigos faziam podem ser explicadas com uma só palavra: "ritual". No futuro, com certeza, essa vai ser a explicação por acharem tantos vídeos da nossa civilização atirando garrafinhas d'água para caírem de pé, ou carros rebaixados que andavam em ruas esburacadas. "Ritual". – O rosto de Sabrina escorria torrentes salgadas de empolgação – Começo a achar que os militares acharam este lago.

– Mas esse comunista aqui, olha... – Rafael se esforçava para entender o garrancho em meio aos borrões escuros – é de 1979 e ele falou para esse capitão que tinha ouro nessas ruínas. Se essa expedição mais antiga tivesse feito o achado lá naquela época, não ia ter mais nada para ele ter visto aí.

– Isso daí foi escrito por um guerrilheiro torturado. – Sabrina empurrou o papel amarfanhado da mesa. – O cara inventaria qualquer coisa para não ter óleo fervente derramado nos ouvidos. De todas as pistas trazidas por Ícaro, essa foi a que sempre duvidei.

– "Tanta coisa que eu tinha a dizer", – Perso começou a cantar baixinho e desafinado, olhando para o espaço vazio da mesa de onde o relatório foi retirado. – "Mas eu sumi na poeira das ruas".

– Andou bebendo? Se tivesse visto tudo o que vi por aqui ontem, a última coisa que você iria fazer era cantar.

O paulista a ignorou, entornando a canção:

– "Eu também tenho algo a dizer, mas me foge a lembrança". – Como se fizesse um grande esforço no chuveiro, Rafael prosseguia. – "Por favor, telefone, eu preciso... Beber alguma coisa rapidamente...".

– Ok, era óbvio que só teria doido naquele aplicativo.

– "Para semana... O sinal...". – Perso apontou a mensagem na mesa.

– "Eu procuro você... Vai abrir. Vai abrir".

A autora quase derrubou a cadeira ao reler a mensagem.

– De quando é esta música?!

– "Eu prometo, não esqueço, não esqueço". – O cantor continuava. – "Por favor, não esqueça... Adeus...".

– Perso!

– Eu escuto essa quando preciso desentupir os canais lacrimais. – Esfregava o braço no local do beliscão. – "Sinal fechado", do grande Paulinho da Viola. Acho que foi composta lá para sessenta, ou setenta e pouco, mas só foi lançada mesmo pouco mais para a frente, na voz de Chico Buarque.

Sabrina se arremessou de volta ao pequeno cofre.

O nome da música já dizia tudo, "Sinal Fechado". O samba, o MPB ou a bossa nova não eram bem os estilos favoritos da escritora, mas conhecia muito bem a História musical durante o período da segunda ditadura que acometeu ao Brasil naquele século. A repressão foi tão presente para os artistas que acabou gerando uma fase bem inspirada, onde os questionamentos eram exprimidos de forma velada em letras de duplo sentido. Não precisava ser profundo conhecedor para se lembrar de canções como "Cálice", onde Chico Buarque de Hollanda fingia somente referenciar uma passagem da bíblia, quando na verdade criticava a censura.

– 86... 91... – Disse ela apoiada no joelho machucado. – O marco inicial da pior fase da ditadura militar foi uma sexta-feira 13 de 1968. Foi quando o presidente Costa e Silva baixou o quinto Ato Institucional, o AI-5, permitindo cassações arbitrárias, ordenando o fechamento do Congresso, proibindo *habeas corpus* em prisões deslavadamente políticas, fora mil coisas piores. Sem dúvidas um ano maldito para muita gente.

A pesada porta metálica emitiu um estalo mais afinado que o paulista, revelando apenas uma achatada caixa de madeira dentro do receptáculo. Perso se agachou ao lado, esquecendo-se do escorpião na parede logo acima.

– Espero muito que o talão de cheque de Dom Pedro II esteja aí dentro.

***

Rafael cravou as botas na terra para desvirar um dos barcos enroscados no capim da margem norte. Os juncos juntos das vitórias-régias escondiam muito bem um riacho que escapulia por ali, e que serviria para levá-los embora sem uma moeda no bolso.

Assim que viu Sabrina abrir aquele estojo de madeira e retirar um penduricalho de gosto duvidoso, além de outra resma de papel mais grossa do que a escritora pela manhã, Perso aceitou que era hora de superar aquela floresta de vez. Descontava onde podia. Chutou cada fileira de tábuas para testar a embarcação, arrancou raízes e ramos como se fosse o coração de cada trapaceiro que passou por sua vida e começou a guinchá-la com a força da coluna alimentada pelo ódio do rosto de certos políticos. Então escutou a escritora se aproximando por trás.

– E aí? Satisfeita? Será que pode me dar uma mãozinha? – Assim que percebeu a besteira que havia dito, fechou os olhos. – Não foi por mal.

Mas não havia mais ninguém ali.

***

"Espero finalmente ter atingido meu peso ideal quando você estiver lendo isso".

Barlavento tinha que admitir que o texto foi escrito por uma pessoa muito espirituosa. E agora, sabendo que o próprio esqueleto o datilografou, ficava menos incomodada em compartilhar a escrivaninha.

Investigava a primeira folha quando ouviu o ronco distante de um avião. Porém, mesmo que tivesse um sinalizador, pouca coisa poderia fazer para chamar a atenção. Bufou, afagando a lateral do novo calhamaço da espessura de um tijolo. Nem se colocasse em prática seu curso *on-line* de leitura dinâmica, terminaria aquilo em um tempo viável. Poderia levar tudo embora, mas na parte interior da tampa da caixa estava escrito:

> *A corrente é simbólica.*
> *O conteúdo protegido por duas vidas*
> *só fará sentido, se lido ainda aqui*
> *e se ainda aqui permanecer.*

Não tinha sido fácil convencer Rafael a ir na frente, deixando-a sozinha. Ela própria não queria se prolongar por ali. Pulava os trechos bem-humorados, que denotavam certa carência de quem tinha escrito.

A introdução dizia para não sentir pena de sua situação um tanto trágica e cômica, que ela própria havia pedido para pessoas de confiança fazerem isso com sua ossada. E que, por mais assustador que parecesse, era na verdade a tentativa de um último ato heroico. Explicava que por anos esperou uma substituta, mas, assim como aconteceu à Primeira Caveira, nunca recebeu uma suplente ainda em vida.

Barlavento coçou a cabeça.

Seguiu a leitura que a alertava para o caso de ter encontrado a alfândega com o interior não tomado pela mata. Isso significaria que a vizinhança estava mais povoada quanto parecia. Continuou.

Nova Pasárgada foi erguida em 1939 e tombou em 1942, muito antes de sua conclusão. A romancista sonhou desperta quando viu que a próxima folha carregava a planta do que teria sido a cidade inteira caso terminada. Além de um cassino e uma casa de banho, planejavam um porto fluvial e uma torre de atracação para zepelins.

"*A senhora/senhorita deve estar se perguntando o porquê deste empreendimento imobiliário, e a resposta é: Não! Os militares não estavam esperando o dia em que tudo fosse asfaltado e valorizasse a região.*"

Sorriu carinhosamente para o esqueleto que tinha no pescoço o mesmo tipo de penduricalho da caixa. Gostava de pessoas espirituosas.

"*A região na verdade é valorizada pela quantidade de ouro. E não estou falando de garimpo, mas sim de ouro trazido de fora. Ouro inca.*"

Uma gota de suor maculou o papel.

"Se um arqueólogo afeiçoado pelo trabalho se dedicar com atenção, vai encontrar muita coisa além de relíquias pré-colombianas feitas de ouro maciço. Encontrará vestígios de muitas pessoas que tiveram seu fim por aqui ao longo dos séculos. Verdade seja dita, não é bom negócio se aproximar desta área se você for um homem. Ainda mais depois de tudo que os exploradores fizeram por aqui. A floresta sussurra as histórias macabras até hoje através de quilômetros e de gerações. A propósito, por isso foi tão fácil deduzir que você é uma mulher, do contrário, meu conselho seria para fugir."

***

Rafael sentiu um calafrio sobre o ombro e examinou a solidão ao redor. A lagoa escura, a casa grafite, os barcos furados, a Amazônia. Com as mãos, formou um alto-falante sobre a boca, mas, antes de gritar por Sabrina, se atentou a um ponto cintilante na relva. Não o havia visto quando passou exatamente por aquele local há pouco.

Guardou então a pepita dourada no bolso. Não voltaria de mãos abanando. Cantarolava, retomando à inspeção no barco mais conservado, quando decidiu dar mais uma garimpada ao redor. Uma segunda chance à sorte não custaria tão caro assim. Olhou, filtrou, focou e de fato algo semelhante brilhava na lateral da última construção. Amassou como pôde o mato alto até ali e, assim que coletou o segundo prêmio, desandou o assovio. Atrás desta última casa havia duas cruzes fincadas na terra. Por bem, benzeu-se três vezes para cada uma, contando dois ramalhetes de flores silvestres. Ambos ainda frescos.

24. A TERCEIRA CAVEIRA

Nova Pasárgada era fruto da missão de 1939 que buscava pelos desaparecidos da primeira expedição secreta. Enquanto os vinte e um soldados de 1938 foram rechaçados por alguma ameaça então desconhecida, este segundo grupo, mais bem armado, faria frente a qualquer perigo que irrompesse da selva.

O esqueleto ainda sem nome zombava o fato de os militares terem apostado a construção do projeto em volta do lago, empreendendo seus recursos no local errado.

"Eles encontraram artefatos dourados submersos nos poços próximos às ruínas, mas quando julgaram ser pouco, voltaram a torturar os índios. Os militares desconfiavam que o resto estava escondido em outro lugar.

Não demorou muito para os nativos apontarem para o lago que você vê da janela. E como alguns quilos de estatuetas foram realmente salvaguardados dele, a construção da cidade foi iniciada. Contudo, tão rápido o ouro do lago acabou, os índios que o indicaram foram executados."

A cidade foi concebida em 1940 como um estratagema nazi-brasiliano. A semente de uma união ainda mais próspera.

"No entanto, a História é torta e esfacela os pragmáticos. Quando, em 1942, a notícia de que os países se tornaram inimigos chegou no íntimo da selva, tanto oficiais quanto praças, já apegados entre si, optaram por manter o status neutro da cidade. As relações comerciais já estavam acabadas desde janeiro, mesmo assim aquela luta não fazia o menor sentido. Destoava de todo o planejado."

A escritora passou o indicador em um buraco de bala na lateral do móvel.

"Aguardariam, anos se necessário, até o fim da contenda e o retorno do juízo, mesmo que isso significasse a interrupção da chegada de recursos à zona remota. Entretanto, o governo brasileiro não aceitaria a permanência de inimigos alojados em território nacional e enviou um novo destacamento para aprisionar os alemães, render os brasileiros e assumir a administração do projeto. Com o Brasil em guerra, aquela riqueza era ainda mais urgente. Todavia, quando as novas forças brasileiras chegaram a Nova Pasárgada, encontraram apenas corpos mutilados."

* * *

Perso tinha certeza. Algo havia se movido na mata atrás dos túmulos. No entanto, uma terceira lasca de ouro explicou que estava tudo bem, que era apenas o vento. Deu as costas para as sepulturas, esgueirou-se pela porta de trás da casa e coletou seu merecido prêmio. Lá dentro descobriu uma escada que descia ao subsolo. No escuro do porão, algo refletia somente para ele. Finalmente as coisas começavam a melhorar em sua vida.

* * *

Sabrina somava o que lia com os anos de pesquisas e com as palestras de Atalaia. Fato, no passado alguns povos preferiam jogar seus artefatos de ouro em poços inundados, do que deixá-los nas mãos dos exploradores. Era profano demais o modo como os espanhóis derretiam as oferendas sagradas. Pouco se lixavam por terem sido trabalhadas para serem entregues às divindades. Era sujo demais constatar que os estrangeiros valorizavam o peso e não o valor sacro daqueles trabalhos artísticos.

"De todos os povos interrogados pelos militares, havia uma tribo que se recusava até mesmo a mentir. Preferiam a completa humilhação e sofrimento, longe de colaborar com os invasores."

A imaginação da escritora pintou claramente que as letras borradas se deviam às lágrimas de quem escreveu o trecho. Provavelmente depois de puxá-lo da máquina para a última leitura antes de lacrá-lo sob o enigma.

O trecho seguinte contava que, para ganharem a confiança desta tribo composta apenas de mulheres, o exército convocou uma oficial da inteligência e encenou prendê-la no mesmo porão que uma destas índias jazia capturada. Enquanto a espiã fingia ser torturada e sofrer das mesmas agruras sofridas pela indígena, a guerreira era penalizada de verdade. No entanto, por mais que passassem trêmulos períodos juntas no escuro do subsolo e dos porões da alma humana, a índia sequer mirava seus olhos.

Por um instante, Barlavento esqueceu que tudo aquilo era uma história real e sentiu saudade de um *cappuccino* cremoso para aveludar a leitura.

***

Rafael descia pelos degraus de cimento empunhando duas armas. Uma atirava pinga amapaense, a outra era da Segunda Guerra Mundial.

– Alguém aí?

O eco o indagou de volta e ele pegou a quarta pepita do chão. Aquele cômodo era tão gelado quanto opressor. Ali dentro, sentia de tudo, menos solidão. Correntes enferrujadas escorriam pelas paredes tomadas de raízes como se fossem serpentes petrificadas pelo tempo. A luz que vinha de cima alcançava apenas metade do ambiente, não arriscando revelar demais.

– Beleza.

As quatro pedrinhas tilintavam na calça, enquanto subia os primeiros degraus de volta. Isso seria o compasso perfeito para a melodia que sopraria dos lábios já em bico. Então uma figura mascarada o encarou do topo da escada.

***

"Os tambores trovejaram de um lado e as flechas choveram do outro. A Lua brilhava cheia na noite em que a cidade era novamente atacada. Como a investida foi ardilosa, funcionou perfeitamente contra a arrogância dos militares. Eles se julgavam seguros atrás das armas e das paredes de alvenaria. Naquela noite, ao mesmo tempo em que as mulheres matavam todos os soldados que viam pela frente, trataram de resgatar a índia acorrentada no

porão. A prisioneira indígena, deveras abatida, quase vencia o último degrau em direção à porta, momento em que optou por voltar e soltar a espiã, levando Alice Balboni consigo."

Seu estômago ronquejou mais alto que o avião escutado revelações atrás.

"A espiã foi acolhida pelo grupo das mulheres guerreiras e lá aprendeu os modos e até mesmo rudimentos de seu idioma. Descobriu que, em sua crença, aquele ouro era anualmente, no começo de cada ciclo, oferecido à terra para manter o mundo a salvo."

Este papo sobre ciclos conversava com a explicação de Atalaia sobre o amuleto em formato de bolacha. Um biscoito cairia bem.

"A partir de então, Alice começou a se referir e elas como amazonas nos reportes que levava escondida até Nova Pasárgada. Mas antes de você voltar a odiá-la, saiba que agora a espiã se considerava uma amazona infiltrada na cidade militar e não uma militar infiltrada na lendária tribo."

Sabrina Barlavento queria ter escrito esta história.

"Ela desaparecia com os pertences dos superiores, para recolocá-los no cofre dos subalternos. Ela escrevia cartas com a caligrafia da esposa de um e alocava sob o travesseiro de outro. E como não é muito difícil se irritar em uma selva tropical, o que era desconfiança logo se transformou em morte. A cidade foi dividida e enfraqueceu. Durante a contenda tramada pela mulher, o retorno das amazonas foi triunfante. O ataque foi fatal. Em 7 de maio de 1945, as índias retornaram todo o ouro retirado da água para seus devidos lugares."

A escritora era cética e, mesmo se fosse verdade, era apenas uma coincidência com a importante data histórica. Só poderia ser coincidência.

"Você deve estar se perguntando quem sou eu que te escrevo, e porque dediquei até minha pós-vida à proteção de certos segredos. Bom, se a Primeira Caveira era uma espiã do Estado Novo redimida, a Segunda Caveira teria que ser uma mãe desesperada que procurou por seu filho até os confins de uma floresta."

A página era enfeitada de letras manchadas.

"Uma mãe que teve um filho levado por um militar em 1979 e que teve todas suas cartas e pedidos ignorados pelo governo, como se não passasse de um fantasma. Espero que tenha o coração lúcido a ponto de entender que, guerrilheiro comunista ou militar a serviço do governo, um filho é sempre um filho."

Barlavento quase rasgou a folha tamanha pressa.

"Cansada de ser menosprezada, decidi investigar por conta própria. Eu sabia que só outra alma atormentada por situação semelhante me seria solidária. Assim, em 1980 entrei em contato com um fotógrafo que teve seu irmão desaparecido no começo da década de 70. Pela feição desamparada na matéria da revista, tive certeza de que encontrava um aliado ali. Com sua influência e minha teimosia, chegamos até mesmo a torturar e chantagear militares importantes em busca de documentos sigilosos. Eu não me orgulho disso. E também não me gabo por ter feito alianças até mesmo com criminosos. Homens tão sujos quanto aqueles que sumiram com meu filho."

Barlavento esfregou a sobrancelha.

"Mesmo depois do regime militar ter definhado, continuamos nossa procura. E, claro que 14 anos depois da última carta de meu filho, era óbvio que jamais ouviria suas piadas exageradas e elogios interesseiros de quem só queria mais um bolo de banana da mãe. Os sonhos me diziam que ele estava morto. Os mesmos sonhos insistiam para eu buscá-lo. O coração não cavalga no ritmo do tempo."

Para a sorte da autora, o resultado da conta que fazia na cabeça começava o parágrafo seguinte.

"Quando, em 1993, descobrimos que um narcotraficante operava uma pista clandestina, próxima às ruínas que meu filho relatou em sua carta, organizamos uma expedição. Fingíamos se tratar de um trabalho científico. Tudo parecia dar certo, porém, após os arranjos feitos, perdi meu aliado na semana em que partiríamos. O fotógrafo me disse que fazer acordo com um traficante era algo além de seu limite moral."

– Ops...

"Eu fui acompanhada só por um ribeirinho que conhecia a região. O único guia que respondeu ao nosso anúncio."

Os 13 membros da expedição de 1993 não haviam sido devorados em um ritual antropofágico funesto, ou algo ainda mais antológico. A verdade era que não passavam de duas pessoas. A caveira e o amapaense. O próprio Nando Padilha nunca soube disso. Sabrina muito se surpreendia pelo esqueleto ainda contar com as duas mãos.

"Foi quando encontrei a Primeira Caveira nesta mesma cadeira em que agora assumo a vigia. E, assim como você, resolvi um enigma e fui amaldiçoada com a responsabilidade. Claro, já ia me esquecendo: prazer, meu nome é Úrsula e, meus parabéns pelo gosto musical, por falar nisso."

A escritora não queria responsabilidade semelhante.

"Assim que li o relato de Alice Balboni, percebi que certas coisas se encaixavam demais para serem coincidência. O relato conta que ela, já idosa, vigiava o lugar quando, em 1981, um grupo de dez mercenários chegou a Nova Pasárgada. Eles tinham um jovem prisioneiro, descrito como barbudo."

Barlavento mordiscou uma unha, mas não a partiu. Tinha parado com o hábito. Pelo que Ícaro havia contado, o prisioneiro comunista havia sido decapitado mais ou menos nessa época, logo depois de Domingos ter voltado da Colômbia com o Capítulo Perdido. Se fosse verdade, o prisioneiro não poderia ser ele.

"É só um parágrafo no relato da Primeira Caveira, mas, pela bravura, sei que era ele sob o codinome Jacaré. Meu filho era este prisioneiro que conseguiu quebrar todos os rádios e esconder a maioria das armas daqueles desgraçados, no dia que precedeu o novo ataque das amazonas. Sei que não é o motivo mais nobre, mas agora eu as protejo, pois sou grata por terem vingado Emílio Crispim, meu querido filho."

Sabrina arqueou uma sobrancelha para sua nova amiga. Úrsula mostrava entusiasmo. Parecia acreditar que ela aceitaria se tornar a Terceira Caveira. A escritora largou a resma datilografada com uma pancada, fingiu para si mesma que iria embora dali e depois a reergueu.

"No final de seu turno, mesmo morta, a Primeira Caveira me entregou os restos do meu filho para que eu os enterrasse de forma digna. Espero que o poder deste lugar me dê a oportunidade de entregar a você algo que te valha a pena assumir o manto."

Nada disso. Aquele lugar não tinha poder nenhum. O fato de as amazonas terem devolvido o ouro para seu local sagrado no preciso dia em que a Alemanha nazista assinou sua rendição era pura casualidade.

– Até parece.

Isso tudo resvalava no mote de seu gibi favorito.

Criado por *Lee Falk* e descoberto em sua infância nas prateleiras do pai, "O Fantasma" era o primeiro herói mascarado em uma revista em quadrinhos.

O personagem, que era o elo perdido entre as aventuras *pulp* e os heróis fantasiados, passava o manto e a responsabilidade de pai para filho, assim como o ódio por piratas e o mau gosto para sungas. Sabrina, no entanto, batalhou ferrenhamente para criar seu próprio destino, brigando até mesmo com a família. Não seria uma caveira sorridente que a convenceria a aceitar um caminho já desenhado. Além do mais, não estaria ganhando nada tão valioso quanto a informação sobre um filho desaparecido. Nem filho tinha. Quando pensou nisso, constatou que estava recebendo de lambuja o que procurava quando aceitou o convite de Perso. Tinha ali uma história real, exclusiva, absurda e deliciosamente documentada. Um tapa na cara de cada um que debochava de seu gênero predileto. Era a aventura determinante.

Sei que está tentada tanto a procurar pelo ouro quanto a revelar todo este segredo ao mundo, mas lembre-se:

A corrente é simbólica.
O conteúdo protegido por duas vidas
só fará sentido se lido ainda aqui
e se ainda aqui permanecer.

***

Perso apontou a Luger para a silhueta mascarada sobre a escada, mas, antes que pudesse descobrir se funcionava, recebeu uma estocada vinda do escuro. O lado esquerdo do tronco ardeu como se carimbado a fogo. A dor era tamanha que desmontou sobre um joelho. Reergueu a pistola alemã na direção do ataque, mas o outro inimigo do alto saltou acertando-o no peito com a sola do pé.

Perso bateu as costas no cimento e rolou para o lado a tempo de escutar a ponta da lança acertar o piso. Tentou se levantar no escuro, porém descobriu ter rolado para baixo de uma mesa quando sentiu aquela madeira rústica contra a cabeça. Sem tempo para sofrer, atirou com a pistola nazista no que seria o vulto de uma perna.

A despeito do tiro ter passado longe, as duas figuras começaram a gritar de um modo um tanto estridente. Batiam o cabo da lança no chão.

Mais por medo que por bravura, Rafael gritou de volta.

***

Sabrina terminava de ler como as duas caveiras haviam usado a imaginação e o gosto cinematográfico duvidoso para incrementar o método das amazonas. Fosse usando de lendas folclóricas, de monstros da Universal ou de terrores primitivos, o importante era afugentar os curiosos. Então escutou um estouro seco.

***

A última coisa que Rafael Perso queria fazer em sua vida era porventura morrer.
– Ah!!!
Plantou os pés no chão e, mesmo sem saber o tamanho daquele móvel, usou a força que tinha para erguê-lo nos ombros e tombá-lo para a frente. As duas sombras saltaram para trás, se safando do ataque, e quando se deram conta, o forasteiro derrotava os primeiros degraus rumo à liberdade.
– É isso que...
Perso foi agarrado pelo tornozelo e caiu de bruços na escada. Sorvia uma dor lancinante no cotovelo, mas isso não o impediu de disparar bebida alcóolica nos orifícios da máscara demoníaca.
– ... a gente!
De volta a luz do dia, sangrava horrores pelo novo corte no tronco, além de portar mais um calombo na cabeça – este por mérito próprio. Os gritos subiam pelos degraus e saiam pela porta. Rafael caiu de barriga sobre um dos túmulos.
Ainda estava com o rosto afundado nas flores, quando uma lança foi arremessada e pousou fincada na terra a centímetros de seu olho. Usou a arma indígena como muleta, se levantou como podia e com a mesma lança se defendeu de outro bote. Quando achou que estava pegando o jeito naquela troca de ataques e defesas, sentiu um golpe certeiro no meio das costas.
Como o atacante de trás não carregava mais uma lança, Perso absorveu o impacto de um chute que o tombou novamente com o rosto no

chão. Ele era realmente uma piada. Era a única explicação para um sujeito se enfiar na floresta atrás de um carregamento de drogas que jamais venderia, na companhia de uma mulher que não merecia, para provar um ponto que nem ele próprio compreendia.

Foi puxado vigorosamente pelo cabelo, expondo a pele esticada do pescoço. A ponta aguda da lança pinicava o pomo de Adão. Seu último pensamento foi o sorriso largo e artificial de Frederico Machado. Os dentes do político eram como as pedras musguentas de um aquário.

Então, uma voz conhecida falou em um idioma estranho.

Rafael abriu os olhos e reconheceu o tênis logo à frente de seu nariz. Esticou o rosto para cima e Sabrina segurava o pingente retirado da caixa.

As duas guerreiras hesitaram, mas a romancista repetiu os dizeres muito convicta, a ponto da lança apontada para ela se afastar. A jugular do golpista, contudo, continuava sob a mira da morte fácil. A autora então colocou o cordão no próprio pescoço e Rafael foi libertado. Uma voz feminina reclamou abafada pela palha. Em resposta a isso, Barlavento ergueu o calhamaço que trazia em uma bolsa de lona a tiracolo e insistiu nas palavras de antes com um tom muito calmo.

Antes que pudessem descobrir a decisão das lanceiras, um estrondoso ronco de helicóptero surgiu sobre as árvores. A ventania os esmagou, esparramou a superfície do lago e amassou o capim da margem oposta às casas, onde começou a aterrissar.

As amazonas sumiram como dois fantasmas felinos e a romancista ofereceu a mão que restava para Rafael se levantar:

– Agora você me deve duas, "Junior".

25. DESVENTURA TUPINIQUIM

A autora e o golpista subiram por uma escada externa até o terraço a tempo de verem o robusto aparelho tocar o solo. Seus dois rotores sobrepostos fustigavam a água como uma tempestade tropical, os quatro pneus agarraram no capim como unhas de gato.

– Alguma coisa me diz que não é a Sétima Cavalaria. – Sabrina se jogou de bruços ao lado de Perso. – Você está sangrando!

– Quem não está? Olha lá. Eu aposto, jogo e levo que conheço bem quem está prestes a sair daquele *Kamov*. Ah, se conheço. Só não imaginava que o Machado tinha bala na agulha para alugar um pássaro russo desse calibre.

– Você acha, de verdade, que seus "amigões" viriam até aqui só para infernizar a sua vida? – A escritora colocou a mão no calombo da testa de Rafael. – Como se você já não fizesse isso sozinho.

– Eles me pegaram.

– "Elas" te pegaram – corrigiu Barlavento.

– Eu estou mais preocupado com o seu braço. Você precisa de medicação de verdade.

– Aí que está. Você não reparou que os seus machucados de antes deram uma melhorada também? Quero dizer, perto do estado que você estava.

– Olha lá, que filho da puta! Isso daí leva essa cidade inteira no lombo se quiser. Repara, ele tem uma hélice em cima da outra.

A porta do helicóptero abriu com os rotores ainda em ação, e uma sequência de homens fardados de cinza saltou sobre o capim deitado pelo vento. Cada um empunhava o rifle na altura da visada, preparado para um combate iminente. Tão logo o quinteto formou um arco, marcando o perímetro entre a aeronave e a mata, outros cinco, atentos e paranoicos, saíram direto para o outro lado. Então um grandalhão de ombro largo e rosto redondo desembarcou também uniformizado. Terminando de mastigar algo, quase irreverente, o gigante indicou uma direção e metade dos fuzileiros se embrenhou na selva.

– Ah, se meus amigos viriam, o Machado me odeia! E depois do Diego, com certeza, ter falado da carga perdida... – Rafael enrugou a testa. – Se bem que, para trazer um pássaro desse, já deve estar sabendo que era um submarino e não um carajá. Olha lá, é ele! Esse cara é vereador, você acredita nisso?!

Do outro lado do lago, um homem apertava seu chapéu na cabeça. A aba cobria parte do rosto, a boca tagarelava em um comunicador. Ao contrário dos fuzileiros, era mais velho e dispensava farda, optando por uma camisa social, certamente de linho pela malemolência perante a ventania.

– Se fosse um filme, teríamos binóculos nesta cena. – Sabrina relinchou.

Então o líder corpulento e fardado, que fazia o tipo de um sargento, impostou a voz:

– Vamos ser pragmáticos, cavalheiros! – Apoiava os dois braços na repetidora pendurada na bandoleira. – Lodí, você coordena a equipe da varredura nas casas pela esquerda! Não quero saber de nenhuma novidade depois de 20 minutos!

– Sim, senhor! Orsi, Caúso, vocês ouviram o Lábaro. Comigo! – O subalterno fez um sinal e os três bordejavam a lagoa com um trote de passos curtos e ritmados.

– Eles estão vindo para cá – sussurrou Sabrina.

Lábaro continuou a distribuir ordens:

– Couto e Freitas, a mesma coisa só que pelo outro lado! – Deu risada. – Se aparecer algum chupa-cabra, só passar chumbo!

– Sim, senhor! – E partiram.

– Ué, cadê os caras? – disse Rafael.

– Quem? – Barlavento se afastava da beirada puxando-o pela manga.
– Aqueles que falaram que eu era muita areia para o seu caminhão?
– É... – Perso seguia Sabrina, ambos agachados no terraço cheio de musgo e folhas mortas. – Eu jurava que eles viriam junto.

Quando os dois chegaram na beira de trás, e iriam voltar pela escada de cimento batido, testemunharam ao menos cinco arqueiras mascaradas se esgueirando pelo mato posterior à casa.

– Olha suas amigas aí. – Rafael engoliu vento e recuou.
– Fodeu! E agora?
– A "Mãe Dináh" aqui é você. – A voz de Perso quase não saiu. – "Expedição inimiga", "Mercenários", você está escrevendo isso tudo com a língua. Em que ponto da sua trama estamos agora, hein?

Engatinharam até a lateral que se avizinhava à outra construção deteriorada. Sabrina molhou o indicador e mordiscou a unha.

– Depende, eu estou naquele em que prometo nunca mais sair com ninguém da internet. – A escritora pegou fôlego. – Já você deve estar prestes a me dizer para não pular.

– Você está pensando em pular para o outro lado?!

As pálpebras da autora desceram e subiram em câmera lenta, ela correu e saltou. O ar zunia por seus ouvidos. Varava o vazio da altura de um sobrado, quando teve a estranha certeza de que estava no lugar e no tempo certo da narrativa da sua vida. Chegou no outro telhado batendo o joelho, virou e acenou para Perso. Lá embaixo, pela direção que as amazonas tomavam, algumas logo estariam no terraço dele. Sem contar que dois mercenários desviavam da lagoa justamente naquela direção.

Assim que Rafael aterrissou, Sabrina passou as novas instruções:

– A gente vai esperar os três caras inspecionarem a próxima casa e, quando estiverem passando para essa aqui, a gente pula para a que eles já passaram, ouviu? – Estavam ambos acocorados. – Antes que você me pergunte dos outros dois capangas que viriam por trás, é óbvio que eles vão ser pegos por elas assim que chegarem aqui. Alguma dúvida? Que cara é essa? Por que está me olhando assim?

Perso então apontou sorridente para o helicóptero cargueiro, onde uma das índias mexia em alguns cabos do motor. Barlavento imaginou o tipo de aula que Alice Balboni passou para as guerreiras. A Primeira Caveira certamente era culpada por ensinar técnica semelhante.

– Ela vai ser pega! – disse Perso.

Um mercenário voltou da selva na direção da sabotadora, porém, antes de notá-la, pinçou algo na terra. Então, fazendo uma expressão de quem começava a colocar a vida nos eixos, foi degolado e dragado por outra índia que sequer viram estar ali.

– De nada, viu – disse Sabrina.

– Tem gente vindo.

A equipe que vasculhava as construções à frente era composta por três homens. Assim, aguardavam já agachados na borda tomada de limo. Neste meio tempo, escutaram dois murmúrios de dor vindo da casa de trás, próxima aos túmulos.

– Não disse? – soltou ela. – Menos dois.

Barlavento estava atenta. O primeiro fuzileiro acabava de passar lá embaixo para adentrar a construção em que estavam. Segundo seus cálculos, os outros dois deveriam estar dentro da casa em que estavam prontos para alcançar.

– Ele está subindo. Vamos.

A escritora saltou para o topo seguinte, Rafael se benzeu três vezes e a seguiu. No entanto, ao pousar, o paulista esfacelou a laje maltratada, abriu um rombo e foi engolido para o piso de baixo. Após o acorde tão crocante, o vigarista tirou a poeira do rosto para se ver na mira de um fuzil M16. O mercenário estava com o coração na goela.

Quando o gatilho seria pressionado, o chão quebrou novamente, levando patife, fuzileiro e escombros até um amontoado de folhas grandes nascidas no térreo.

Perso fugia de quatro no labirinto de raízes e caules. Separou a folhagem e deu de cara com um segundo rifle. Como este mercenário tinha a ponta de uma flecha eclodindo no peito, não demorou a tombar de bruços.

– É isso...

Enquanto Rafael se livrava do peso do musculoso defunto, o outro fuzileiro, que acompanhou sua queda, preparava a arma ainda engasgado com a poeira. Então, através dos buracos feitos até o solo, Sabrina assistiu do terraço uma flecha zunir por cima de Perso e derrubar o mercenário que tossia.

No térreo, a arqueira desapareceu porta afora e Rafael, ainda sentado, fez um sinal de joia para a escritora, que o olhava do teto.

– ...que envelhece a gente – completou baixinho.

Antes que a romancista decidisse o próximo passo, uma gritaria aguda, seguida por longos uivos e rosnados veio de todas as direções. Lá de cima tinha a visão panorâmica do cenário montado em torno da lagoa. Um mercenário fez a mira perfeita em uma índia que corria pela borda da mata. Antes de atirar, seu peito foi atingido por uma flechada tão potente que rodou o corpo até tombar de barriga na água. Três fuzileiros concentraram fogo às cegas na origem do disparo. Seus gritos quase sobrepujavam o berro das armas, mas o ódio foi calado por uma tempestade de setas vindas do outro flanco.

Aquilo parecia mais coreografado que um show de dublês. As arqueiras raramente erravam, os soldados despedaçavam qualquer galho suspeito. A guerreira com máscara de aranha preparava um segundo tiro furtivo, possante e letal. De tocaia, era praticamente invisível. Então, de repente, começou a tremer o corpo inteiro com os braços abertos. Seu pescoço soltava um óleo na cor do vinho. Quando seu adorno facial caiu, revelou os olhos virados e a boca escancarada. A cacofonia era tamanha, que só então Sabrina entendeu que a índia era metralhada pelas costas.

– Não! – Gritou do telhado, mas o tiroteio a salvou de ser percebida.

Uma sucessão de setas atravessou a farda e a pele do assassino, mas assim que este tombou, outro surgiu o arrastando pelo ombro e acertando um tiro no rosto de uma lanceira que avançava pela lateral. Não demorou e tanto aquele que puxava quanto o atravessado pelas flechas, foram varados por outras lanças olimpicamente arremessadas por duas índias.

A escritora quase se sentiu culpada ao sorrir pela morte do mercenário. Segurava o pingente verde com muita força. As amazonas sairiam vitoriosas.

Uma mão a puxou pelo ombro.

– Simbora, que vai chover! – Perso retornava ofegante ao telhado.

Então todos os disparos, fossem de pau ou chumbo, cessaram abruptamente. O silêncio era quase sepulcral. De cima da construção, os dois viram um homem de braços fortes, trajando uma camiseta regata em farrapos sair da floresta. Apesar do estado deplorável, roubava todos os holofotes com a empáfia de um ator de teatro que sabia o peso da próxima linha. A própria pele de Ícaro Atalaia se abria, em um ponto ou outro, como a cortina de um espetáculo.

– *Conhori!* – Bradou o caçador de tesouros, encostando a conhecida pistola prateada na têmpora de uma pequenina índia que trazia consigo.
– Vamos renegociar!

Então o senhor de chapéu levantou-se batendo na própria calça. Deixou o esconderijo detrás do helicóptero e andou até o carioca. Por mais que Perso puxasse Sabrina, ela precisava ver o desfecho.

O elegante senhor mediu Ícaro por intermináveis silêncios para depois estapeá-lo no rosto. Em seguida apertou o rapaz com tanta força que, destrambelhado, derrubou o próprio chapéu no chão. Convulsionava.

– Domingos Atalaia! – murmurou Barlavento. – Parece que seus amigos te deixaram na mão de novo, Rafa.

As guerreiras ainda apertavam as armas. Ícaro jogou a garotinha de bruços e atirou, quase acertando sua orelha. Arcos e lanças pousaram na relva orvalhada de sangue.

– Eu vou matar essa aqui, se a "manda-chuva" delas não se apresentar! – Virou para seu pai e falou mais baixo. – É só um blefe para ganhar o respeito delas. A gente vai precisar de um tradutor. Você trouxe algum?

Levantou a *Desert Eagle* e uma das guerreiras cruzou a campina da margem até os dois Atalaias. A poucos passos deles, retirou a máscara de mariposa sendo imitada pelas demais.

– Como assim, cadê os homens?! – Aquela espécie de sargento esfregava as mãos, uma mosca gigante. – Deve ser por isso que estão todas tão mal-humoradas!

A turba de risadas foi peçonhenta.

– E agora? – Domingos roçou a testa vermelha antes de encaixar o chapéu.

Ícaro retirou uma pepita do bolso, apontou para o lago, em seguida para o chão e depois para as árvores.

– Cadê? Ouro! Onde tem mais?

A índia virou o rosto e Domingos disse desanimado, quase triste:

– Acho que você tem que matar a pequenininha para elas levarem a gente mais a sério.

– Foi bem difícil achar uma criança delas, pai... Só achei essa porque ela tinha roubado a minha lanterna.

– Então vamos dar cabo de uma mais velha. – Domingos gesticulou e o sargento bonachão andou até uma mulher de pele alva.

– Ué, eu nem sabia que existia índia branca, chefe!

Domingos Atalaia escaneou a amazona de cabelos castanhos claros e pele caucasiana, um fenótipo nada indígena. Sua testa trazia uma pequena marca de queimadura e suas unhas estavam afiadas.

– Pega outra, essa é a prova viva de que elas encontraram uma das expedições alemãs.

– Essa outra aqui que também está estragadinha, então.

O soldado da fortuna puxou uma moça de pele castanha até a frente dos patrões. Um corte fresco talhado na bochecha a diferenciava das demais, a máscara furada de coruja parecia um escudo primitivo em sua mão. Antes do mercenário se afastar, deu um tapa no traseiro da garota e foi coberto de elogios pelos colegas.

Ícaro colocou a pistola na testa da índia humilhada.

– Ele não vai atirar – soprou Perso também agachado. – Ele não atiraria...

O aventureiro inalou a Amazônia. Tinha o braço trêmulo, mas chafurdou o gatilho. Contudo, antes do estampido, freou o dedo ao escutar Sabrina Barlavento em um dos telhados.

– Eu consigo! – Seus ombros subiam inflados de adrenalina e desciam murchos de medo. – Eu consigo... levar vocês até o Eldorado.

26. FORTUNA E SANGUE

Os poucos sobreviventes da equipe de Domingos inflaram três botes laranjas e anexaram motores em suas popas. Um flutuava no meio do lago, servindo de depósito para tudo que os dois mergulhadores retiravam do fundo, outro repousava na margem, às ordens do patrão, e o terceiro jazia preparado para Ícaro. Todos tinham o mesmo título garrafal escrito de preto.

SEMPRE FORTTUNA

Pai e filho desciam a escada de volta ao saguão da alfândega. Através dos óculos de leitura, o velho aventureiro folheava os documentos recebidos da amiga do filho.

– Esse capitão que morreu aqui em 1981 só pode ser o Scandelato. Aquele embusteiro falacioso, sádico de uma figa me deixou de fora quando encontrou as ruínas. Ele deve ter me mostrado qualquer corpo sem cabeça, copiado o Capítulo Perdido e vindo para cá com o comunista.

– Vamos pensar no agora – disse Ícaro. – Agora sou eu quem está contigo nessa. E aí, trouxe o ROV que eu te pedi?

– Até trouxe, mas é melhor a gente usar a bomba logo e esvaziar tudo só por desencargo de consciência.

– Tem bastante coisa lá nos poços, pai, posso te garantir. Só que o verdadeiro prêmio está escondido em outro lugar aqui perto.

– Não sei, não. Você acha que essa mulher está falando a verdade? Que a página que ela arrancou daqui tinha o mapa?

– A Sabrina não ia mentir, pai. Eu conheço ela.

Mesmo com ambos Atalaias adotando um tom moderado, lá fora, a escritora e o golpista acompanhavam a conversa. Sentados na calçada, aguardavam seu destino com as costas na parede e os braços amarrados.

– Que moral, hein, Bina?

– Shhh...

De frente à lagoa, tentavam interpretar a agitação através das energéticas trocas de ordens pelos rádios. Havia três equipes. Uma pousou em um hidroavião perto do submarino, outra arriou um container de equipamentos do *Kamov* e desceu de rapel nas ruínas incas, e a terceira seguiu com o helicóptero até os restos de Nova Pasárgada, onde batalharam contra as amazonas. Deste time, restavam apenas quatro homens, contando com o brutamontes na liderança e com os dois pilotos que faziam hora extra como mergulhadores.

Quanto aos nove mercenários mortos, todos foram acomodados perto da aeronave e cobertos com uma lona amarela.

– Para não ficarmos só na mão dela – disse Domingos –, vamos seguir com a sua ideia do submarino em paralelo. Tem certeza de que vai dar certo? Elas são bem duronas.

– Não há espírito que resista.

Mais uma boia vermelha despontou na superfície e foi fisgada para o bote. Um mercenário puxou a vara dotada de um gancho, soltou a bolsa e acionou o propulsor em direção à alfândega.

– Combinado então. – Domingos substituiu os óculos pelo chapéu. – O pai já vai indo encontrar a equipe das ruínas, e você vai pegando o caminho do rio para tocar o time do submarino.

– Não esquece de carregar o rádio, dessa vez, hein, coroa.

– Positivo, filho, e vou deixar o Lábaro tomando conta da mulherada aqui. Tem certeza de que prefere levar a *Conhori* e a menina até lá, no lugar de trazer as coisas para cá?

– Esse tipo de coisa não se faz na frente dos outros.

O bote encostou na margem, encharcando o rosto de Rafael que se chacoalhou como um vira-lata. O condutor, ferido na perna, saltou claudicante e entregou a sacola suja de lama verde.

– Mais *muiraquitãs* – disse Domingos. – Não vale mais a pena trabalharmos nesse lago daqui. Vou lá ver o que os poços guardam para nós, enquanto você arranca onde é o sítio correto.

Por mais que os mergulhadores se dedicassem, tudo o que tiravam da água eram as mesmas pedrinhas achatadas esculpidas. Quase todas no formato de animais. Após o desinteresse do patrão, o mercenário jogou o invólucro enlameado na calçada e mancou de volta ao barco. Como um dos artefatos escapou do saco, Perso espichou o pescoço para vê-lo, mas estava coberto de barro. Por sorte, quando as hélices giraram, lavaram tanto a peça quando o rosto do tratante mais uma vez.

– Mas que bando de patetas – disse Barlavento. – Os militares começaram mesmo a cidade em volta do lago errado em 1940. Não acharam nem um centésimo do que veio no lombo daquelas lhamas.

– Se é que sobrou espaço nas lhamas para ouro, né? Parece que os incas de vocês estavam mais interessados em carregar essas bugigangas daqui.

– Não, não. Esses negócios foram feitos pelas *icamiabas*. Está vendo essa lama esverdeada? Eu acabei de ler lá em cima que é disso que são feitos os *muiraquitãs*.

– "Icome-quem"? – Rafael forçava as amarras atrás de si. – Cadê minha Beretta de birita para acompanhar suas conversas?

– *"Icamiaba"* quer dizer "mulher sem marido", em algum idioma indígena. – Barlavento também forçava os braços, por mais que o processo fosse especialmente doloroso para ela. – Você já ouviu falar delas como "amazonas". E antes que você comente algo sobre a Grécia, e *blablabá*, basta refletir o porquê desta floresta ter o nome que tem.

– Eu estava mesmo prestes a falar da Grécia, Sabrina.

– Quando um cara chamado Orellana cruzou o Rio Amazonas no século 16, entrou em combate com uma tribo bastante agressiva só de mulheres. Os espanhóis chegaram a achar que eram homens cabeludos, só que mais para a frente na jornada, quando capturaram um índio de outra tribo, ele relatou que sua aldeia era tributária das *icamiabas*, aí tudo se encaixou.

– Que dedo duro. Tu tem um canivete aí, uma tesoura?

A romancista entoou certo carinho na voz.

– Não demorou para os espanhóis as compararem com as guerreiras lendárias da mitologia grega, que viviam perto do Mar Negro e que tira-

vam um dos seios para atirar melhor com o arco. Daí "amazona" significar em grego algo próximo a "sem seio", sabia?
— O que nos leva a pergunta de número dois. — Rafael se gabou pelas mãos livres. — "Muirica-quando"?

Tanto Ícaro quanto Domingos assistiam calados a aula da curitibana. Apenas o mais jovem dobrou os joelhos para prender novamente os braços do paulista, desta vez com um nó de escoteiro.

— Essas índias — disse ele. — Elas recebiam uma vez por ano os guerreiros da etnia *guacari* com quem faziam sexo durante uma homenagem à Lua. Depois entravam em um lago que chamavam de "Espelho da Lua", e, segundo a lenda, tiravam da lama do fundo o material que iam usar para fazer os *muiraquitãs*. No caso daqui dá para ver que usavam a nefrite.

— Eu tenho vontade — disse Perso apropriadamente amarrado — de pegar um destes seus discursos quilométricos, desses bem longos, e enfiar no meio do seu...

— Os *guacaris* — seguiu Ícaro — usavam o presente no pescoço com muito orgulho e, bom... uns dizem que no ano seguinte eles voltavam para pegar os filhos que tivessem nascido homens, outros que as amazonas deixavam só as meninas vivas.

A escritora tinha se deparado com o termo *muiraquitã* em "Macunaíma", o clássico brasileiro protagonizado por um de seus anti-heróis mais queridos. Dado momento, a trama focava justamente em um amuleto deste tipo. Tamanho o sucesso do texto, já tinha circulado no país cédulas de cruzeiros ilustrando estes artefatos em homenagem a Mário de Andrade, o autor.

Domingos pigarreou.

— Tem certeza de que a moça não quer colaborar voluntariamente? A gente vai chegar lá com ou sem o mapa que você subtraiu.

— Vocês já não estão correndo para o poço? — disse ela.

— Nós dois lemos alguma coisa disso aqui e nós dois sabemos que os poços eram usados como bancos, como cofres de onde as três tribos tiravam as peças para levarem até o local da oferenda.

— O lago sagrado secou e o tempo cobriu todos os depósitos — disse Sabrina. — Mas tenho referência o suficiente para achar o Xis onde vocês devem apontar as pás. Vão por mim, podem soltar aquelas mulheres.

Domingos deu uma risada opaca e muda e foi em direção às pilhas de caixas retiradas do helicóptero. Ícaro assistiu ao pai se afastar e abaixou em frente à autora. Sua pele, ora cortada, ora ralada, carregava hematomas em meia-lua.

– Você sabe que eu não ia atirar naquela pirralha, né?
– Então solte todas elas.
– Elas ainda são importantes. Os militares, independente da época, jamais teriam encontrado este lugar sem a ajuda de nativos, e nunca vamos achar o Eldorado sem as últimas protetoras dele.
– Elas não vão falar, Ícaro. Coloca isso na sua cabeça.
– Se elas não falarem, o meu velho não vai deixar nenhuma em paz. Ele vai descontar toda a raiva de ter sido passado para trás pelo *brother* dele, aquele oficial. Era para você estar morta se eu não tivesse mentido que você tinha memorizado e destruído um mapa. Adivinha só com quem aprendi.
– Boa – disse Perso.
– Você sabe que nenhuma tortura no mundo vai fazer uma delas colaborar, né? Elas acreditam que fazendo o que fazem estão mantendo o mundo inteiro a salvo. – Barlavento colocou o rosto para a frente. – Qual o seu grande plano?

Ícaro Atalaia encarou em volta, mas não enxergava o mundo, enfrentava a alma. Disse:

– Você sabia que elas fazem estes troços no formato de tartarugas, cobras, sapos e que abençoam o amuleto com virtudes específicas?
– Qual. É. A. Merda. Do. Seu. Plano?

O aventureiro resgatou o *muiraquitã* circular jogado sobre as lajotas.

– O destino traça as melhores tramas. Olha este aqui. É mais uma prova de que as amazonas encontraram os incas e os muíscas refugiados e fizeram um intercâmbio cultural e religioso. Uma única peça reverenciando a *Inti*, a *Xue* e a *Iaci* ao mesmo tempo. Imagina a beleza da mistura dos rituais de dois povos que cultuavam o Sol, com os ritos litúrgicos de outro que venerava a Lua. É a poesia em forma de mistério.
– Desembucha logo! O que você vai fazer com elas?
– Pensa só em todas as descobertas que podem vir à tona desse matagal se elas pararem de ser egoístas. Você sabe das lendas. Desde lagos

capazes de curar enfermidades a jazidas que acabariam com a miséria do país. Elas não são inocentes que nem você pensa. Você viu aquele troço feito de casco de anta e unha de onça que a pirralha usava para mascarar a pegada dela?

— Você anda lendo muito *pulp*, Ícaro.

— Fingir que não bota fé só me comprova que você sabe mais do que está admitindo. Qual é, Sabrina? É nossa responsabilidade trazer isso tudo à tona. Como vamos descobrir que um lago miraculoso desses tem estas capacidades, sei lá, porque certos tubérculos desconhecidos nascem nas margens. Ou, vai saber, a cura do câncer está na peçonha daquele escorpião dado como extinto.

— Tarde demais, piá. Você já tinha me deixado claro que estava cagando e andando para tudo isso, assim que caímos aqui. Se quer minha ajuda, solte essas mulheres agora.

— Não faz sentido você ficar do lado delas. Elas não estão nem aí com você e nem com mais ninguém. Continuam escorregando pela Amazônia sem jamais entrarem em contato, quanto mais para admitirem serem reais ou ajudar.

— Claro, depois de tantos encontros traumáticos, nada mais esperto que virarem nômades. E elas são tudo, menos egoístas. Você pode ser cético e não acreditar que o ritual funciona, mas a intenção delas é bem verdadeira.

— Tem hora que não dá para ser cético. — Ícaro concentrou-se no *muiraquitã* redondo. — Não pode ter sido por acaso que eu esbarrei na peça que me trouxe até a rota delas.

— Só falta aparecer um "predestinado" nessa história, aí eu me aposento — disse a escritora.

— Como você explica o falso alarme no meu detector ter feito eu achar o *muiraquitã* no cemitério nazista? Foi só coincidência eu estar com ele na mesa e chamar a atenção de um ribeirinho que tinha um igual?

— O que aquele filho da puta tem a ver com isso? — perguntou Rafael.

— Eu não faço ideia de como ele conseguiu o amuleto dele, mas o formato encíclico e os hieróglifos eram idênticos ao meu e rimavam com o que me contou, depois que fiz aquele pé-de-cana beber uma garrafa ou outra.

Sabrina cuspiu na calçada.

— Você ofereceu béra para um alcoólatra?

– Cada um zela seu destino. – O caçador de tesouros começou a soltar a autora. – Lá para a quinta cerveja ele me garantiu que aquilo nos levaria para o lugar de um ritual secreto na floresta, disse que as tribos que faziam parte de um pacto centenário se encontravam uma vez por ano e que tínhamos poucos dias para chegar a tempo.

– Daí tanta pressa.

– Eu sabia da relação dos *muiraquitãs* com o mito das amazonas. Tem uma região lá no Pará, perto da foz do Rio *Nhamundá*, que os antigos exploradores chamavam de "País das Pedras Verdes". Foi por ali que rolou a luta de Orellana com elas.

– "Luta"? Eu chamaria mais de surra.

– Nas antigas, meu velho não achou nada por ali. Tudo o que ele juntou me trazia para o território acreano, só que não fazia o menor sentido já que a rota de Orellana não passa nem perto do Acre.

Barlavento estava livre da corda, porém, contida pelas mãos de Ícaro que investigavam gentilmente seu punho na altura da amputação. Longe dos olhos do aventureiro, Perso aproveitava a ajuda da autora para esgrimir sorrateiramente contra a rebuscada amarra.

– Quando eu levantei esse "furo" – Sabrina puxou o braço de volta –, você falou que achou as ruínas a partir da teoria do seu pai, das Três Marias. Que cada estrela representava um ponto: uma, a Lagoa de Guatavita; outra, o ponto às margens do Rio Amazonas, descrito no Capítulo Perdido; e a terceira, bem aqui, seria a última posição do Eldorado. Perdi alguma parte?

– Como você sabia da carga perdida, se você não tinha as coordenadas? – Perso não resistiu.

– A última entrada no diário dele desabafava sobre a coincidência de ter perdido o sinal de seu transporte exatamente no entorno do lugar em que desistiu de ir há 29 anos. – Dois oceanos verdes transbordaram marolas na face carioca. – "Como se o destino tentasse me voltar a trilhos desperdiçados, perco o que é meu sobre o que nunca tive". Este foi o gatilho para eu começar este projeto.

– Espera aí, gênio – Rafael parecia ter desistido de enfrentar aquele nó de vez. – Então o seu pai já sabia chegar aqui?

– De que adiantava sem saber o ponto exato? A questão é que eu só fui parar no cemitério em Jari, porque eu pensei em desistir. Achar o ouro do nazista provaria parte do meu ponto.

— Tá... — Barlavento talvez tivesse força para empurrar Atalaia no lago.

— Daí o Bodoque te entregou tudo mastigadinho nesse mapa celeste de uma vez só.

— A questão não é essa... eu só fui até Laranjal do Jari pegar o ouro de Kurt von Roques. Com toda a certeza alguma coisa queria me trazer para cá.

— Ok, você é "O Escolhido". — Sabrina planejava um coice. — Mas ainda teria um *Everest* de palha para vasculhar.

— As amazonas são o imã. — Ícaro a puxou suavemente para cima, a fazendo ficar de pé. — Elas vão me dar a localização. O destino me levou até o mapa do amuleto, o amuleto me trouxe até elas, e elas vão me levar até o Eldorado.

— Como você tem tanta certeza disso?

O caçador de tesouros fugiu o olhar e voltou o rosto para o pai. Além da lagoa, camisa suada, Domingos dava instruções para os mercenários. Feridos ou encharcados, retiravam três holofotes e um gerador a diesel do helicóptero — enfeitando cada vez mais o ambiente com aparatos intitulados de "Sempre Forttuna".

— Ele vai viciar a líder. — Rafael fez os cálculos perante o remanso do carioca. — Quando ela tiver crises de abstinência, vai contar até onde fica a perna do Saci.

27. DOIS CAMINHOS

A água do poço jorrou como um gêiser.
– Já está bom, chefe?!
Enquanto um dos homens jogava pequenos explosivos de efeito reduzido, outro recolhia os peixes atordoados com uma rede e os dispensava sobre as pedras encaixadas.

Uma coisa era entrar naquele contexto despreparado, outra ter recebido todas as informações do filho. E como Domingos Atalaia não tinha poupado despesas, a equipe das ruínas havia retirado do container desde material de pesca, até uma sequência de maquinários pesados. Contavam com dois motores para bombear a água do poço, com dois holofotes para não perderem horas de trabalho noturno, com um ROV, e os apetrechos necessários para controlá-lo, e também com um gerador a diesel para manter tudo em funcionamento. Tudo aprovado pelo controle de qualidade Sempre Forttuna.

– Chega, senão vai desmoronar as paredes.

Domingos protegia o rosto com a aba molhada. A folhagem gotejava ao redor. Além de toda tecnologia, o velho Atalaia gozava de um compilado extraordinário de material entregue pela curitibana. Aqueles documentos sozinhos eram uma descoberta capaz tanto de abalar quanto de badalar os alicerces da História do Brasil República.

– Equipe 2, câmbio – chamava em seu comunicador. – Equipe 2. Lábaro, na escuta?

– "Fala, patrão!" – respondeu uma voz rabiscada. – "Tudo certo por aí? Os caras estão te dando trabalho? Eu falei para eles te respeitarem, que não era só porque estou aqui cuidando das meninas que era para virar festa por aí".

O empresário cerrou os olhos perante a insolente prolixidade. Era mais fácil lidar com milicianos em ambientes urbanos, entretanto estes soldados, cansados da farda verde, se apresentaram como especialistas em incursões a regiões selvagens e era bem o caso.

– Já encontraram o tradutor?

– "Ainda não, meu patrão, mas os caras devem aparecer com ele logo, logo".

– Não vão matar esse tal de Seu Francisco por engano, hein? Segundo o Ícaro, ele é fluente no idioma *guacari*, uma língua que nem deveria existir. Ele é nosso único jeito de lidar com as índias. Por falar nisso, e elas?

– "Ah, patrão, colocamos a mulherada toda lá no porão da última casa. Está difícil segurar o pessoal aqui, viu. Acho que fazer o funeral do Hinoke, do Lucchetti, do Meirelles e dos outros acabou deixando o pessoal aqui romântico até demais. Os caras até picharam um coração lá perto da porta que dá para o porão. Daí eu disse que estamos na selva, mas que temos que ser civilizados e pintei uma flecha no coração, meu patrão. Vamos organizar isso aqui, eu disse! E falei para a gente esperar a autorização do cliente, né. Quem está me irritando é o paulista. Toda hora que alguém vai dar uma olhada nelas, ele começa a querer chamar a atenção para ele. Até parece que está com ciuminho".

O mesmo trovão que estourou no rádio chegou aos ouvidos do homem de negócios milissegundos depois. Tamanho stress, sua tez beirava o rosa.

– Não, não, melhor não. Isso pode atrapalhar tudo. Elas são mais orgulhosas que a minha mulher.

– "Só sugeri, patrão, porque o povo está meio cismado e isso ia acalmar eles. Esse lugar aqui é estranho. Não duvido nada os caras saírem lá de baixo da lona daqui a pouco".

– Me dê um toque assim que pegarem o ribeirinho. Câmbio, desligo.
– Domingos apertou alguns botões e passou para outra chamada. – Equipe 3, na escuta? Já abriram esse submarino aí?

– "Ah, senhor, já colocamos as cargas na escotilha, mas vamos esperar o seu filho chegar para abrir na frente dele. Vai que está vazio e vocês acabam achando que foi a gente que roubou o pó".

– Positivo, o Ícaro já está no bote a caminho com as duas e logo alguém chega aí com o tradutor. Senão, não vai adiantar nada abrir a escotilha.

– Vamos ter pacu para o jantar, chefe!

Ao lado do poço, o mercenário que fazia as vezes de pescador virava outra rede repleta de pescados. Domingos pegou um peixe exausto de chutar, abriu a mandíbula do animal e mostrou aqueles dentes idênticos à arcada dentária humana para Sabrina.

A escritora tentava se manter invisível desde que Ícaro a entregou a seu pai e a um dos mercenários que, juntos dela, trilharam até os escombros incas para encontrar a tal da Equipe 1. Assistia a tudo sentada em uma coluna tombada tomada de plantas e musgo.

– Não é à toa que são da mesma subfamília das piranhas. – Disse o velho aventureiro. – As *icamiabas* devem jogar eles aí, só quando pretendem usar alguém como exemplo. São conhecidos como "devoradores de testículos", e, acredite, são capazes de esfacelar uma noz com a mordida.

– Isso explicaria, daí, o súbito mau humor do seu filho.

– Mandei tirá-los para não entupir a bomba. – Sentou-se ao lado da prisioneira. – Você precisa de alguma coisa... água?

– Preciso acordar no meu sofá com um bom Machado caído no peito.

Domingos afagou a algibeira recheada de documentos.

– E abandonar o seu dever? Saiba que é uma honra me dirigir à Terceira Caveira. Querendo ou não, agora você faz parte dessa história.

– A única história que me interessa é a que vou escrever depois que você soltar todo mundo e voarmos para o pôr-do-sol naquele seu helicóptero requintado tomando café. Tem café lá?

Atalaia apontou para o *muiraquitã* redondo no peito da escritora.

– Sendo você a guardiã atual desses segredos, imagino que tenha lido o trecho chamado "misancene", onde as outras Caveiras explicam como as amazonas mantiveram os curiosos longe, fossem caçadores, seringueiros ou até turistas desavisados e traficantes. Tem uma página inteira só especificando quando seria melhor fazer uso do medo e quando apelar para a ganância. Mesmo antes da espiã e da mãe daquele comunista, essas índias já estudavam nossos modos. Elas fazem algo não muito diferente, por exemplo, do que os escoceses faziam antigamente, quando alimentavam o mito de que existiam lobisomens em certas florestas, desincentivando que os ingleses invadissem por aquele caminho.

Os mercenários arriavam dois tubos largos e sanfonados para dentro do mesmo poço onde Padilha e Ícaro tinham sido empurrados há dois dias. Domingos retirou o calhamaço da bolsa de lona.

– Basta você reparar que isso é bem comum aqui nos mitos locais. Repare que, seja o *Caipora* ou o *Curupira*, muitas das lendas ameaçam especificamente caçadores ou causadores de incêndios.

A escritora tinha em mente as três fotografias foscas e granuladas encontradas pelos homens de Padilha perto de onde construiriam o posto de abastecimento. Aquilo era obra da Segunda Caveira. Ela deve ter fotografado os corpos de alguns funcionários do traficante, os usados como exemplo, e plantado as fotos lá para que impressionassem os demais.

– Mas a esta altura já deve saber que nem tudo por aqui é faz-de-contas. – O empresário envergou as rugas da testa na direção do braço de Barlavento. – Faz quanto tempo?

– Ontem...

– E você sempre sarou tão rápido? Sabia que sem os cuidados você deveria estar morta?

– O Rafael cauterizou quando eu ainda estava desmaiada... pelo choque. Quando acordei, quase mijei de tanta dor, mas pelo menos não estava saindo sangue.

– Você sentiu a dor só até entrar em algum rio, ou lagoa daqui de perto, não foi?

– Eu dormi bêbada e acordei melhor. Quem nunca?

– Que seja. Depois de acharmos o ouro, você me leva até este lugar que te fez tão bem.

– Dinheiro primeiro, saúde depois. A receita para uma vida intensa e curta.

– Moça, eu sei que o Ícaro mentiu para te proteger. E se eu fingi que acreditei foi porque seu braço é a prova de que você encontrou o Lago Amaçú.

– Lá vem.

Domingos quase desfez a fachada de enterro.

– Muitas vezes a cidade inca fundada na floresta é referida como *Paititi*, e a lenda costuma dizer que foi erguida de frente a um lago chamado *Parime*.

– Está forçando a barra. – Barlavento imitou o sotaque carioca, colocando um xis no lugar do esse. – Eu mal tomei banho nesses dias, quanto mais encontrei algum lago decente.

– Claro que as lendas crescem como metástase e *Parime*, para alguns, ficou conhecido como a Fonte da Juventude. Como cético, eu sempre acreditei na teoria de que este era na verdade o Lago *Amaçú*. E veja só como se amarra bem. O *Amaçú* refletia o sol com seu fundo brilhante de tal forma que era tratado como um local mágico para os crentes e um reservatório de riquezas para os ambiciosos. As lendas se cruzavam e me aproximavam cada vez mais da verdade.

– Com tanta coisa na sua cabeça, você pode montar a teoria na ordem e formato que quiser.

– Eu sempre acreditei na explicação de que esta luz acontecia provavelmente por causa do acúmulo de xisto micáceo, um tipo de minério. Só que, vendo este caso aqui, é a primeira vez que considero a hipótese do seu poder de cura não ser uma crendice barata.

– Você é uma enciclopédia. Por que precisa delas?

– Estou com algumas suspeitas sobre o *Iaci-Uaru*, outro lendário lago onde as amazonas se banhavam e que chamavam de "Espelho da Lua".

A romancista não fez nada além de movimentar a cabeça com uma negação muito vagarosa. O olhar incrédulo enroscado no de Atalaia. O empresário checou o relógio de bracelete largo.

– Bom – continuou ele –, segundo os dados coletados com o sonar do ROV, tem água à beça aí dentro. Essas bombas devem esvaziar tudo só em umas quatro ou cinco horas.

– Eu escutei o rádio. Se ligar lá de novo e proibir claramente aqueles desgraçados de tocarem um só dedo naquelas mulheres, eu colaboro com o que sei.

Domingos a mediu com os olhos claros e lacrimosos.

– Tenho uma ideia melhor. – Seu tom era plácido e acalentador. – Se não disser tudo o que sabe, faço de Nova Pasárgada o bordel mais eremítico do planeta.

***

Barlavento e Atalaia analisavam página por página, foto por foto, ambos acomodados, frente a frente, em uma mesa de armar. Era difícil se concentrar com o barulho das duas motobombas, dos canos gorgolejantes e de um pequenino guindaste operado por dois mercenários tagarelas. Aqueles dois não conseguiam se conter enquanto acumulavam dezenas de relíquias imundas de lodo em uma pilha de meio metro. Cada ponto que os objetos batiam e eram acidentalmente limpos, revelavam a cor do ouro. Por mais que a quantidade fosse impressionante, era pouco se Sabrina considerasse que as amazonas os guardavam ali para usarem pouco a pouco, anualmente, para proteger o mundo inteiro e talvez a existência. Flagrou-se sorrindo. As *icamiabas* eram românticas. Enxergavam a própria razão de viver da forma mais lírica possível.

A iluminação indireta do final de tarde não colaborava. Domingos fazia uma careta por trás dos óculos de leitura na ponta do nariz.

– Isso aqui é bem parecido com o que o Ícaro me descreveu quando encontrou as crianças delas. As menores ficam dentro deste trançado de cipós sendo cuidadas pelas idosas, e as maiores ficam fora, de guarda.

Na paisagem da foto, uma profusão de cipós trançados à exaustão constituía um tipo de cercado de uns três metros de altura no formato circular. Como os fios desciam vivos, ainda presos às robustas árvores que sombreavam a tudo, eles permaneciam vistosos mesmo depois de amarrados. No centro, outro aglomerado do mesmo material formava uma espécie de casulo que subia até as copas, cada vez mais fino, como uma frágil torre ou antena trançada. A imagem ser monocromática só abrilhantava seu charme.

Sabrina tinha apelidado esta foto de "Furacão de Cipós" ou "Pesadelo de Perso". Assim que o cofre foi destrancado e Rafael partiu para procurar um barco em bom estado, antes de ler o relato, Barlavento começou a folhear aquelas dezenas de imagens.

– Atrás desta foto tem outra anexa com uma observação. – Ela não desviou da própria pesquisa.

No cartão de trás, Domingos viu a fotografia feita muito de perto do que parecia ser uma teia de aranha grudada em um tronco. Ao contrário das redes tradicionais, esta imitava o contorno de uma coroa. O que aquilo tinha de pequeno, tinha de surreal. O aventureiro não conhecia a espécie capaz de construir a estrutura imitada pelas amazonas.

– É incrível como vivem em harmonia com a natureza.

A escritora tinha mil respostas para o comentário tão hipócrita. Nenhuma que arranhasse tantas crenças cristalizadas.

– Isso aqui é um megatério. – Domingos já analisava outra fotografia. – Acreditava-se que as preguiças gigantes estivessem extintas há milhares de anos. Quem diria que na verdade a última só seria morta nos anos 30? Na foto, um grupo de militares sorridentes pousava de braços cruzados ao lado da carcaça felpuda. O animal maior que um urso pardo era mantido de pé com os braços abertos, amarrados em duas árvores, além de ter uma forquilha de madeira sustentando seu queixo.

– Por que o senhor "largou os *bets*"? Por que desistiu de procurar o Eldorado em 1988? Não vá me dizer que foi porque o capitão te enganou, porque já sabemos que ele te passou para trás bem antes disso, em 1981. Mesmo sozinho o senhor insistiu por mais sete anos e só desistiu em 88. Por quê?

– Imagine só. – O caçador de tesouros passou à foto seguinte, que enfocava o barranco ao lado da pequena lagoa onde Sabrina e Perso dormiram. – Todos esses túneis esquisitos aqui foram cavados por estes animais gigantes. Faz dois anos, lá em Ponta do Abunã, em Rondônia, um pessoal achou um complexo dessas galerias que mais parece um labirinto de tão grande. O nome disso é "paleotoca", dê uma olhada depois.

– O senhor sabia que o Ícaro se culpa até hoje? Ele acha que o senhor desistiu do sonho da sua vida por causa dele. – Barlavento espalhou uma gota de suor presa na sobrancelha. – Por culpa dele.

– Olha só essa aqui. – O aventureiro lhe passou outra foto. – Só me pergunto se Vargas sabia de tudo mesmo, ou se fizeram muita coisa pelas costas dele. Se ele estava ciente... por que não retomou o projeto nos anos 50, quando voltou ao poder?

A imagem em preto e branco mostrava um majestoso dirigível sobrevoando o infinito teto da floresta, carregando uma enorme suástica em seu bordo. O granulado e as cicatrizes daquela impressão maltratada pelo tempo só deixariam a capa do seu livro ainda mais credível. Calaria a boca de mil críticas.

– Responde logo.

Domingos tirou uma garrafa térmica de uma frasqueira a seus pés. Um trovão pontuou o momento.

– Por que te importa o meu passado ou o melodrama do meu filho? Você veio até aqui e pagou um preço... alto. – Olhou para onde deveria estar a mão direita da mulher – Para escrever um livro... um livro de respeito, pelo que ele me falou. E alguém tão obstinada quanto você já deveria ter aprendido que o grande segredo do sucesso é não se perder pelo caminho. Se você quer a montanha, ignore todos os vales... Eu nunca vi o Ícaro olhar para alguém do jeito que ele te olha.

– Acredite, "sogrão", este trem aí já partiu faz tempo.

– Ao contrário do que você deve estar pensando, não somos bandidos, assassinos ou malfeitores. Somos só uma família resoluta em seus objetivos. E podemos derrubar qualquer um que se oponha a nosso caminho, assim como temos potencial de ajudar aqueles que se mostram nossos aliados. A nossos amigos tudo; aos inimigos, nem a Lei.

O cheiro de grão torrado escapou sob a tampa.

– Está prometendo divulgar meu livro, é isso? – Debochou Sabrina. – Em troca de eu virar a cara para aquelas mulheres?

– Estou dizendo que, se eu comprasse sozinho todos os exemplares necessários, você já seria a maior *bestseller* deste país, ainda mais se eu emprestasse meu respeito aqui dentro ou no exterior para qualquer editora ou órgão de imprensa. E mesmo que não fizesse isso, só com o que tem nesta mesa, você teria documentos para provar que tudo isso aqui é real. – O ricaço sorriu muito desanimado. – Eu farei tudo isso com o maior prazer do mundo se não tiver que matar a única pessoa capaz de despertar paixão no meu filho.

Atalaia preencheu duas canecas de plástico.

– Domingos, Domingos, as melhores histórias são as mais simples. Eu deixo a complexidade para os personagens problemáticos.

– Reconhece esta imagem? – Virou o *notebook* para ela, contudo a autora não desviou os olhos do pai de Ícaro.

– Eu vejo que você comete o mesmo erro que eu. – A autora se inclinou para a frente. – Você rejeita o mundo real e mergulha em outro onde suas paixões são prioridade.

– Assista ao vídeo... açúcar?

– Mas, acredite, enquanto você ignora o mundo, duas coisas terríveis podem acontecer. – Barlavento levantou dois dedos. – Uma, o mundo pode não te ignorar e a vida seguir terrivelmente inexorável, e a outra... ele te ignorar de volta. De qualquer jeito você perdeu. Magoou pessoas por causa de um livro que lutou para escrever, ou por causa de um tesouro em que ousou acreditar.

– Se você olhasse para a tela, veria que filmamos duas prováveis passagens para dois túneis no fundo do poço.

– Você escapa da realidade assim como das minhas perguntas. – Sons subaquáticos vinham da filmagem, mas sua curiosidade mirava no homem, não na trama. – Embora eu já suspeite da resposta, quero ouvir da sua boca. Por que você desistiu da sua busca só em 1988?

– Dá para ter certeza de que um túnel leva até um segundo poço. O outro está lacrado.

Domingos Atalaia colocou o monitor entre eles dois, de forma que a escritora viu a gravação percorrer por quase dez metros um túnel de paredes retas até um beco sem saída, que contava com uma placa circular tomada de algas. Com um som mecânico, a garra operada à distância começou a faxinar como podia. Tão logo terminou, o minissubmarino recuou, enfocando duas lanternas no objeto preso à parede. A chapa rotunda então refletiu dourada, mostrando um trabalho artístico conhecido.

– Me intriga imaginar o que este selo lá no fundo, idêntico ao do seu peito, guarda atrás dele.

– Isso é fácil de resolver. Se joga.

– Não seria respeitoso retirar o medalhão da Terceira Caveira em pessoa. – Atalaia pousou uma caneca perfumada sob seu nariz. – E, como quero fazer uma comparação mais minuciosa, você vai ter que descer comigo.

28. NO LIMITE

A escritora despencou por três metros até que o mercenário firmasse sua corda novamente. Os tênis patinaram na parede lodosa e o ombro se chocou nos tijolos incas. As risadas vieram de cima.
– Ela quase se cagou!
Espremeu os olhos, controlando os impulsos cardíacos. Quatro metros abaixo, a lanterna de Domingos investigava o fundo do poço quadrangular.
– Tem alguns ossos aqui! – Ecoou ele do chão. – Não podem ser tão antigos! Não sei como as bactérias não comem a gente vivo aqui! Acho que acabei de pisar em um pedaço do traficante...
Sabrina afundou o tornozelo no resquício de água escura e gelada. Ergueu o queixo e protegeu a vista. Para cima, apenas o limitado quadrado esverdeado, pintado pelas copas das árvores. O quadro era margeado por pedras abarrotadas de algas que destilavam goteiras. Acabava de descobrir que claustrofóbica não era.
– Vem, vamos primeiro dar uma olhada no que está aberto.
Domingos mirou a luz para uma das duas entradas no formato de trapézio, enquanto o mercenário que pregou a peça na romancista começava a descer pela mesma corda. Pela reverberação, se mostrava ainda contente.
Barlavento progredia atrás de Atalaia pelo túnel. O eco de seus passos molhados se fundia às dezenas de biqueiras que vertiam por entre os tijolos do teto. A altura daquele caminho não passava de um palmo além de sua cabeça. As pegajosas raízes eram tantas que em dado momento tiveram de engatinhar para transpor um trecho em que desciam até o chão. Alguma coisa andou sobre as costas de sua mão submersa, um caranguejo

se escafedeu para o escuro. Depois algo roçou em sua nuca, próximo a seu coque, mas decidiu crer que era mais uma raiz.

– Dói tanto assim admitir em voz alta? – disse ela.

O explorador a ignorou, finalmente desembocando em um espaço com as mesmas dimensões do poço em que desceram. Enxugou as mãos na camisa fina.

– Bem que o Ícaro falou que tinha nadado até um outro poço por uma passagem subterrânea. – Domingos olhou para cima, fazendo uma careta graças a um filete de luz e à rajada de gotas. – O topo deste aqui está quase fechado pela vegetação. Meu Deus, o meu filho tem mesmo o sangue Atalaia nas veias... para ter passado por tudo isso.

O homem de chapéu ensopado passou de volta para retornar pelo mesmo túnel. Ombro a ombro, ignorou sumariamente o olhar matreiro da autora.

– Gozado pensar – disse Atalaia – que eles construíram isso aqui depois de já terem feito contato com as amazonas.

– Tanto faz. Responde o que estou perguntando.

Desta vez, retornando, o empresário preferiu passar os documentos para Barlavento, antes de se espremer entre o solo inundado e a cortina de raízes. Assim que o aventureiro se viu de pé do outro lado, recebeu a algibeira por entre os ramos, antes que ela também refizesse a passagem agachada.

– É a única explicação para o selo de ouro daqui debaixo já contar com o emblema da Lua. – Atalaia se virou para trás, apertando os lábios. – Vai ter muitas respostas para dar no seu livro, hein?

– Por que 1988, "hein"?

De volta ao primeiro poço, Domingos se abaixou e colheu da lâmina d'água o que parecia ser o elmo mais oxidado do mundo.

– Opa, opa... como não vimos isso aqui assim que descemos? — Aproximou o rosto do objeto que mais parecia uma tartaruga enferrujada. – Esse capacete aqui é nazista, viu, não é um elmo espanhol. Pelo visto, o 3º *Reich* mandou soldados mais preparados do que eu pensava. Outra coisa, esses ossos que a gente está pisando não pode ser deles, já que não durariam muito por aqui.

Como o mercenário fanfarrão já tinha se adiantado e sumido pelo outro túnel, o empresário largou o capacete e se apressou rumo à parede do selo dourado, metros adentro da segunda passagem.

– Não mexa em nada! – Alertou ao empregado.

Segurando o capacete, Sabrina tocava em algo que soava ficcional até há pouco. Era como correr rápido o suficiente para alcançar o pedaço de um sonho. Em sua cabeça, mulheres lanceiras arremessando nazistas para a morte.

– Vem cá! – ressonou Atalaia. – Isso aqui tem exatamente as mesmas marcas! A *Mica*, a *Chakana*, o Sol dividido ao meio e a Lua... Tudo furado pelas estrelas.

Por um instante, Barlavento foi contagiada pelo ímpeto de sanar todo aquele mistério, no entanto bateu o pé em alguma coisa compacta, escondida pela água.

– Ué...

Lá na frente, Domingos assistia ao mercenário que gargalhava de prazer. Não era todo dia que trabalhava na remoção de uma moeda gigante. Cada impacto da picareta ricocheteava pelas paredes até ribombar no poço, onde a escritora permanecia perplexa e agachada.

– Chefe, é melhor ficar para trás, essa merda aqui deve ter quase meia tonelada!

No poço, Sabrina apalpava o grande objeto submerso que tinha dolorosamente encontrado com o dedão. Para variar, aquilo também parecia de ouro. Tateou pelo contorno e era redondo.

– Achei alguma coisa! – Sua voz gaguejou irreconhecível até para ela. Um nó a fazia soluçar.

– Entra logo aqui para dar uma olhada! – gritou Domingos. – Me dá o seu *muiraquitã* para eu ver uma coisa!

A romancista avançou pela galeria. A expressão de quem fazia o cálculo mais abstrato da prova mais inclemente. Diferente do corredor anterior, tomado de raízes, este tinha uma porção de montes de terra elevados pelos cantos. A cabeça dourada de um tatu ou o cocuruto musguento de um macaco sempre emergia aqui ou ali ao longo da bagunça.

– Não escutou o chefe? Corre logo aqui! – O subalterno repousou a picareta no ombro. – Se eu fosse você, mulher, ficaria menos marrenta, hein. A floresta tropical é o melhor lugar do planeta para desovar um corpo.

Barlavento tinha dois deboches e cinco ofensas no bico da língua, mas outra coisa ocupava sua concentração. Calculava. Perguntava-se como aquela peça tão pesada foi movida do meio do primeiro túnel até o poço. Também achava estranho o detalhe de as amazonas não terem retirado o capacete do nazista quando o fadaram ali dentro.

Domingos estalou o dedo próximo a seu rosto, como uma professora de matemática costumava fazer na sua infância, a resgatando de mais uma incursão lunar.

– Me passa o medalhão.

A escritora relutou. Seu instinto sussurrava que o ato seria profano.

– Por que você nunca disse para ele? – Seu timbre era ausente, como se estivesse em transe. Queria ganhar tempo para interpretar o pressentimento que gelava suas tripas como um susto ininterrupto.

– Caralho! – O ricaço falou seu primeiro palavrão em décadas, fazendo o mercenário rir pelo nariz. – Eu parei de buscar o Eldorado em 88 porque o Ícaro nasceu e virou a verdadeira razão de eu viver! Satisfeita?!

– Então por que não pega essa bosta de telefone e liga para ele agora mesmo e diz isso para aquele merda?!

– Meu filho é um cara durão... eu só paguei para encobrirem a morte daquele segurança, porque sabia que cada murro que aquele cara levou era na verdade destinado a mim. – O empresário olhou para o portador da ferramenta. – O que você está olhando? Quero este túnel aberto em 15 minutos!

– Liga logo – disse Sabrina. – Impede ele de abrir aquele submarino e fazer a maior besteira da vida dele.

– Ele não quer saber de sentimentalismo. – Domingos passou a algibeira com os documentos para Barlavento e pegou um pé de cabra na mochila do funcionário. – Ele vai ficar muito mais contente quando eu atravessar essa parede aqui e mostrar que ele pode ficar tranquilo, porque ele estava certo o tempo todo.

– Liga logo! Ainda dá tempo.

– Por que você acha que eu voltaria a brincar de caça ao tesouro, se não para agradar um filho que teve um pai de bosta? Acha que, a esta altura da vida, eu me importo com Eldorado?! Eu não vou sossegar enquanto não encontrar aquela merda e viver esta descoberta com o meu menino.

O lendário tesouro inca era o que menos importava naquela jornada. Tudo teria sido resolvido com uma simples ligação, uma ponte entre dois homens tão caprichosos.

– Atalaias...

A despeito das terríveis coisas que desenhava no caderno de Física, a palavra ligação a lembrou do conceito dos vasos comunicantes, mencionados por Ícaro dias atrás. A certeza explodiu um golpe afiado na garganta.

Orellana retornou da Espanha para o local onde tinha testemunhado o ritual do *El Dorado* às margens do Rio Amazonas. O caolho havia voltado mais armado e preparado do que nunca e matou todos incas e muíscas que viu pela frente, espantando o resto pela floresta. Estes sobreviventes adentraram o território das *icamiabas* e foram acudidos quando alertaram sobre a ameaça estrangeira. Os três povos então forjaram uma aliança. Juntos manteriam protegidos tanto a floresta quanto o que conheciam de mundo.

As três crenças se amarraram e, Alnitak, o terceiro ponto sagrado, foi erguido pelos índios imigrantes com a anuência das guerreiras. Acontece que nem a aliança impediria a chegada de mais inimigos através dos séculos. Então, em 1938, se viram novamente em conflito com o homem branco, desta vez os 21 membros da expedição alemã e brasileira. Um deles, Kurt von Roques. Heroicamente, mais uma vez a intercedência das amazonas resguardou o lugar sagrado. Contudo, as *icamiabas* eram nômades e quando os militares retornaram com um grupamento maior, em 1939, todos os descendentes dos povos andinos e colombianos que viviam ali foram chacinados de vez.

Sem nenhum guardião para os impedir, os soldados da Operação Nova Pasárgada esvaziaram um dos três depósitos. Por isso o nazista vestia o capacete dentro do poço. Ele entrou ali por contra própria, não foi executado pelas índias. Isso explicava por que Nova Andaluzia jamais foi fundada mesmo com a volta de Orellana mais forte. Não fossem as famintas bactérias, o crânio do caolho deveria estar até os dias atuais no fundo de um poço próximo ao Rio Amazonas.

– Domingos... – Barlavento fitou o selo. – É uma armadilha!

O mercenário continuou a rir, Atalaia mexeu a cabeça em negação. Ambos de costas para ela.

– Que imaginação... vai, vamos puxar no 3...

Sequer notaram o fluxo de água aumentar por entre as frestas, ao menos ouviram a escritora correr de volta ao poço.

Sabrina tropeçou em uma das estatuetas e quase foi ao chão. O momento serviu para que vislumbrasse o selo abrir como a pesada tampa de um bueiro vertical, atingindo o mercenário de frente. Antes de Barlavento se virar para agarrar a mesma corda em que tinha descido, testemunhou na feição do caçador de tesouros a tristeza mais amarga do mundo.

Domingos Atalaia, empresário, explorador, contrabandista de minérios, traficante de drogas, marido e pai, se assustou com a fria onda que bateu em suas costas ao mesmo tempo em que alguma coisa agarrou seu pé.

Ao passo que se debatia para soltar a bota da raiz, sua existência era envolta no eco de um turbilhão que tomava mais e mais caldo. A lanterna era afastada, e o som grave engolfava seus tímpanos. Seu pulmão queimou no limite, sua boca abriu ao máximo. Estralou a mandíbula até que fosse rompida. Quando o nariz ardeu um inferno, esbugalhou os olhos e foi inundado pelo gosto de terra. Seus músculos relaxavam, o ponto de luz desaparecia no breu caudaloso e solitário.

Barlavento agarrava na corda com a mão restante, o forte redemoinho atacava. A correnteza era sinuosa, em alguns pontos da volta a dragava com força para baixo. Nestes momentos usava o braço machucado para manter a algibeira longe da água. Tão importante quanto sair viva, era tirar aqueles documentos dali. Mesmo se contasse com as duas mãos, não seria nada fácil. Seu antebraço estava prestes a rasgar, seu bíceps latejava. As próprias pernas davam sinal de cãibra ao impulsioná-la para a superfície. Mesmo se sobrevivesse ao liquidificador, não conseguiria escalar até o topo.

Alguma coisa esbarrou em seu tornozelo. Um ponto brilhante rodopiava metros abaixo. Algo passou por suas costas. Era o mercenário desacordado com a face para baixo. Sabrina usou um dos pés para desvirá-lo e deu de cara com um rosto desconhecido. Onde antes residia um sorriso de escárnio, agora não passava de um orifício vermelho vivo, com uma tira de carne dependurada, e onde antes havia uma testa lustrosa, uma superfície côncava rodeava um buraco seboso.

Esboçou uma súplica, mas engoliu água, sangue e lama. Cuspiu metade. Caso abandonasse a algibeira, poderia enrolar o antebraço na corda, o que daria a chance da mão esquerda alcançar um ponto mais elevado. Do modo que estava, não podia se dar ao luxo de esticar o braço sem submergir por completo. Algo a beliscou na panturrilha de forma curiosa. Aquilo era tinta para pesadelo. Abriu a boca, um espasmo tapou seu grito, soluçou.

O único braço completo começou a falhar. Defender os documentos não era mais uma opção. Desvencilhava-se da alça da bolsa, quando uma segunda corda a acertou na testa. Passou um dos braços pelo laço na ponta e apertou a papelada contra o peito. A vibração do guindaste acionado era a ópera das fadas.

Ainda dependurada, cruzou sobre a borda de pedra e caiu de barriga no chão. Os dois holofotes ronronavam, iluminando tanto pacus desacordados quanto mercenários despedaçados. Barlavento tossia. Esbarrou em um braço arrancado na altura do ombro que ainda apertava o cabo de uma pistola.

– Moça, espera aqui nas redondezas! Eu vou ter que voltar lá para a cidade!

Bodoque abandonou o controle da máquina, correu até um dos mortos e, acocorado, desabotoou o coldre de costas de um defunto sem pernas. Seu facão estava guardado e limpo.

– Sabia que a floresta tropical é um ótimo lugar para desaparecer com um corpo? – disse ela.

– Moça... – Bodoque se virou de frente. – Eu explico depois... Agora não dá tempo!

Barlavento apontou a automática retirada do braço sem dono.

– Como dizia certo poeta já ido, "temos todo o tempo do mundo".

Francisco era só urgência:

– Hoje é a noite da Lua. Elas têm que fazer a cerimônia.

29. O DESTINO DOS REBELDES

O estrondo fez os dois mercenários se encolherem. Era como se o firmamento noturno trincasse em uma fenda colossal.
– Estou falando, Borga! Não dá para ser coincidência!
– Um deles esfregou a boca após se engasgar com o cantil.
– Olha lá o Mendes caindo fora da última casa. Sempre que alguém tenta se esgueirar lá para o porão, parece que o céu vai cair na gente.
– Relaxa, Casa, é só uma chuvinha que está vindo. – O fuzileiro acendeu dois cigarros.

Borges e Casares tinham acabado de voltar de mais uma busca fracassada. Nada de Francisco Bringel. Faziam hora na frente da alfândega antes de levarem mais uma bronca no escritório do piso superior. Cada rachadura da fachada era iluminada pelos holofotes instalados do outro lado da lagoa. De tão potentes, os três vibravam como casas de marimbondos perto do helicóptero. No entanto foi a Lua que espremeu os olhos de Casares.

– O céu está limpo! Não tem nuvem nenhuma, porra. Parece que os trovões são bem aqui em cima... Cacete, por que você não admite que isso aqui está estranho?

– Calma, amigão... é só a sua imaginação – disse Rafael Perso do chão, as mãos ainda amarradas. – Mas eu bem que não reclamaria se caísse um toró, já que estou pedindo um gole d'água faz uns dez mil anos.

Os dois não deram audiência para o prisioneiro largado na entrada. O filho do patrão tinha alertado que o paulista era metido a malandro.

– E daí que não tem nuvem? Relaxa. – Borges passou um dos cigarros.

– E, por falar nisso, eu estou começando a gostar dessa ideia do Lábaro de separar umas três para vender no mercado negro. Tem uns tarados milionários lá na gringa que pagariam uma fortuna para cavalgar lendas de verdade.

– Sei não...

– Esse maluco que contratou a gente não vai achar mais merda nenhuma, além do que já achamos. Não vai ter comissão.

– Sei lá. Você ficou sabendo que os caras que foram dar uma olhada naquelas tocas pararam de responder o rádio?

– E isso – insistiu Perso – é porque estou a dois metros de uma lagoa o dia inteiro. Será que eu tenho que por uma pena na cabeça para ter alguma atenção por aqui?

– Vamos lá falar com o Lábaro logo e depois bater um rango no helicóptero. – O mercenário abandonou o cigarro pela metade.

– Ô, Casa... – Rafael esticou a perna para cutucar o fuzileiro. – Duvido você me dar um gole desse cantil aí.

Os holofotes piscaram duas vezes, apagaram e Nova Pasárgada ficou à mercê do luar.

– Estou falando! – disse Casares. – Eu avisei!

Lábaro gritou da janela de cima:

– Alguém vai lá dar uma olhada na porra do gerador!

– Calma, seu cagão! – disse Borges para o amigo, correndo o zíper da mochila. – Deixa que eu vou lá.

Tanto Perso quanto Casares assistiam a lanterna se distanciar ao largo da água pintada de lua. Rafael formulava um novo modo de solicitar a porcaria de um copo d'água, quando o foco de luz caiu no chão e permaneceu mirando a base de um tronco.

– Duvido você ir lá ver o que aconteceu – disse o prisioneiro, mas, quando o fuzileiro engatilhou o FAL, mudou de ideia. – Não, não, amigão! Não me deixa aqui sozinho!

O segundo soldado da fortuna avançava com a arma empinada. Bastou alguns passos para se tornar um vulto alumiado pelo lago. Era observado por todos os outros que irromperam de seus postos nos telhados ou na mata. Brasas e bitucas cintilantes. Pelo barulho que vinha de cima, o encarregado também assistia do escritório da caveira o momento em que Casares alcançou a metade do caminho e a luz voltou.

– Cristo!

Perso e mercenários, todos gargalhavam do soldado que ergueu o fuzil para proteger o rosto enquanto tirava uma das pernas do chão.

– Seu bunda mole! – gritou Lábaro.

Entravam na segunda onda de risadas, porém duas pessoas foram notadas ao lado do fuzileiro humilhado. Como ambas usavam fardas furadas e tinham a face coberta de sangue seco e terra úmida, todos lembraram dos funerais acontecidos naquele fim de tarde.

– Fogo!!!

Casares descarregava o rifle, mas ao recuar tropeçou no capim. Atabalhoados, alguns dos mercenários ainda preparavam suas armas para cobrir a fuga do colega, porém, antes disso, os holofotes pifaram novamente e, no escuro, um tiro solitário furou a noite.

A energia voltou, contudo Casares jazia de bruços frente aos dois defuntos apáticos ainda de pé. O cocuruto estourado.

– Chumbo neles!

Por mais que fossem repicados pelas cápsulas de metal, a dupla continuava erguida. A chuva de projéteis despedaçava o peito, rasgava o rosto e descascava os ombros, os mortos não caíam. Enquanto isso, Rafael gritava desesperado, inventando santos a quem suplicar. Esticava a perna a ponto de queimar os tendões. Teimava em puxar o meio cigarro abandonado ainda aceso com o calcanhar. Por mais que tivesse largado o tabagismo fazia anos, aquilo poderia ajudar em um momento de stress. No caso, a queimar suas amarras.

– Vem... vem...

Então uma presença estacou na calçadinha à sua frente na forma de dois coturnos silenciosos. A pele do peito tamborilava mais vibrante que o repique das metralhadoras.

– Vai um trago? – A sombra lhe desceu um cantil.

– Sabrina?!

– Eu tive que colocar três meias grossas para ficar confortável! – Fardada até o pescoço, a escritora desabotoou uma faca da altura do coração e a deslizou sobre o nó de escoteiro. – Já te adianto que não tem nenhum defunto pelado por aí! Essa roupa eu peguei no helicóptero! A gente prendeu a roda dele com uma corrente em uma árvore!

– Em uma árvore?!

– Não deu para mexer no painel, o piloto estava cochilando lá na hora!

Perso se levantou e estralou a goela no último gole.

– Tá, vocês não conhecem mesmo a potência de um *Kamov*! Te devo quantas agora?!

– Sumindo da minha frente já está de bom tamanho! – Sabrina abraçou a pistola com o sovaco para engatilhá-la. – Qualquer direção que você for, vai parar em um lugar melhor que aqui! Assim que o Bodoque pegar o último rádio, as coisas vão dar uma esquentadinha!

– Bodoque?! – Aquele estouro ininterrupto lembrava Perso de sua última visita a *Punta del Este*. – Mas ele não tinha te atacado?! Quando tu falou que estava com alguém, eu achei que o Ícaro tinha botado a mão na consciência!

– Eu te conto depois, Rafa! – Correram para o beco tomado de ervas entre a alfândega e o prédio da esquerda. Não queriam ser confundidos com zumbis. – Quem sabe a gente não se encontra de novo em um aplicativo da vida!

– Ah, duvido que você ia me dar outra chance! – Rafael se agachou, puxando-a pelo ombro, para que fizesse o mesmo. As rajadas perdiam a intensidade conforme ambos mortos-vivos transmutavam para molho de tomate. – Eu te dei um cano no dia da pizzaria e "nossa", já o Bodoque arranca sua mão, e "acontece"... mas tudo bem, que tal irmos embora para um lugar mais tranquilo?!

– Perso – Barlavento o interrompeu, entortando as bochechas em um sorriso bastante honesto. – Eu não sou responsabilidade sua. Você tentou me convencer a não vir.

Rafael enfiou as mãos no próprio cabelo bagunçado.

– Eu avisei que você ia acabar perdendo a mão...

– Ótima argúcia, péssimo *timing*. Nota 7,5 para a piada, mas ainda é muito recente, então vai se foder. – A curitibana dividia a atenção entre os arredores do lago e o rosto do paulista teimoso. – Agora, vai embora logo, porque não sei se você reparou, mas as pessoas não gostam muito de você por aqui!

– Bina, Bina... – Ele também mostrou os dentes. – Estamos querendo enganar quem, né?
– Tchau, Rafa.
– Vamos embora daqui, sim. – Perso olhou para a direção da última casa. – Todo mundo.

***

Esgueiravam-se por trás das construções, entre a selva e as ruínas.
– Aqui! – Rafael indicou a entrada usada pela mascarada que o salvou mais cedo. – Na hora que eu caí, tenho quase certeza que vi um troço que pode ser bem útil.
– Eu já disse que a gente já tem tudo esquematizado, Rafa. Não dá tempo de inventar moda. Daqui a pouco aqueles infelizes vão entender a nossa traquinagem e vão voltar para cá.

Perso entrou na construção tomada de plantas. Era o único capaz de empatar em um duelo de rebeldia com a autora.
– Vai indo! Acho que tenho a canela perfeita para o *cappuccino* de vocês.

Barlavento ainda revirava o estômago pela péssima frase de efeito, quando alcançou a parte de trás da penúltima casa. Daquele ponto enxergou os dois túmulos enluarados atrás da última. Lá repousavam a espiã, que se rebelou contra o Estado Novo, e o guerrilheiro comunista, que se levantou contra o governo militar. Logo à frente das cruzes, a entrada da construção dotada de um porão parecia desguardada.

Poderia simplesmente entrar, mas, se tudo estivesse nos conformes com Francisco, logo o ribeirinho mandaria o sinal prometido e a fuga das amazonas seria mais segura. Pela demora, deveria estar tendo complicações para capturar o último telefone.
– Vai logo, Bodoque...

A autora amestrava a adrenalina. A paciência era uma virtude desenvolvida na marra. Caso fizesse uma besteira, bastaria um dos mercenários descarregar a metralhadora para extinguir todas as índias adultas da mítica etnia. Bastaria um telefonema para o mundo real com as coordenadas dali e tudo estaria acabado. Bastaria o helicóptero decolar e fim.

***

Rafael subiu os degraus até o primeiro andar. Antes de investigar as caixas de madeira, forçou uma das botas para testar a resistência do piso.

– Malandro não vacila.

Cantava baixinho. A barba rala na altura do bigode tomada de orvalho salgado. Cantarolava. Então, com os braços abertos, contornou o buraco feito pela sua queda. Porém, no momento em que a Lua se alinhou com o outro orifício que levava ao telhado, escutou a voz de um soldado na calçada da frente, lá embaixo.

– Os corpos dos caras estavam presos nuns pedaços de pau, por isso que estavam de pé! Usaram o Matta e o Lodí como espantalhos!

– Quem foi o desgraçado?! – ralhou outro, dando três tiros e fazendo Perso imaginar a Lua furada. – Deve ter mais dessas vagabundas rodeando a gente pelo mato! Só pode!

A voz mais empostada ordenou que duplas fizessem novas patrulhas por todo o entorno. Rafael conhecia bem o dono daquele timbre de treinador de várzea. Durante o enterro dos mercenários, Lábaro tinha encaixado um frasco na boca do sedento prisioneiro para que também participasse do brinde. O cantil vazio encheu a moral dos homens, a tarde de alegria e Perso de rancor.

Engoliu em seco. Sabrina estava sozinha. Como ela poderia confiar em Bodoque novamente? A escritora prometeu explicar tudo com mais calma depois. Apenas piscara aqueles cílios tamanho GG e pediu para que confiasse nela. Barlavento sabia o que estava fazendo.

Depois do ocorrido na cidade de Itu, perto da Praça dos Exageros, Rafael havia jurado que jamais daria as costas para alguém outra vez. No entanto, quando escolheu confiar em Sabrina, algo quente e leve fez morada em seu peito exatamente no mesmo lugar onde antes gelava ardido. Por uns batuques de vida não estava mais tão sozinho. Queria ter a chance de sentir aquilo de novo. Se todos conhecessem a sensação, ninguém procuraria outra no narcótico que fosse. Deu mais um passo. O chão não abriria sob seus pés, não seria novamente dragado. Poucas vitórias depois, alcançou a primeira caixa. As coisas estavam começando a melhorar em sua vida.

***

Sabrina esperava. Um segundo durava dez e dez levavam mil. Era impossível saber se alguma coisa tinha acontecido com Bodoque. Depois de ouvir toda sua história enquanto corriam de volta para Nova Pasárgada, julgava o amapaense mais do que confiável. O vendedor de bananas sempre foi o mais puro entre eles. Todavia, de todas as revelações, uma martelava mais forte. O ribeirinho acreditava piamente que esta era a noite sagrada, em que as *icamiabas* deveriam oferecer ouro à mãe natureza, e que, caso isso não fosse feito antes do amanhecer, toda a vida na Terra estaria em grande risco.

O mais bonito naquela lenda secreta era que as índias poderiam pedir o que bem entendessem durante a oferenda. Por mais fantástico que fosse, nas palavras de Bodoque, a realidade seria entortada para que se tornasse possível. No entanto, a cada reinício de ciclo, as amazonas pediam a mesma coisa. Que o mundo seguisse vivo.

Não podia continuar aguardando. Sabrina tomou impulso para avançar à entrada, quando um clarão laranja penetrou por cada janela, viela ou fresta vindo da direção da lagoa. O brilho era silencioso e o estardalhaço ficou por conta dos mercenários. Barlavento se apressou para o cativeiro.

***

Perso fisgou a terceira banana de dinamite com a cautela de um punguista. Envelheceu dez anos ao pinçar cada uma e mais vinte ao envolvê-las em um farrapo ressecado. Não achou nada útil para acendê-las quando fosse a hora própria. O isqueiro de Francisco tinha sido usurpado junto do pouco ouro e das duas mochilas. Modelou a cabeça para ser otimista, na hora certa encontraria fogo. E foi então que as janelas acenderam. Uma tonalidade abóbora dançava lá fora.

– Isso é coisa daquelas macumbeiras! – decretou um mercenário passando pela calçada lá embaixo.

– Quem que era para estar tomando conta delas agora?!

– Geralmente quem está perguntando! – bradou Lábaro, que vinha a trote. – E, outra, alguém fala para os caras subirem o pássaro e pôr ele mais longe do fogo, cacete! Só me falta essa merda explodir.

Uma gota derreteu da testa até o canto do lábio de Rafael. O trio apertou o passo rumo à última casa. Em sua cabeça, quatro pepitas abandonadas sobre a mesa de um escritório desprotegido.

***

Um fio elétrico zunia pela escada até o porão iluminado por lâmpadas amarelas. Barlavento jamais veria seus abajures de leitura com os mesmos olhos. Descia silenciosamente. Contava com a chance de alguém estar montando guarda lá dentro.

Bastou alcançar metade da descida para constatar que não caberia mais ninguém além das prisioneiras. Aquilo era degradante. Todas jaziam sentadas no chão, espremidas umas às outras ou contra as paredes encardidas. O cheiro humano era acachapante. Uma mulher levantou a cabeça com ódio expresso. O som dos coturnos somados à farda cinza grafite da escritora não causavam a melhor das impressões. A índia ergueu um pouco mais o olhar. O *muiraquitã* no peito da guerreira maneta enfatizava o símbolo *muísca*. A *Mica* representava o número três.

A Terceira Caveira tinha só uma faca, mas conforme mais índias se viam libertas, mais rápido as restantes eram soltas. Fossem os dentes ou a raiva, usavam o que tinham. A escritora não tivera tempo de aprender o idioma secreto, se limitava a pousar a mão nas costas de cada uma que vencia a escada. Contou a vigésima quarta e todas estavam ali. Todas exceto a líder levada por Ícaro junto de uma criança.

Seu Francisco tinha garantido que todos os telefones fora de Nova Pasárgada haviam sido destruídos, porém Barlavento não comemorava. Por mais que Ícaro tivesse se revelado um ser humano desprezível, não gostava de imaginá-lo morto pela segunda vez. Ao mesmo tempo, Atalaia não merecia pesar algum. Mesmo que tivesse se embrenhado nesta busca com as intenções mais podres do planeta, teve sua chance de redenção. Ele emergiu do segundo poço, recuperou o detector de metais e, com ele, rastreou a munição e o aparelho telefônico. Ambos enterrados próximos ao Escapada. Aquele era o ponto exato da narrativa onde poderia ter feito algo nobre. Uma reviravolta.

Sabrina passou pelo batente e ganhou um soco no queixo. Chegou a cambalear, mas seus joelhos encontraram um jeito de não desmontarem. Antes que pudesse sacar a pistola do coldre, recebeu outro golpe, desta vez no estômago.

– Sossega, mulher! A gente não pode te matar!

Encarou o mercenário e levantou a guarda com os dois braços e a única mão. O sujeito segurava uma algema aberta como um caubói prestes a selar um cavalo arredio. Mesmo com a visão ainda embaçada, a escritora notou que, atrás de seu oponente, Lábaro e um terceiro capanga ajoelhavam as *icamiabas* em volta dos túmulos.

– Larguem elas!

Conseguiu aparar o murro seguinte com seu antebraço, preparou seu ataque, mas foi interrompida por um disparo seco. Atrás de seu inimigo, uma das guerreiras foi ao chão como uma boneca de pano.

– Ô Freitas, vê se mata mais duas para amansar o resto. – Ordenou Lábaro e depois voltou seu tom forçado em direção à luta de Sabrina. – Pô, Juliano, está difícil aí?

Ao invés de investir seu tempo em um murro, Barlavento usou a distração para sacar a pistola, porém a arma foi derrubada por um chute do valentão. O bico do coturno quase torceu seu punho.

– É foda. – Lábaro assistia a resistência da escritora. – Eu acho muito escroto ter que matar mulher, tá ligado? Por mim acabava com todos os cuecas do mundo e ficava sozinho com elas, mas, cacete, está difícil de controlar isso aqui. A água está pegando fogo, o patrão não responde o rádio, o *playboyzinho* também sumiu, o time do submarino não atende mais...

– Pô, Lábaro! – disse o executor da índia, selecionando a próxima vítima. – Não queria ser o cara que falasse isso, mas acho que o melhor que a gente faz é levar umas dez *Pocahontas* dessas aqui, aproveitar que o pássaro já está embalado e sair vazado.

– Tá certinho, Pádua! – disse Lábaro. – Vamos cair fora antes de dar mais merda. Não consigo imaginar isso daqui ficando pior.

– Não consegue?! – No alto do telhado, a silhueta de Rafael Perso era iluminada pelos holofotes e pelo fogo. Segurava um bastão faiscante. – Então segura minha cerveja...

A dinamite rodopiava no ar. Mercenários e amazonas saltavam, tropeçavam ou procuravam cobertura. Sabrina estava mais afastada, porém como se via encurralada pelo inimigo, só lhe restou proteger o rosto.

– Rafa, seu...

A explosão nunca veio e a romancista reabriu um olho de cada vez dando de cara com a bunda de Juliano. O capanga se encolhia na terra como um jabuti. Era muito conveniente Barlavento ainda contar com a faca na bainha do peito.

– Cruz-credo, Bina. – Perso se benzeu três vezes, contorcendo o rosto lá de cima – Me lembra de nunca dormir de bruços perto de...

– Rafa!

Lábaro atirou com sua repetidora de cano curto e Rafael caiu para trás desaparecendo do campo de visão.

30. TEMPERATURA MÁXIMA

Barlavento descarregou três projéteis no peito do líder mercenário, demolindo-o de costas na terra.
– Desgraçado!
Aproximou-se para checar a presença de um colete à prova de balas, mas um chute compacto como uma barra de aço castigou seu tornozelo por trás. A orelha ainda alcançava o solo quando percebeu estar sozinha com o terceiro mercenário, o assassino da índia. Nem mesmo o corpo da *icamiaba* estava mais ali. Todas haviam fugido depois do lance de Perso.
– Você só tinha que ficar parada! – disse o único capanga de pé. – O Juliano só queria te algemar, porra!
O fuzileiro referido rebolava no chão como uma salamandra em uma frigideira. As duas mãos no rabo.
– Pega ela – repetia –, pega essa filha da...
A escritora rolou para o lado, evitando que o rosto fosse pisoteado, mas pagando o preço de atolar a face na poça de sangue indígena.
– Colabora, cacete! – esbravejou Pádua. – Enquanto a gente não tiver certeza de que o contratante morreu, não podemos acabar com a tua raça! Sossega!
Barlavento se apoiou nos cotovelos e sorveu o sabor maciço do coturno no ventre. Lutava contra o instinto de se encolher, batalhava contra a vontade de odiar as índias por a terem abandonado. A desconfiança delas fazia todo o sentido. Aquilo tudo deveria ser tão confuso quanto a chegada dos espanhóis há cinco séculos, ou a dos militares brasileiros e alemães há quase oito décadas.

– Fica calma, mulher!

– Pega ela...

Não podia culpá-las. Se estavam vivas até hoje, era graças ao impulso quase paranoico de autopreservação. Fechou a mão, tomada de ódio e de uma plácida certeza. Era como se todo o contexto, somado à responsabilidade recebida ao ler a mensagem do cofre, se tornasse uma espécie de instinto anti-instinto. A dor de se sentir impotente era mais assustadora que qualquer sofrimento físico que aquele miserável poderia causar com a bota.

– Levanta! – O calçado militar tentou se enfiar por entre suas costelas, o couro cabeludo ardeu ao mesmo tempo em que alguns fios estouraram.

– Vem já para o helicóptero!

Barlavento canalizou o sofrimento, transmutando-o em força e enterrou a lâmina inteira na região interna, macia e próxima demais da coxa inimiga. Durante o urro, o mercenário recebeu terra enseada nos olhos esbugalhados. Ao ser empurrado para o chão, foi laureado com uma tempestade de soladas na boca, na testa e no nariz. O coturno era da marca do seu.

– Sossegou?!

Tamanha a cólera, a romancista beliscava os próprios lábios com os dentes, praguejava no idioma da fúria e da satisfação. Cuspiu. Terminado o sapateado, subiu as escadas em busca de Perso, deixando os três homens no chão, cada um com seu problema.

Do topo do conhecido telhado, vislumbrou mais da metade da lagoa em chamas. O negrume da fumaça que flutuava transpassado pelos holofotes concebia um efeito cinematográfico. Luz, vapor e sombras. Rafael estava de olhos fechados caído sobre uma poça vermelha.

– Acorda!

Ajoelhou-se ao lado do golpista e estapeou sua bochecha. Planejava um novo golpe, mas foi interrompida por uma forte lufada. O helicóptero começava a abandonar o capim da outra margem.

– Rafa, acorda!

Levantou a camiseta empapada e não encontrou nenhum ferimento de bala. Aquele sangue vertia da perfuração da lança na lateral de seu tronco. Os pontos costurados por Ícaro, a mando de Sabrina, tinham rompido quando Perso tombou de cabeça para trás.

– Onde... você andou... metendo esta cara? – Rafael se referia à máscara de sangue seco texturizada com grãos de terra.

Barlavento tinha duas piadas e três ofensas engatilhadas, o alívio a engasgou. Arrastaram-se então até a mesma borda que testemunharam a chegada de Domingos. Como a fachada se erguia três tijolos além do terraço, a aproveitavam como um biombo.

– Que dia, né? – disse ele.

– Nem me fala.

A aeronave era um dragão arisco. Uma besta inconformada com a corrente que limitava seu raio. Seus dois rotores sobrepostos eram tão possantes que mesmo ancorado do outro lado do lago, atiçava ondas incendiárias contra as fachadas deterioradas. Não demoraria muito para o resto de Nova Pasárgada ser engolido por chamas.

– Alguma ideia que não envolva saltar de telhado em telhado? – O tratante falhava ao disfarçar o sofrimento.

– Eu nunca achei que fosse dizer isso na sua cara, mas acho que a gente precisa de um daqueles seus "planos infalíveis".

– Beleza... – Perso lambeu os lábios, julgava todo o cenário. – O fogo ainda não chegou em nenhum dos dois botes. Se a gente passar bem rápido lá no escritório, vai dar tempo de usar um deles como nossa saída de emergência.

– Rafa... – Sabrina não podia culpá-lo. – Eu me referia a um plano para garantir que esse helicóptero não decole de vez. Tem muita coisa que você perdeu, mas acredite em mim, nenhum desses caras pode ir embora com as coordenadas daqui... espera um pouco, por que você quer passar no escritório?!

– Porque não tem nada pior que perder o que foi seu. E lá tem quatro coisas que foram minhas. Eu não aguento mais ser passado para trás nessa história.

– Aquelas pepitas eram iscas para te matar, seu idiota!

Algumas rajadas saíram do helicóptero. Era a tentativa angustiante de dois tripulantes romperem a corrente. Posicionados na porta lateral aberta, apostavam em um projétil certeiro. O cargueiro não tinha mais um espaço seguro para retornar ao solo incendiado, um dos rotores pifava de vez.

A romancista ergueu o queixo solenemente. A força do *Kamov* ser diminuída pela metade, certamente era mérito da sabotadora indígena.

– Aquele ouro vai ser, literalmente, tudo o que eu tenho, Bina. Tudo.

– Quem estamos querendo enganar, né? – disse ela. – Vamos logo pular para a parte em que você me ajuda a derrubar esta bosta, e eu te ajudo a pegar o que falta para abrir sua cafeteria.

– Boa!

– Depois pegamos o bote e decolamos no hidroavião que está perto do submarino, já que você é piloto.

***

Sabrina terminou a segunda sequência de oito tiros. Não importava quantos cartuchos da *Remington* esvaziasse, o acrílico do cockpit sequer trincava. Para piorar, os estouros tinham chamado a atenção dos poucos mercenários que restavam pela margem.

– Perdi alguma coisa?!

Perso mergulhou de bruços ao seu lado graças à metálica recepção. Tinha descido para conseguir uma arma e poder ajudar em sua parte do acordo.

– Isso aqui é terapêutico! – disse ela.

Rafael engatilhou a 762 furtada do infeliz que se debatia com a mão na bunda. Apertou um dos olhos, firmou a mira e descontou sua frustração contra o demônio cargueiro.

– Você sentiu isso?! – A escritora se protegia atrás da muretinha, encaixando a última magazine de munição. – Isso aqui vai desabar!

Os atiradores lá de baixo não faziam de propósito, mas cada bala que devolviam esfarelava cada vez mais os alicerces do prédio também castigado pelo fogo. O incêndio ainda trabalhava em volta da base, mas o calor fragilizava cada tijolo prensado décadas atrás. Esmigalhavam como biscoito de polvilho.

Sem combinar, os dois ficaram de pé concentrando as rajadas em um fuzileiro agachado atrás de uma caixa da Sempre Forttuna. Assim que o atirador se encolheu, Sabrina e Perso correram em direção ao terraço vizinho.

— Vem, Rafa!

— Estava fácil demais! Fácil demais!

O ponto de apoio ruiu assim que os dois arremessaram os corpos para a próxima casa. Mal se equilibraram e a tormenta de disparos voltou a ser perigosa. Escorregaram pelo chão imundo até a proteção do topo da fachada. Ainda ouviam o desmoronamento que ficou para trás.

— Já sabemos onde isso vai dar, né?! — Perso conferia se o fuzil 762 continuava apto.

— Não vai quebrar dessa vez — disse ela, olhando em direção à próxima casa. — Vai por mim.

Sabrina atirou contra um mercenário que usava um dos holofotes como esconderijo, Perso descarregou contra a mesma caixa de antes. Agora havia dois inimigos ali atrás. Entretanto, a sensação de vantagem rachou quando escutaram um som crocante escalando pelas paredes laterais. Era o incentivo que precisavam para o segundo salto, porém apenas a autora o concretizou. Já no telhado seguinte, virou-se para trás.

— Pula logo!

As balas zuniam, o chão estalava e os dois foram separados por um muro de fogo que subia do beco. A pele da escritora ardia, uma onda de calor era emanada pelo rombo logo ao lado. O mesmo buraco que devorou Rafael mais cedo. Aquele tinha sido o segundo pior tombo de sua vida.

— Vai indo, Bina!

— Não é porque caímos uma vez, que vamos cair de novo! Não me obrigue a bancar a *coach*! Anda logo!

Metade do telhado cedeu e Rafael deu alguns passos à frente. Os mercenários voltaram a enxergá-lo por entre a atmosfera fumacenta e lançaram toda a raiva que sentiam naquele alvo estacado sobre o prédio que balançava. Perso encontrou os olhos de Barlavento e quando suas pernas colaboraram em correr em direção às suas palavras, o telhado sumiu sob seus pés e ele sentiu o estômago gelar enquanto as botas ardiam.

— Ainda dá, Rafa! Ainda dá! — Do ângulo de Sabrina, só se via os dedos encardidos do golpista agarrado ao que sobrava de cimento no terraço. Ele ainda não havia caído, estava pendurado. — Morrer sem tentar é a piada mais sem graça! Vem!

– Eu não sou...

Perso ergueu o corpo de volta ao topo, correu por entre o sorteio de balas, pulou no vazio e aterrissou ao lado da romancista.

– Viu? – disse ela. – Não precisava ter medo!

– Precisava sim!

Os três mercenários do solo concentraram suas cápsulas nas mesmas paredes, tinham entendido o jogo. Enquanto isso os atiradores a bordo do helicóptero trocavam bala com alguém escondido na floresta.

– Bodoque! – disse Barlavento.

O prédio estufado de fogo então bambeou para a esquerda e para a direita. A escritora e o patife eram queimados pelo calor do concreto. Sabrina chacoalhou a mão sofrida.

– Esse aqui não é o paiol onde você achou os explosivos?!

A construção seguinte era a Alfândega, a única com dois andares, portanto um superior ao que estavam. O próximo pulo seria para a janela fechada da lateral do escritório. Não teriam tempo de abri-la para fazer a acrobática passagem e, se ponderassem demais, desabariam sobre um amontoado de pólvora estragada na melhor da hipóteses. Isto, claro, se não fossem pelos ares antes disso. Ao mesmo tempo, as rajadas aumentavam destroçando a sobra de fachada e tornando a única proteção um enfeite furado.

Para pegarem impulso contra a janela, careciam ficar de pé. Para se erguerem, os mercenários precisavam dar uma chance. Perso retirou a segunda dinamite do invólucro improvisado, antes tão respeitado, agora enfiado na calça jeans.

– Eu estava guardando para o helicóptero! – Esticou o braço para fora da fachada usando o próprio incêndio a seu favor.

O paiol inteiro rebolava por obra de tamanha carga de disparos. Rafael beijou o explosivo e o jogou para trás, por cima do ombro, já que estava apoiado na fachada carcomida. Orava com todo suor, xingava com toda raiva. A dupla de fuzileiros de trás da caixa cessou o ataque para procurar outra proteção. Enquanto isso, Perso e Barlavento aceleraram no telhado flamejante em direção à janela trancada, onde o tratante dedicou alguns tiros estilhaçando o obstáculo de madeira e vidro.

– Vai, Sabrina!

A escritora pulou, atravessando sobre o bafo quente vindo por entre os prédios e passou o braço ferido no batente da janela, ficando dependurada. Ao mesmo tempo, Rafael mandava chumbo rumo aos mercenários. Eles não poderiam encontrar Barlavento tão exposta. Contudo, o trambiqueiro dedicava toda sua atenção aos atiradores de sempre e não viu que o terceiro, perto do holofote, mirava em seu coração. Outra coisa que Perso não teve a chance de notar foi quando a cauda do helicóptero desgovernado acertou este fuzileiro como se fosse um taco gigante, o arremessando para a lagoa metros à frente. A hélice do *Kamov* destroçava todos os galhos que encontrava.

– Pronto!

Barlavento apoiou as botas e escalou. Mal adentrou e já esticou a mão para Perso, que a agarrou enquanto o prédio do paiol se desmantelava sem cerimônias. Era como se uma montanha de cimento despencasse logo às costas do golpista que gritava de boca escancarada.

– Segura, Rafa!

Todas as veias da romancista estavam prestes a estourar. O braço que aguentava o peso pousava sobre um maldito estilhaço de vidro, mas ela não o largou. Dependurado sobre o desmoronamento que durava um século, Perso se desfez do fuzil e conseguiu seguir os mesmos passos de Sabrina, finalmente caindo ao seu lado no tapete peludo.

Em meio ao escritório esfumaçado, a caveira parecia achar muita graça de tudo isso.

– A dinamite... não estourou... – Perso tossia com a língua em u – Mas não é bom negócio enrolarmos do lado desse paiol, não.

– Espero que seu menu tenha um *cappuccino* muito, mas muito, cremoso com o meu nome! – Sabrina esfregou o próprio rosto, mas a máscara bordô não a deixava. – Ouviu isso?!

Pela grande janela frontal, flagraram um dos atiradores despencando do helicóptero. Uma flecha no peito. Os holofotes então piscaram e apagaram de vez deixando os cacos da cidade na cor do fogo e da Lua. Em seguida, gritos agudos venciam os últimos resfôlegos do rotor que se curvava perante as raízes do salgueiro-chorão.

– Sabia que elas não iam ser tão mal-agradecidas. – Perso vasculhava o armário, jogando uma bandeira nazista de lado. – Cadê as minhas coisas?!

– Essa não é mais uma historinha do forasteiro salvando o dia do nativo. Nessa história aqui são elas que salvam o mundo.

– Como assim, "mundo"? – Um elmo espanhol foi jogado para trás.

– Você não acreditaria, me irritaria e estragaria o momento. Vamos logo pegar essas pepitas e procurar aquele hidroavião. A situação aqui já está sob controle sem a gente.

A prioridade de Francisco Bringel era impedir que a aeronave decolasse. Para isso tinha tanto ancorado o helicóptero, quanto aberto seu tanque de combustível e usado uma espécie de sifão improvisado com bambus para drenar o combustível para o lago. Não era o mais ecológico, mas tinha explicado que o brilho do fogo cegaria aqueles que estivessem mais próximos, além de torná-los alvos mais claros para quem os cercasse do escuro.

Por mais heroico que soasse o plano de Bodoque, a escritora tinha apenas imaginado o vendedor de bananas dando um tiro ou outro de trás de alguma moita, e não batalhando ao lado da sétima cavalaria indígena.

A floresta falou na voz dos tambores e os mercenários pararam de atirar. Aquela percussão serpenteava por entre mil troncos, os deixando desnorteados. Entre cada batida, mil vozes entoavam os mesmos brados. Quando o primeiro fuzileiro decidiu em que ponto da escuridão apostar seu ataque, foi saraivado por outro flanco. Sabrina não conseguia enxergar tantos detalhes, mas identificou tanto mulheres quanto homens enfeitados das formas mais exóticas. O que para um desavisado seria o carnaval, na verdade era guerra. No entanto, por mais rebuscados e altivos que parecessem os recém-chegados, eram as amazonas que tomavam a frente e ditavam o tom do combate.

A aeronave dava seus últimos suspiros sobre toda a cena. Voava tão baixo que derretia suas rodas na superfície incandescente.

– Não vai nem dar tchau para o Bodoque?! – Perso riu alto por ter achado as quatro pepitas na própria mochila largada ao pé do esqueleto. Achou por bem, também, salvar a famosa bolsa colorida.

– Ele jamais ia me deixar ir embora com esses documentos. – A escritora pegou a algibeira de lona no mesmo amontoado e se apressou para a porta. – Isso aqui vale uma fortuna, mas não quero pelo valor. Quero porque é atrás disso aqui que eu saí de casa.

– "Hidroavião"? – Os batentes apertavam Lábaro, quase tocando sua cabeça e seus ombros. Apontava um revólver. – "Fortuna"? Humm... gostei do plano. Posso pegar para mim?

Então o contorno de uma lanceira mascarada espetou o brutamonte pelas costas, o fazendo derrubar a arma na grossa camada de fumaça condensada.

– Olha só... – desdenhou ele.

Ágil demais para alguém do seu tamanho, Lábaro rodou o corpo e afundou a sola da bota gigantesca na barriga da jovem índia. Não satisfeito, com o outro pé, acertou sua mandíbula, fazendo a máscara de coruja perfurada também naufragar na neblina. O rosto marcado por um corte de lança já estava desacordado quando encontrou o piso de tacos.

Tomada de ira, Sabrina apertou o gatilho. Mas, como mandava o bom clichê, a arma estava descarregada. O soco que recebeu então a fez rolar sobre uma escrivaninha e cair do outro lado no chão. Rafael usou todo o peso do corpo em um murro recheado de ódio, porém Lábaro o aparou e devolveu uma cotovelada em seu rosto que o desmontou sobre uma cadeira.

– Pessoal – o mercenário passou a alça da bolsa de lona pelo ombro e abriu o zíper da mochila de Perso –, podem ficar com esse ouro. Isso daí não banca nem meus suplementos. Só quero a pasta com os documentos.

– Pedindo desse jeitinho... – Rafael levantava estralando as costas.

– Pô, eu não quero machucar vocês. Eu sou um cara bacana, que é casado, que tem três filhos, que assiste futebol quarta de noite e Fórmula 1 domingo de manhã.

– Sai dessa... – Barlavento se ergueu, usando a mesa de apoio.

– Eu só quero sair daqui com o suficiente para não passar vergonha no caixa do mercado no final do mês. Eu odeio violência, só que infelizmente esse é o meu trampo, por isso já adianto. Não adianta vir cada um de vocês, que eu pego um por um. Podem fazer fila. Só quero voltar para minha vida real com alguma coisa boa na mão.

Barlavento se lembrou daquelas brigas de bar tão repetidas no cinema, onde cada capanga esperava eticamente a sua vez de levar um soco estralado. Olhou para Perso.

– Vida real.

Rafael entendeu o recado e investiu em um novo soco. Enquanto o grandalhão defendia o ataque com a mesma facilidade anterior, a escritora abraçou e levantou a pesada máquina de escrever, acertando o fêmur do mercenário.

– Sua filha da...

Quando Lábaro focou na escritora e conteve o segundo golpe, foi brindado com dois murros carregados de Perso. O grandalhão sorriu limpando a boca e projetou um chute alongado e rápido, mas antes que seu pé alcançasse o paulista, Sabrina quase afundou sua têmpora com a mesma *Underwood* que as duas caveiras usaram para contar suas histórias. O gigante adormeceu.

– Sim...bora!

Tossindo, Rafael pegou a índia no colo e passava pela porta, mas virou-se para trás.

– Bina, você não é uma assassina, lembra? – Barlavento segurava a máquina de metal sobre a cabeça do homem atordoado. – E algo me diz que ele prefere morrer sufocado de fumaça do que ter a cabeça esmagada ou uma faca enfiada no meio do...

O rotor do helicóptero se aproximou de forma oscilante. Quando se voltaram à janela era tarde demais. As pás estilhaçaram o vidro e o bico da aeronave esmigalhou a parede como se fosse gesso. Toda alfândega cambaleou, dando a impressão de que estavam a bordo de um navio fustigado por um temporal.

Enquanto o teto ruía em fragmentos de tijolos vermelhos, os dois carregavam a garota para a escada. Porém, lá era o principal caminho do fogo. As janelas de trás também não eram uma alternativa, o incêndio dava a volta no prédio. No final do corredor, subiram por uma clarabóia até o topo da cidade. Da vertiginosa borda dançante, viram o helicóptero por cima. Sangrava faíscas e soltava lamentos metálicos. A estrutura da alfândega também chorava.

– Da frigideira para o fogo! – gritou Sabrina.

– Que dia!

A autora segurou nos tornozelos e o trambiqueiro sob os sovacos da amazona. Contando até três, a balançaram e a arremessaram na lagoa incendiada. Só se sentiram no direito, pois mergulhariam no mesmo inferno em seguida.

31. O MAL DO MALANDRO

Seu fôlego não duraria para sempre, tudo acima era fogo. Nadava. Sabrina procurava por uma mancha escura naquilo que parecia a superfície solar, buscava uma saída. Um objeto então bateu sobre a água, naufragando meio metro ao seu lado. As letras da placa passaram uma por uma rumo à escuridão.

ALFÂNDEGA

Barlavento impulsionou o corpo com o movimento vigoroso das pernas e emergiu no espaço aberto pela peça de bronze. Desgrudou o cabelo do rosto, orientou-se pelos prédios inflamados e bateu os braços até a margem tomada de capim. Era lá que Rafael conferia a respiração da garota indígena. No exato local onde a romancista em fuga tinha despontado da selva para avistar a cidade pela primeira vez.

Em meio às últimas rajadas das metralhadoras, dos gritos de dor e dos berros de fúria, Perso respondeu antes de Sabrina perguntar:

– Viva ela está!

– Elas são foda...

A escritora saia da água. O corpo três vezes mais pesado. Então algo barulhento passou voando sobre eles. Era um mercenário que surgira arremessado da floresta, debatendo as pernas e atirando com a repetidora pelo ar até afundar na lagoa.

– Que merda foi essa?! – O rosto do paulista pingava.

– Só mais um truque para assustar o pessoal! Depois te conto...

– Não sei não! Parece que alguma coisa jogou ele!

– Calma – Barlavento estava feliz pelo lento despertar da índia – É só a sua...

– Olha!

Rafael apontou para a margem mais próxima da cidade com o rosto desenhado em ruínas. Desta vez não era à toa. Lábaro segurava a algibeira em uma mão e dava a partida no bote com a outra.

– Como assim?! Esse cara tem mais vidas que o José Inocêncio.

– Eu falei para você matar ele – disse Perso.

O ronco de outro motor veio para cima e eles foram inundados pela marola.

– Sobe, sobe! – gritou o ribeirinho no segundo bote. – Aquele coisa-ruim não pode escapar daqui!

A jovem guerreira então assistiu sentada a partida daqueles três forasteiros. O pequeno condutor acelerou o suficiente para furarem a cortina de fogo, romperem a vegetação fluvial e se enfiarem no rio escondido que vazava pelo norte do lago.

***

Galho! – gritou Bodoque e os dois abaixaram a tempo.

Francisco avançava se guiando pelos estreitos e ramificados reflexos da Lua. Sabrina apontava uma das duas pistolas retiradas da mochila de Perso, mirava no ponto de luz que dançava adiante. Era impossível firmar pontaria naquele zigue-zague vertiginoso, a lanterna de Lábaro não sossegava em linha reta.

Quanto a Rafael, ele fuçava tanto sua mochila quanto a de Bodoque. Um mágico inconformado por perder o coelho de vista. Barlavento gritou debruçada na proa macia:

– Como esse bosta sabe o caminho?! – Era mais um desabafo do que uma pergunta. – Isso aqui é um labirinto!

O amapaense torcia o acelerador do leme com força.

– Ele está caçando de ir na direção do rio! Tudo que é córrego e riacho também tão indo para lá! Chegando lá fica fácil achar a praiazinha do submarino que está o hidroavião!

Sabrina fechou um dos olhos para testar a Luger nazista, mas a lanterna do mercenário desapareceu.

– E aí, Rafa?! Já achou o doce de banana?!

– Cadê o meu ouro? Cadê?! Acho que aquele filho da...

Uma rajada veio da escuridão. Os três se jogaram no fundo maleável, onde deram de cara com diversos montes de *muiraquitãs*.

– Não aguento mais ver isso na minha frente! – Perso descontou a raiva se livrando de dois ou três.

Choviam disparos, atiravam respingos. Bodoque acelerou, empurrou a barra do leme e guinou a embarcação para a direita. Meteu-se em um veio ainda mais fino.

– Como vamos achar esse cara no escuro?! – A voz era de Sabrina.

Francisco se concentrava nas manobras quase cegas.

– A gente só tem que caçar de chegar lá primeiro! Se tacarmos fogo no submarino, vou ter feito o que vim fazer quando saí de casa!

– Nobre! – A voz era de Rafael. – Mas isso não resolve como que vou recuperar as minhas pepitas!

– Rafa... – disse a voz da escritora. – Se a gente sair vivo dessa, vai ter mais mil chances de ganhar muito mais que quatro pepitas! Se aquele hidroavião ainda estiver inteiro para você levar a gente embora, já vai ser lucro!

– O avião não pode sair daqui... – disse a voz do ribeirinho um tom abaixo.

Sabrina e Perso se entreolharam sob as raras estrias de luar. Tinham interpretado a fala da mesma forma. Da pior. Uma sequência de tiros ainda mais persistente violentou a superfície em volta do bote e todos tocaram o rosto novamente no fundo do barco. Tamanha a fragilidade do material, sentiam a vibração da corrente massagear a pele da bochecha.

Pelo barulho do motor e dos tiros, Lábaro cruzava a frente deles. Esquerda para a direita. Assim que o último projétil assoviou de forma especialmente longa, o estrondo de uma forte corredeira tomou mais volume. Avizinhavam-se do rio principal. Rafael jogou mais amuletos na água. Mais leves, mais rápidos.

– Pisa fundo, Bodoque!

Então escutaram um gemido como resposta. O amapaense jazia com as costas apoiadas no controle do leme. De joelhos, Sabrina o apalpou e quando sua mão chafurdou em sangue grosso, o vendedor de bananas disse:

– Está queimando aqui no ombro...

– Aguenta firme.

A escritora passou a pistola alemã para Rafael e assumiu a direção. Por mais que nunca tivesse feito aquilo, os controles eram muito parecidos com o único lado do guidão de uma moto. Para acelerar, torcia o manete, e, para manobrar, movimentava a haste para os lados.

– Ele está ganhando vantagem! – Perso encheu a frente da camiseta com mais um punhado de pedras sagradas e as virou para fora.

O farolete do mercenário então reacendeu para que melhor derrotasse uma barreira de raízes e cipós. Depois do obstáculo, desembocaria no caudaloso curso d'água. Barlavento aproveitou estarem fora da linha de tiro e castigou o acelerador.

– Segurem aí!

Ganharam o vasto rio e penderam violentamente à esquerda. O contorno do barco de Lábaro contrastava com as faíscas lunares que pululavam no largo espelho corrente. A cópia da Lua se distorcia na opulenta correnteza.

– Seria facinho de nos localizarmos em um mapa – disse a autora –, mas algo me diz que o Seu Francisco, mesmo precisando de um hospital, não vai dizer o nome do rio! Não é mesmo Seu Francisco?!

– Ele está dando a volta! – Rafael alertou como um marinheiro. O indicador voltado à manobra em meio círculo traçada pelo inimigo. – Abaixa!

Lábaro descarregava sua metralhadora infernal. Vinha de frente à toda velocidade. Sabrina se protegia como dava sem abandonar o controle. Praticamente deitada ao lado de Bodoque, sentia a água invadir por algum furo no fundo do bote e gelar a panturrilha.

Rafael praguejou sobre a pistola alemã e a jogou de lado na água.

– O que você está fazendo?! – Barlavento esticava o braço para conduzir, agora sentada no fundo. – Abaixa logo!

O golpista aproveitou que o mercenário recarregava sua arma e sacou o facão de Bodoque.

– Eu não aguento mais ser passado para trás nessa história! – Colocou um pé sobre a borda inflada. – Ele vai devolver!

Perso acumulou toda a força que já não tinha e saltou para o barco de Lábaro quando este passou raspando. A escritora sentiu uma vertigem quase paralisante. Era como se borboletas malabaristas lambessem gelo por dentro de seu ventre. Sentou-se novamente na borda de trás e girou a barra do leme para que virassem 180 graus, continuando a perseguição.

Agora, de costas para a Lua e contra a correnteza, a iluminação batia diretamente no bote seguido. No entanto, ainda era difícil entender aquela luta. Impossível distinguir o que era braço de um, ou a perna do outro. A autora girava o manete, mas a inundação não permitia maiores velocidades.

Arremessava mais amuletos para fora, quando identificou o golpista sendo jogado para baixo do grandalhão. O vilão revezava a descida dos braços em formato de meteoros. Concentrava energia para o terceiro impacto, porém Rafael chutou a barra do leme com a sola da bota e o barco fez uma curva tão abrupta que quase derrubou Lábaro de uma só vez. A manobra jogou o bote que servia de ringue de frente para o de Barlavento.

– Cuidado aí!

Sabrina desviou no último segundo para não se chocar. Singravam mais uma vez contra a Lua e em direção ao submarino. No breve instante em que passaram ao largo, a escritora testemunhou Perso acendendo uma lanterna no rosto do gigante e aproveitando o ensejo para iniciar uma sequência de murros desesperados. A escritora quase comemorou, mas bastou um chute do fuzileiro para Rafael cair sentado no fundo do barco, de costas para o leme e para o motor de popa.

Com o rosto sombreado, o mercenário estufou o peito, matando o luar com as costas, e avançou se equilibrando sobre o piso instável. Seguia até o paulista irritante como um pai decidido a dedicar a maior surra da história no filho acuado. O filho mais arteiro da vizinhança.

– Levanta, seu bunda mole! – gritou Sabrina.

Por mais que Barlavento tentasse, e o bote perseguido agora estivesse mais lento, não conseguia alcançá-lo. Era como um pesadelo. Mesmo ferido, Bodoque havia se aprumado para ver o desfecho daquilo. O vendedor de bananas se sentia um lixo por ter perdido a metralhadora antes de iniciar a perseguição.

Ainda caído, Rafael pegou alguma coisa a seu lado e a ergueu com as duas mãos acima da cabeça. Por mais que cintilasse graças às gotas lunares, a lâmina de Bodoque não intimidava o colosso de músculos. O aguçado fio então refletiu dourado, desceu de ponta no fundo e Lábaro desapareceu pelo talho aberto.

Tanto a curitibana quanto o amapaense viraram o rosto quando o volumoso defunto irrompeu do rastro de água avermelhada. O rosto largo carcomido pela hélice.

Os barcos emparelharam e Perso retornou com a algibeira no ombro e com o facão de Francisco na mão. A blusa sem uma das mangas. Jogou-se então derrotado sobre os *muiraquitãs* restantes.

– As pepitas... não estavam... com ele...

– Você não tem ideia de quanto ganharia por aquela Luger. – Sabrina entornou as bochechas e mostrou os dentes, recebia os documentos de volta.

– Chegamos! – Bodoque encarou a margem à frente e à esquerda.

A praiazinha contava com dois holofotes acesos. Um voltado ao submarino naufragado e o outro para a areia repleta de corpos, armas e equipamentos. A silhueta fantasmagórica do hidroavião ancorado sacolejava na penumbra do rio. Por sorte, estava longe da terra. Os três desceram do bote inundado de água e amuletos.

O terreno todo estava revirado com marcas de passos e de combate. Andar por ali era sinônimo de desviar de mercenários transpassados por flechas, e de diferentes tipos de nativos perfurados por balas. Não precisava ser um protagonista de Rubem Fonseca para concluir que a Equipe 3 operava naquele posto quando foi atacada pelos aliados das *icamiabas*. Tudo parecia recente, certamente a ação ocorreu durante o ataque à Nova Pasárgada. A única coisa intacta era um bote preparado para conectar a margem com a aeronave flutuante.

Bodoque cambaleou em direção a algumas parafernálias. Eram os detonadores das cargas instaladas no submarino. Os fios desciam do costado lustroso, afundavam na água turva e ressurgiam na margem arenosa. Dali, subiam até as mãos do amapaense.

– Espera! – Rafael falhou a voz e, como o ribeirinho o ignorou, insistiu. – Espera, Bodoque! Essa carga só vai abrir a escotilha. Se quiser destruir o que tem lá dentro, tem que pôr mais carga perto do tanque de combustível ali ó, ou... sei lá, pelo menos colocar do lado de dentro.

As borboletas de Sabrina beliscavam seu coração com pinças de gelo incandescente. Testemunhava a tudo de forma pesarosa, como se suas entranhas tentassem avisar alguma coisa. O amapaense fez o olhar desconfiado de um filhote.

– Tá bom...

Rafael e Bodoque encontraram mais três cargas de explosivos. Todas gravadas com o logotipo formado pelas letras SF. Não era o tipo de material que faltaria nos estoques de uma empresa que vivia de desmoronamentos e escavações.

– Agora vai.

Então detonaram a tranca da escotilha, que foi ao ar com um estouro seco e fumacento. A imagem era muito distante das suculentas explosões hollywoodianas. Depois do helicóptero e do próprio paiol não irromperem em uma barulhenta bola de fogo, Sabrina Barlavento não nutria mais este tipo de expectativa. O lúcido estouro causou apenas a reclamação de algumas aves que tentavam cochilar na noite mais interessante da História daquela margem.

– Eu coloco lá dentro!

Perso deu uma risada contida, nadou e escalou o submarino pelos pontos de apoio conhecidos. Lá em cima, recebeu os explosivos que foram arremessados por Bodoque um de cada vez.

A tranquilidade naquele campo de morticínio era desesperadora para a experimentada romancista. Tentou se acalmar lembrando que tinha aprendido de uma vez por todas que a vida real era um tanto diferente da ficção. Que seu coração machucava, simplesmente por conhecer as curvas dramáticas de uma típica narrativa e, por força do hábito, as confundia com a realidade. Caso fosse um de seus livros, as coisas estariam a um fio de cabelo antes do caos. Quase sorriu ao ponderar o quão cruel era com seus personagens. O pensamento não foi o suficiente para acalmá-la.

– Ô piazada... – disse ela – Vê se vão logo com isso. Estou morrendo de fome!

– Cristo do Céu. – Sobre a embarcação, Perso puxava a gola da camiseta até o nariz. – O que que esses traficantes aqui andaram comendo antes de morrerem sufocados?!

Em seguida, desapareceu submarino adentro com as bombas no colo. Sabrina pousou o olhar no ribeirinho, que segurava o detonador com uma mão e mantinha o outro braço pendurado.

– Como estamos, Seu Francisco?

– Passou varado, moça – disse ele com o olhar grudado no submarino, o dedo sobre o botão vermelho. – Menos mal assim.

Rafael ressurgiu mais sério e nadou de volta à areia.

– Passa para cá.

– Você colocou as bombas lá dentro? – perguntou Bodoque.

– Quer ir dar uma conferida enquanto eu seguro isso daí? Imaginei que não. Vai logo, passa para cá.

Francisco Bringel estava ferido, desarmado e era uma cabeça mais baixo, mas isso não fazia dele um sujeito menos forte. Negou com a cabeça. Ambos se encaravam sem qualquer sinal de que um dia voltariam a piscar.

– Pode confiar nele, Seu Francisco. – Barlavento pousou a mão no ombro bom do ribeirinho. – É ele quem precisa fazer isso. Ele tem que explodir.

Bringel entregou o detonador, os olhos vermelhos e molhados. Perso encarou o submarino recheado de sacos e mais invólucros de pó. De barris e mais tonéis de pasta base. Aquilo tudo passava de uma tonelada. Imaginava a voz aveludada do Jornal Nacional dizendo o quanto aquilo valeria. Conferiu e todos eles estavam a uma distância segura da explosão. Pousou então o polegar sobre o acionador e uma voz fraca veio do chão.

– Eu não sei se ele vai ser uma piada maior... se fizer isso de verdade ou se desistir de fazer...

Caído na areia, um sujeito magro e ruivo apontava o indicador imitando uma arma.

– Não vai sair cachaça desta aqui, Rafa.

– Foguinho?! – Perso se ajoelhou ao lado de Diego Flores Navarro, o dono das três flechas enfiadas no tórax. – O que tu está fazendo aqui no delgado do mundo?!

– Quando eu contei para o Machado... que você tinha levado o meu telefone... – O hálito de Diego tinha cheiro de sangue coagulado. – Quando eu falei da proposta que o carioca estava fazendo... ele ficou ouriçado que nem uma criança...

– Calma aí, amigão. – Rafael contorceu o rosto para Sabrina, enxugou os olhos e voltou a olhar o amigo apertando os próprios lábios. – Mais tarde você me conta tomando uma gelada, beleza? Vamos terminar as coisas e cair fora. Quem aqui não precisa de um médico, precisa de um banho.
– Deixa eu falar... cacete... – O piloto soltou uma bolha vermelha por entre os dentes. – O Machado telefonou para Laranjal... e meteu um preço para segurarem você e o carioca até a gente chegar lá... mas quando se ligou que o carioca que estava na jogada era o filho do Domingos Atalaia... peidou na farofa e meteu marcha...
– Relaxa, brô. – Perso esticou o pescoço escaneando em volta. – E o Jota? Veio trabalhar para o Domingos também? Cadê ele?!
– Sabe o que mais... me doeu, cara? – Disse o piloto de lábios roxos. – Foi ver que... o JP nem tentou me defender, cara... tudo começou a ficar estranho quando o Machado pagava cinco vezes mais para ele... do que para mim... mas eu tenho certeza... que depois do Machado pegar todos os contatos do grandão... vai cuspir ele todo mastigado também... que nem os dois... fizeram comigo depois de eu... não ter mais... uso.

Rafael Perso sentiu a presença de Sabrina ajoelhada.

– Rafa – aproximou os lábios para a altura de uma lágrima –, é para hoje?
– Como ele veio parar aqui? Não dá para ser só...
– Eu não sei explicar... – Diego raspava a garganta. – É como se... a razão de eu ter vindo para este lugar... tinha relação com você, cara... sei lá, para pedir desculpa... ou alguma coisa mais importante... este lugar é estranho para...

Diego reuniu todo seu sopro de vida e empurrou Perso para trás.
– Cuidado, Rafa!

O disparo veio do mato e abriu o peito do piloto.
– Desculpa – disse o ruivo por fim.

32. TERRA DO NUNCA

Rafael se levantou, ódio estampado.
– O que você quer agora, Ícaro?
– O tradutor.
A *Desert Eagle* prateada se mexeu e as duas índias também saíram da sombra da mata. A escritora ainda media a vida abandonando o corpo à sua frente.
– Por quê? – perguntou ela.
– Ops... Saraná errado – disse o carioca. – Ah, Sabrina, me faz o favor de ir lá no submarino pegar um punhado de cocaína?
– Vai se foder.
– Eu vou – disse o golpista.
– Ué, como? – Ícaro atirou, espalhando o suco da coxa de Perso. – Anda logo, "Sabrina Barlavento", se não, o próximo vai ser na cara do seu namoradinho.
– As definições de ridículo foram atualizadas com sucesso. – A escritora era gelo.
– Você ainda não me disse como vocês se conheceram, mas, olha, deve ter sido de um jeito bem especial. Só assim para você viver me fazendo de idiota por causa desse comédia.
Perso se contorcia. Empurrava e puxava montes de areia com a perna saudável. Cravava a unha nos grãos, grampeava os lábios. Não queria gritar e dar esse gosto ao *playboyzinho*.
– Só pode ser piada. – Atalaia cuspiu. – Tem como você me dizer como pretendia levar a carga embora sozinho?

Em meio ao monólogo, o aventureiro escutou a água do rio ser esparramada. A escritora conseguia nadar, contudo sua mão fez muita falta durante a curta escalada.

De cima da embarcação subaquática, ela enxergava todo o quadro. Aquele impasse deveria ter uma solução. Queria ser apta a encontrá-la antes daquilo se tornar uma péssima memória. A crescente poça de sangue abaixo de Perso a fez descer pela escadinha vertical da escotilha. Era como invadir um bueiro.

O ambiente escuro e abafado fedia à mais pútrida morte, lamentou a gola da farda não esticar até o rosto. Aproveitando-se da Lua que observava pela entrada, puxou de uma pilha um tijolo embalado como aqueles descritos por Nando Padilha. Seus pés afundavam em coisas macias e estalavam sobre coisas crocantes. Alguma coisa se mexeu dentro do globo ocular de um marinheiro. Seja que verme fosse, deu vida ao traficante por um segundo. O outro, apoiado à escada vertical, não conseguia maquiar a morte, estava tão descascado quando uma parede negligenciada.

Os dois cadáveres maltrapilhos e putrefatos não tinham nenhuma arma para lhe presentar, mas pelo menos não se opuseram ao furto. Sabrina retornou ao ar livre.

Sob a brisa noturna encontrou o cenário atualizado. A índia adulta agora se ajoelhava de frente a um cabisbaixo Bodoque, a pequenina a abraçava, e Perso enfiava a testa na areia, tentando escapar dali ou esconder a dor. Matreira, a arma de Ícaro tocava o cangote da criança. O ribeirinho parecia orar ao traduzir debilmente o que era ordenado.

Barlavento então envolveu o invólucro com o braço ferido, se jogou na água e nadou como pôde de volta àquele tormento. Mal deixou o rio, as gotas ainda escorriam dos cílios, e estava sob a pontaria de Atalaia.

– Você vai entregar para a mais velha, está bem? – Ícaro mirou de volta à garota amazona. – Você é mulher, elas vão ter menos resistência. Já vamos fazendo a primeira sessão, daí quando meu velho chegar, elas já vão estar mais colaborativas.

– Ícaro, seu piá de prédio... espero mesmo que no fundo você saiba que isso aqui não faz o menor sentido. Vai precisar bem mais de uma noite para você deixar uma delas sentindo abstinência.

– Vai logo!

A romancista de farda ensopada abriu a boca, mas não contou o sombrio destino de Domingos. Poderia ser o gatilho para uma matança ensandecida. O caçador de tesouros era imprevisível, seus sentimentos eram selvagens. Uma bússola sem norte que rodava a esmo, sua única motivação era impressionar o pai.

– Anda logo.

A escritora sorriu com os olhos para a criança indígena de talvez sete anos. Geralmente quebrava o gelo fazendo caretas, mas achou por bem bancar a tia acalentadora.

– Ícaro, você já deve ter ouvido falar da Cidade dos Césares, né?

Sabrina parou de tornozelos separados perante o aventureiro, um pistoleiro antes do duelo.

– Não é nosso caso aqui, pode apostar.

– Claro, que é. O Eldorado, assim como a Cidade dos Césares, é um exemplo de mito itinerante. Você que não quer enxergar.

– Isso só faria sentido antes de tantas descobertas. Vai logo!

– Aí é que está! O mito do Eldorado já rondava pela Europa muito antes dos espanhóis e dos portugueses vierem para a América. Já se falava há séculos sobre um país, ou uma cidade, enfim, um lugar feito ou coberto de ouro.

– E, adivinha, já estaríamos encontrando se você andasse logo com isso.

– O que vocês estão procurando não é o Eldorado, é só a consequência da ganância de Francisco Pizarro. Os espanhóis queriam tanto encontrar este lugar que destruíram e mataram tudo em seu caminho, forçando a fuga daqueles incas para cá.

– Coloca a porra do pó na cara dessa piranha!

– Mas isso não significa que o mito existia. Ele foi consequência da crença e da ganância doentia de meia dúzia de exploradores que queriam enriquecer ou bajular seu rei, assim como você quer babar o ovo do seu "velho".

A arma tremeu em um impulso espasmódico, quase foi apontada para ela, mas continuou na nuca da pequenina.

– Coloca logo essa cocaína na cara da índia! O Bodoque já explicou para ela que se não fungar tudo, estouro a cabecinha da filha dela.

Ícaro suava o tempo todo, no entanto quase gaguejou ao nomear a droga. Francisco Bringel encarava o solo, um fiel durante a missa.

– A Cidade dos Césares – continuou Sabrina –, foi desejada por séculos, mas a danada sempre mudava de lugar. Conforme o explorador da vez avançava, a cidade secreta recuava.

– Eu encurralei o Eldorado!

– Procuraram pelo Chile, deram uma olhadinha na Argentina e a cidade sempre descia mais ao sul. Cidadezinha difícil. Estava em algum lugar dos Andes, estava envolta em uma neblina eterna, estava na imaginação de quem buscava.

– Na boa, estou começando a perder a paciência...

– A civilização avançava e nunca encontrava os muros da Cidade dos Césares. O cabo Horn, o ponto mais ao sul do continente foi descoberto e a cidade não dava as caras.

– Coloca logo essa... esse... negócio na cara dela!

– O ser humano precisa acreditar em um lugar melhor, nem que no fundo saiba que é inventado. Precisa saber que existe uma condição melhor a que ele está. Isso move a gente que nem a cenoura pendurada na frente de um burro.

– Sabrina!

– Mas, olha só, graças a este lugar de mentirinha, a Patagônia acabou sendo achada.

– Se não abrir logo esse plástico e me obedecer, a filha dela vai abraçar Iaci antes da hora!

– É só reparar que isso é recorrente na História – palestrou a escritora. – É só lembrar da própria fundação de Brasília. Bastou um cara sonhar com isso lá na Itália e, *tcharam*, represaram até um rio para a descrição do local bater com o que foi imaginado. Eu sei, eu sei, que na verdade, foi para trazer umidade, é que...

– Se você disser só mais uma palavra, eu...

– Enfim! Até a própria Pasárgada da poesia teria virado realidade para quem detivesse o ouro e o poder aqui. A humanidade vive à caça de sonhos, por isso lemos... assistimos... nos distraímos...

O rosto marcado de Ícaro seguiu o rastro de sangue na areia sulcada e achou Perso segurando o detonador.

– Se você tocar em qualquer um daqui... – disse o golpista.

– Um quilo já vai ser mais que suficiente, seu idiota. Se um espirro pode matar esse povo, imagina o efeito de uma boa cheirada. – Ícaro direcionou o cano na cabeça de Rafael. – Péssima jogada, "Saraná".

O caçador de tesouros tinha que ser pragmático. Se matasse o vigarista, Sabrina colaboraria ainda menos. Disparou três vezes até que rompesse por completo um trecho do aglomerado de fios. Agora Perso segurava um controle inútil.

Ícaro empurrou o suor da testa, bateu os pés até Barlavento e tomou o invólucro de sua mão. Rasgou todas as camadas de plástico com os próprios dentes e enfiou a mão no conteúdo. Então, com muita violência, pressionou um punhado de farinha na palma da escritora.

Barlavento o encarava enquanto ela própria se desfazia de tudo sobre a areia, uma ampulheta quebrada.

– Sabriiina...

Ícaro a ameaçou com um tom cantante, envenenado de cólera, ungido de ira. Então escorreu mais daquele pó branco na mão esquerda da mulher, mas ela dispensava tudo no chão assim que recebia.

– Faça você mesmo, seu merda. – Deu um tapa na embalagem, de forma que tudo se misturou com os grãos de areia. Por mais forte que fosse, a voz da escritora começava a embargar. – Eu não preciso de mais isso para atrapalhar o meu sono.

– Eu faço, sua medrosa – Atalaia tremia –, mas adivinha o que acontece com quem se torna inútil por aqui?

– Sabrina! – Rafael gritou de perto da margem. – Eu sabia que no final você tinha razão!

A última dinamite faiscava como uma vela de aniversário. Rodava pelo ar rumo ao submarino carregado de drogas, de bandidos mortos e de mais explosivos.

– Não! Não! Não! – gritou Barlavento.

– "Ele tem que explodir" – disse Rafael Perso.

Finada a tensão, Ícaro riu:

– Estava molhada, seu idiota.

Uma esfera incandescente transformou o mundo inteiro em fogo, estrondo e estilhaços flamejantes. Alguns pedaços do transporte subiram dezenas de metros, cruzando o céu estrelado como fogos de artifício, depois desceram formando um rastro de chamas. Uma chuva de faíscas cadentes.

***

Conforme os detritos acesos aterrissavam, desenhavam mais e mais fogueiras na praia. Com os dois holofotes estilhaçados, eram a única fonte de luz.

– Cadê?

Ainda de bruços, Ícaro era utilitário. Soprou areia com as ventas feridas e reabriu os olhos lamacentos. Calculava os danos reais ao seu estratagema. Então, tambores na selva.

– Vai, vai! Todo mundo de pé! Vai, Bodoque! Ergue elas!

As duas amazonas mal puderam se recobrar do estouro, os empurrões e chutes de Atalaia já as guiavam até o único bote não inundado. Para controlar a líder, ameaçava fisicamente a pequena.

– Vai, Seu Francisco! É para hoje!

Não encontrou sinais de Barlavento ou do resto da embalagem desfeita. A floresta voltava a ressoar estranha como antes do ataque. As batidas aumentavam.

– Vai, vai! Liga o motor!

Sob socos e cotoveladas, as *icamiabas* foram acomodadas de frente a Bodoque, que sangrava cada vez mais prostrado. O amapaense não avisou quando uma seta veio do escuro e pousou na areia perto de Ícaro. Durante o susto, o aventureiro avistou o que precisava. Protegeu a cabeça com as mãos, voltou alguns passos e recuperou tanto a algibeira de lona quanto a mochila colorida. Depois se jogou para o barco.

– Anda!

O rotor foi atiçado, mais flechas fincaram na margem, o bote corria. Algumas setas mergulharam no rio, outras na embarcação inflável, nenhuma no caçador de tesouros.

– Desce as duas!

O modelo deste hidroavião pousava o ventre diretamente na água como um barco com asas. O bote então encostou em uma delas, improvisando um píer escorregadio e os três reféns foram desembarcados.

Uma lança zuniu na orelha de Atalaia e marcou a porta que foi aberta por um funcionário do pai. Pelo olhar alucinado, o bigodudo tinha assistido muita coisa através da escotilha.

– Eu já estava ligando os motores, patrão! Cadê o Doutor Domingos? Atalaia odiava admirar o quão seu plácido pai era intimidador para os funcionários. Agradecia a isso, nenhuma lealdade teria feito o piloto esperar.

– Vou ter que buscar um elemento importante que ficou faltando. Ele está ciente. – Ícaro se largou no assento de piloto e entregou a pistola para o empregado. – Eu levo o pássaro, você fica de olho nesse povo todo aí atrás!

– Positivo. – O mercenário empurrou a última índia a entrar e bateu a porta, escurecendo novamente o recinto traseiro.

O Beriev Be-103 roncou os dois rotores dorsais, deslizou de barriga e espumou um traço único. Apanhou velocidade e partilhou o teto noturno com uma Lua mais inflamada do que nunca.

33. FAÍSCA DA LUA

Í caro Atalaia avistou a estrutura colossal com a mesma esperança que um beduíno nutriria por um oásis.
– Câmbio.
As luzes da Torre ATTO se destacavam na imensidão selvagem quase tocando as estrelas mais baixas.
– Câmbio. Pai, na escuta? Câmbio!
Por mais absurda que fosse a ideia de uma construção mais alta que a Torre *Eiffel* no meio da Floresta Amazônica, não se tratava de uma miragem.
– Atende o telefone, cacete!
O *Amazon Tall Tower Observatory*, ou Torre Alta de Observação da Amazônia, aproveitava de seus 325 metros para monitorar a relação entre o clima e a floresta. Para as medições atmosféricas não sofrerem interferência humana, permanecia isolada da civilização.
– Que merda.
As pálpebras pesavam mais que o manche. O avião mostrava esgotamento. Não era à toa, o caçador de tesouros havia pilotado por cinco horas e meia até Manaus, e agora somava mais duas e meia depois de ter subido de novo. A floresta era tediosa, seu dia longo, a paciência turva.
– Tem certeza de que ela está falando a verdade?!
Depois da decolagem, três notícias.
A primeira quando solicitou o revezamento do manche e o funcionário do pai admitiu não ser um piloto. Vicente tinha acabado de usar um bote para levar uma jaula até o avião, momento em que a praia foi atacada. O escorpião três vezes maior que uma lagosta comum era a se-

gunda novidade. A gaiola servia para pequenos mamíferos, então não era prudente se aproximar das barras espaçadas.

— Hein, Bodoque! Fala que se ela estiver mentindo, já sabe...

A terceira notícia veio de Bodoque assim que negociou com a líder amazona. A terceira mudava tudo. Antes dela, Ícaro planejava simplesmente adquirir mais cocaína em um lugarejo próximo e voltar com a dignidade incólume perante o pai. Não teria coragem de encarar Domingos depois de toda presteza que teve ao preparar e levar uma expedição até ele.

— Amazonas não mentem.

A voz de Francisco vinha de trás, do pequeno e escuro setor cargueiro antes usado para carregar a Equipe 3 e seus apetrechos. Agora, índias, tradutor e mercenário se sentavam no piso gelado. Todos de frente para o pesadelo enjaulado de quase um metro de comprimento.

— Sei.

Assim que recebeu a ligação do filho, Domingos reservou às pressas o helicóptero cargueiro e o melhor hidroavião que estivesse nas proximidades de seu destino. Não teria tempo hábil de preparar a logística para cruzar meio Brasil e toda floresta com os transportes próprios da Sempre Forttuna. Despachou dois contentores só com o indispensável. Desta forma, Ícaro pilotava um modelo usado para carregar água e combater incêndios.

— Segundo o GPS, chegamos em Laranjal do Jari em três horinhas! — Atalaia se entortava para trás, via apenas pernas pintadas pelo escuro. Até o funcionário segurava a pistola derrotado. — Fala para elas que ainda vai ter lua para fazer ritual, se colaborarem direitinho!

Atalaia deu três pancadinhas em outro indicador que roubava sua atenção no painel luminoso.

— Impossível.

Mesmo no auge de sua obsessão, tinha ciência que o que fazia beirava a insanidade. Não se sobrevoava o Oceano Verde inteiro em linha reta. A imensidão do bioma justificava o apelido usado no linguajar dos pilotos. Mas era um Atalaia, quando voltasse vitorioso, tudo teria valido a pena. O tolo só deixava de ser tolo quando seu intento se concretizava. Quando concluía aquilo que se propôs. Orellana cruzou o rio, Ícaro cruzaria o céu.

– Ah, não!

Dentre todas as adversidades, sendo a mais temida por ele ser interceptado pela FAB, acabou traído pela circunstância mais mundana. Batia a unha no mostrador, o nível de combustível não subia. Com certeza era só um defeito no medidor. Tinha pousado para completar o tanque a 150 quilômetros atrás, nos arredores de Manaus. O *Beriev* tinha autonomia para 845 quilômetros, seu destino ficava a exatos 800. Conseguiria.

– Tu-tudo certo por aí, patrão?!

– Tudo nos conformes, Vicente! – O aventureiro seguia embasado na pura fé de que o aparelho estava enganado, então o rotor à bombordo engasgou, tossiu e perdeu velocidade na rotação das pás. – Ok, vou pousar perto da torre só para dar uma olhada no capacitor.

O manche foi para cima, o flap para baixo. Embicava na direção desejada, flagrou-se namorando o radiocomunicador. Não pediria ajuda. Não aceitaria ter dragado o pai de volta à maior desventura de sua vida, apenas para arrastá-lo junto do próprio fracasso. Estava em busca do respeito perdido. Não fraquejaria. A fuselagem vibrava. Era um Atalaia. Retornaria a Domingos com o verdadeiro troféu em mãos, não com o rabo entre as pernas.

Só de lembrar da prontidão com que foi atendido pelo pai, era suficiente para lacrimejar todos os cálculos e atrapalhar sua operação. Algumas gotas desciam por se dar o direito de imaginar que tamanha diligência se devia ao filho em apuros; outras, amargas, dedicavam o mérito ao Eldorado.

Manobrou procurando algum afluente ao norte do *Uatumã*. Queria alinhar o casco, não havia nada. O segundo rotor se calou, voava na altura das quatro torres de apoio. Cada uma se esticava a 80 metros do solo em torno do projeto principal. Aquela cena tão lúdica lhe remeteu o rosto entusiasmado de Sabrina. Era irônico, o titânico projeto, um metro mais alto que o símbolo parisiense, ser outro resultado de um acordo entre a Alemanha e o Brasil.

A pressão envergava as asas.

Se algo tão extraordinário era desconhecido pela grande maioria, imaginava o que a floresta guardava sob si. A Amazônia talvez fosse realmente o próprio tesouro e feri-la à procura de algo que estivesse por trás de seu escudo de mistério, seria como apagar o arco-íris em busca do pote de ouro. Talvez ela estivesse certa. Contudo, era impossível relembrar da mulher de cabelos negros, sem lhe trazer a mente o modo viscoso como olhava para aquele paulista falastrão. O ódio era um ótimo escudo contra o sentimentalismo. Precisava focar da maneira mais fria possível. Não tinha vigor sequer para alcançar o Rio *Uatumã* ao sul. O vento lutava contra.

Um convidativo reflexo então faiscou dourado em meio a uma fresta nas árvores. Se fosse um rio, seria mais estreito que os 12 metros e meio de sua envergadura.

– Você é um Atalaia! Isso não é jeito de um Atalaia morrer! – mentalizou em voz alta.

Rosnava, fazia careta, apertava o controle. O avião descia escandalosamente. O *Beriev* chocou ambas as asas ao mesmo tempo, o que o impediu de girar e sair do curso. Deslizou na superfície barrenta chamuscada pela Lua, sacolejou por uma eternidade barulhenta e encalhou empinado em uma margem pastosa. Gosto ferroso na língua.

Cada escotilha jazia estourada, as paredes eram papel amarfanhado. Tudo o que era solto foi embaralhado, e muito do que estava preso se soltou. A jaula do escorpião estava aberta.

– Elas estão bem?!

Ícaro acendeu uma lanterna, a mirou para trás e Vicente estava pálido.

– Estão, mas...

Atalaia pegou a primeira arma que viu na bagunça, se lançou à saída escancarada e parou sobre o resto da asa. O subalterno mantinha um indicador para cima, como um aluno que pedia pelo banheiro.

– Vou subir e ver se consigo algum sinal! – Disse Ícaro.

O caçador de tesouros iluminou em volta. Tinham resvalado sobre a água até chafurdarem na curva do rio. Tinha acabado de vivenciar um milagre. Não fosse o luar indicando o caminho, estaria despedaçado. O sangue de sua família ainda embalaria por gerações. De veia em veia, de feitos para sucessos. Depois do furacão de estilhaços, mal escorria vermelho de um pequeno furo na escápula.

No topo da fuselagem, o comunicador não captava sinal algum. Junto de seus cálculos, a pequena bússola, que dividia a pulseira com o relógio, mostrava que as instalações da torre ficavam a pouco mais de 1 quilômetro a noroeste. O grande desafio seria não perder as duas *icamiabas* de vista, agora o tabuleiro era delas. Não as daria chance. Escorregou de bunda de volta à metade restante da asa, um sussurro nasceu da escuridão:

— Galantemente vestido, um cavaleiro destemido, ao sol e à sombra, travou longas viagens...

— Quem está ai?! — Atalaia riscou a floresta com a luz.

— ...de canções, entoando passagens — a voz continuou —, em busca de Eldorado.

O aventureiro teve anos para se debruçar sobre cada minúcia a respeito do mito. Conhecia de cor e salteado cada verso da poesia de Edgar Allan Poe, intitulada de "Eldorado".

O círculo brilhante encontrou um par de olhos a alguns metros da asa. Não passava de um enorme jacaré que o estudava em silêncio. Aquela voz era apenas sua fadiga clamando por trégua. Enquanto mantivesse a lucidez, haveria esperança. Uma mão o puxou da porta do avião. Vicente ainda erigia o dedo.

— Eu já vi que a jaula está aberta! — esbravejou Ícaro. — Quanto maior o escorpião, menos forte o veneno. Relaxa!

— Não é isso, não! É que a índia ma-maneta escapou!

Dado o alerta, Vicente foi empurrado pelo braço bom de Bodoque, que saiu pela porta como um vulto e o tombou no rio. Ágil, o ribeirinho também se arremessou contra Atalaia, porém uma aguda cotovelada o martelou em cheio. Ícaro era pedra. Tamanha agressividade fez Francisco deslizar de costas pela asa até quase ter a mesma sina de seu primeiro alvo. Respirava pela boca, o nariz ensanguentado, se agarrava à borda com os olhos marejados de dor. O aventureiro o guinchou pelo colarinho.

— Se você fizer mais um gracejo, seu miserável de merda, vou fazer uma visitinha lá na tua família, naquele barraco que você chama de casa.

Do outro lado, Vicente escalava de volta. O bigode encharcado, o olhar furioso. Terminava de passar metade do corpo para cima quando foi puxado, batendo o queixo durante a descida. Seu grito foi afogado pela água remexida.

— Vicente! — O aventureiro apontou o clarão.

A mandíbula negra do réptil grampeava a vítima pela cintura. Mastigou uma vez e travou no sovaco. O peso do animal então levou a luta para o fundo, trabalhando lá com mais privacidade. Aquela refeição tinha caído do céu.

Atalaia se agachou, mas não via muita coisa. O rio marrom se revirava, o sussurro veio de perto:

– Mas dele se aproximava a morte, desse cavaleiro antes tão forte. E sobre seu coração caiu uma sombra, quando ele percebeu não encontrar nem terra, nem água, nem ar, que se parecesse com Eldorado.

– Sua desgraçada!

Então a pequena amazona imitou Bodoque. Saiu dos destroços e desequilibrou o forasteiro para fora. Lá embaixo, Atalaia sentia a água vibrar a cada puxão dado pelo réptil. O rio pulsava, a carne de Vicente rasgava com dificuldade. Tudo acontecia a poucos metros de Ícaro. Todo aquele borbulhar agonizante.

Atalaia agradeceu o grande predador ainda estar de boca cheia e renasceu coberto de lama, sangue e certeza. Despontou na margem decidido a despedaçar aquela pirralha assim que não fosse mais importante. Ergueu a potente lanterna, a espada de fogo de um arcanjo, e assistiu a criança se enfiar na mata. Ícaro sangrou os próprios lábios, os mordendo com gosto.

– Se eu voltar aqui e a *Conhori* tiver desaparecido – seu indicador tocava o nariz de Bodoque –, eu vou pescar jacaré com as tripas daquela sua filhinha! Você ouviu bem?! Você ouviu?!

Arma numa mão, sanha na outra, explodiu na mesma direção da princesa amazona.

34. A TORRE DA PRINCESA

Os espinhos reabriam cortes como navalhas descascando pálpebras, todos os ramos freavam seu peito, um cipó apertou o pomo de Adão. Ícaro atropelou o purgatório verde por duas horas, sem sonhar que aranhas, sapos e serpentes o erravam por uma folha. Propelido pelo ódio e pilotado pela bússola, dirigia-se às instalações.

Parte de seu instinto clamava para que chorasse por ajuda, mas, caso houvesse algum funcionário do observatório por ali, nada justificaria o sequestro da menina indígena. Ninguém entenderia a importância daquilo.

A delgada armação metálica desaparecia rumo à lua.

Prever o raciocínio de uma presa fazia do humano o caçador mais afiado. Caso estivesse certo, aferia muito bem o destino da criança. Demandava estar. Sem o trunfo, *Conhori* jamais revelaria o Eldorado.

As botas lamacentas subiram em um tablado que poupava seus passos de chafurdarem a cada metro. O caminho levava às estruturas principais do projeto. Frente a uma bifurcação, guiou-se para a torre mais elevada. Os quatro mastros de quase cem metros eram altos o suficiente para sugarem ar puro para os contêineres na base, mas não para alcançar *Iaci*.

Atalaia escorregou na madeira úmida.

– E, com suas forças se exaurindo, seu vigor e sua alma já se partindo – afirmava o maldito sussurro –, ele encontrou uma peregrinante sombra. "Sombra?", pôs-se ele a perguntar. "Onde é que pode estar... essa terra de Eldorado?".

– Não vai me enlouquecer. – Riu Ícaro se levantando e encarando a solidão. – Eu também li sobre a "misancene", que foi incrementada pela imaginação da Primeira Caveira e depois pelos filmes merda assistidos pela mãe do comunista. Eu sou o cara que acredita no impossível, lembra? Eu sei de rios ferventes descendo pela Amazônia, eu sei de árvores espinhentas saídas de um filme de terror e que seus frutos explodem jogando sementes a 50 metros, eu sei de labirintos de tocas de preguiças-gigantes e tem um negócio tão nojento lá no avião, que fico até feliz pelo Rafael ter morrido antes de ver um vivo! Não cheguei até aqui por acreditar em fantasmas. Vê se guarda esse tipo de bosta para suas historinhas infantis para adultos.

O resmungo de uma arara sonolenta foi sua resposta. Ícaro correu até a base da torre principal, onde a lanterna revelou a pequenina silhueta ziguezagueando pelos lances de escada. Tamanho o ânimo, sequer leu o aviso para que usasse equipamento de segurança.

– Espera aí, pirralha!

Atalaia vencia degrau por degrau da escada metálica, tinha a sensação de estar subindo por horas, sequer tinha vencido as copas ao redor.

– Me poupa, se poupa...

Estava faminto, sedento, ferido, jamais alquebrado. Para cada pensamento que lhe sugeria desistir ou descansar, lhe surgia o rosto de um de seus empregados que se demitia com um sorriso de deboche. Para cada pontada tentadora de sentar-se, recobrar o fôlego, dar chance às coxas, se recordava do olhar descrente de seu pai. Não incrédulo sobre o mito, mas quanto a sua competência em encontrá-lo.

Cambaleou e quase caiu por debaixo do corrimão, mas retomou as forças. Certa escritora havia comparado sua busca à pesca de um cachalote com uma vara de bambu. O planeta Terra inteiro estava errado e Ícaro Atalaia provaria isso. Só mais um degrau.

***

Segundo seu relógio havia passado duas horas desde o início da subida. Cada passo pesava mil deboches criativos, seu coração era uma plateia ouriçada pelo desânimo. Pelo menos, já enxergava o topo.

– Atalaia... Sangue... cacete...

Derrotado, apoiou os cotovelos no corrimão da plataforma, só então percebendo que esta dava a volta em todo o cume que tinha finalmente alcançado. Graças ao rosa alaranjado que virava a página da noite, identificou o traço do horizonte muito abaixo do esperado. Que manhã.

Por mais que procurasse não via sinal da indiazinha. Não fazia sentido. A não ser que tivesse se arremessado à escuridão ou ficado invisível.

Ícaro sentou-se diante do futuro Sol.

– "Acima das montanhas da Lua, abaixo do Vale da Sombra, cavalgue, bravamente cavalgue". Respondeu a negra silhueta...

Então o próprio aventureiro, ensopado de suor, fez questão de recitar o último verso da estrofe derradeira:

– "Se você busca Eldorado". Porque tanto esforço, Sabrina? A ideia não era só escrever um livro?

– Eu percebi que existem limites no meu código de conduta quando você quase matou aquela inocente em Nova Pasárgada.

O primeiro raio de sol atingiu Sabrina Barlavento. Usava o traje de uma amazona morta na praia. Sobre o ombro, a alça da bolsa de lona.

– Não caiu nada mal. – Atalaia apoiou as costas em uma viga.

– Evitemos o verbo cair a uma altura dessas – disse a escritora. – Se considerarmos um pé-direito de 3 metros, estamos no topo de um prédio de 108 andares agora. O que precisa acontecer para você desistir, Ícaro?

O caçador de tesouros deu uma de suas risadas prazerosas.

– Eu achei que você desenhava na aula de matemática.

– Cadê a menina? – A romancista plantou-se frente a ele, de costas ao amanhecer.

– Ela desapareceu... mas se o que Bodoque está falando for mesmo verdade, Monte Dourado, a cidade vizinha a Jari, não tem este nome à toa! Eu estava me segurando no avião para não contar para o meu velho! Eu não consigo imaginar a cara dele quando...

– Ícaro...

Antes que Barlavento desse a má notícia, uma voz muito aguda e chorosa veio de baixo do piso gradeado. A garotinha falava um idioma incompreensível, pendurada para fora da estrutura. O que havia sido o seu trunfo para despistar o perseguidor, agora seria a sua morte.

– Aguenta aí! – A autora deitou-se de barriga no piso gelado, a cabeça e o braço para fora da torre.

Quanto mais claro, mais vertiginoso. Por isso a choradeira veio com o nascer do dia. Sabrina foi empurrada para o lado e Ícaro também se deitou. Oferecia a mão ensanguentada, contudo isso fazia a amazona lutar ainda mais para se afastar.

Ícaro e Barlavento se entreolharam. A romancista teve o corpo firmado com o peso do aventureiro enquanto esticava sua única mão muito suada. A menina olhava para cima desconfiada, sua franjinha era arrepiada pela corrente de ar.

– Segura minha mão. Confia em mim.

O *muiraquitã* da Terceira Caveira escapou de seu pescoço e sumiu no vazio abaixo. A Lua se punha nos ombros da guerreira sem mão. A herdeira da floresta agarrou seus dedos.

– Isso!

A romancista rolou para a segurança ainda envolvendo a figura mirrada entre os braços. Não seria compreendida, mas repetia:

– Está tudo bem. Tudo bem.

Ninava a princesa, enquanto Atalaia coçava a testa com a pistola escura.

– Sabrina, eu não quero ter que fazer isso. – Apontou. – Mas eu e meu velho estamos a um passo do Eldorado. Eu não quero que você manche a nossa descoberta, contando qual foi nosso método para o mundo todo. Essa menina iria simplesmente ruir todo nosso heroísmo.

– Nada surpreendente vindo de alguém que tem o bosta do Orellana como herói. Dá para a gente primeiro descer disso aqui e continuar a ladainha lá embaixo?

– Sabrina, é sério. Eu queria muito que as coisas tivessem acontecido de outro jeito, eu queria ter sido o herói do seu livro, eu queria que tivesse um jeito mais nobre de concluir a minha busca.

– Rafael estava certo. Você é mesmo um babaca.

– Perso? – Atalaia sorriu. – Aquela piada ambulante se matou em vão, se é que você não percebeu.

A pistola olhava para a escritora. Barlavento se erguia entre princesa e caçador. Entre nativo e colonizador. Seu olhar era mais assustador que o conceito da Matinta Pereira.

– O seu pai já morreu, Ícaro – disse entre dentes, jorrando um borrifo de saliva. – Você está se matando só para agradar a um fantasma tão sujo quanto você.

– Cala a boca... quem te ensinou a mentir assim, hein?! Isso é o que dá andar com más companhias.

– Perso? Sabe uma das razões dele ter sido um cara muito melhor que você? Ele escutava os outros. E a morte dele está longe de ter sido em vão. Para começar, vai estar no meu livro e lá dentro se vive para sempre.

– Se o meu velho morreu mesmo, vou descobrir pessoalmente! Até lá, você já virou História, a carcaça do Perso já virou adubo e os seus livrinhos já foram ignorados.

Fechou os olhos e apertou o gatilho contra a mulher que quase amava. Até mesmo a pequena amazona cobriu os seus por conhecer os efeitos daquela coisa na mão do forasteiro. Aquilo atirava fogo invisível e morte barulhenta, então ficou muito confusa quando a guerreira de cabelo preto limpou o rosto, depois de transformar o disparo em água.

O caçador de tesouros fincou os dentes no lábio e avançou na romancista. Não aguentaria sentir aquela vergonha nem por mais um segundo. A empurrou com toda a potência que tinha, no entanto tudo ficou confuso.

A imagem de Barlavento enevoava perante o nascer do Sol. Ícaro apertava os próprios olhos com os dedos em pinça, estava sem foco. Então uma força descomunal o segurou pelo colarinho da camiseta regata.

A mulher tinha a força de um guindaste.

Mesmo sem entender, o aventureiro não aceitaria a submissão. Era um Atalaia. Acertou um soco cruzado com a mão direita, mas o rosto da mulher mal se moveu. A escritora subiu o joelho, fazendo as estrelas voltarem a brilhar apenas para o aventureiro.

– Desgraçada!

O segundo murro foi contido pela mão esquerda de Barlavento. O carioca assistia seu braço ser abaixado pela tenacidade da autora, então jogou todo o peso contra ela. Porém, ao invés de tocá-la, a atravessou, encontrando a amurada a qual passou por cima.

– Segura, Ícaro!

Pendurado de modo que enterrava os espinhos da palma ainda mais fundo na carne, disse:

– Ele morreu mesmo?

Quanto mais amanhecia, mais o aventureiro tinha problemas para enxergar a mão que o salvaria.

– Você não precisa seguir o mesmo caminho! Me dá a outra mão! – O vento jogava os cabelos da autora como uma bandeira de luto.

– Como você sabe?!

– Eu estava lá, Ícaro! Ele me disse que só estava fazendo isso para te fazer feliz! Ele estava cagando e andando para o Eldorado!

As botas enlameadas eram pêndulos de chumbo.

– Você está mentindo na minha cara! Se você viu ele morrer, foi você quem matou ele! Você matou ele, Sabrina?!

– Desliga essa paranoia e segura minha mão!

O vento jogava os fios de Ícaro para cima. Seus olhos se encontraram em algum ponto daquela loucura. Foi como se estivessem sentados lado a lado em um confortável voo doméstico. O aventureiro dragou a mão da romancista.

– Você não vai manchar o nosso legado!

Barlavento agarrou uma barra. A vertigem era amarga, a algibeira pesava mil infernos. Era puxada para a queda certa, quando uma revoada de quatro mãos iluminadas a rebocou. O mundo era realçado de luz, as aves reclamavam o desjejum, a Lua passava a guarda ao Sol e Ícaro Atalaia despencava contra a floresta.

Bodoque e a menina terminaram de puxar a curitibana e tentavam acalmá-la. Mesmo sem entender uma só palavra, Sabrina prestava atenção na princesa que repetia os dizeres de forma muito calma. Afagava seu cabelo como se ela fosse a criança e não o contrário.

***

A descida era muito mais assustadora, agora enxergavam cada detalhe do abismo. Por isso os olhos apertados da garota. Barlavento queria fazer o mesmo, mas era a guia da amazona abraçada à cintura. Bodoque vacilava descendo à frente. Precisava de um hospital. Ao assistir aquele amapaense franzino, arfando dignamente, percebeu que por mais que Perso tivesse enganado Ícaro, e Ícaro ludibriado a todos, era Francisco Bringel o verdadeiro fio condutor daquela narrativa. Sempre soube a razão de ter saído de casa. E era o motivo mais nobre.

A mãe da criança jazia desacordada sobre os primeiros degraus. Era a vítima mais ferida durante a queda do avião. Bodoque havia pedido mil vezes para que esperasse, mas de certa forma sempre soube que era impossível discutir com uma amazona, quanto mais com a rainha delas.

O sol matinal revelou um elevador na base da construção.

***

Os quatro seguiam por um caminho de terra, certamente usado pelos pesquisadores, até as embarcações à margem do rio. Depois de toda aquela bagunça, seria difícil explicar o estrago feito pela queda do aventureiro, então mesmo machucados se escafederam com pressa.

Embora ajudasse a mãe a caminhar, a pequena amazona era uma ótima guia. Por muitas vezes os convenceu a usarem algum atalho improvisado mato adentro. Era como se a menina e a floresta fossem uma só, mesmo que nunca tivesse pisado ali. Onde o cenário se mostrava pura peçonha e espinho para uns, era um beijo de borboleta para ela. Ação e reação.

Durante a curta jornada, Bodoque cuidava da tradução. A risonha garota estava muito orgulhosa. Tinha soltado o escorpião que picou as costas do forasteiro malvado. A pequena Faísca da Lua morria de nojo daqueles bichos, fez aquilo para salvar a mãe e também porque era muito corajosa, esclareceu ela. O papo da torre até os barcos atracados foi tão agradável que, antes de cada dupla embarcar no seu, decidiram acender uma fogueira para comerem alguma coisa. Um pretexto para mais alguns momentos juntos.

Sabrina e Faísca da Lua tagarelavam sem compreenderem uma sílaba sequer do que a outra dizia. Nem sempre Francisco conseguia acompanhar. Vendo a alegria da filha viva, a rainha *icamiaba* salientou que lágrimas eram universais ao se tratar de gratidão. Bodoque, de sua parte, estava cada vez mais taciturno. Agia como antes, quando ainda guardava seus segredos. Faísca da Lua falou alguma coisa sobre a mãe estar lacrimejando, e Barlavento zombou:

– Fala para ela que eu também não aguento mais esse doce.

Mesmo sem entender, a garota sabia que era uma piada e acotovelou a nova amiga rindo junto. Gargalhadas terminadas, Faísca pediu que uma pergunta fosse passada para o idioma forasteiro. Bodoque sorriu cansado.

– Ela está querendo saber como você aprendeu a magia de transformar "fogo" em "água fedida".

Foi impossível para Sabrina conter a risada em face de tamanha doçura e inocência. Por mais que tentasse explicar que a pistola era de brinquedo, a garota batia o pé garantindo que a forasteira era uma ótima feiticeira.

***

Mãe e filha preparavam a embarcação que tomariam emprestado, sem data ou chance de devolução. A curitibana passou a alça da algibeira no pescoço, o amapaense começava a chutar terra sobre a fogueira.

– Vamos nessa, Bodoque?

– Isso não pode acabar assim, moça. – Seus olhos estavam avermelhados. – A gente tem que caçar de romper a amizade com elas.

– Como assim?!

– Elas só estão tudo viva até hoje porque enxergam a gente como se a gente fosse um bando de demônio. Se baixarem a guarda para as próximas pessoas que caçarem de encontrar por culpa nossa, eu nunca vou me desculpar.

– Não é assim, Bodoque. Elas vão saber, não são idiotas.

O ribeirinho levantou a mesma arma prateada que um dia havia pertencido a um capanga em Rio Branco, agora fruto do espólio da queda do hidroavião. A autora tatuou na alma que jamais relaria em qualquer uma novamente. Entrava na frente daquele maldito cano, mas o gatilho foi mais veloz e trovejou próximo aos pés das *icamiabas*. Francisco fingia uma fúria que nem se quisesse caberia no peito.

– Ah!!! Sumam daqui! Ah!!!

As duas se encolheram, mas abriram um sorriso muito largo em seguida. Disseram algumas coisas, olharam nos olhos de Barlavento e de Bodoque e por fim embarcaram calmamente. A menina ajudou a rainha a sentar e discutiu com ela até assumir o remo. Aquela imagem era tinta para sonhos. Sabrina apertava o *muiraquitã* reencontrado na base da torre, imaginava que tipos de perigo as índias passariam até reencontrarem a tribo. Havia oferecido seu próprio amuleto para que usassem como mapa, mas a líder amazona apontou para o céu e, através de Francisco, esclareceu que Barlavento fez por merecer o dela.

Faísca da Lua então empurrou a margem, o barco se afastou. Aquele era o início de outra aventura. Bodoque convulsionava como um menino de 7 anos.

– Elas disseram... que tinham uma longa jornada, mas que não faltariam amigos pelo caminho. Falaram também que nós sempre vamos ser bem-vindos, que a agente sabe como achar elas.

Bodoque ainda estava ajoelhado. Profundamente grato por ter cumprido a promessa de sua mãe morta na floresta há 36 anos. Barlavento então retirou o calhamaço de documentos da bolsa. Passou o polegar pela lateral daquele tijolo de papel, namorando mais uma vez à foto do dirigível. No final, entregou tudo ao resto de fogo.

A escritora desempregada e o vendedor de bananas se abraçaram. Digeriam sobre tudo o que se foi e tudo o que ainda viria. Enquanto existisse uma pessoa decidindo pelo caminho menos óbvio, haveria aventura.

Um dia tudo isso seria derrubado, cimentado, virado cidade e terminaria alagado em um dia chuvoso. Talvez, neste futuro, trouxessem algumas plantas para incentivarem novas áreas verdes na região, mas desta vez a floresta venceu.

35. DA PRENSA AOS SEBOS

UM ANO DEPOIS

2018. Curitiba. 13h21.

    A prótese em formato de pinça escorregou duas vezes ao tentar fisgar a caneca. Sabrina abriu mão do intento e se serviu com a esquerda. Acendeu o monitor do *notebook* e trocou a peça por uma que contava com um indicador esticado. Não lhe faria diferença, jamais aprendeu a digitar usando todas as falanges mesmo. Catava milho como ninguém. Prendeu o cabelo em coque e mergulhou em uma breve pesquisa, aguçada por algumas incongruências da vida.
    Domingos Atalaia havia se enganado e seu filho tinha seguido seus passos como um zumbi mesmerizado. Embora não a tivesse mais em posse, Barlavento recordava muito bem da carta escrita por Kurt von Roques, interceptada em 1942 e de Ícaro a mostrando ao redor da fogueira. Ao mesmo tempo, não tirava da cabeça o modo dramático com que Domingos havia desistido de viajar até "O Cemitério dos Heróis Esquecidos", local onde o texto em alemão afirmava esconder um interessante montante de ouro.
    O fato de o jovem caçador de tesouros ter iniciado sua busca a partir das pistas compiladas pelo pai, sem jamais questioná-las, poderia ser uma afiada metáfora ao conceito de cultura. De como certezas prejudiciais podiam ser replicadas por séculos sem um novo questionamento. A tocha que passa de mão em mão, se revelando uma dinamite tarde demais.

– Acorda, Sabrina! – disse a si mesma, bebericando o café quentinho. – Acorda!

Então foi surpreendida pelo ligeiro bater de unhas no piso do corredor. O prestativo cachorro esquiou, quase passando pela porta do escritório, e adentrou arrastando um edredom azul com a mandíbula. Aos olhos solícitos do animal, era a coisa mais próxima ao objeto requerido.

Barlavento fingiu que era exatamente o que desejava. Não seria cortês desincentivar o novo companheiro de quarto. Imaginava o quão difícil era para um cão enfrentador de serpentes e marinheiro de rio se adaptar a um ambiente tão alienígena. Ainda mais um com decoração *vintage*.

– Valeu, Mascote! – Satisfeito consigo mesmo, o cachorro saltou para o sofá. De lá a observava na mesma posição que a Esfinge o faria. – Dou minha palavra de que, quando eu voltar à noite, vamos dar uma voltona de umas duas horas, beleza? Daquelas que você volta com a língua parecendo uma gravata.

O Cemitério dos Heróis Esquecidos na Amazônia, mencionado por Kurt, não era aquele que contava com o túmulo de Joseph Greiner, mas, na verdade era o Cemitério da Candelária. O lugar recebia o nobre apelido por ser dedicado aos trabalhadores mortos durante a construção da ferrovia Madeira-Mamoré que penetrava Amazônia adentro. Interessante pensar que a estrada de ferro era parte do Tratado de Petrópolis e que foi planejada para escoar mercadoria boliviana e brasileira, ajudando a resolver a questão da compra do Acre.

O cemitério era tão ambicioso quanto o projeto que o alimentava. Guardava a memória de espanhóis, brasileiros, antilhanos, portugueses, bolivianos, gregos, italianos, chineses, venezuelanos, turcos, colombianos, franceses, peruanos, dinamarqueses, barbadianos, franceses, austríacos, ingleses, árabes, japoneses, russos, porto-riquenhos e alemães. Quase o mundo inteiro contribuiu com proteína, se tornando parte da floresta.

Sendo justa com o afogado Domingos, sua interpretação fazia certo sentido, se levasse em conta o contexto e o remetente. Além disso, a coincidência de Ícaro ter desenterrado um *muiraquitã* no cemitério ribeirinho, graças a um alarme falso do detector de metais, dava indícios de que realmente estava na trilha certa.

Era impossível negar que a sincronia dos fatos era um tanto provocante. Beirava o fantástico. Se o amuleto de pedra não tivesse sido achado por engano, e a decepção de Ícaro não o tivesse levado ao mesmo boteco onde estava Francisco Bringel, jamais teriam chegado às ruínas. Era como o texto certo, escrito pela pessoa errada, nas linhas mais labirínticas.

Naquela noite no boteco, Bodoque comemorava em silêncio o aniversário de quando foi salvo junto de sua mãe pelas guerreiras devotas da Lua. A abordagem do ribeirinho recarregou o entusiasmo do aventureiro que ao saber da região apontada no mapa, se deparou com outro fato quimérico, seu próprio pai tinha o contato de um traficante que usava a área para pousos ilegais. Ícaro era a faísca, Bodoque o pavio e Rafael a explosão.

Caso escrevesse aquela história, a narraria do ponto de vista de Francisco. Contaria sobre os três anos em que viveu com as amazonas. Detalharia sobre como as *icamiabas* fizeram de tudo para tentar salvar sua mãe. Que amputaram seu braço intoxicado e a levaram no lombo de monstros fantásticos até uma lagoa que brilhava para *Iaci*. Que mesmo assim, o menino, antes refém de mercenários, ficou órfão em 1981.

Pelo menos até os dez anos, quando a tribo o devolveu para a borda da floresta, e um casal que vivia da pesca e do comércio de bananas recebeu das índias um menino mirrado. Portava apenas uma arma de madeira para caçar sapos, conhecida como bodoque, um amuleto de pedra e a promessa de que um dia voltaria para agradecer. Ainda com sete, na despedida da mãe, prometeu que, se a carne prosperasse, quando homem feito, voltaria para agradecer as mulheres.

Bodoque acreditou ter feito isso em 1993, quando o destino o convocou para levar Úrsula Crispim, uma mãe desesperada, que porventura acabou se tornando a Segunda Caveira. Porém, décadas depois, quando avistou o carioca segurando o mapa estelar indígena, tinha certeza de que seu débito ainda não estava pago. Tinha que destruir aquela cocaína antes que entrasse em contato com os povos curiosos da região. Sua pressa se devia à data do ritual, e à chegada das amazonas estar próxima. Mesma pressa que abrasava a Ícaro. Por notar as péssimas intenções do caçador de tesouro, Francisco tomou a difícil decisão de entregá-lo à rainha. Sabia o tempo todo que Sabrina seria poupada. Tinha levado a Segunda Caveira na outra ocasião, talvez fosse seu destino guiar a Terceira.

Francisco já havia sido tocado pela magia do coração do mundo, a convocação teria um sentido maior revelado apenas quando chegasse ali. Talvez fosse esta magia a culpada por Barlavento ter pousado a mão na mesma espécie luminosa de sapo que fadou o destino de sua mãe. Espécie desconhecida, dona de um veneno mais potente que qualquer água milagrosa.

O excesso de coincidências transcritas para um romance faria dele um texto preguiçoso e forçado, mas desta vez seria apenas a mesa para servir o bolo. O creme do creme seria o dossiê reunido pelas duas heroicas mulheres que dedicaram anos de suas vidas para acobertarem a tribo. Ou, para os mais crentes, para esconder a tribo que anualmente fazia um ritual que mantinha o mundo vivo. Só de lembrar da coragem de Alice Balboni, a espiã rebelde que ajudou as guerreiras a retomarem o território, era o suficiente para arrepiá-la. Só de imaginar Bodoque, ainda garoto, choramingando, sendo levado pelas amazonas até uma senhora de 74 anos e sendo iniciado pela experiente espiã no idioma proibido, comovia suas entranhas. O menino a ajudou a cumprir seu último pedido e, junto das guerreiras, transformou os ossos da Primeira Caveira em um totem que afugentasse inimigos e em um monumento que intrigasse a pessoa certa. Ato repetido pela segunda.

Mascote deu um de seus latidos curtos e roucos fazendo Sabrina perceber duas coisas. Que o almoço do amigo estava atrasado e que tinha um compromisso em meia hora.

De nada valia sua descoberta sobre o cemitério, sem a segunda carta do soldado que dizia o nome da sepultura usada como cofre. Quando lembrou deste detalhe, tocou em sua cabeça uma versão triste da épica trilha sonora de seu faroeste favorito.

Antes de abaixar a tela do computador, viu a foto de uma placa de mármore encravada em um site sobre o isolado cemitério da Candelária. Nela, Fernando Pessoa dizia:

O esforço é grande
O homem é pequeno
A alma é divina e
A obra imperfeita

Ainda não tinha se habituado a trocar de marcha com aquele gancho, mas foi a ansiedade que afogou o carro ao estacionar. Estava atrasada na própria tarde de autógrafos e a última coisa que desejaria era desrespeitar seus leitores.

Entrou na pequena livraria carregando uma sacola cheia de garrafas de vinho e caixas de suco. Ter se tornado uma autora independente cobrava um grau absurdo de proatividade. Telefonava às pressas para sua pizzaria favorita com o pedido já em mente. Pediria que viessem todas cortadas em pedacinhos, como aperitivos. Após três toques lembrou que o local só acenderia a fornalha depois das seis da tarde. Encomendou, com preço de urgência, outro tipo de salgados.

O livreiro veio correndo assim que viu o peso na mão da mulher e, assim que foi visto, recebeu a chave do carro da escritora junto do pedido de trazer uma das caixas do porta-malas. José Luiz era bastante zeloso, tinha amado seu romance anterior. Inclusive era a razão por ter feito um preço especial para a locação do espaço intimista.

Sabrina retirou uma toalha azul e a derramou como um losango sobre a mesa em que assinaria os livros. Recebeu a primeira caixa do livreiro que esperou ansioso ela ser aberta. Queria xeretar a sinopse da contracapa. Para Sabrina, era este tipo de momento que fazia a loucura toda do ofício valer a pena. No entanto, bastou a escritora terminar de empilhar alguns dos tomos à sua direita e o dono da livraria sequer terminou de ler o resumo do verso. Abriu um sorriso dourado, daqueles que os olhos não acompanham os lábios, e retornou aos afazeres no distante balcão do caixa.

A escritora não se deixou abater, estralou o pescoço e preparou a segunda coluna. Imaginava o quão claustrofóbico estaria aquele salão se tivesse escrito a narrativa que realmente queria. No espaço ainda vazio, ponderava qual dos mil títulos pertinentes teria escolhido se tivesse optado desta vez pela história real. Ficava dividida entre, "A terceira caveira", "A guardiã da existência", ou "Polpa tupiniquim". Fantasiava com a expressão que certas críticas fariam quando descobrissem que toda aquela aventura de peripécias estava meticulosamente documentada. Monstro por monstro, arquivo por fotos.

Batucando na mesa, se indagava qual seria a reação do público quando descobrisse que, tanto as datas em que as duas guerras mundiais haviam iniciado, quanto as que tinham acabado, coincidiam milimetricamente com os períodos em que as *icamiabas* foram impedidas de fazer o ritual e quando puderam voltar a fazê-lo.

Gancho no nariz, sopesava o que teria sido feito, caso toda a jornada tivesse sido vivida por uma pessoa mais madura. Alguém disposto a dissecar tantos dados antropológicos como o hábito da maternidade compartilhada das amazonas. Tentava enxergar o que um historiador sério faria se topasse com aquele armário repleto de artefatos anacrônicos, retirados de todos os homens que tinham dado de cara com as guerreiras. Aqueles troféus reunidos pela tribo nômade renderiam um interessante setor de museu.

Um sorriso rasgou a carranca. Caso uma pessoa diferente de Perso tivesse sido contatada por Ícaro, as coisas poderiam ter sido bem piores. E era melhor uma escritora de livros simplórios como ela ter ido até lá, do que algum pesquisador que não resistisse em trazer tudo à tona. Como Bodoque mesmo tinha explicado, os desejos feitos durante o ritual tinham a capacidade de entortar os caminhos da vida para que fossem atendidos. Sem contar que os acontecimentos foram tão permeados de clichês, desde a brava resistência do mundo natural contra o malicioso mundo moderno, até a cena de redenção seguida de sacrifício, que seria muito mais interessante escrever uma história de época sobre Alice Balboni, ou Úrsula Crispim, do que sobre a sua própria viagem.

Estapeou a bochecha para afastar a tentação e deu de cara com um casal de namorados parado à sua frente.

– Chegamos cedo?

Lá de trás, a voz de uma criança conhecida anunciou a chegada da irmã e do marido, aquilo dava caldo à pequena fila.

* * *

Como já fazia um bom tempo que não chegava mais ninguém, além dos leitores que acompanhavam seu blog e que moravam por perto, Sabrina deixou a mesa e tudo virou um bate papo informal, ora ou outro agraciado por uma pequena entrevista. Não faltava assunto naquilo que mais parecia uma festa de aniversário oitentista.

– Oi, eu sou a Carol do Caneta Selvagem e te acompanho desde o lançamento de "A bica do horto", – disse uma moça que levantava o celular como um gravador. – Queria saber duas coisas. Uma, de onde veio a coragem para uma autora premiada publicar uma caça ao tesouro na floresta, que é um dos subgêneros mais desgastados para o público e menosprezados pela crítica, e a outra pergunta, se não for muito invasiva, gostaríamos de saber como você perdeu a sua... mão.

Barlavento olhou aterrorizada para baixo, como quem descobria só então que lhe faltava um pedaço.

– Eu sempre quis viver uma aventura dessas de verdade e, bom, escrever sobre isso é o mais perto que posso chegar, já que dificilmente vou passar por tudo isso lá no meu bairro. – Ergueu o braço direito. – E, bom, se eu fosse esperta, deveria usar como estratégia de marketing e dizer que fui atacada por um licantropo nazista, né? Mas a verdade é que eu não perdi minha mão, sei bem onde ela está.

Sua sobrinha balançava os pés, sentada em uma das cadeiras de armar. Abraçava um exemplar, olhando-a como ela própria olhava para a TV quando pequena.

– Não vou falar muito para não estragar para quem não pegou na pré-venda – disse o mesmo rapaz que chegou junto da namorada –, mas o personagem do vereador foi inspirado em alguém de verdade?

– Ah, políticos de verdade sempre inspiram muitos dos meus vilões, mas... geralmente pego o penteado de um, a empáfia de outro, a língua presa de outro... às vezes inverto suas convicções só para sentir que aquilo ficou original.

Um homenzinho bastante magro, usando uma camisa abotoada até o pescoço, pediu licença ao livreiro quando passou pela porta. Estava de mãos dadas a uma garotinha de vestido azul e cabelos presos. Como todos perceberam a escritora emudecida, viraram os pescoços para a entrada.

– Esse daí, pessoal, é o Francisco. Ele mesmo é o exemplo de alguém que inspirou metade do meu protagonista, o Xico Perdido.

Uma senhora ergueu a voz, amarrando a risada:

– Já dá para saber que não presta. – e completou referenciando uma das falas do texto. – "Vão por mim".

Sabrina deu risada também.

– Não, não. O Seu Francisco Bringel inspirou a metade mais virtuosa do Xico, não a outra, embora a outra não fosse de toda ruim... – Driblou a tristeza e brincou. – Embora, se querem mesmo saber, foi o Francisco que arrancou a minha mão.

Todo mundo riu e, antes que Bodoque falasse algo comprometedor, Barlavento continuou:

– Na verdade, sem um guia desses, eu jamais ia ter escrito o livro, quanto mais saído viva lá do pantanal mato-grossense durante a fase da pesquisa.

Não foi preciso pedir para que todos dedicassem uma salva de palmas ao ribeirinho. Era engraçado que quanto mais tímido Bodoque e a filha ficavam, mais fortes explodiam os aplausos. Aquilo era sádico. E quando parecia que tudo ia finalmente cessar, todos se levantaram e entornaram ainda mais o clangor.

Sua sobrinha e a filha de Bodoque a chamaram de "Tia Bina" ao mesmo tempo, se encararam feio por alguns segundos e depois partiram juntas para as prateleiras infantis.

– Eu vou pagar tudo assim que puder, viu.

O vendedor de bananas bebia um copo de suco. Só aceitou que a escritora lhe pagasse as passagens aéreas depois de entender que ela ficaria mais triste com sua ausência, do que ele ofendido pela gentileza. Mal sabia Seu Francisco que, de fato, o dinheiro faria muita falta nas atuais circunstâncias.

– Se não pagar, já sabe – disse ela.

– E muito obrigado, viu.

– Ah, ninguém ia acreditar em nada mesmo, e tudo que a gente menos precisa é que algum pesquisador traga aqueles escorpiões para a sociedade.

– A senhora parece boa mesmo nesse troço de inventar história. A Zezé caçou de ler tudo na mesma semana que chegou pelo correio e agora está relendo o comecinho para mim e para minha mulher todas as noites. Ela fez a gente se matricular na escolinha dela.

– Quase me esqueço! – Sabrina controlou as lágrimas enquanto colhia um embrulho pardo no canto da mesa. – Eu mandei fazer isso aqui para o senhor.

Bodoque rasgou o papel e desvendou duas fotos molduradas. Em uma *selfie*, bebia chá ao lado da escotilha pintada de nuvens, e na outra pousava em frente ao prédio da OCA em Rio Branco. Nesta segunda, viam de fundo Rafael Perso de frente para a escritora, no exato momento em que o vendedor de flores artesanais puxava a carteira do bolso de Barlavento.

– Eu sei, eu sei. Eu chamo essa de "O Larápio e o Teimoso".

– O paulista não morreu de bobeira. Ele destruiu aquela porcaria toda. No começo, quando ele disse que era um espião da Inteligência Tupiniquim, eu confesso que fiquei com um pouco de medo dele.

– Como é? – Sabrina riu no meio de um gole de vinho.

– Eu estava tirando um cochilo lá no aeroporto de Brasília quando acordei com o telefone tocando e ele dizendo isso, e falando que eu tinha que contar para ele quem era o traficante peruano, que era para o bem de todo mundo.

Barlavento digeria quando escutou uma voz feminina:

– Ora, ora, "Inteligência Tupiniquim" é um nome bem chamativo, embora pejorativo ao relacionar algo indígena com algo inferior, melhor não.

– Marlene, você veio? Este aqui é o Seu Francisco.

– Humm... – Sorriu a agente literária em tom zombeteiro e o cumprimentou. – Aposto que este é o seu contato que fez você desistir da entrevista, hein.

Antes que Francisco pudesse negar, foi abordado por algumas pessoas que formavam uma pequena fila em frente a ele. Pediam uma assinatura.

– Foi mal aquela foto que te mandei – disse Sabrina à ex-agente. – Eu estava cozida.

Referia-se a fotografia que fez depois de deixar apenas o dedo médio de sua prótese erigido contra a câmera. Em outro momento, não passaria de uma brincadeira entre as duas, mas como isso foi feito logo após seu retorno, há um ano, logo depois de terem perdido a segunda entrevista conseguida pela agente, aquilo tomou as proporções de uma tragédia grega.

– Vamos ver se merece desculpas. – Marlene virou um dos livros de costas. – "A floresta do pantanal mato-grossense sussurraria por séculos em seus próprios mil idiomas sobre a Batalha da Lua Cheia e sobre Xico Perdido e sua luta para salvar a Cidadela das Pontes das garras gananciosas de Frederico Foice, o vereador, que, assim como Xico, guarda um terrível segredo. Contanto, para isso acontecer, Xico primeiro deverá recuperar o respeito perdido por sua matilha e por si mesmo".

Marlene teve um acesso de tosse e se virou em busca de uma taça de vinho. Sabrina se via mais humilhada que preocupada com a saúde de alguém. Então, como se fosse um passo de dança, a agente literária completou a volta sobre o próprio eixo.

– Calma, eu estou zoando, Bina! Eu comprei na pré-venda do seu blog. Já li o livro inteiro.

– E aí? o que você achou?

– Bom, eu gostei da história... adorei até os lobisomens pantaneiros, os mesmos que teriam matado o Coronel Fawcett antes que encontrasse a cidade perdida. Particularmente, Estilingue foi o meu personagem favorito. Você me pegou de surpresa quando revelou que aquele cachorrinho, na real, era o índio transformado que eu achei que Frederico Foice tinha arrancado a cabeça logo no começo.

– A motosserra me elogiando? Até parece. Fala de algo que não gostou.

– Eu só achei meio forçada a ideia de usar aquela espécie de pacu ao invés de piranhas, e nesta cena também eu achei um desperdício de personagem, matar o grandalhão e o pescador ao mesmo tempo. – Marlene entornou o resto do vinho de uma vez. – Perto do resumo que você me deu quando tinha acabado de voltar, isso aqui está uma obra-prima. Eu fiquei puta da vida quando vi que adiamos a entrevista para um causo de vampiros comunistas contra lobisomens nazistas. Mas até que tem substância.

– Se bobear – Barlavento olhou em volta para as treze pessoas que comiam salgadinho –, acho que talvez você tivesse certa razão.

– Ah... que isso, Bina. Você andou acompanhando as notícias deste ano? – Marlene largou a taça vazia sobre a mesa. – 2018 está sendo uma loucura. A trama da realidade está mais ambiciosa que muito livro de ficção, de polpa ou não.

– Isso é.

– Meu, pensa comigo, aquele prédio desmoronou no meio de Sampa; lá no Rio, o Museu Nacional pegou fogo e virou cinzas, sem falar em um presidenciável a favor da ditadura, que foi esfaqueado em Minas Gerais. Sua história jamais ganharia da realidade.

– Você e seu apreço à "realidade". Valeu mesmo por ter vindo.

– Eu não vim de bobeira. Meu faro diz que você tem algo maravilhoso aí dentro, louco para ser marcado em um papel. Quando não conseguir segurar mais, me chama.

As duas amigas se abraçaram. Marlene Serra Elétrica teve que ir para mais um de seus mil compromissos *on-line*. Sabrina Barlavento via a agente elegante e gigantesca passar pela porta, quando sentiu um puxão em sua blusa na altura da cintura.

– Tia – a filha de Bodoque olhava para cima –, é verdade que a Maria Lucia já leu mais de 58 mil livros de uma só vez?

Sabrina se ajoelhou

– Ué, eu não sei.

– Outra coisa, tia. Eu posso continuar passando a leitura do seu livro para os meus alunos? – Então Zezé lhe entregou um pedaço de papel rasgado com um quadrado escrito "sim" e outro, "não". Pelo visto bastava fazer um X. – Eu só li três livros na minha vida toda, mas com certeza o seu é o meu favorito de todos os tempos.

Era tudo que precisava para continuar.

Literalmente, tudo.

36. SEMPRE AVENTURA

Mascote cruzou todo o palco com as orelhas apontando para o teto. Encostou o nariz no tripé de uma das câmeras e, quando levantou a pata, Sabrina o chamou de volta. A plateia explodiu em uma vibrante gargalhada, fazendo o rabo do cachorro parar no meio de suas pernas felpudas.

– Vem cá. – Tentou auxiliar sua escalada ao sofá, mas ele preferiu deitar-se no chão com o queixo apoiado sobre seus sapatos. Olhava desconfiado o amontoado de cabeças.

– Isso é porque você disse que ele era corajoso! – O entrevistador ajeitou a gravata. – Mas continua, antes dele ir mijar em cima de alguém de novo.

– Capaz! – Ainda terminava de rir – Enfim, eu acho que o coração de uma boa aventura está na motivação dos personagens. Até onde ele vai para conseguir o que quer, e o que faz com aquilo que conseguiu... ou... deixou de conseguir.

– Ah, tá! – O apresentador subiu a voz em clima de folia. – Isso que eu ia falar agora, porque, dos três que eram legais, um morreu, o outro continua morando em um barraquinho e a outra perdeu toda a credibilidade que tinha ralado para conseguir! Isso, além de perder a mão, né?

Toda a arquibancada batia na própria coxa, se dobrava para a frente. Todos sem fôlego.

– Não é bem assim. Você esqueceu do Mascotão aqui, ele ganhou até uma casa nova... e, bom, o Perso é um ótimo exemplo de um cara legal que estava prestes a fazer algo muito errado só porque estava magoado.

Se bem que, na verdade, eu tenho certeza de que ele jamais teria levado aquela droga de verdade.

– Nem se ele tivesse aberto o submarino? – O entrevistador se inclinou para a frente, como se assim instigasse mais intimidade. – Ah, acho que ele ia sim, hein. Ele era um bandido! Como que ele até sabia qual nome usar na hora de se apresentar para aquele traficante?

– Não... quando acordamos na caverna, ele me contou que só de ver certas notícias na TV, ele deduziu, antes de todo mundo, que tinha uma superquadrilha fazendo assaltos pelo país todo. E que só de ver o padrão tático usado no resgate de um chefão do crime, ele deduziu que Rodrigo Mantovani era um dos cabeças. Como o cara era conhecido por outro apelido, o Nando Padilha não...

– Acho que você está passando pano só porque tinha uma quedinha por ele.

– Capaz! Ele... só precisava de um choque. Às vezes só uma boa porrada traz à tona nossos maiores valores.

– Certo, certo, mas agora vamos ao que interessa. – O apresentador olhou sério para os espectadores. – Ela diz que tem um conjunto de documentos que manteve escondido por um ano e que vai mudar a História do país, e talvez do mundo inteiro. Mas vamos ouvir mais sobre isso no segundo bloco, depois dos comerciais!

A banda começou a tocar uma versão *pop* da marcha do Indiana Jones e o apresentador deu a volta na mesa para dançar em frente a Mascote, que não gostava nada disso. Enquanto o cachorro olhava aquele magricelo de baixo para cima, outra coisa ganhava a atenção da autora.

Dois homens com trajes escuros mostravam suas credenciais para o diretor do programa que, assustado, apontou para o palco e para a escritora sentada.

– Com licença, a senhora tem o direito de permanecer calada até a chegada de um advogado. Nos acompanhe, por favor.

O estranho ignorou o rosnado de Mascote e tentou agarrar o braço da entrevistada, no entanto a luz do estúdio se apagou antes do contato.

– Vamos! Embora daqui! – Uma voz conhecida surgiu de trás do assento e uma mão a puxou.

Sabrina cruzou por cima do encosto, Mascote se arrastou por baixo.
– Você?! O que está acontecendo?!
Eram guiados pelo sujeito em direção à placa luminosa da saída. Lá atrás, os dois agentes gritavam por ela. Apalpavam o sofá ainda quente, mas vazio.
– Eu te explico tudo no caminho! Vem, Mascote!
Então um estouro muito próximo a paralisou. Não sentia dor, o disparo teria acertado qualquer coisa menos seu corpo. Por via das dúvidas, apalpou a barriga. Contudo, fazia isso deitada, terminando de despertar em seu sofá. As pálpebras pesadas, o conhecido escritório.

Quando espreguiçou, acabou derrubando o exemplar do *Pulp* à Brasiliana, o próprio livro que jazia sobre o colo. Estralou os joelhos, acendeu o abajur e descobriu o estrago. Não carecia ser a Miss Marple para desvendar a origem do susto. Mascote havia tentado abocanhar seu celular que vibrava na prateleira e acabou derrubando duas coisas no chão.

Como o troféu literário tinha caído sobre o carpete peludo não sofreu nenhum dano aparente, porém, o *muiraquitã* despencou exatamente sobre o batráquio metálico e estava despedaçado.

– Vou te fazer ir lá buscar outro, seu bruxo. – Apalpava o pescoço macio do animal que farejava casualmente a bagunça. – Não se machucou, não, né?

Ainda estava sonolenta quando voltou com a pá e a vassoura, porém seus olhos não a enganavam.

– Mas que malandrinhas...

Quando as amazonas perceberam que sempre seriam atormentadas por estrangeiros que encaravam suas relíquias religiosas com ganância, trataram de cobri-las com a lama verde do lago. Sabrina não sabia se ria ou se chorava ao lembrar de tantos amuletos desprezados pelos mercenários de Domingos e por ela mesma. Haviam abandonado um bote cheio deles próximo ao submarino. O detector de metais de Ícaro não tinha apresentado um defeito no cemitério, havia rastreado o ouro dentro da peça.

Colheu a pepita rechonchuda. Imaginava quantos aluguéis estavam garantidos. Mais que depressa, telefonou para o hotel onde Bodoque estava hospedado. Contudo, ele tinha saído. Barlavento não via a hora dele voltar e receber a notícia. Aquilo soaria como o tesouro de Salomão para

sua família. A escritora cada vez se apegava mais a cada um deles, e inclusive os havia visitado tanto no aniversário de Francisco como no de Zezé.
– Você não está nem aí, né? – Mascote saboreou o próprio nariz.
– Esse guapeca só quer saber da promessa daquela voltinha, né? Então vamos lá, seu bruxo de uma figa.

***

A escritora e o cachorro andavam pela calçada escura e silenciosa sob aquele céu enluarado. Mascote tinha transitado bastante por ali, mas ainda não conhecia por completo as redondezas. Cada esquina, uma aventura. E qual não foi a surpresa do cão quando sua amiga teve a genial ideia de pular uma espécie de cerca feita de altas estacas. Para isso o passou primeiro sobre o obstáculo e, aproveitando que a coleira era do tipo que envolvia o animal pelo peito, o desceu vagarosamente sem o risco de enforcá-lo. Quando Sabrina aterrissou do lado de dentro, Mascote já terminava de mijar em uma árvore bem interessante. Mal abaixou a perna e correu atrás da humana, que acelerou furando um grupo de arbustos. Ela era das suas.

Dentro dos caminhos asfaltados do Parque Túlio Vargas, a escritora sentiu uma pontada de preocupação. Certamente ao ver o símbolo sagrado entalhado na peça, Bodoque se negaria a usá-la para fins próprios. Não a veria como fonte de dinheiro, mas como algo sacro. Seria mais fácil manter aquilo enterrado em uma gaveta, ou até mesmo que voltasse ao Acre apenas para fazer a devolução.

Mascote latiu, alguém se aproximava, Barlavento se apressou. Estavam diante de um pequenino lago cercado de grama que devolvia para cima o dourado do céu.

– "Vai que", né? – Mascote olhava atento.

Então, com a única mão que restava, retirou a pedra dourada do bolso, a beijou e, de pálpebras apertadas, a jogou para cima.

A pedra fez um arco rumo a água, uma moeda rumo ao desejo. Estas joias cunhadas pela tríade das tribos envergavam os caminhos da realidade, mas isso não mudava o fato de que Sabrina vivia no mundo real.

Antes de se sentir uma idiota por se livrar de um dinheiro que indiscutivelmente a ajudaria, lembrou-se de que, neste exato momento, nesta mesma noite, do outro lado do país, um grupo de mulheres lendárias fazia o mesmo. No caso das amazonas, os pedidos eram um tanto mais nobres, o que a fez se sentir um pouco egoísta por aquilo que almejava.

Ainda estava de olhos fechados quando Mascote emitiu outro alerta. Um minuto depois, o vigia noturno chegava assustado. Sua lanterna apenas encontrou o lago enfeitado de círculos iluminados que terminavam de se desfazer.

***

A escritora havia ligado o caminho todo para o celular de Francisco Bringel e só foi atendida quando chegava na portaria de seu prédio.

– "Oi, tia!".
– Opa! E aí, Zezé?! Pelo visto o passeio com o pai foi dos bons, hein! Pode chamar ele um pouquinho para mim?
– "O pai não pode agora, tia".
– Ué, por quê? Que que eu fiz?

Então a menina apontou o aparelho para a direção do vendedor de bananas e Sabrina conseguiu escutar ao longe:

– Estou rico! Estou rico! – Bodoque desafinava. – Eu enriquei!
– Ué, como assim?
– A mãe ligou e mandou uma foto! – Disse a futura professora. – Parece que aquelas amigas do pai que moram no meio do mato mandaram um presente para a gente! Agora, o pai disse que a gente vai abrir a padaria que ele sempre quis!

***

Sabrina e Mascote quase alcançavam o elevador de serviços quando o porteiro disse que ela tinha recebido uma entrega e que por ser pesada a ajudaria. O peito batia mais forte que a *Underwood* de ferro na perna de Lábaro. O cachorro foi beber sua água, enquanto Barlavento esfaqueava a forte embalagem.

– Como assim?!

Dentro da caixa, um baú de madeira, em seu interior, um amontoado de peças douradas, idênticas àquela achada dentro do *muiraquitã*.

Com as pernas fracas e a visão escura, foi até o *notebook*. O único *e-mail* que tinha recebido era de Marlene Serra dizendo que a mesma crítica da outra vez havia dedicado outra coluna só para torturar sua última obra. Agora, sua amiga acreditava que o desdém era pessoal. Barlavento correu a barra de rolagem e não havia nenhuma mensagem relevante. Questionava-se como as amazonas teriam descoberto seu endereço. Concluiu que ela própria subestimava a tribo, quando seu celular começou a vibrar.

Sabrina cruzou o carpete de pelos, o qual começava a perder o charme, e foi até o sofá que servia de aeroporto para o telefone. Bodoque teria alguma resposta como sempre.

A escritora tinha uma dezena de novos contatos ainda não identificados. Pelo visto, sua foto de chapéu, tapa-olho e prótese de gancho estava funcionando. A tinha postado no blog para dar uma dica sobre a temática de seu próximo romance. Entretanto, muitas das novas mensagens não eram relacionadas a livros, quanto mais sobre embalagens misteriosas. Dentre todas, uma chamou sua atenção.

– "Oi, é o Maçaranduba. Achei que gostaria de saber que estou na cidade".

Sabrina Barlavento suava. Errava cada letra que mirava, mas conseguiu responder:

– Quem é o idiota?! – A foto ainda não aparecia, então se apressou a adicionar o número à lista de contatos.

– "clma". – O anônimo mandou e depois corrigiu – "Calma***".

– Perso?!

A foto de um sujeito sorridente apareceu. Vestia um terno aberto em frente à charmosa fachada de uma cafeteria. A escritora leu acima, "Café Barlavento".

– "Espero que não fique brava pelo nome. Se quiser eu mudo depois".

– Rafa! Como você saiu vivo de lá?! Foi você que mandou aquilo?!

– "Foi! Elas deixaram eu trazer! Mas eu raspei aquele desenho religioso maluco nas do Bodoque, porque ele ia querer levar tudo de volta e a gente ia ter que ajudar ele. Você não sabe! Isso daí era tudo o que tinha no fundo do bote! Quando o submarino explodiu, algumas se abriram".

– Como você saiu vivo de lá?!
– "De todas as perguntas..."
– Fala logo!
– "Isso, eu só conto pessoalmente". – Enviou um rostinho amarelo com um olhar maroto e sugestivo.
– Onde você está?!
– "Prestes a entrar no banho, mas daqui a meia hora te encontro em um dos restaurantes mais enjoados da sua cidade. E desculpa me atrasar para o seu lançamento".
– Nada disso. Em trinta minutos te vejo naquela pizzaria que você me largou te esperando.
– "Calma, tenho que te contar outra coisa. Aquela carta em alemão acabou ficando comigo, lembra? Eu acho que sei como a gente pode encontrar a outra. A que tem o nome do túmulo!".
– Rafa! – digitou Sabrina. – Pizza agora, aventura depois.

A escritora cruzou as costas do cachorro voador gigante, fechou o *e-mail* que falava sobre a crítica e, por um tempo, contemplou seu fundo de tela. Enquanto o computador terminava de desligar, assistia um majestoso Sol se colocar para trás de uma cordilheira verdejante. O vale pintado de laranja à sua frente era estriado de cintilantes rios azuis. Quantos pássaros.

Em sua cabeça, uma pequenina mesa de madeira rústica, coberta por uma toalha xadrez... levemente puída nas pontas.

FIM

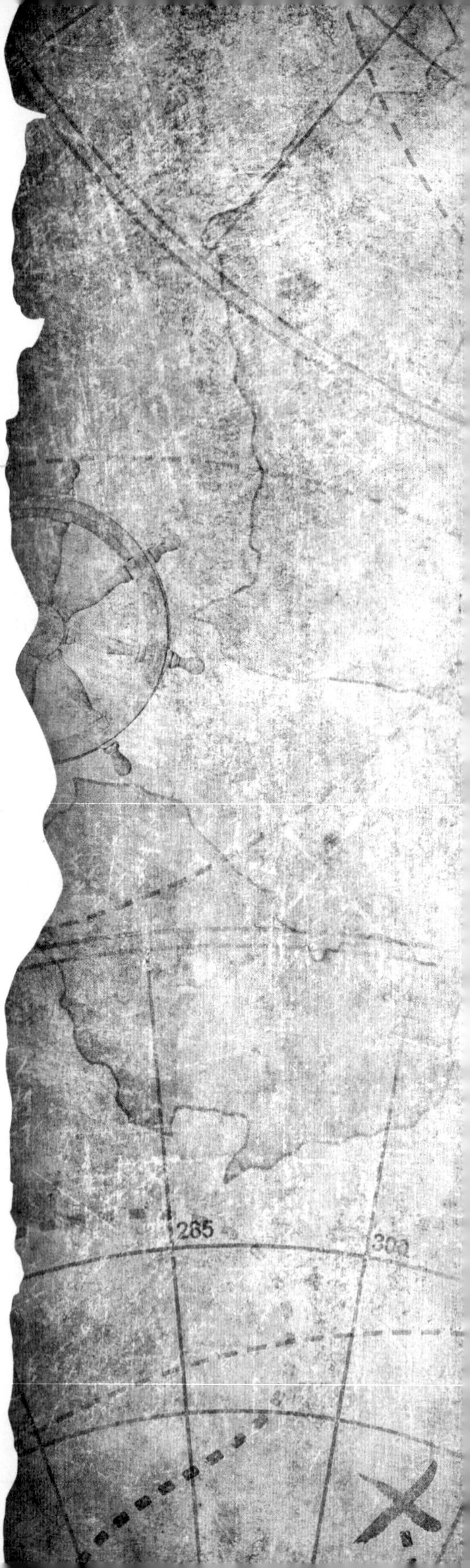
285